KB027838

밝은 사회로 함께 가는 길

국립중앙도서관 출판시도서목록(CIP)

밝은 사회로 함께 가는 길 / 지은이: 공론동인회. -- 서울 : 한누리미디어,
2015 p. ;   cm. -- (글로벌 문화포럼 공론동인 수필집 ; 6)

ISBN 978-89-7969-497-0 03810 : ₩20000

한국 현대 수필[韓國現代隨筆]

814.7-KDC6
895.745-DDC23   CIP2015003777

밝은 사회로
함께 가는 길

한누리미디어

同人憲章

一. 우리 동인은 전문 분야가 다른 각계 사람들끼리 정답게 모여 인간 본연의 자세로 돌아가 대화의 공동광장을 마련하고、 생활철학을 바탕으로 한 새로운 수필문화 세계를 수립한다.

一. 우리 동인은 남녀 노소·빈부·정파·종파를 초월하여 휴머니즘의 건전한 터전 위에서 양심과 신의로 상호친선 및 공동 발전을 도모한다.

一. 우리 동인은 변천하는 역사 환경과 각박한 생활환경 속에서도 예지와 지성、 그리고 사랑과 봉사의 정신으로 문화적인 복지사회 건설은 물론 세계적인 인류사회의 평화를 위해 기여한다.

西紀 一九六三年 十月 十二日

空論同人 (가나다順)

姜淳元　姜周鎮　高凰京　權純永　金鏡　金白峰　金鳳基
金思達　金安在　金玉吉　金載完　金芝烈　金八峰　金衡翼
明石祝子　朴巖　邊時敏　徐燉珏　徐柱演　徐仲錫　孫在馨
安浩相　梁炳鐸　吳相淳　吳蘇白　元鍾睦　俞鎮午　尹虎永
李圭復　李洋球　李俊凡　李恒寧　張基範　全圭泰　趙南斗
趙東弼　朱碩均　秦學文　千鏡子　崔季煥　崔秉協　崔臣海
崔玉子　崔衡鍾　韓太壽　韓何雲

共同宣言

隨筆은 思想·情緒·哲學에서 비롯하여 보다 直接的·行動的으로 풍겨내는 叡智요, 知性의 結晶이다.

오늘날 人間은 切迫한 歷史環境과 生活現實 속에서 叡智와 知性을 바탕으로 휴머니즘의 前衛가 되며 人類社會의 平和를 위해 寄與한다.

우리는 專攻과 分野가 다른 各界 사람들끼리 눈높이의 『空論同人』이 되어、 生活哲學으로 새로운 隨筆 文化를 樹立한다.

西紀 二〇一二年 二月 三日

空論同人 (가나다順)

具綾會　權寧海　金敬男　김길주　金大河　金明植　金務元
金白峰　金相九　金相哲　金永甫　金容煥　金載燁　金載完
金惠蓮　羅基千　都泉樹　無相法顯　박서연　朴成壽　배우리
卞鎭興　宋洛桓　辛龍善　申瑢俊　梁鍾　오금남　오서진
오오근　禹元相　尹明善　李康雨　李瑞行　李善永　李在得
李讚九　林炯眞　全圭泰　정봉태　鄭相植　李南斗　朱東淡
崔季煥　최명상　崔香淑　河銀淑　韓萬洙　洪思光　邢基柱

시대적 역할과 나라사랑에 솔선수범할 때

세계는 지금 예측불허의 무한경쟁시대를 형성하고 있습니다. 인간의 생명이 이르는 곳마다 정치 · 경제 · 과학 · 문화 · 사회적으로 여러 가지 형태를 보이면서 생존경쟁을 하고 있는 것입니다. 여기엔 선(善)과 악(惡)의 방법으로, 또는 이해타산(利害打算) 등의 수단으로 나날이 진화(進化)되고 있습니다.

이와 같은 시류(時流) 속에서 20세기 후반 이후로 우리나라는 급속한 경제발전과 산업화 과정을 거쳐 물질적인 풍요로움과 정신문화적 안락을 누리게 된 셈입니다. 그런데 최근엔 한국 경제가 저성장의 늪에 빠져 있다는 진단이 나오고 있어 걱정됩니다.

오늘날 일부 고질화된 정치적 · 사회적 양극화 현상은 아직도 끝날 줄 모르며, 걷잡을 수 없는 자유주의와 방종주의, 그리고 미숙한 의회 민주정치는 마치 국민을 우롱하고 있는 듯합니다.

그런가 하면 금력과 권력에 눈이 어두운 개인 이기주의와 집단 이기주의의 병폐는 아직도 가시지 않고 있습니다. 심지어 우리에게 그동안 곱게 전래된 미풍양속과 윤리 · 도덕, 그리고 사회 안정을 위한 법 · 질서마저도 파행될 지경에 있으니 한심스럽습니다.

이러한 국내외 현실을 직시직감하면서 우리 동인들은 시대적 역할과 국가적 사명이 무엇인지 조용히 생각하며, 나라사랑에 솔선수범할 때가 아닌가 하고 생각됩니다.

경애하는 동인 여러분! 우리는 글로벌 인류사회에 기여하며 보람찬 인생을 함께 누려 갑시다.

마침 여러분의 지극하신 정성과 협력으로 우리의 '글로벌문화포럼·공론동인 수필집 제6권' 이 《밝은 사회로 함께 가는 길》이라는 제호로 이 세상에 선을 보이게 되었습니다.

이번 상신된 서책에는 전문적 직장이 다르고 연령을 초월한 각계·각 분야의 지성인들이 생활주변에서 떠오르는 내용의 '수상(隨想)과 사회논평' 등을 글로 보내주셔서 이를 모아 다채롭게 수록·편찬하였습니다. 특히 이번에 보내주신 글 가운데 제1의 공동주제로는 〈문화융성과 사회통합을 위하여〉, 제2의 공동주제로는 〈밝은 사회로 함께 가는 길〉이라는 순서로 편집하여 실었습니다.

권말 부록으로는 우리의 '글로벌문화포럼' 기구가 매년 실시하는 포럼으로 지난 2월 21일 오후 5시부터 8시까지 서울 프레스센터 19층 매화홀에서 제3회 포럼을 개최한 바 '한국의 정통성과 정체성 확립을 위한 제언' 이라는 주제의 포럼 내용을 상세하게 수록하였습니다. 그날 주제발표를 맡아주신 권영해 장군님(전 국방부장관)과 지정토론을 맡으신 윤명선 박사님 및 변진흥 박사님께도 우선 이 지면을 통해 감사의 말씀을 다시 드립니다.

이번에 진술하게 수록된 수필과 사회칼럼 등은 꿈 많은 젊은 대학생들을 비롯한 지성인, 그리고 나라와 사회를 걱정하는 애국동지들에게 값진 인생설계에 훌륭한 참고서가 되리라 확신합니다.

끝으로 이 책을 편집·출판하는 데에 정성을 쏟아주신 도서출판 한

누리미디어의 김재엽 사장과 김영란 편집주간, 그리고 직원 여러분께 감사드리며, 우리 동인회의 편집위원 및 운영위원 여러분에게도 깊은 사의를 표하는 바입니다.

2014년 11월 10일

공론동인회 대표간사
글로벌 문화포럼 회장 김 재 완

19 60년대 중반에 발간된 공론동인지 1,2,3권을 합본한 《지성의 향기》 상권과 2012년 부활한 공론동인회 작품집(제4집) 《지성의 향기》 하권, 그리고 지난해 발간한 제5집 《행복의 여울목에서》가 각 계각층으로부터 호평을 받았는 바 향후 매년 2회 이상씩 동인지를 발행하고자 의견을 모았었다. 그러나 세월호 참사에 이은 전국가적인 사기저하에 따라 모든 분야가 침체되는 상황을 맞이함으로써 올해도 연말 즈음에 제6집을 엮게 되었다. 다소 아쉬운 감이 없지는 않지만 어쨌든 제6집 《밝은 사회로 함께 가는 길》을 발간하게 되어 기쁘게 생각하며 편집과 관련하여 몇 가지 사항을 일러둔다.

우선 표제에 있어 국민 모두가 새로운 활력을 찾자는 의미에서, 또 고통은 분담하고 함께 나아가자는 의미에서 《밝은 사회로 함께 가는 길》로 정하였고, 무엇보다 박근혜 정부가 추구하는 '사회통합과 문화융성'을 테마로 한 작품들을 특집으로 하여 1부에 배치하였다.

게재순서는 가나다순을 원칙으로 하되 원년멤버인 최계환, 전규태, 김재완 동인을 우선 배치하였으며, 사정에 따라 1편만을 제출한 동인들이 있어 2,3,4부에 적절히 안배하여 편집했음도 밝혀둔다.

권말 부록으로는 지난 2월 21일 한국프레스센터 19층 매화홀에서 거행한 제3회 글로벌문화포럼 '한국의 정통성과 정체성 확립을 위한 제언'이라는 주제의 발표논문과 지정토론문을 게재하였으며, 이어서 '공론동인회 경과'와 '공론동인회 규정' 등을 실었다. 더불어 독자들께 소중한 읽을거리가 되기를 기대해 본다. (총무간사 김재엽)

차례 Contents

동인헌장 · 8   공동선언 · 9
간행사/ 시대적 역할과 나라사랑에 솔선수범할 때 _ 김재완 · 10
편집자의 말/ 김재엽 · 13

제1부 문화융성과 사회통합을 위하여

최계환 8천만 한민족이 한 덩어리 되는 날을 그리며 ······ 18
전규태 안전한 복지사회로의 소망 ·························· 24
김재완 나눔문화 향상과 사회통합(社會統合)의 길 ·········· 30
김대하 민속자료 소고 ································ 42
김재엽 문화융성의 한국, 사회통합의 한국인 ··········· 48
박성수 당쟁과 정쟁은 나라를 망친다 ············· 53
변진흥 한반도 평화와 화해를 위한 한국종교인의 역할 ··· 57
신용선 문화융성, 우리 삶의 미래등불이다 ············ 65
윤명선 '문화 융성 방안'에 대한 비판적 접근 ······· 75
이강우 범부(凡夫)의 작은 애국심은 통일을 위한 기도 ······ 86
이서행 국민통합과 한민족대통합의 길 ············· 92
정상식 천년고도 경주 답사기 ··················· 98
한만수 공동체의 심성언어 ················· 108

제2부 밝은 사회로 함께 가는 길

김경남 나는 자연인이다 ················· 114
김명식 행복지수(幸福指數)가 낮은 이유 ··········· 120
김혜연 태백산에 오르다 ················· 125
나기천 우측보행소고 ················· 131
무상법현 볶은 콩도 골라 먹어야 한다 ············ 136
박서연 착각의 처세술 ················· 143

송낙환 지하철 내에서 일어나고 있는 싸움 ·················· 147
신용준 참원로가 없다 ······································ 151
오서진 스마트폰 속 손가락 수다 2제 ·················· 155
오오근 옐로 오션 ··· 162
이선영 삶의 질, 죽음의 질 ······························ 167
이찬구 『천부경』과 현묘지도 ······························ 170
주동담 고전에서 배운다, 청와대 문건유출사건 ········· 177
최향숙 기억의 재구성 ····································· 181

제3부   내일의 우리를 생각하면서

최계환 내일의 우리를 생각하면서 ······················ 186
전규태 이기적 나르시즘을 벗어던져야 ·················· 191
김재완 로마 교황님들의 평화로운 미소 ················· 196
김경남 사랑과 예술의 '타지마할' ······················ 210
김대하 정직함의 비애 ····································· 215
김명식 통과의례 ·· 221
김재엽 분별없는 마음 ····································· 228
김혜연 친구에게 ·· 234
나기천 만델라와 인빅투스 ······························· 238
도천수 단군과 마니산 ····································· 243
무상법현 출가하기 전 도통한 선곡스님 ················· 250
박서연 유대인의 비즈니스 ······························· 256
박성수 이순신의 명량대첩 ······························· 262

차례 Contents

배우리　　도로명 새주소 머리가 어지럽다 ·················· 268

제4부　　필부의 성공한 삶

송낙환　　자고 가라는 그녀의 제안 ·················· 284
신용선　　귀(貴)하게 키우고 귀(貴)한 대접받는 귀(貴)한 세상 ··· 289
신용준　　초원의 나라 몽골 견문록 ·················· 294
윤명선　　자유의 여신상 앞에서 '자유'를 생각한다 ········ 316
오서진　　사계절 단상 ·················· 325
오오근　　일등석 승객과 일등 승객 ·················· 327
이강우　　필부(匹夫)의 성공한 삶 ·················· 332
이서행　　지금이야말로 국운을 걸고 새로운 정신문화 일으킬 때 ··· 339
이선영　　용서 ·················· 345
임형진　　120주년 동학혁명 기념식 10월 11일로 확정하다　349
정상식　　후회스럽지 않은 과거 ·················· 355
주동담　　에세이 목민심서 ·················· 362
형기주　　우리 아파트의 사계절 ·················· 368

　부록　제3회 공론동인 문화포럼 지상중계
권영해　　한국의 정통성과 정체성 확립을 위한 제언 ····· 382
윤명선　　한국의 정통성과 정체성 확립을 위한 제언에 붙여 ··· 388
변진흥　　한국의 정통성과 정체성 확립에 대하여 ········ 393

공론동인회 경과 · 395
공론동인회 규정 · 414

제 1 부

문화융성과
사회통합을 위하여

8천만 한민족이 한 덩어리 되는 날을 그리며
– 나의 방송생활

최 계 환

19 52년 부산 피난 시절 KBS 아나운서 시험에 낙방한 다음 해, 충북 청주에서 합격하여 1년을 근무하였다(청주시 북문로 1가). 그러나 서울중앙방송국에 오는데 또 한 번의 시험을 치러야 했었다. 세 번째 시험을 치르고서야 서울 중구 정동 2번지에 자리한 KBS 중앙방송국에서 근무할 수가 있었다. 지금은 고인이 되신 윤길구 선배가 아나운서 계장이었고 정동 1기생인 이순길, 강영숙, 김인숙, 그리고 나까지 모두 18명이 그 당시 KBS 아나운서의 전부였다. 당시 내가 한 방송은 콜사인, 일기예보, 공지사항 등이었다.

1957년 남산의 신사옥으로 가서는 뉴스, 공개방송, DJ 등도 담당하였다. '희망의 속삭임', '누구일까요' (학생대상의 공개방송), '퀴즈올림

최계환(崔季煥) _ 경기도 장단 출생(1929년). 호는 단계(丹溪). 건국대학교 국문과 졸업. 연세대 교육대학원 졸업. KBS, MBC 아나운서실장. TBC 보도부장, 일본 특파원. KBS 방송심의실장, 부산방송 총국장. 중앙대학교, 서울예술대학 강사. 대구전문대학 방송연예과장. 명지대학교 객원교수. 영애드컴 고문. 서울시문화상(1969), 대한민국방송대상 등 수상. 방송 명예의 전당 헌정(2004년). 저서 《방송입문》, 《아나운서 낙수첩》, 《시간의 여울목에서》, 《설득과 커뮤니케이션》, 《착한 택시 이야기》. 역서 《라스트 바타리온》, 《인디안은 대머리가 없다. 왜?》 등 다수.

픽' ('재치문답'의 전신 ; 안의섭, 한국남 박사 등이 출연) 등의 사회를 담당하였다.

특히 기억에 남는 방송은 난시청지역 해소를 위한 이동방송이었다. 1959년 가을 근 한 달 반 동안 진주·밀양을 잇는 이동방송이었다. 방송차는 그곳 시청 뒷마당에 세워놓고 간단한 프로그램을 직접 제작하여 현지에서 방송하는 것이었다.

밀양에서는 영남루 광장에서 노래자랑 공개방송도 하였고, 진주에서는 가두방송도 실시하였다. 현지 주민들의 열띤 환호 속에 잊지 못할 시간들이었다. 주파수 중파 1360Kcl(지금은 KHz)의 이동방송차는 그후 여수에 고정 배치되어 오늘의 KBS 여수방송국이 되었다.

그후 1961년 서울에서의 첫 민간방송 MBC로 가게 되어 12월 2일 아침 6시 첫 개국방송을 하게 된다(인사동 15번지 동일가구 5층). 문화방송에서는 '64만환 문답'(퀴즈프로), '노래 실은 역마차'(노래는 흘러 수십 년, 인정도 흘러 수십 년 노래와 인정이 얽히는 가운데 우리의 어버이는 늙어갔고, 또 우리도 이렇게 이마에 주름이 그어질 것입니다. 그리운 노래 정다운 노래를 꿈과 낭만에 실어보는 노래 실은 역마차 몇 번째 시간입니다) 등을 담당하였다.

당시 인사동에 있었던 종로예식장에서의 공개방송에는 방청객이 넘쳐흘러 언제나 큰 잔칫집이었다. 지금도 잊지 못할 출연자 중에는 기미년 '독립선언' 33인 중의 한 분인 故 이갑성 님과 故 이청담 스님의 모습을 잊을 수가 없다(방송출연 사진은 지금도 고이 간직하고 있다).

어쩌다 인사동에 가면 문화방송 초창기의 열띤 전파가 전국으로 넘쳐 흘렀던 기억을 잊을 수가 없다. 특히 처음 듣는 광고방송(CM)이 신기하고 정겨웠던 것 같았다.

1963년 가을에는 박정희 대통령과 윤보선 후보의 양자대결이었던 대선 개표방송을 24시간 밤새워 방송한 기억이 지금도 새롭다. 서울에서의 첫 민간방송으로서 최선을 다한 선거 개표방송으로 전국을 연결한 철야방송이었다. 밖에는 때마침 함박눈이 밤새도록 펄펄 내렸었기에 개표실황 방송의 기억이 지금까지도 더욱 새로움을 잊지 못하고 있다. 개표결과는 38만 표 차로 박정희 대통령이 승리하였다.

그런데 우리의 선거방송을 두 분(박정희, 육영수)께서는 경주 불국사 호텔에서 밤새워가면서 들었다는 것이다. 그 개표실황 방송 덕에 며칠 후 육영수 여사의 초청으로 청와대에서 점심대접까지 받았었다. 지금까지도 "나는 우리 국산품의 애용이 삶의 철학이다"라고 말씀하시면서 제주도 귤차를 내주시던 육영수 여사의 단아한 모습을 잊지 못하고 있다.

MBC에서의 초창기 4년은 아나운서 책임자로서 최선을 다한 시간들이었는데 더 오래 근무할 수 없이 1964년에는 또 다른 방송으로 옮겨야만 했던 일이 지금도 가슴 밑바닥에 아쉬움으로 남아 있다.

어쨌든 나는 1964년 5월 9일 낮 12시 TBC의 전신이었던 라디오 서울의 개국방송을 하게 된다.

"전국의 여러분 안녕하십니까. 여기는 서울에서 방송해 드리는 여러분의 라디오 서울입니다. 오늘 1964년 5월 9일 정오, 온 누리에 축복의 메아리가 번지는 가운데 장엄한 출발의 신호를 울린 RSB 라디오 서울은 호출부호 H.L.K.C. 주파수 중파 1390KHz 출력 20Kw로 지금부터 하루 스무 시간 방송의 그 서막을 올려드리겠습니다. 곧 라디오 서울의 시보가 정오를 알려드리겠습니다. '…시보…, …팡파레….' 찬란한 5월의 태양이 우리 앞에 빛나고 있습니다. 대지에 넘치는 새로운 생명의 힘이 지금 우리들 가슴 속에 용솟음치고 있습니다. 역사는 다시 한 번 우리에게 용기와 의지를 약속했습니다. 국민의 소리 RSB!! 우리는 함께 호흡을 나누는 라디오 서울의 가족, 우리는 사랑과 이해로움에 젖은 간격 없는 여러분의 이웃임을 다짐합니다. 우리는 전진합니다. 우리는 창조합니다. 우리는 자유의 화신, 우리는 평화의 역군임을 선언합니다. H.L.K.C. 여러분의 라디오 서울은 1964년 5월 9일 오늘에서 비롯되는 영원한 국민의 횃불임을 선언합니다."

라디오 서울이 TBC와 합쳐서 서소문 시절로 접어들게 되는 것이다. 오늘의 중앙일보도 동양방송(TBC)과 같이 출발한 것. 당시 아나운서와 기자를 합쳐서 63명이었는데 필자는 초대 보도부장으로 발령을 받는다. 아나운서 출신이 보도를 담당하게 된 것도 처음 있는 일이요, 그 덕에 일본특파원까지 하게 되었다. 한일 국교정상화(1965년) 후 2년간 일본특파원으로 근무하면서 현지중계나 공개방송도 할 수 있는 기회가 생겼다.

1967년 초에는 일본 오사카에 있는 마이니치 방송의 공개홀에서 500여 명의 재일동포들과 '장수무대'의 녹화방송도 하였다(세 번이나 재방송되었음). '장수무대'는 주말에 온 가족이 함께하는 공개방송으로 할아버지, 할머니부터 손자, 손녀에 이르기까지 모든 가족이 출연하는 공개방송으로 사랑과 화목이 넘쳐나는 프로그램이었는데 1970년에 다시 KBS로 돌아오는 바람에 없어져서 지금까지도 서운함과 아쉬움이 살아 있는 가족방송이다.

친정집인 KBS를 떠난 지 10년 만에 다시 돌아온 곳이 남산을 거쳐 여의도동 18번지에 위치한 지금의 KBS 본관이었다. MBC, TBC에서 모두 초대 아나운서 실장을 역임했는데 KBS에 돌아와서도 또 아나운서 실장을 하라는 것이다. 1973년 한국방송공사의 첫 아나운서 실장이 되었으니 우리나라 방송사상 3사 아나운서 실장이라는 진귀한 기록이 아닐 수 없다.

1970년 이후 한국방송공사 시절에는 '토요초대석'(양주동 박사를 단골로 모신 공개방송), '우리 집 만세', '아홉시 스튜디오'(지금의 '아침마당' 전신, 김영자 아나운서, 박산숙 아나운서 등과 진행) 등을 담당하였으며, 1973년 봄에는 하와이 교포 이민 70주년을 맞아 열흘 동안 하와이 취재를 다녀왔다(이민홍 카메라맨과 동행).

정부측에서는 민관식 문교부장관과 청와대에선 박근혜 님(당시 서강대학교 학생)이 육영수 여사 대신 초청됐었다. 하와이 주정부에서는 일주일 동안을 한국주간으로 선포하여 섬 전체가 아리랑으로 넘쳤었고, 여러 가지 기념행사도 거행되었다. 하와이 주의회에서의 기념연설까지 마친 박근혜 님에 대한 원주민은 물론 우리 이민들의 자긍심이 크게 부풀어 "나도 한국의 이민이다"라고 자진 신고한 사람이 1200여 명에 달했다는 후문이다. 각국 기자들의 "원더풀!" 연발 속에서…, 올해가 2014년이니까 우리 하와이교포 이민사도 111년이란 시간이 흘러간 것이다.

1975년부터 1년 동안 전국을 다니면서 군(郡)단위 공개방송 '새마을잔치'를 담당하였는데 언제나 열띤 분위기 속에서 새마을정신을 다지는 시간이었다.

1977년부터 1년 동안은 일본 게이오(慶應)대학 대학원에서 커뮤니케이션의 연구를 하게 되었고, 1978년부터는 다시 KBS 부산방송 총국장으로 일하게 되었다. 마산, 진주, 울산방송국이 부산방송국과 한 울안에 있어서 당시 시청료 징수사원만도 700여 명에 이르는 대식구였다. 크고 작은 일들이 곳곳에서 일어나다 보니 분주한 시간의 연속이었으나 기관장의 입장에서는 복된 시간들이었다.

그런데 1979년 부마사태에 이은 박정희 대통령 시해사건이 일어난 것이다. 계엄령에 따른 비상사태를 겪느라 방송국의 모든 식구들 참 고

생도 많았었다.

1964년 도쿄 올림픽, 1974년 테헤란 아시안게임, 그리고 1976년 몬트리올 올림픽 중계방송에도 참가하였던 30여 년 나의 방송생활은 정말 복되고 보람 있는 시간과 공간들이었다. 같이 지내온 선후배와 전국적으로 수많은 방송가족에게 큰 고마움과 영원한 사랑을 마음껏 드린다. 그리고 우리나라 방송이 세계적으로 더 크게 발전하기를 축원하면서 멀지 않은 시간 내에 8천만 우리 겨레가 한 덩어리가 되는 역사적인 통일의 고맙고 감격스러운 시간과 공간이 같이하기를 굳게 믿고 다지면서 나의 방송생활의 대강을 접고 싶다.

그 후 근 20년 동안은 대구예술전문대학, 중앙대학교, 서울예술대학, 명지대학교 등에서 방송학과 일본어에 관한 후배 교육에 전력을 다해 온 나의 삶, 참으로 보람차고 알맹이 있는 시간 공간들이었다.

언제나 무한한, 오늘의 나를 있게 한 나의 가족에게 큰 고마움을 간직하고 있다.

안전한 복지사회로의 소망

– 욕심은 부리지 말고 버려야

전 규 태

21 세기에 접어든 지도 14년이 지났다. 새 밀레니엄에 거는 인류의 가장 절실한 소망은 다음의 세 가지였다. 곧 전쟁과 재난으로부터의 해방, 질병으로부터의 해방, 그리고 빈곤과 범죄로부터의 해방일 것이다. 부연하자면 평화롭고, 병고에 시달리지 않고, 먹고 사는데 고달픔이 없는 사회일 것이다.

이 같은 이상 사회가 과연 이 지구상에서 실현될 수 있을까? 그런 세계를 일컬어 '유토피아' –이상향이라고 한다. 유토피아의 원말은 라틴어의 '상그릴라' 에서 나왔다고 한다. 상그릴라는 그 어원이 '아무데

전규태(全圭泰) _ 서울 출생. 호 호월(湖月). 연세대학교 국문과, 동 대학원 졸업. 건국대학교 대학원 박사과정 수료. 「동양통신」, 「연합신문」, 「서울일일신문」 기자 및 기획위원. 연세대학교 교수. 한국비교문학회 회원. 국어국문학회 상임회원. 문교부 국어심의위원, 민족문화협회 심의위원, 한국어문학연구회 이사, 한글 전용추진회 이사. 1960년 시조집 《석류(石榴)》 발간, 1963년 「동아일보」신춘문예에 문학평론 〈한국문학의 과제〉가 당선되어 문단 등단. 저서로 《문학과 전통》(1961), 시조집 《백양로(白楊路)》(1960), 수필집 《사랑의 의미》(1963), 《이브의 유풍(遺風)》(1967) 등이 있고, 《한국고전문학의 이론》(1965), 《고려가요연구》(1966), 《문학의 흐름》(1968), 《고전과 현대》(1970), 《한국고전문학대전집》(編註)(1970), 《한국시가의 이해》(1972) 등의 연구저서가 있으며, 1970년 《전규태전작집》 10권 발행.

도 없다' 는 뜻에서 비롯되었다고 한다. '무릉도원' 이나 홍길동전에 나오는 '율도국' 또는 '청산별곡' 의 '청산' 이 모두 그런 이상향이다.

그렇다면 전쟁 없는 평화나 질병 없는 건강, 빈곤과 범죄 없는 복지사회는 이 세상 아무 곳에서도 찾을 수 없다는 말이 된다. 이것이 오늘을 사는, 그리고 새 밀레니엄을 바라보는 우리 인류 모두의 고민이다.

아닌 게 아니라 인류 발생 후 수많은 전쟁이 휩쓸고 간 후에도 전쟁의 총성은 아직도 멎지 않고 있다. 체첸에서, 코소보에서, 카시미르에서, 우크라이나에서, 아프리카 도처에서 전쟁의 포화가 수많은 사람들의 생명을 살상시키고 있고 중동에서도, 한반도에서도 일촉즉발의 전운이 감돌고 있다. 지나간 한 세기를 되돌아보더라도 인류는 두 차례에 걸친 대규모 세계대전을 비롯해서 하루도 영일이 없는 전쟁의 계속이었고 수 천만 명이 이로 인해 살육되었다. 인간은 '만물의 영장' 이요, 호모 사피엔스(지성인)라고 뽐내지만 '호모스탈다스(어리석은 존재)' 임에 틀림없다.

지난 세기는 이념의 제국(帝國)들 사이의 잘 기획된 대결시대, '약육강식' 의 시대였다면 새로운 세기는 민족 단위와 문명 단위, 또는 종교 단위의 무질서한 충돌과 혼돈의 시대가 될 것만 같다.

더군다나 한반도 주변에는 강대국들의 패권주의가 조성되고 있고 북한은 좀처럼 핵무장과 화학무기를 포기할 것 같지 않다. 언제 또 다시 민족상잔의 살육전이 벌어질지 모르고, 시베리아, 중동, 발칸반도, 카시미르, 아프리카 등지에서도 언제 전쟁이 일어날지 모르는 지구는 온통 화약고다.

어찌 보면 또한 인류의 역사는 세균과의 전쟁의 연속이었다고 해도 과언이 아닌 듯싶다. 문명이 발달하면 할수록 질병이 더 생기고 그 새로운 질병은 무서운 파괴력과 속도로 광범위한 지역에서 높은 치사율을 보이곤 했다.

　이러한 질병들 중 역사적으로 가장 파괴적이었던 것들만 들면, 우선 1918년부터 그 이듬해까지 불과 2년 동안에 세계적으로 자그마치 2천만 명의 목숨을 앗아간 인플루엔자를 비롯하여 주로 못사는 나라에서 많이 발생하면서 높은 사망률을 기록해 온 결핵, 무서운 속도로 전염되면서 환자를 탈수시켜 죽게 한 콜레라, 1992년 미국 남서부를 휩쓴 괴질 한타바이러스, 감염되면 몸의 조직이나 세포가 순식간에 파괴되는 회사 근막염, 중국 지역에서부터 발병하여 이제는 인간의 생명을 직접적으로 위협하는 조류인플루엔자(AI), 그리고 에볼라 등이 바로 그것이다.

　이렇게 인류사회가 전쟁과 질병에 시달리다 보니 복지사회는 요원해지고 각종 범죄가 들끓게 마련이다. '범죄 없는 사회' 는 이상일 뿐 결코 현실은 아니다. 디오니수스 카토는 "죄를 짓지 않고 사는 사람은 아무도 없다"고 했다. 인간이 태어날 때부터 죄를 짊어진다는 것(원죄)이 성경의 해석이다. 죄를 알지 못하는 자는 진실로 하나님의 사랑을 알 수 없으며 고뇌 없는 자는 깊은 정신적 취미를 이해할 수가 없고 죄악, 고뇌는 인간의 정신적 향상의 요건이라고 말하기도 한다. 참으로 인간이 죄를 미워하면서도 크든 작든 간에 스스로도 범하고 있다는 것은 우리가 신이 아니기 때문이라는 논리가 성립된다.

　흔히 성직자를 '살아 있는 신' 으로 착각이라도 한 듯이 존경하다가 사소한 잘못 때문에 크게 실망하고 매도하는 경우를 우리 주변에서 흔히 본다. 잘못된 생각이다. 누구든지 죄 짓지 않는 자 있으면 '이 간통녀를 돌로 치라' 고 예수께서 말씀하셨을 때 아무도 돌을 던지지 못했다는 〈요한복음(9:1~11)〉의 예화처럼 말이다. 참으로 인간이 죄를 미워하면서도 스스로가 미연기연간에 죄를 짓고 있다는 것은 우리는 신이 아니고, 결코 신이 될 수 없다는 논리가 성립된다. 하지만 인간은 자신의 욕망과 감정 돌출을 억제하고 다스리는 데 보다 많은 신경을 써왔다. 이것이 도덕과 윤리 그리고 규범이라는 법과 질서를 요구하는 동기이고 새 밀레니엄에 거는 인류의 소망도 이러한 질서 확립으로만 어느 정도 단계적인 해소를 기구해 볼 수 있을 것이다.

따지고 보면 전쟁, 질병, 범죄란 모두가 인간의 욕심에서 비롯되는 것이라고 볼 수 있다. 하기야 인간의 욕심은 끝이 없다. 그래서 부자가 더 가난을 타고 욕심이 지나치면 화를 불러일으킨다. 우리 주변에서 흔히 보는 현상이다. 공자도 만족할 줄 모르는 것보다 더 큰 죄는 없다고 했다. 자기 처지에서 만족할 줄 아는 사람은 언제나 여유가 있다. 부자가 됐는데도 더 벌려다 망하기도 하고 교회가 꽤 부흥됐는데도 무리하게 더 욕심을 부리다가 분열을 거듭하는 사례를 얼마든지 주위에서 볼 수 있지 않는가.

인생의 가장 큰 목적이 가급적이면 많은 에너지를 이용해서 풍요를 누리며 온갖 욕구를 채우는 것이라면, 그래서 욕구를 줄이거나 잠재우는 데 관심이 없다면 결과는 전쟁과 싸움뿐이라고 역설적으로 말하는 이도 있다.

일찍이 프로이드의 쾌락원리에서는 욕망은 충족 또는 해소되어야 한다면서 그렇게 하지 못했을 때 고통이 온다고 주장한 바 있지만, 예부터 우리는 '쾌'와 '고'를 이분법적으로 나누지를 않았으며 도리어 위대한 정신은 물질의 결핍, 향락의 차단에서 온다고 보았으며 욕망을 채우는 것만이 능사가 아니라 욕망의 불길을 끄는 데서 근원적인 행복이 온다고 여겼다.

며칠 전 나는 호주에 투자 이민한 사업가와 저녁식사를 같이하며 그의 실패담을 들은 일이 있다. 그는 이민 온 후 의욕적으로 많은 분야에 투자했다가 그 많던 재산을 다 날리고 이제는 겨우 먹고 사는 정도의 일을 하고 있다면서, 그러나 재산이 많았을 때에는 힘이 들고 고민도 많았으며 엉뚱한 생각도 해 가면서 세월을 낭비했는데, 이제 돈이 많지 않고 보니 오히려 마음 편하고 하는 일에나 삶에 보람을 느낀다고 했다. 바로 이것이 우리가 새해 들어 곧잘 덕담으로 화두 삼는 '안분자족'(安分自足)이다. 스스로의 분수를 알고 욕심을 줄이고 만족하면 일 년 내내 편안하다는 뜻이다.

일찍이 군자에게는 두려워하는 것이 세 가지가 있다고 했다. 그 하나는 천명을 두려워하는 것이요, 두 번째는 큰 인물을 두려워하는 것이며, 세 번째는 성인의 말씀에 외경의 염을 갖는 일이라고 했다. 그렇기 때문에 소인은 천명을 몰라서 두려워하지 않고 큰 인물에게 가까이 굴며 남을 경시하고 성인의 말씀을 조롱한다고 했다. 자신의 분수를 모르고 처신하는 것이 얼마나 어리석은 일인지 경계하지 않을 수 없다.

최근 세월호 조난 사고를 안타깝게 지켜보면서 선주 유병언의 욕심과 선장의 어리석음, 그리고 감독관청의 관리 소홀이 빚어낸 인재(人災)였으며, 정부의 무책임과 위기대응 능력부족, 안전불감증에 온 국민의 불만이 들끓고 있다. 정말 부끄럽고 불행한 참사였다. 욕심을 줄이면 자연히 건강도 좋아진다. 욕심은 '부리' 지 말고 되도록 '버려' 야 한다. 너무 많은 소유는 우리 앞길의 발꿈치를 잡을 뿐이다. 우리가 그리고 모든 인류가 그런 마음가짐을 가질 때 비로소 복지사회의 소망이 조금씩이라도 실현될 수 있을 것이다.

21세기 들어 영국, 미국, 이탈리아 등 선진제국이 보여준 인명. 인권 제일주의를 새삼 눈여겨보며 이번 진도 앞바다에서 일어난 세월호 재난을 교훈 삼아 뼈를 깎는 반성과 곪을 대로 곪아빠진 우리의 치부를 뿌리부터 도려내는 그야말로 혁명적인 대숙정이 요구된다.

상식적으로도 전혀 납득할 수 없는 부정·비리·무능 등 꼬리를 물고 폭로되는 정보 홍수를 연일 가슴 아파하고 분노하는 국민적인 뜨거운 관심을 이제는 한 데 결집시켜 공권자와 이기적인 사업가를 철저히 감시하는 시민운동이 일어나야만 하겠다.

　21세기에 접어들어 숱한 대형사고가 접종하여 일어났다. 그때마다 국민의 안정을 위탁받은 관료 당국은 사후약방문만 그럴 듯하게 늘어놓고 여전히 패거리 챙기기를 일삼으며 금세 안전불감증에 빠져들곤 했다. 그리고 그런 부패관료와 결탁해 부정축재자들을 좌시할 수만은 없는 국가존망을 가름하는 초비상시국에 우리는 처해 있다고 해도 과언이 아니다.

　세월호 참사 이후에도 안전불감증 사고가 연이어 일어나고 있다. 어쩌면 최근 대통령이 마련하겠다는 국가안전처보다 '부정척결처'가 더 시급한 상황이다. 안전 못지않게 철저한 원인규명과 함께 그 근원을 밝혀내야 한다.

나눔문화 향상과 사회통합(社會統合)의 길

김 재 완

우리 인류사회에서 삶을 누리는 데는 여러 가지의 길이 있다. 높고 낮음의 길이 있는가 하면 넓고 좁은 길이 있다. 또한 행복한 길이 있는가 하면 고통스러운 길도 있다. 그리고 평화로운 길이 있는가 하면 불안한 길 등이 있다. 다만 그 가운데 가장 고귀하고 이상적인 하나의 길이 있다면 그것은 혼자서 가는 길이 아니라, 함께 협동적으로 나누면서 살아가는 길이다.

김재완(金載完) _ 단국대 법학과 졸업, 서울대 대학원(법철학·연구과정). 경희대 대학원(공법학 석사)·대진대 통일대학원(통일학·석사), 대진대 대학원(북한학·정치학 박사) 수료. 경희대·연세대·대진대 통일대학원 강사 및 교수. 「전남매일신문」·「제일경제신문」 논설위원, 교통방송(TBS)·원음방송(HLDV) 해설위원, 재계 동양(시멘트)그룹의 감사실장·연구실장 및 회장 상담역. 한국능률협회 평가위원. 대통령직속 민주평화통일자문회의 자문위원 및 상임위원. 문화체육부 종교정책 자문위원. 환경부 환경정책 실천위원. UN NGO 국제밝은사회(GCS)기구 서울클럽 회장. 한국자유기고가협회 초대회장. (사)한국민족종교협의회 사무총장. (사)한국종교지도자협의회(7대종단) 운영위원 및 감사. 한국종교인평화회의 이사·부회장. 한국종교연합(URI) 공동대표. 세계종교평화포럼 회장. (사)겨레얼살리기국민운동본부 이사 겸 집행위원장·평화통일위원장. 한국사회사상연구원 원장. (사)국제종교평화사업단(IPCR) 이사. 공론동인회·글로벌문화포럼 회장. 〈상패·표창〉 UN NGO 국제밝은사회(GCS)클럽 국제총재 공로패(1997), 문화체육부장관 감사패(1997), 문화관광부장관 표창장(2003), 대한민국 대통령 표창장(2007), (사)한국종교지도자협의회장 감사패(2008)

말하자면 D. 디포(Daniel Defoe)의 소설에 등장하는 '로빈슨 크루소'처럼 무인고도(無人孤島)에서 혼자 외로이 세월만을 먹고 살아가는 인생의 길이 아니라 남녀 간에 행복한 가정을 이루고 더 나아가 국가사회와 인류사회를 번영케 하며 화기애애하게 서로 기쁨을 나누면서 평화롭게 삶을 누리는 바로 그 길이다.

　물론 그 길을 가노라면 어려운 길이 있고 쉬운 길이 있다. 그런가 하면 의식주(衣食住)의 생활수단과 관습(Social code)이 다른 가운데 자기만이 넉넉하게 살아가려는 욕심꾸러기 족속이 있고, 서로 기쁨을 나누면서 함께 즐겁도록 살아가려는 사람이 있다. 또는 반사회적으로 제멋에 겨워 살아가려는 사람이 있는가 하면 인간다운 길을 찾아 선량하고 사회 안정을 위해 이웃과 함께 즐거운 마음으로 살아가려는 사람이 있다.

　흔히 우리 인간사회에는 다음과 같은 생각을 가진 사람도 적지 않다.

　"내 가족끼리 먹고 살기에도 부족한데 그 무엇을 이웃에게 나누어 주라는 것인가?"

　"내가 갖은 고생을 다해서 축적해 놓은 재산(돈)인데 왜 남들에게 거저 나누어 주라는 것인가?"

　"늙고 병드는 것은 자연의 이치인데 왜 나에게 의료비를 도와주라는 것인가?"

　"못 배우고 취직 못한 것은 그들 자신의 능력이 부족한 탓인데 왜 나에게 장학금으로 도와주고 나누어 주라는 말인가?"

　과연 이와 같은 사회현실 속에서 나눔문화가 활성화되고 향상될 수 있을까? 그리고 국민화합과 사회통합이 이루어질 수 있을까? 사실상 오늘날의 국가정책 속에서 혼자서 먹고 살기도 힘든 독거노인(獨居老人)

이나 무노동 극빈자에게 나눔과 봉사에 관한 부담을 주기란 어불성설(語不成說)이기도 하거니와 그 반면에 오늘날 자유민주적 자본주의 사회에서 속칭 돈 많은 부자들과 권세 있는 중산층 이상의 재벌들이 사회적 책임의식과 국가적 사명감이 결여되어 있다면 그 문제 역시 엄격한 논의의 대상이 되지 않을 수 없다.

우리 인간사회에는 천태만상의 모습으로써 의식주 생활조차 불공평하기도 하거니와 이웃을 돌보고 사회를 걱정하는 마음가짐도 인간성에 따라 각양각색이다. 이는 모든 사람들이 자기가 지니고 있는 환경과 잣대(尺度)에 맞추어 생각하며 자기가 배우고 깨달은 수준에 맞추어 편견적으로 속단하기 때문이다. 그리고 개인과 사회인식에 대한 보편타당한 가치관을 서로가 충분히 이해하지 못하는 데에서 그 원인이 되는 것이다. 바로 여기에서 불화(不和)와 불통(不通)과 불평불만(不平不滿)이 발생하기 쉽다.

그러기에 우리 영장지동물(靈長之動物)이며, 지혜로운 사회적 동물이라고 자처하는 우리 인간들은 함께 어울려서 함께 사랑하고, 함께 나누며, 함께 즐겁고, 함께 자선을 베풀며, 함께 행복하고, 함께 평화로운 사회로 발전시키면서 풍요롭게 잘 살아보자는 것이 이미 큰 과제로 대두되고 있으며, 또한 그러한 평화사회로 이끄는 지도자들이 필요하게 된 것이다.

인류의 역사는 삶의 기록이다. 그리고 역사는 과거와 현재의 대화인 동시에 미래의 인류문화 창조를 위한 열쇠이다.

한때 영국의 대박물학자이자 진화론자인 다윈(Darwin, Charles Robert : 1809~1882)은 그의 저서 《종(種)의 기원》을 펴내면서 자연도태(自然淘汰), 약육강식(弱肉强食), 적자생존(適者生存), 생존경쟁(生存競爭) 등의 학설을 전개하여 학계의 큰 관심을 끌게 한 바 있다. 그러나 훨씬 그 이전에도 이미 유사이래(有史以來)로 인류의 문명과 문화가 발달·발전하면서부터 많은 선각자와 성인들은 인류사회의 상부상조(相扶相助), 공생공영(共生共榮), 포덕천하(布德天下), 해원상생(解冤相生)을 위해 숱한 철학과 경륜과 종지(宗旨) 등을 이루어 놓았다. 그 길은 인간의 삶이요, 역시 안정과 평화와 행복의 길이다.

즉 지금으로부터 2,500년 전후에 많은 성현(聖賢)·군자(君子)들은 이미 대자연의 찬미·찬송과 함께 자비사상과 인의사상, 자아실현사상, 박애사상, 선도사상, 대아사상, 도의사상, 인존사상, 상생사상 등의 철학과 사상을 현창하여 인류사회의 평화운동에 크게 기여해 왔다.

그 후 세계적 인구가 팽창되고 시대적 환경변이와 집단생활의 조직변화에 따라 독재주의, 군주주의, 제국주의, 봉건주의, 물질주의, 공산주의, 사회주의, 평등주의, 민족주의, 자유주의, 개인주의, 자본주의, 인본주의, 인권주의, 민주주의, 신앙주의, 법치주의, 평화주의 등의 이론이 다양·다각적으로 전개되면서 오늘날에 이르른 것이다.

이와 같은 국제사회의 조류 속에서 오늘날 우리나라의 국가적 기강(紀綱)과 사회현실은 어떠한가?

우선 한국의 기본적 기틀인 현행 헌법정신에 따르면 ① 대한민국은 민주공화국이다. ② 국가의 주권은 국민에게 있다. ③ 국가의 민주개혁과 평화적 통일의 사명에 입각하여 정의·인도와 동포애로써 민족 단결을 공고히 한다. ④ 모든 사회적 폐습과 불의를 타파한다. ⑤ 자율과 조화를 바탕으로 자유민주적 기본질서를 확고히 한다. ⑥ 정치·경제·사회·문화의 모든 영역에 각인의 기회를 균등하게 부여한다. ⑦ 자유와 권리에 따르는 책임과 의무를 완수케 한다. ⑧ 국민생활의 균등한 향상을 기한다. ⑨ 세계평화와 인류공영에 이바지하여 자손의 안전과 자유와 행복을 영원히 확보할 것을 다짐하고 있다.

그리고 우리나라 「교육기본법」 제2조(교육이념)에는 "교육은 홍익인간의 이념 아래 모든 국민으로 하여금 인격을 도야하고 자주적 생활능력과 민주시민으로서 필요한 자질을 갖추게 함으로써 인간다운 삶을 영위케 하고 민주국가의 발전과 인류공영의 이상을 실현하는 데 이바지하게 함을 목적으로 한다"라고 명시되어 있다.

그런데도 우리 사회의 현실은 ① 빈부격차에 따르는 반항의식 고조, ② 소통문화와 이해력 부족에 따른 세대 간의 갈등, ③ 지역 간의 정치적·경제적 갈등, ④ 정당·의회정치 미숙에 따른 국회공전(國會空轉), ⑤ 붕당(朋黨) 및 정파(政派) 간의 타협 없는 갈등, ⑥ 보수와 진보, 그리고 우파와 좌파와의 가치판단 결여 및 이해 부족에 따른 이념적 양극화 현상, ⑦ 법과 질서를 무시하는 각계각층의 비리와 부정부패, ⑧ 가정·가족 간의 소통 및 대화 단절, ⑨ 학교 내의 각종 폭력사건, ⑩ 여러 가지 형태의 자살행위, ⑪ 각양각색의 노인 학대현상, ⑫ 탈법과 부실공사로 인한 각종 대형사고, ⑬ 윤리도덕성의 타락, ⑭ 종교·종파 간의 불화와 갈등, ⑮ 질서의식과 준법정신의 실종, ⑯ 나눔과 상생과 평화를 위한 사회적 가치성의 몰이해(沒理解) 등등이 아직도 선진화 과정에 있는 한국의 위상(位相)과 국격(國格)을 가차 없이 격하시키고 있다.

이와 같은 각 분야의 문제점은 국민 모두가 그러한 것이 아니라 일부 편견적이고 몰지각한 부류들의 현상이라는 점에서 우리 사회의 미래는 아직도 밝다고 보아야 한다.

한국의 정책당국에서도 수년 전부터 '사회통합위원회' 라든가 또는 '국민대통합위원회' 를 구성할 뿐 아니라 각종 사회운동단체들이 조직되어 국가사회의 안정과 국리민복(國利民福)을 위해 온갖 정성을 기울이고 있다. 그러나 일부 계층 간의 갈등과 부정적 사고, 그리고 개인 이기주의와 집단적 이기주의, 또한 고질화된 타성·악습·관행 등이 쉽게 개과천선(改過遷善)되지 못하고 있음으로써 국민화합과 사회통합, 그리고 국가발전에 막대한 지장을 부추기고 있는 것은 사실이다.

다시 말하자면 우리 사회는 지금 윤리와 도덕성의 상실, 국가사회 질서를 유지하는 준법정신의 실종, 그리고 가치관의 혼돈시대에 살고 있다. 그러기에 급속한 국제적 변화와 개혁의 조류 속에서 능동적으로 대처하지 못하고 오로지 삶의 만족도가 추락되며, 각 분야의 끊임없는 사건사고가 매스컴을 쉴 새 없이 장식하고 있는 실정이다. 더구나 내일의 이 나라를 이끌고 나아갈 청소년들조차도 "행복은 곧 돈"이라는 절대적 가치관과 "인생의 극치는 곧 향락"이라는 무책임한 사회조류에 휩싸여 "행복한 공동사회의 건설"을 등한시하는 판국이니 어찌하여 이 나라, 이 사회의 앞날을 우려하지 않겠는가.

현대 국제사회의 흐름은 '인류의 공공행복'을 어떻게 누려야만 가능한가? 라는 과제가 집중적인 관심거리이다. 즉 이는 복지사회의 건설과 인간 화합을 위한 공공행복의 방안을 슬기롭게 창출해 나아가자는데 그 큰 뜻이 있는 것이다. 바로 지난 20세기에 치열했던 '통제민주적 사회주의'와 '자유민주적 자본주의' 간의 다툼이야말로 생산(자산)과 분배(나눔)의 공공행복(복지사회)을 위하여 어떤 방법(수단)을 취할 것인가에 대한 이론실험의 경쟁시대이었다.

사실상 최근의 '복지국가사회론'은 우리나라에서도 2012년 12월 대통령선거의 최대 이슈로 대두되었을 뿐 아니라 장차 통일한국의 새로운 목표로서도 가장 우선시되는 매력적인 의제가 되기도 했다. 그 당시 대통령에 출마한 박근혜 후보는 '5000만의 행복플랜'을 내세웠고, 문재인 후보는 '사람이 먼저다'를, 손학규 후보는 '저녁이 있는 삶'을, 안철수 후보는 '보편적 복지' 등, 역시 새로운 국가 목표로 복지국가와 행복한 사회를 지향하는 담론들을 주요정견의 주제로 주창한 바 있다.

실로 우리 사회에서 민간들이 자발적으로 본격적인 기부활동과 출연(出捐, Contribution) 의식을 발휘하기 시작한 것은 1997년 말 IMF(외환위기)로 인한 어려운 이웃들을 돕기 위해서 시민들이 적극적으로 참여하였던 바로 그 때부터였다. 여하튼 정부의 국세통계 연보에 따르면 1999년도에 2조 9천억 원이었던 민간기부금이 2010년도에는 10조원을 넘는 수준으로 크게 증가되었는데 이와 같이 민간기부금이 빠르게 늘어난 것은 그야말로 민간기부에 대한 사회적 인식이 그만큼 발전한 결과라고 볼 수 있다.

우리나라의 나눔문화와 기부문화가 비록 2000년대 이후부터 법인과 대기업 위주로 의존도가 높아졌고, 한편 개인중심의 개별적인 나눔문화를 보면 마치 특정한 시기와 그 당시의 모금조건에 따라, 또는 특정단체에 의해서 편중된 경향을 나타내고 있기 때문에 어찌 보면 일상적이고 공평무사한 '나눔문화'로서 정착되지 않았다는 우려를 갖게 한다.

무엇보다도 공평성과 보편적인 '나눔문화'가 활성적으로 향상되고 국민 화합을 이루기 위해서는 다음의 몇 가지 현안(縣案)과 진의(眞義, truemeaning)에 대하여 국민들의 충분한 이해와 공감대가 확산되어야 할 것이다.

첫째 ; 인류문화 사회의 구성원이라면 누구나 막론하고 '나눔문화'에 대한 깊은 관심과 올바른 이해를 가져야 하며 이에 따르는 실천이 필요하다. 그리고 '나눔문화'와 '생활복지'에 관한 인성교육과 도덕 교육과정을 초·중·고등학교 및 대학에 이르기까지 강화해야 한다. 다 아는 바와 같이 인간의 나눔문화는 부모(음양합덕)의 사랑에 대한 나눔으로부터 잉태되며, 그 모체(母體)로부터 분만되어 양육되는 과정에서 천부적인 권리와 의무를 지니면서 생명이 유지되고 그 지혜와 조화로써 나날이 발달하게 되는 것이다. 그러기에 인간사회의 사랑과 자비 · 인의예지 · 효성 · 정의 · 평화 등 모두가 나눔의식과 나눔문화의 향상발전에 따라 꽃피우기 시작하였다. 모든 대자연의 생태계 현상도 시간적 · 공간적으로 이와 다를 바 없다. 생명을 가진 우주의 만물은 '나눔의 작용'과 '교호작용(交互作用)', 그리고 '동화작용(同化作用)' 없이 존속성과 존재가치를 유지하기란 어려운 법이다.

실로 '나눔의 의미(意味)'를 철학적으로 살펴보면, ① 단순히 어떤 수(數)를 둘 이상으로 가른다는 데만 그 뜻이 있는 것이 아니라, ② 각인(各人)의 몫을 두루두루 분배하는 데도 의미를 갖는다. ③ 또한 생물을 동물과 식물로 나누듯이 어떤 특정 대상을 구분하고 분류하는 의미도 있으며, ④ 음식과 의류 등이나 또는 돈과 재물 등을 함께 나누는 경우를 말하기도 한다. ⑤ 그리고 물질적으로 주고 받는 나눔만이 아니라 말과 노래와 춤과 예의 등으로 정신적 인사를 나누거나 문병 · 문안 등으로 위로를 하며 심리적인 봉사행위를 나누는 일도 있다. ⑥ 또는 경제적 · 정치적 · 사회적 · 문화적인 난제(難題)와 물질적 · 정신적인 어려움을 지혜와 소통으로 역지사지(易地思之)하며, 처지를 서로 바꾸어서 상호간의 의견과 이해와 사랑과 정의감으로 공감공조(共感共助) 협상하는 것도 곧 대의명분에 이르는 '나눔의 실현'인 것이다. ⑦ 이웃들의 슬픔이나 즐거움, 그리고 고생이나 행복을 함께 걱정하는 것도 '나눔의 기여정신'이다.

현대의 인간존중 사회는 남의 의견이나 이웃들의 고통을 무시하거나 자기 혼자 생각대로 처리하면서 살아가는 독불장군(獨不將軍)의 시대가 아니라 이 사회의 미풍양속(美風良俗)을 존중하면서 공생공영(共生共榮)하며 행복과 평화를 누리려는 희망의 시대인 것이다.

둘째 ; 우리는 '나눔문화의 활성화' 과정에 있어서 상호간에 나눌 수 있는 수수작용(授受作用, giving and receiving)의 보람을 찾아야 한다. 따라서 이 사회에 보람 없는 나눔문화의 폐해를 길러서도 아니 된다. 독일의 철학자인 A. 쇼펜하우어(Schopenhauer, 1788~1860)는 〈시선(施善)에 대하여〉라는 글에서 "가진 자는 걸인(乞人)에 대하여 무의미하게 동정해서는 안 된다. 만일 걸인에게 먹을 것이나 입을 것을 자주 준다면 그에게 걸인행세를 더 연장시킬 우려도 없지 않다"라고 언급한 바 있다.

우리나라는 얼마 전 선진국의 도움(나눔)으로 오늘날의 경제발전을 이루어 왔다. 여기에서 수원국가(受援國家)가 원조국가(援助國家)에 보답하는 길은 오직 수원(원조)의 힘으로 자활적인 국가발전을 이루는 일이다. 따라서 그 은혜에 감사하고 보답할 줄 알아야 한다. 이제는 한국이 앞장서서 어려운 나라를 도와주고 있는 셈이다. 다행히 우리 젊은이들의 정신 속에 나눔을 실천할 수 있는 기반이 이미 다져서 있음을 말해 주고 있다.

지난 1950년대에는 1인당 국민소득이 60달러의 최빈국이었으나 그 당시 국제사회의 도움으로 30여년 만에 놀라운 경제발전을 이룸으로써 보람차게 OECD 회원국이 되었고, 그 저력으로 그 후 20~30여년 사이에 우리도 어려운 나라를 돕자는 구호의 손길과 나눔의 정신이 빠른 속도로 번져가고 있는 것이다. 그러나 아직도 국내외에서 구호할 대상은 많은데 기금은 항상 못 미치는 것이 아쉬운 현실이다.

"인간사회에 있어서 최고의 도덕이란 바로 끊임없이 남을 위한 봉사(나눔)와 인류를 위한 사랑으로 일하는 일이다"라고 주창한 인도의 철인 M. K. 간디(Gandhi, 1869~1948)의 세계적 명언이 생각난다. 이는 간디가 저술한 《윤리적 종교》라는 글귀 가운데 오직 세계의 평화를 위해 천명한 명언명구이다.

셋째 ; 우리 사회에 나눔(기부)문화가 정착하기 위해서는 균등과 조화의 정신으로 소액기부(나눔)의 가치를 확산시켜야 하며, 고액기부 대상의 편중을 막고 다변화시켜야 한다. 그리고 민간 공익재단의 활성화를 위한 정책적 지원 및 운영관리의 철저한 감독방안도 필요하며, 종교계의 적극적인 관심과 나눔 대상의 확대역할이 필요하다.

(1) 더 구체적으로 말하자면 무엇보다도 정기적인 소액 기부자의 확대적 형성이 요구되고 있다는 점이다. 특정한 개인기부가 일반 민간기부를 이끌어 내기 위해서는 돈 많은 소수의 특정 개인에 의해 나눔(기부)이 이루어지기보다는 그보다 다수의 사회구성원들이 모두 다함께 나눔문화 활성화에 참여케 하는 분위기 조성이 필요하다. 따라서 이 구성원들이 확대적으로 정기 기부행위에 참여할 때 비로소 기부문화가 정착될 수 있는 여건이 마련된다고 본다. 따라서 고액자산을 가진 개인들(알부자)의 고액기부 행위도 증가하게 될 것이다.

(2) 대부분의 기부자들은 나눔을 통해 가난한 자의 구제(救濟)라든가, 혹은 사회 전체의 이익을 가져다주는 공익성 사업자에 지원하기를 원하고 있다. 기부(나눔) 관리와 자선문화단체의 통계에 따르면 지난 2007년 이후 최근까지 잠재적 기부자인 고액재산가들의 참여의사가 높아지고 있는 추세라고 말한다. 그러므로 이에 대해 적극화를 위한 정책적 장려 방안도 마련되어야 한다. 고액자산가나 사회지도층의 참여는 우리의 모든 사회구성원들에게 나눔에 대한 관심도와 참여도를 높이게 되고 사회의 기부문화를 정착시키는 데 큰 본보기가 될 것이다.

따라서 현재 우리 사회가 직면하고 있는 여러 가지 문제 중에는 사회적 통합과 국민적 화합이 무엇보다 시급하다는 점이다. 이런 상황에서는 선진 외국의 경우와 같이 우리나라에서도 성공한 기업인(재벌)이나 사회지도층들로 하여금 사회전체의 문제해결과 남을 배려하는 공공정신으로 적극적인 화쟁(和諍)운동의 효율적인 솔선수범이 필요하다 하겠다.

(3) 또한 사회적으로 성공한 기업인(재력가)들이 자신의 재산을 민간 공익재단에 출연하는 경우가 있는데 이에 대한 공익관리도 중요하다. 특히 공공의 행복을 위해 역할하는 특지가(特志家)와 그 공익재단들의 공적차원의 노력에도 치하할 만하다. 즉 그동안 국가 · 사회의 발전에 상당한 역할을 해 왔기 때문이다. 그러나 과거 일부 몰지각한 민간 공익재단의 비리 · 부정과 부실운영에 대한 부정적 측면도 없지 않다. 향후에는 공익재단의 성실한 활동과 역할을 위해 효율적인 규제가 있어야 하며 이의 꾸준한 활성화를 위해 제도와 정책의 변화도 필요하게 되었다.

(4) 따라서 종교계의 '나눔문화'에 대한 적극적인 관심과 대국적인 실천이 요청된다. 다종교사회를 형성하고 있는 우리나라는 종교인구가 실질적으로 80% 이상이라고 예측되고 있다. 이들 종교 가운데에는 정치 등 각계의 지도자들이 각 종단에서 고루고루 신앙하며 활동하고 있다. 이에 모든 신앙인들은 종교의 교리(敎理)와 교의(敎義) 속에서 인생을 깨닫게 된다. 그리고 인간사회의 상대(대상)에 대한 배려와 존중을 통해 상호간의 조화와 균형의 삶을 이룩하려는 데에 궁극적인 이상이 있다는 것을 알게 될 것이다. 그러기에 모든 종교인들은 이에 대한 기능적인 기여와 봉사적 역할이 더욱 필요하다. 특히 종교적인 기능을 통하여 개인적인 구제행위와 공공단체의 편익을 도모하기 위한 기부행위야말로 나눔문화의 활성화를 위해 가장 실효를 거둘 수 있다고 보는 것이다.

여기에 인간사회 구제를 위한 성현(聖賢)·선각자(先覺者)들의 사상성향이 떠오른다.

"내가 비록 모든 재산을 남에게 나누어 준다 하더라도, 또 내가 남을 위해 불 속에 뛰어든다 하더라도 사랑과 나눔이 없으면 모두 아무런 소용이 없다."

(신약성서 : 고린도전서 13장 3절)

"생명이 있는 모든 것에 나눔(봉사)을 가짐으로써 인간인 나는 세계에 대해 뜻있고 목적 있는 행동을 다하는 것이다."

(A. 슈바이처, 《나의 생애와 사상》 중에서)

"우리는 수입의 일부를 자선사업에 희사할 의무가 있는 것이다. 뿐만 아니라 가장 적절하고 유효하게 쓰이도록 보살펴 줄 의무도 있다."

(미국의 제3대 대통령 T. 제퍼슨의 '문서집' 중에서)

"적선지가(積善之家)엔 여경(餘慶)이 반드시 있고 적불선지가(積不善之家)에는 반드시 여앙(餘殃)이 따르는 법이다."

(중국의 《역경》 중에서)

현하 우리가 추구하고 있는 복지국가건설(福祉國家建設)이라든가 평화적인 사회통합(社會統合)과 국민총화(國民總和)는 나눔문화와 상생사상, 그리고 소통과 이해라는 시대적 이슈를 정착시키지 못하면 성취되기가 어렵다. 경제성장과 분배(나눔)의 균형문제를 놓고 나날이 심화되고 있는 이 판국에 우리 사회의 이념적인 양극화 문제와 물질적인 양극화 현상을 극복하고 국민총화적인 사회통합을 이루기 위해서는 무엇보다도 제도적인 재분배 문화가 정착되어야 하고 개인중심의 나눔문화가 향상되도록 작용하는 일이 급선무일 것이다.

민속자료 소고

김 대 하

근래 미술시장의 팽창으로 미술품 경매시장이 활기를 띠고 있다. 강화반다지는 1억, 밀양반다지가 수천만 원. 양산반다지, 평양반다지, 전주반다지, 박천반다지 등 지방에 따라 특색 있는 반다지들이 경매장에 오르고 있다. 또 책거리 병풍인 책가도(冊架圖), 화조도(花鳥圖) 민화병풍이 천만 원. 모란도(牧丹圖)를 위시한 민화들이 수백만 원에서 수천만 원에 경매되고 있다. 까치 호랑이 그림 한 장에 수 천만 원을 호가하는데, 참고로 이 까치 호랑이라는 용어는 학자들에 의해 지어진 이름이 아니고 인사동 상인들이 만들어 낸 명칭임을 밝혀둔다.

찬탁, 장롱, 책장, 관복장 등이 수백에서 수천만 원, 해주반(海州盤), 나주반(羅州盤) 등이 수십만 원에서 수천만 원, 화각장이나 나전칠기, 빗집

김대하(金大河) _ 경남 밀양 출생(1936년). 경희대학교 법학대학 대학원 공법학과 수료. 주식회사 청사인터내셔널 대표이사, 주식회사 부산제당 대표이사, 경기대학교 전통예술대학원 고미술감정학과 대우교수, (사)한국고미술협회 회장 등을 역임하고, 현재 국립 과학기술대학교 출강, 한국고미술 감정연구소 지도교수 등으로 활동. 저서─연구서《고미술 감정의 이론과 실기》, 수필집《골동 천일야화》, 여행기《철부지노인 배낭 메고 인도로》등 상재.

이나 패물함, 벼루함(硯床) 등 참으로 그 가짓수도 많다. 그 외 이런 저런 민속자료들의 낙찰가가 가난한 사람들의 한 살림 밑천이 된다.

이러한 민속자료들이 어디에 있다가 나타나서 이렇게 비싼 값에 팔리고 있을까. 해당 학문을 하는 학자들의 공로, 아니면 해당 부서 공무원들의 노력으로 보관해 왔을까(?) 천만의 말씀들이다.

"초가집도 없애고 마을길도 넓히고 너도 나도 일어나 새마을을 가꾸세"라는 새마을 노래가 전국 방방곡곡에 울려 퍼지며 새마을운동이 한참이었던 1970년대 초, 우리네 전통가옥은 부엌에는 찬탁이, 안방과 사랑방 등에는 다락방이 있었다. 다락문에는 그림들이 붙어 있었고, 다락방 안과 대청마루 선반 위에는 이런 저런 살림살이들인 일반 생활도구들이 얹혀 있었다. 이런 것들이 바로 민중들의 애환과 함께 일상에 쓰여졌던 민예품이고 민화들이었다.

산업화 이후 이러한 민속자료들은 인간의 기본생활인 의식주 생활양식의 변화로 인해 심한 변모현상을 보일 뿐만 아니라 소멸현상까지 나타내고 있었다. 아담한 기와집이나 초가삼간을 헐고 그 자리에 시멘트 벽돌로 지어올린 거대한 아파트나 상가건물들이 들어서면서 창틀이나 장지문, 곡간 문들의 문틀은 뜯겨져 공사판 불쏘시개로 태워져 나가고, 급속도로 변화되는 부엌문화는 아낙네들의 손때 묻은 장독이나 부엌의 이런 저런 살림도구들을 외면하게 되었다.

이렇게 사라져 가는 민속자료들을 그래도 열심히 수집한 사람들이 있었으니, 다름 아닌 손수레를 끌고 다니거나 지게를 지고 다니며 불쏘시개로 사라지기 직전에 구해 낸 사람들은 점잖은 선비님들이 하대하는 장사치들이었다. 이들이 구해 내어 몇 안 되는 수집가들의 손에서 지금까지 보관되어 왔다. 물론 일부는 박물관 등에서도 수집 보관해 왔지만 이는 훨씬 후의 일들이었다.

이 사람들이 민속이나 민화의 개념 따위를 알 턱이 없다. 그저 가족들의 생계를 위해 열심히 돌아다니며 수집하고 인사동 골동품 가게에 팔러 다녔을 뿐이다.

툇마루나 봉창, 미닫이문 할 것 없이 가리지 않고 수집해 왔다. 집을 뜯어내면 벽장문에 붙어있던 사군자나 문자 그림들, 그리고 벽장 속 깊이 처박혀 있던 곰팡이 서린 민화그림 두루마리, 할아버지 담뱃대 재떨이, 부엌 시렁 위에 얹어 두었던 함지박, 부엌 벽에 걸어두었던 반상들, 부뚜막에 놓여있던 대나무 수저통 등등, 헤일 수 없이 많은 종류의 민속품들을 닥치는 대로 수집해 왔었다. 이들이 없었다면 누가 있어 민속자료들을 모을 수 있었겠으며, 또 민속자료 연구는 무엇을 대상으로 하였을꼬! 아마도 도서관에 앉아 사진자료들이나 뒤적거리고 있었을지 모를 일이다.

그러고도 지금 그 공로들은 이를 연구하고 정리한 학자들의 몫으로 돌리고 있다. 필자 역시 한 사람의 연구자로서 이러한 연구자들을 나무라는 것은 아니다. 다만 이렇게 연구 자료들이 내 앞에 놓여 있기까지 노력한 자들에게 어느 정도 고마운 마음이라도 가져달라는 말을 당부드리고 싶은 것이다.

반상(班常)의 구별이 엄격하던 조선시대의 뿌리 깊은 사민관(四民觀)에서의 사(士)가 아닌 공상(工商)들에게 천한 대우를 하던 폐습이 아직까지도 무의식 속에서나마 나타나고 있지는 않을까.

우리나라만큼 기록문화가 발달된 나라도 별로 없다. 기록문화 하나는 과히 세계에서 으뜸의 자리를 차지하고 있다.

그런데 이 기록이라는 것이 나라님의 기록뿐이고, 기술에 대한 기록이나 장인들에 관한 기록은 거의 찾아볼 수 없다. 그 정도로 장인(匠人,

기술자)들을 천시했기 때문이다

그 한 예로써 지금의 경기도 광주시 남종면 분원리에 있는 사옹원(司饔院)의 분원(分院) 유적지에는 도자기를 직접 번조(燔造)한 장인은 없고, 주로 왕자를 비롯한 왕족들이 맡았던 명예직과 같은 도제조나 제조(提調)들의 공덕비만 즐비하게 남아있다.

사옹원(司饔院)은 조선시대 임금과 대궐 안 음식을 담당하는 관청의 이름으로, 고려의 사옹방(司饔房)을 세조 13년(1467)에 사옹원으로 격상 개편하면서 비로소 녹관(祿官)을 두게 되었다. 또한 분원(分院)은 사옹원의 분점 성격을 가진 곳으로서 궁중에서 사용되는 그릇들을 번조하던 곳을 말한다. 즉 관요(官窯)를 말한다.

그렇다면 도대체 민예품이 무엇이기에 한 살림 밑천이 들썩거린다고 하는가. 이왕 말이 나온 김에 요즘 세간의 화젯거리가 된 어느 전직 대통령의 비자금으로 수집해 두었던 전 · 현대미술품 및 민예품들이 압수되어 공매 처분되었는데 낙찰가가 일반 시중시세보다 평균 30% 이상 고가로 경매되었다는 재미있는 사건들을 구경하고 있다.

그러면 여기서 그 민족의 생활사의 타임캡슐이라고 할 수 있는 민예품이나 민화에 대해 잠깐 알아보도록 하자.

일반적으로 민속은 그 민족의 삶의 내용과 방식을 담고 있는 생활양식의 총체로서 이러한 행위의 산물들을 민속품이라고 정의하고 있다. 우리 민속품은 여타 고고미술자료와는 달리 대부분의 민속자료가 우리 조상의 일상적인 생활과 밀접하게 연관되어 있어 우리 주변에서 쉽게 접할 수 있었던 일상생활 속의 생활예술이다.

고려 충선왕 시절 고려가 거대한 원제국(元帝國)의 지배 아래 있을 때, 지정학상 원나라 주변 소수민족들의 국토들은 모두 원나라에 편입되었는데 당시 고려 조정에서는 '입성의(立省議)'라는 것이 논의되었던 일이 있었다. 즉 친원파 신료들 중심으로 나약한 고려를 대원제국의 한 성으로 편입시켜 버리자는 논의가 힘을 얻고 있을 때 이제현(李齊賢, 1287~1367)을 중심으로 극렬한 반대운동에 부딪치게 되었는데 원나라의 한 성으로 편입되는 것에 대한 여러 가지 부당한 이유 중 가장 관심을 끄는 대목은 고려의 '풍속(민속)'이 중국과 다름을 강조한 것이다.

이 '풍속'이란 왕이나 어떤 권력자의 뜻대로 좌지우지되는 것이 아닌 일반 민중들의 보편적 생활양식으로 역사적 소산이기 때문이다. 이것이 있었기에 '입성의'에 반대할 수 있는 가장 큰 명분이 되었던 것이다. 민속은 그 민족의 역사 그 자체이기 때문이다.

이제 민화에 대해서 이야기해 보자.

민화라는 용어가 처음 등장한 것은 1929년에 만든 신조어로서 일본인 미술 철학자 야나기 무네요시(柳宗悅)가 민중적 그림이라고 하여 붙인 이름이다. 즉 민중에 의해서 만들어졌고, 민중을 위해서 만들어졌고, 민중이 사용하던 공예적 그림이라는 의미가 담겨져 있다.

민화(조선시대에는 俗畵라고 불렀다)는 정통화와 달리 비사실주의, 비합리주의, 비정상주의, 비권위주의, 비가식주의, 비야심주의를 추구한 자유분방한 화풍을 창작해 낸다. 아무른 야심도 없이 순수한 마음으로 그려진 동체(童體, 어린 아이들 그림)의 그림이다. 그래서 민화는 환상주의며, 해학적이며, 추상적이다.

민속품이라는 용어 역시 1926년 그가 만든 민예(民藝)라는 용어에서 출발되었다고 볼 수 있다. 이 일본학자를 찬양하자는 말은 결코 아니다. 이는 광화문을 살렸고 조선미술의 참멋을 세상에 알린 장본인이기에 그의 글을 잠깐 소개하고자 할 뿐이다.

그는 공들여서 만든 상등품보다 하등품들에서 더 큰 보편적 아름다움이 숨겨져 있음에 주목하게 되면서 민예(民藝)라는 신조어를 만들게 되었다

1935년 『공예』 8월호에 기고한 앞의 야나기 무네요시(柳宗悅)의 조선 민예품 예찬론을 발췌 요약해 보면 "민속품들은 신경을 써서 만들지 않았기 때문에 섬세한 맛이 없을지 모르나 그만큼 태평스럽고 온화하며 유순하면서 순박한 맛이 보인다. 그리고 가까이 하면 할수록 떠나기 아쉬울 정도로 친근감이 생긴다. 자로 잰 듯 정밀성이 없기 때문에 그만큼 실패할 확률이 낮다. 또 만약 실패를 하더라도 추함이 없으니 여유가 있고 허영을 빼 버린 따뜻함을 느끼게 한다"고 하였다.

한평생 고미술과 함께 살아온 내가 지금 들어도 참으로 멋지고 가식 없는 표현이라고 생각된다.

문화융성의 한국, 사회통합의 한국인

김 재 엽

우리나라 조선의 말기에 해당하는 1868년 이웃나라 일본에서는 메이지유신(명치유신, 明治維新)이 일어났다. 일본의 에도 막부가 서양의 개항 압력에 견디지 못하고 구로후네 사건을 계기로 조약을 체결하자, 이에 반발한 막부 타도 세력과 왕정복고 세력에 의해 1867년 막부가 무너지고 덴노 중심의 근대 국가로 전환되어 대개혁을 맞이하는데 이를 계기로 일본의 정치, 경제, 사회가 완전히 뒤바꿔졌다. 바로 유신 3걸(사이고 다카모리, 오쿠보 도시미치, 기도 다카요시)로 대표되는 신흥 지식인 세력에 의해 서양의 문물을 받아들인 일본은 해외 열강들과 어깨를 나란히 하는 강국으로 성장하게 된 것이다.

반면 조선의 경우는 일본의 막부에 해당하는 세도정치 가문으로 대

김재엽(金載燁) _ 경기 화성 출생(1958년). 한밭대학교 기계공학과, 한국방송통신대 경영학과 졸업. 대진대 통일대학원 졸업(정치학 석사). 대진대 대학원(북한학) 박사과정 수료. 국제펜클럽 한국본부 회원. 한국불교문인협회 사무총장. 한국문인협회 의정부지부 초대 부지부장. 한국현대시문학연구소 상임연구위원. 『한국불교문학』 편집인. 장애인문화사랑국민운동본부 상임이사 · 공동대표. (사)한얼청소년문화진흥원 창립 이사. 시정일보 논설위원. (사)터환경21 이사. 도서출판 한누리미디어 대표. 제14회 한국불교문학상 본상, 제8회 환경시민봉사상 대상(시민화합부문) 수상.

표되는 기득권 세력이 요지부동이라 개혁개방은 허용되지 않았고, 외부에서의 통상 요구를 정중히 거절하여 돌려보내는 것이 국가 정책이었다. 김옥균을 비롯한 일부만이 다소 깨어 있었다지만 이들은 독자적으로 개혁을 도모하지 못하고 일본을 끌어들여 개혁을 하고자 한 점에서 한계를 드러냈다. 고종과 명성황후도 나중엔 개혁을 외치긴 했어도 결과적으로 나라를 망치는 데 상당한 기여를 한 셈이었다.

고종이 병인양요와 신미양요를 승리함으로써 잠시 조선의 이미지가 개선된 점을 이용하여 대원군 실각 직후 일본식 개항을 결정하고 영국, 프랑스, 미국 등의 문물을 받아들였다면 그나마 최악은 피했을 거라는 평가도 있지만 끝내 고종은 그 기간을 헛되이 낭비했고, 그 결과 우리나라는 일제 식민지가 되고 만 것이다.

이 시기에 미국 영국 프랑스 독일 네덜란드 등 외국 사람들이 조선에 와서 보고 들은 것을 글로 쓴 것이 책으로만 100종이 넘는다. 그들은 목사 의사 교사 기자 외교관 화가 등 다양한 직업을 가지고 있었는데 얼마나 정확하게 조선을 보았는지는 분명치 않으나 대략 다음과 같이 기록하고 있다.

첫째로 조선은 너무나 더럽다. 한양의 거리에는 인분과 쓰레기가 방치되어 있고 악취가 나며 사람들은 빈대와 이와 공생한다. 그것이 전염병의 원인이 되는데 국가는 방치하고 있다.

둘째, 사람들이 게으르다. 따라서 가난할 수밖에 없다. 너무나 가난하고 문명이 없는 야만인 사회이고 위험한 곳이다.

셋째, 부정부패가 매우 심하다. 관리는 착취를 일삼고 흡혈귀와 같다. 백성은 착취를 당하기 때문에 열심히 일하지 않는다. 그런데 연해주에 사는 조선인들은 깨끗하고 열심히 일한다. 착취를 당하지 않기 때문인 것 같다.

넷째, 운동(exercise)을 모른다. 운동을 천한 사람이나 하는 것으로 생각한다. 심지어 테니스를 하인한테 시키고 구경을 한다.

다섯째, 바다를 두려워한다. 요컨대 모든 면에서 형편없는 나라다.

그러나 한 세기가 지난 지금 대한민국은 엄청나게 발전되어 있다. 8.15 광복 직후 미국의 도움으로 살던 농업국가가 이제는 대단한 공업국가, 상업국가, 무역국가로 변신하여 경제력은 세계 10위권이며, 미국의 저명한 잡지 『Foreign Policy』에서는 한국이 2030년대에는 세계 제5위의 부국이 된다고 예측하기도 하였다. 농업국가에서는 지주계급이 있고 지주와 소작인의 갈등관계가 있었지만 이제는 그런 것이 없어졌다. 중농억상정책(重農抑商政策)은 독재정치에 악용되며 산업국가에서는 독재가 어렵다. 쇄국정책으로는 빈곤을 씻을 수 없고 독재가 가능하게 된다.

영국인 이사벨라 버드 비숍(Bishop) 여사는 정직한 정부와 정직한 지도자를 만나면 국가는 발전한다고 하였다. 한국에서는 정변이 잦았고 새로운 지도층이 출현하고 정치적, 사회적 쇄신의 기회가 있었다. '새마을운동'이 세계적으로 알려지고 그것을 연구하고 모방하는 국가들이 매우 많아졌다. 중국의 원자바오(溫家寶) 총리도 한국의 '새마을운동'을 중국의 농촌부흥정책으로 활용하였다. 한국에서는 국민이 주체가 되어 새로운 지도층을 만들어 냈다. 교육이 매우 중요한데 세계 최고의 교육열이 가장 큰 역할을 하고 있다.

우리나라는 지금 세계적 기준(global standard)에서 볼 때 매우 발전하였다. 앞서 조선 말기에 외국인들이 책에서 언급한 내용이 이젠 완전히 뒤바뀌었다.

우선 서울을 비롯한 전국의 모든 도시들이 깨끗하고 아름답게 가꾸어졌다. 거리나 주택 모두가 서구의 선진국에 견주어도 전혀 뒤떨어지지 않는다.

게으르다던 사람들은 이제 세계에서 가장 부지런하기로 소문났다. 세계 어느 나라 근로자들도 한국의 근로자들을 따라 잡지 못한다.

정부와 관료의 청렴도도 상당히 높아졌다. 간혹 정경유착의 폐해가 아직도 잔존하여 사건사고의 원인이 되기도 하지만 경제적으로 매우 짧은 기간 동안 압축성장한 일종의 후유증 정도로 사료되며 곧 치료되리라 기대된다. 특히 사직당국과 언론과 시민이 부조리를 용납해 주지 않고 있으며 고발정신이 매우 강해졌다.

스포츠에 있어서도 어느 한 종목 뒤처지지 않고 세계적인 수준이다. 야구 축구 골프 마라톤 탁구 양궁 태권도 유도 피겨스케이팅 히말라야 등정 등은 너무나 유명해졌다. 상당히 많은 한국의 운동선수들과 코치진이 해외에서 고액의 몸값을 받고 스카우트되어 한국의 명성을 날리며 특별대우를 받고 있다.

한국의 해양진출은 이제 선진국 대열에서 확실하게 자리 잡았다. 해운업이 발달하고 원양어업도 매우 발달하여 신선한 해산물이 식탁에 오른다. 세계 최고의 조선업을 비롯하여 자동차공업분야, 토목건설건축분야, IT분야, 원자력발전분야 등 세계적인 기록을 자랑하는 분야가 얼마든지 있다.

문화융성을 기조로 이제 한국은 6.25 한국전쟁 이후 지원을 받던 나라에서 불과 50년 만에 지원을 하는 나라로 발돋움하였고 유엔 사무총장과 세계은행(IBRD) 총재도 배출하였다.

한국의 민주주의는 아직 만족할 만한 수준에 오르지는 못하였지만 그래도 세계적으로 선진국 수준에 있으며, 언론 집회 결사의 자유가 최대한으로 보장되어 어떠한 반정부적 언론이나 시위도 거의 억압을 받지 않는 상태다. 오히려 일부의 국민들이나 지도층이나 시민단체에서 표현의 자유라는 명분을 내세우고 국가의 정체성이나 안전보장을 위협하는 언행을 일삼을 정도로 자유권을 주장하기에 이르렀다.

정권교체는 진보와 보수가 조화를 이룰 정도로 수평 교체가 이루어져 왔다. 이제 우리 한국인은 마땅히 자긍심을 가지고 이념적 지역적 계급적 차원을 초월하여 국가발전에 공헌해야 한다. 일시적인 정략적 권모술수와 대중영합주의를 벗어나 진정한 국가의 발전을 위하여 고심하고 헌신해야 한다. 정치의 본질은 분화와 대립을 통합하고 일체화하는 것일 뿐 사리사욕과 당리당략에 의하여 분화와 대립을 조장하는 것이 아니다.

정치의 본질을 훼손하는 정치가는 정치인이 아니라 국가발전을 해치는 범죄인이고 역도(逆徒)에 지나지 않는다. 현재의 국가 위상에서 우리의 정치가 가장 낙후된 점을 명심하고 이제는 사회통합의 차원에서 정치인들을 비롯한 사회지도층에서 뼈를 깎는 성찰과 자기반성이 있기를 기대해 본다.

당쟁과 정쟁은 나라를 망친다

박성수

매천(梅泉) 황현(黃玹, 1855~1910) 선생은 필자가 가장 존경하는 역사가다. 조선 말기에 태어나서 당쟁과 부정부패로 나라가 망하는 것을 보고 자결 순국한 선비였다. 지금 우리는 100여 년 전 매천이 살던 바로 그런 시대에 살고 있다. 지금 전남 구례에 가면 매천의 사당을 볼 수 있으나 찾는 사람이 드물다. 그래서 나는 매천이 어떤 역사관을 가지고 살았는가를 짧은 글로 전하고 싶다.

조선왕조는 5백년이 넘는 동안 처음 유교를 숭상하는 유학자들이 서로 화합해서 나라를 잘 다스리다가 점차 권력에 취한 유림들이 당파로 갈라지더니 미쳐서 아귀다툼을 벌이게 되었고 정치는 그들이 일어나고 자빠지는 것으로 변했다.

박성수(朴成壽) _ 전북 무주 출생. 서울대학교 사범대학 역사교육과 졸업. 고려대학교 대학원 졸업. 성균관대학교 교수. 국사편찬위원회 편사실장. 한국학중앙연구원 교수 · 명예교수. 국제뇌교육종합대학원대학교 명예총장. 국제평화대학원대학교 총장. 문화훈장 동백장, 문화훈장 모란장 등 수훈. 저서 《역사학개론》《독립운동사 연구》《단군문화기행》 외 50여 권 상재.

매천 황현은 마치 오늘의 대한민국 정치사를 직접 보고 말하는 것처럼 우리에게 당쟁하지 말라고 충고하고 있다. 오늘의 당쟁이 아무리 나라를 위한 싸움이라 주장을 해도 황현에게 물어본다면 그것은 권력을 위한 투쟁일 뿐이요, 망국의 원인이 될 것이라고 대답할 것이다. 권력을 위한 투쟁이란 반드시 사색당쟁(四色黨爭)이 되어 나라를 망치기 때문이다. 사색뿐만 아니라 오색 육색이 되어 나라가 망하는 것이다.

조선시대 사색당쟁은 정조(正祖, 1776~1800 재위) 이후 노론(老論)의 승리로 끝나 그들이 국권을 쥐고 국시(國是)를 독단하여 여러 사람의 입을 틀어막고 국론을 맘대로 좌지우지하였다. 그러니 나라에 자유가 사라지고 국론이 굳어져 도무지 발전할레야 할 수 없는 지경에 이르렀다. 당쟁은 처음 동인과 서인의 싸움으로 시작되었으나 조선왕조 후기에 이르러서는 노론·소론·남인·북인의 네 당파로 갈리어 싸우게 되었다. 대한민국의 민주주의는 조선왕조의 사색당파와 다르지 않다.

그러면 사색당파라는 조선왕조 특유의 폐단이 어떻게 이 나라의 정치풍토를 고약하게 만들고 백성을 괴롭히고 나라를 망치게 하였는가?

사색당파는 각기 자기들만의 터전을 굳게 지켜 서로 군사동맹을 맺은 것과 같이 뭉쳤다. 사색 중 패권을 잡은 노론은 대대로 왕실과 혼인을 맺어 모든 화려한 벼슬이나 중요한 자리를 독차지하였으나 그 자리는 오래 가지 못하였다. 그리고 노론 이외의 나머지 삼색(三色)들은 남대(南臺)라 하여 요즘으로 말하면 장관은 못하고 차관 이하의 낮은 자리에 머물러 홀대를 받았다. 당쟁의 폐단은 이것으로 끝나지 않았다. 당파싸움은 문벌을 따지고, 지역차별과 지역감정을 부추겨 국민을 동서남북으로 갈가리 찢어 놓았다.

문지(門地, 즉 문벌)를 소중히 여겨서 기호 즉 경기와 호중(湖中)을 제일로 치고 양남(兩南, 경상도와 전라도)을 가장 아래로 여겼다. 그러므로 비록 같은 노론이라 하더라도 산림(山林, 나라 제일의 학자)만은 기호, 즉 충청도와 경기도에서 났다. 그러므로 산림이란 요즘의 산림녹화의 산림이 아니고 학술원·예술원 학자들을 말하는 것이다.

문벌을 중시하는 폐단은 개선되었으나 나라의 제일가는 학자 산림을 노론이 독점하였다는 폐습은 그대로 살아남아 오늘에 살아있다. 요즘은 강단사학자들이 학·예술원 자리를 마치 마피아처럼 독점하고 있다. 산림이란 당시의 가장 영예로운 대학자라는 칭호였으나 문벌만 따져서 학자답지 않은 학자를 산림으로 뽑으니 마치 요즘의 학·예술원과 다름이 없는 것이다.

더욱이 그 밑에 따라붙는 수천 명의 제자들은 모두가 서로 아무개 제자라 하면서 학벌로 뭉쳐 작당하니 학문은 날로 쇠퇴하기만 했다. 그래서 조선왕조는 일찍이 유학을 바탕으로 건국되어 발전하여 왔는데 유학이 쇠락해 가면서 왕조 또한 망하게 된 것이다.

그런 틈을 타서 서양의 종교 천주설(天主說, 천주교)이 들어오니 사설(邪說, 천주교)이라 하면서 배격하였다. 그러나 유학은 날로 쇠퇴하고 남은 것은 붕당(朋黨)뿐이었다. 우리나라 붕당의 화가 어찌해서 일찍이 나라를 망치는 데 이르지 않았는지 모두가 의아하게 여겼으니 이제 결국 수습할 길이 없게 되었다. 아아! 무서운 일이다.

매천은 이렇게 탄식하였다. "붕당이란 사색당파를 말하는 것이며 붕당의 싸움이 곧 당쟁인데, 그 화가 조선의 지식층을 망쳤을 뿐 아니라 그 해가 생민(生民) 즉 일반백성에까지도 미쳤다. 그러니 그 죄악이 너무나 크고 놀라웠다"는 것이다.

어떤 사람은 말하기를 "그대가 사학(邪學)의 화를 붕당에 그 근원이 있다고 하는 것은 옳다고 생각하나 생민을 괴롭히는 것도 또한 붕당 때문이라고 하는 말에는 찬성할 수 없다"고 한다. 그러나 나는 대답한다. "아니다. 이 무슨 말인가. 예부터 붕당의 화가 극에 달하면 반드시 나라가 망하는 법이요, 망한 나라의 백성은 반드시 괴로움을 받는 법이다. 옛날 붕당은 한 세대로 끝났으나 지금의 붕당은 3백년의 오랜 세월에 이르고 있는 데다가 문지(門地) 즉 문벌을 따지는 누습까지 생기게 되었다. 또 옛 붕당은 인신(人臣) 즉 신하만의 일이었는데 지금의 붕당은 임금까지 관련되어 국혼(國婚)을 자기네 마음대로 하고 있다."

사색당파의 싸움은 결국 안동김씨의 세도로 끝나게 되었는데 순조(純祖, 1800~1834 재위) 이후 60년간 안동김씨가 대를 이었으니 모든 국민이 '장김(壯金)'이 있는 것만 알고 나라가 있는 것을 알지 못하였다. 장김이란 안동김씨를 지칭하는 것으로 그들이 서울의 장동에 살았기 때문에 나온 은어였고, 장김 다음으로 세도를 부린 조씨(趙氏)는 박동에 살았다 하여 '박조'라 했다.

어리석은 백성들이 말하기를, "장김에는 인물이 많고 장김은 나라의 주춧돌이다"라고 말하고 있으니 아아! 어찌 통탄할 일이 아닌가? 지금의 허다한 잘못된 정치는 모두가 장김 세상에서 일어났고 버젓이 뇌물이 오가며 그것을 징계하지 않았으니 더욱 백성들을 괴롭히는 근원이 된 것이 아닌가?

매천은 이렇게 당쟁이 장김의 독재를 불러들이고 장김의 독재로 인하여 부정부패가 성행하고 무능한 임금이 대를 잇게 되어 결국 나라가 망하게 되었다고 하였다. 요즘의 여야 정쟁을 보고 있으면 조선시대의 당쟁을 연상하지 않을 수 없다. 어쩌면 같은 민족이니 그럴 수밖에 없는 것인가. "앞바퀴가 엎어지면 뒷바퀴가 조심하여야 한다"(前車覆後車戒)는 말이 있다. 모두 나라를 걱정할 때이다.

한반도 평화와 화해를 위한 한국종교인의 역할

변진흥

한 반도의 평화는 동북아 평화와 세계 평화에의 지름길인 동시에 초석이 된다. 한반도는 1945년에 분단된 이후 사회주의 체제와 자본주의 체제 사이의 극단적인 대립과 갈등을 빚었다.

더욱이 1950년 6월에 발발한 한국전쟁은 동족상잔의 비극을 초래하여 동서독과는 달리 남북한 사회가 서로 화해하기 힘든 내적 요인을 지니게 만들었다.

따라서 한반도의 평화와 화해를 이루기 위해서는 한반도를 둘러싼 외적 환경인 국제정세와 내적 환경인 남북한관계 모두가 함께 바람직한 방향으로 변화해야만 한다.

변진흥(卞鎭興) _ 서울 출생(1950년). 가톨릭대학교 신학과 졸업. 서울대 대학원(석사), 한양대 대학원 졸업. 철학박사. 호남대학교 교수, 인천가톨릭대학교 교수 등을 거쳐 현재 한국종교인평화회의 사무총장, 가톨릭대학교 교수, 민주평통자문회의 종교인도지원위원회 위원, 천주교 서울대교구 민족화해위원회 상임위원, 천주교 주교회의 교회일치와 종교간 대화위원회 위원, 한국종교인평화회의 사무총장 등으로 활동. 국민훈장 동백장 수훈. 저서 《평양에 부는 바람》(1993), 통일사목에세이 《겨레의 눈물》(2001)외 다수의 논문 발표.

남북한관계의 변화와 민족화해

남북관계는 분단 이후 1972년 7.4남북공동성명 이전까지 '대화 없는 대결시대'로부터 출발하여 7.4남북공동성명부터 1991년 남북기본합의서 체결 이전까지의 '대화 있는 대결시대', 남북기본합의서 체결부터 2000년 6.15공동선언까지 '남북교류협력시대'를 거쳐 왔으며, 6.15 공동선언 이후 비로소 본격적인 '남북화해시대'를 열어가게 되었다.

남북한관계를 변화시킬 수 있었던 내부 동력은 남한사회의 자체 변화에서 찾아진다. 남한사회는 1960년대 이후 30여 년 동안 민주화를 위한 투쟁을 꾸준히 전개했다. 민주화 투쟁은 분단을 빌미로 한 안보억압 구조에 대한 성찰과 대응으로 발전, 이데올로기를 앞세운 비민주적 분단구조를 극복하는 통일운동으로 발전하게 된다. 분단이 가져온 체제와 이념의 차이로 인해 강요된 제로섬 게임(zero-sum game)이란 룰에 얽매였던 맹목적 대립관계를 탈피하여 민족적 화해를 모색하는 새로운 접근노력이 가능하게 된 것이다. 이러한 변화의 바탕 위에 민족화해의 물꼬를 트려는 통치권자의 결단이 합쳐져 2000년 6월에 역사적인 제1차 남북정상회담이 성사될 수 있었다.

물론 북한이 남북정상회담에 응한 것도 통치자의 결단으로 가능했다. 북한 통치권자의 결단은 1980년대 말의 사회주의권 붕괴에 따른 경제적 난관 조성과 이후 세계 유일의 슈퍼 파워(super power)로 부각된 미국의 전방위 압박에 대응하기 위해 불가피한 것이기도 했다. 이런 의미에서 북한의 결단은 내적 변화에 따른 것이라기보다 외적 환경의 변화에 대응하기 위한 전략적 선택으로 해석될 수 있다. 이런 맥락에서 볼 때 한반도에 있어 민족화해라는 시대적 과제는 아직까지 남과 북 사이의 불균형적인 접근행태에서 비롯되는 현실적 한계를 내포하고 있음이 분명하다. 그 간격을 메우는 노력이 1980년대 이후 남한 종교계를 중심으로 하여 끊임없이 전개되었고, 1990년대 후반부터는 북한 종교계와의 직접적인 교류를 통해 그 노력을 배가시켜 나가게 된다.

국제사회에서의 남북한 종교인의 공동 노력

국제사회를 무대로 하여 남북한 종교인들이 만나 공식적인 통일대화모임을 갖기 시작한 것은 1981년 이후이다. 이 모임은 1981년 11월 오스트리아의 빈(Wien)에서 시작되었는데 북한에서는 고기준 목사가 처음부터 참가했다. 이 모임은 장소를 옮겨가며 헬싱키(1982, 1988, 1990), 평양(1983), 베이징(1984), 빈(1985, 1986), 프랑크푸르트(1991) 등에서 개최되었고, 1988년부터는 남한의 종교인들도 참가할 수 있었다. 그러나 이 모임은 애초부터 남한 정부에 의해 불법적인 것으로 규정되어 큰 영향력을 발휘할 수 없었다.

한편 1972년에 발표된 7.4남북공동성명에 깊은 관심을 가졌던 WCC는 1984년 10월 일본에서 개최된 도잔소회의를 기점으로 남북관계 발전을 뒷받침하는 노력을 기울여 한반도평화에 관한 국제적 관심을 제고하는 데 크게 기여했다. WCC 대표단은 1985년에 직접 북한을 방문하여 북한에 공식적인 종교기구가 있다는 것을 확인하고, 다시 서울을 방문하여 이러한 사실을 KNCC에 전달했다. 이후 미국 NCC(1986. 4), 일본 NCC(1987. 5), 캐나다 NCC(1988. 11) 등의 방북이 이어져 북한의 종교현실에 대한 이해의 폭이 넓어지기 시작한다. 특히 WCC 국제위원회가 주관하여 스위스에서 3차례에 걸쳐 개최된 글리온회의(1986. 9, 1988. 11, 1990. 12)에는 남북한 기독교인들이 모두 참가하게 되어 국제사회에 커다란 반향을 불러 일으켰다.

남북한 종교계가 범종단 차원으로 공식적인 만남을 갖기 시작한 것은 1991년부터이다. 북한종교계 전체를 대표하는 기구는 조선종교인협의회(Korean Council of Religionists)로 약칭 KCR, 개신교(protestant), 불교, 천주교(catholic), 천도교가 모두 가입되어 있다. 조선종교인협의회는 1989년 5월에 설립되었는데, 2003년부터 러시아정교회도 가입되어 현재는 5개 종교단체가 가입하고 있다. KCR과 파트너십을 형성하고 있는 한국종교인평화회의(Korean Conference on Religion & Peace, 약칭 KCRP)는 1986년 6월 서울에서 개최된 제3차 아시아종교인평화회의(Asian Conference on Religion & Peace, 약칭 ACRP) 총회를 계기로 설립되었다. KCRP에는 KCR에 참여하는 4개 종교단체를 비롯 모두 7개 종교단체가 가입되어 있어서 KCR과 KCRP의 만남은 명실상부한 남북한 종교계 전체의 만남을 대변한다.

KCR은 1991년 10월 네팔 카투만두에서 개최된 제4차 ACRP총회에 처음으로 참가하여 자연스럽게 KCRP와 조우하여 남북한 종교계 사이의 교류(communication) 통로를 마련하게 된다. 실제로 카투만두 총회는 총회를 결산하는 선언문에서 북한 대표단이 처음으로 ACRP에 참여하게 된 것을 환영하고, 특히 남북한이 분단된 상태에서 하나 된 모습으로 종교인 사이에 화해와 희망을 나누는 새로운 출발을 보여준 점에 대해 높이 평가하는 문구를 삽입했다. 이후 KCR은 ACRP 총회뿐 아니라 매년 개최되는 집행위원회(EC meeting)에도 참가하여 국제사회를 통해 한반도 평화를 함께 이루어 나가고자 하는 남북한 종교인의 공동노력을 뒷받침해 왔다.

남북관계에서의 남북한 종교인의 공동 노력

KCRP는 카투만두 총회에 참석하고 돌아온 성과를 평가하고, KCR과의 지속적인 관계 유지를 위해 남북교류분과위원회를 만들고, ACRP와의 협력을 모색하기 시작하게 된다. 예를 들면 KCRP는 1995년 8월에

'종교인평화통일기원대회'를 서울에서 개최하기로 하고, ACRP를 통해 KCR을 초청했다. 그러나 이 초청은 성사되지 못한다. 그럼에도 불구하고 이러한 접근노력은 한반도평화를 위한 남북한 종교인의 공동노력을 이끌어 내는 단초가 되었다.

북한은 1995년 8월에 대규모 홍수 피해 복구를 위해 유엔인도지원국(UNDHA)에 대북 긴급지원을 공식 요청했다. 이러한 북한의 움직임(action)은 국제사회가 폐쇄적인 북한사회와 직접적인 교류가 가능한 문을 열게 했고, 남북관계에 있어서도 인도적 지원을 통한 직접적인 교류의 계기를 마련할 수 있도록 했다.

KCRP를 위시한 한국종교계는 1995년 10월에 북한의 수해복구 지원을 위한 기구를 만들고, 모금을 통해 모아진 성금 6만 6천 달러를 1996년 2월에 대한적십자사를 통해 북한에 보냈다. 뿐만 아니라 KCRP는 북한에 대한 불안감과 적대감 때문에 대북 인도적 지원을 주저하는 국민들과 정부를 설득하는 노력을 전개했다. 이러한 인도적 접근노력이 결국 민족화해의 길을 개척하는 원동력을 제공했음을 강조하지 않을 수 없다.

이후 KCRP와 KCR은 1997년부터 한반도의 평화 즉 민족의 화해와 협력을 증진시키기 위해 정기적인 모임을 갖게 된다. 초기에는 중국 베이징에서 모임을 가졌다. 첫 번째 모임은 1997년 5월, 두 번째 모임은 1999년 4월에 개최되었다. 세 번째 모임도 2001년 3월에 베이징에서 가질 예정이었지만, 2000년에 발표된 6.15공동선언의 정신을 살리기 위해 북한 지역인 금강산에서 모임을 갖게 된다. 그리고 다음에는 이 모임을 2003년 3월에 서울에서 개최하게 되었다. 이 모임이 개최된 시기는 정치적으로 대단히 민감한 시기였다. 2003년 2월 25일에 새 대통령이 취임하여 새로운 임기가 시작되었기 때문에 새로운 정부가 북한 종교인들이 대규모로 서울에 온다는 것은 허용하느냐의 여부는 곧바로 새 정부의 대북정책 방향을 가늠할 수 있게 한다는 점에서 중요한 의미를 지니는 것이었다. 다행히 새 정부는 북한 대표단의 서울 방문을 허용하고, 여러 측면에서 이를 지원했는데, 이로 인해 북한은 새 정부의 대북정책에 대해 신뢰하게 된다. 이처럼 한국종교계는 남북종교교류를 통해 민족화해와 협력의 길을 열어 나가는 촉매의 역할을 해 온 것이다.

특히 2003년 3월에 개최된 '3.1민족대회'는 남북종교교류사에 있어 획기적인 전환점을 이루었다. 첫째로는 북한종교인들이 서울을 방문함에 따라 남북종교교류가 쌍방교류의 형태로 확대되었다는 것이고, 둘째는 이 대회 참석을 위해 분단 이후 처음으로 서울을 오게 된 북한의 종교대표들이 남한의 종교시설을 방문하고 함께 종교예식에 참여함으로써 북한종교에 대한 외부의 불신을 해소하는 데 도움이 되었다는 점이다. 북한대표단 가운데 종교인들은 각기 자기가 속한 교단을 찾아 가톨릭 명동대성당과 프로테스탄트 봉수교회, 불교 사찰인 봉은사와 민족종교인 천도교 교당을 방문했다.

이후 KCRP와 KCR 사이의 모임은 더 자주 이루어졌고, 2007년에는 1997년 이후 지속되어온 교류 10주년을 기념하는 모임을 가졌다. 2007년 5월에 KCRP 대표단이 평양을 방문하는 형태로 이루어진 이 모임에서 양측은 지난 10년 동안 이루어진 남북종교교류의 성과를 평가하고, 앞으로 보다 긴밀히 협조하여 민족화해와 협력, 그리고 평화통일에 기여할 것을 약속했다. 또한 2011년 9월에는 KCRP 회장단 즉 7대 종단 수장이 모두 함께 평양을 방문하여 김영남 최고인민회의 상임위원장을 비롯하여 양형섭, 리종혁 등 북한 고위급과 만나면서 KCR과 남북종교교류 정례화에 합의하기도 했다. 그럼에도 불구하고 남북관계의 긴장이 이어지는 가운데 그 결실은 제대로 이루어내지 못하고 있다.

한편 KCRP와 KCR이라는 범종단 협력기구 차원의 교류 외에도 각 종단별 교류도 활발히 이루어졌었다. 프로테스탄트의 경우는 앞서 언급한 바와 같이 1980년대 초부터 해외에서 북측이 주도하는 모임과 WCC가 중재한 모임을 시작했고, 가톨릭은 1987년 6월 바티칸 대표단의 방북으로 물꼬를 텄다. 불교는 1991년 10월에 미국 LA 관음사에서 첫 공동법회를 가진 후 오늘에 이르러서는 가장 활발한 모습을 보여주고 있다. 조계종이 북한 지역 금강산에 있는 신계사를 복원하고, 천태종은 개성에 있는 영통사를 복원했다. 뿐만 아니라 금강산 신계사에는 남한의 스님이 거주하고 있다. 분단 당시 북한에서 가장 큰 영향력을 지니고 있었던 천도교는 1991년 10월 네팔 카투만두에서 개최된 제4차 ACRP 총회에서 남북한 천도교 대표의 접촉을 갖게 된다.

이밖에도 원불교는 1990년대 초부터 해외에서 북한종교인과 학자들을 접촉하기 시작했고, 유교는 개성에 있는 성균관 복원을 추진한 바 있다. 특히 한국민족종교협의회는 KCR과의 긴밀한 관계를 형성하여 2006년도에 금강산에서 KCR과 독자적으로 공동행사를 갖는 등 괄목할만한 성과를 보여주고 있다.

한국종교계의 역할과 전망

이상에서 언급한 것처럼 각 개별 종단 차원과 종교연합기구 차원에서 광범위하게 이루어진 남북종교교류는 밖으로 국제사회에 한반도 평화의 중요성을 알리고, 안으로는 민족화해와 협력의 필요성을 부각시킬 수 있었다. 남북한의 종교인들이 서로 손잡고 화해의 역사를 이루어가는 모습은 동족상잔의 비극으로 인해 뿌리내려 좀처럼 치유하기 힘든 분단의 상처를 낫게 하고, 마음의 장벽을 허무는 데 도움이 되었다.

그러나 남북관계는 불행하게도 2007년 12월의 대통령선거로 불붙은 이념논쟁과 이명박 정부 출범, 그리고 박근혜 정부로 이어지는 오늘에 이르기까지 제2의 남북화해시대를 열어가지 못하고 있다. 해묵은 이념논쟁은 천안함 사건과 연평도 포격 등으로 가속화되었고, 5.24조치로 인한 남북관계 대립은 긴장관계를 해소할 출구조차 찾지 못하고 있다. 한반도 평화의 아킬레스건인 이념논쟁과 보혁 편가르기의 극복 없이는 남북관계의 개선뿐 아니라 평화적인 통일에의 길을 열어가기 힘들 것이다.

한국종교계의 역할은 분명하다. 남한 사회 내의 이념논쟁의 상처를 치유하고, 민족적 화해와 평화의 새 지평을 여는 것이다. 최근 뉴욕타임스 칼럼니스트인 로저 코언은 오바마 행정부의 대외정책을 비판하면서 "행동 없는 목표는 미사여구"에 불과하다고 꼬집었다. 이명박 정부의 '비핵개방 3000'이나 박근혜 정부의 '통일대박론' 역시 마찬가지이다. 단순한 미사여구의 나열과 실질적인 행동 결여는 불신만 키운다. 종교는 목표의 제시보다 말없는 실천이 이루어지도록 남북한 당국을 이끄는 힘을 보여주어야 한다. 그 동안 한국종교계는 민족의 화해가 체제와 이념 그리고 계층의 벽을 넘어서서 추구되어야 할 과제라는 것을 '시대의 표징'으로 드러내는 노력을 기울여 왔으며, 앞으로도 이 노력은 끊임없이 지속될 것이다. 그러나 이러한 노력 역시 실천의지와 힘을 발휘하지 못한다면, 똑같은 결과만 초래할 것이다. 이런 의미에서 볼 때 한반도 평화와 화해를 위한 한국종교계의 역할과 그 전망은 종교계 자체의 내적인 성찰과 실천의지 결집 정도에 따라 좌우될 것이란 사실을 재삼 강조하지 않을 수 없다.

문화융성, 우리 삶의 미래등불이다

− 물질문화 중심에서 비(非)물질문화 중심으로

신용선

文 화(文化)라는 단어에서 '문(文)' 은 글월, 문장(文章), 어구, 글자, 문서(文書), 서적(書籍), 책, 문체(文體), 채색(彩色), 빛깔, 무늬, 학문(學問), 예술(藝術), 법도(法道), 예의(禮義), 조리(條理) 등을 의미하고, '화(化)' 는 되다, 따르다, 본받다, 가르치다 등의 여러 의미가 있다. 우선 이 두 글자의 뜻풀이로 '문화' 가 무엇인지를 짐작하게 된다. 서양에서의 '문화' 는 라틴어 'cultus', 영어 'culture', 독일어 'kultur' 에 그 기원을 두고 있는데 본래 '밭을 갈아 경작한다' 는 뜻에서 의미가 확대되어 '가치를

신용선(辛龍善) _ 호는 죽림(竹林). 경기도 양평 출생. 국립 강원대학교 경영학과 및 경영대학원 글로벌경영학과 졸업(석사). 경영지도사(중소기업청), 소상공인지도사, 동방그룹 기획조정실 인사팀, 스미스앤드네퓨(주) 기획부장, 신신그룹 그룹기획실장, (주)다여무역 대표이사, (사)한국권투위원회 상임부회장, 강원대학교 경영학과 동문회장, 경기도아마튜어복싱연맹 회장 등을 역임하고, 현재 베터비즈경영컨설팅 대표, 불랙펄코리아(주) 대표이사, 스리랑카정부 관광진흥청 프로젝트디렉터, 한국소기업소상공인연합회 자문위원, 한국산업경제신문사 편집위원, 중소기업기술지식보호상담센터 전문위원, (사)겨레얼살리기국민운동본부 운영위원, 공론동인회 편집위원, 지식경제기술혁신 평가위원, 미래창조과학부 과학기술인 등록, (사)한국제안공모정보협회 회장 등으로 활동. 수상으로는, 대한민국인물대상(창조경제인 부문, 2013), 대한민국실천대상(행복나눔부문, 2013), 뉴스메이커선정 한국을 이끄는 혁신리더대상(2013) 등 다수.

창조한다' 는 뜻으로 쓰이게 되었다. 사전적 의미를 살펴보면, "자연 상태에서 벗어나 삶을 풍요롭고 편리하고 아름답게 만들어 가고자 사회 구성원에 의해 습득, 공유, 전달이 되는 행동양식 또는 생활양식의 과정 및 그 과정에서 이룩해 낸 물질적, 정신적 소산을 통틀어 이르는 말로 의식주를 비롯하여 언어, 풍습, 도덕, 종교, 학문, 예술 및 각종 제도 따위를 모두 포함한다. 또한, 높은 교양과 깊은 지식 또는 세련된 아름다움이나 우아함, 예술풍의 요소 따위와 관계된 일체의 생활양식을 말하거나 현대적 편리성을 갖춘 생활양식의 총체" 라고 풀이하고 있다.

테일러(A. Taylor)는 "넓은 의미에서의 문화 또는 문명이란 지식, 신념, 예술, 도덕, 법, 관습, 그리고 기타 사회성원으로서 인간에 의해 획득된 모든 능력과 습관들을 포함하는 복합적 전체" 라고 말하였고, 코탁(Kottak)에 의하면 문화는 "사회 성원들에 의해 학습되고(learned), 공유되고(shared), 양식화 되면서(patterned), 다음 세대로 이어지는(transmitted) 것" 이라고 한다.

종합해 보면, 문화란 생물학적 유전에 의한 것이 아니라 신념이나 사회적 가치 등에 의해 이루어진 행위들이며, 동시에 언어라는 매개를 통해 학습되고 그것이 사회적으로 공유된 것이 된다.

우리 정부는 최근 문화(文化)에 대해 큰 관심을 쏟고 있다. 국가중앙행정기관 중에 '문화체육관광부' 라는 정부부서 이름을 보아도 단순한 해석이기는 하지만 문화 〉체육 〉관광 순으로 의미가 전달된다. 박근혜정부가 출범하면서 문화의 중요성이 대두되고 있다. 사실 박 대통령은 대통령 후보로 나서면서 "문화재정 2% 달성, 문화기본법 제정 및 문화기반 조성, 장애인 문화권리 국가보장, 지방을 지역 특화된 문화예술도시로 개발" 이라는 4개의 문화 분야 정책공약을 내세웠었다. 그 공약의 실천 일환으로 '문화융성위원회의 설치 및 운영에 관한 규정'을 제정하고 이 영(令)에 의거 대통령자문기관으로 '문화융성위원회'라는 실천부서를 설치하여 지난해에 이어 금년에 본격적으로 문화 재구조화 및 창달을 위한 공약실천에 시동을 걸고 있는 것이다.

문화융성위원회는 8대 문화융성과제를 정한 바, 그것은 ▲인문정신의 가치 정립과 확산, ▲전통문화의 생활화와 현대적 접목, ▲생활 속 문화 확산, ▲지역문화의 자생력 강화, ▲예술 진흥 생태계 선순환 형성, ▲문화와 IT기술의 문화융합을 통한 창의 문화산업의 방향성 제시, ▲국민의 문화역량 강화 및 한류의 질적 성장 견인, ▲아리랑을 국민통합의 구심점으로 활용 등이다. 이에 대한 가시적 실천으로 지난 1월부터 매월 마지막 주 수요일이 '문화가 있는 날'로 지정됐고, 이날에는 전국 주요 문화시설의 무료·할인 관람, 야간개장, 문화프로그램 제공 등을 단계적으로 실시했다.

또 저소득층을 대상으로 찾아가는 문화순회사업을 통해 문화취약지역 2천여 곳의 54만여 명의 국민들이 공연프로그램을 이미 즐겼고, 관람료 일부를 지원하는 사랑티켓은 45만여 명의 아동과 청소년, 노인들에게 새로운 기회를 제공했다. 유아교육기관에서 아이들에게 옛이야기와 선현들의 미담을 들려주는 '이야기 할머니'가 작년 374명에서 917명으로 늘어났다.

세계 최초로 정부 조직 내 문화부를 둔 것은 1959년 프랑스라고 한다. 이후로 세계 각국에 문화관련 부처가 생겼고 국가가 발전할수록 정부의 문화에 대한 관심과 그 역할이 커졌다. 우리 정부의 노력과 발맞추어 문화의 중요성과 실천방법에 대하여 학자들도 강조하고 나섰다. 이동연 한국예술종합학교 교수에 의하면 이른바 창의산업(創意産業)이라는 개념이 1988년 영국에서 처음 등장했다고 하며, 21세기 창조경제의 시대에 '문화는 고부가가치를 창출하는 미래 성장의 중요한 동력 중의 하나'이고 다른 한편으로는 '문화여가의 사회적 확산을 통한 시민들의 일상의 즐거움이 국민행복의 중요한 가치'라 한다.

한편, 서울대학교 전상인 교수는 문화정책에 있어서 도시계획의 중요성을 역설하며, "도시는 문화의 창조, 축적, 교류, 전파, 경쟁의 핵심적 공간이다. 도시계획은 곧 문화정책이라고 해도 결코 과언이 아니다. 문화정책에 있어서 도시의 가치를 재발견하여 한국적 문화정치의 밑그림을 그리는 것만으로 창조경제를 향하는 거보를 디딘 셈"이라 한다.

양건열 한국문화관광연구원 선임연구원은 "문화융성은 실제로 도시를 중심으로 이루어져 점차 주변 도시나 국가로 확산되는 현상을 보이는데, 이는 무엇보다 창의적인 개인이 중심이 되는 창작활동의 특성에서 기인한다"며 "문화융성이 이루어진 도시는 창의적인 인재들이 지속적으로 유입되어 자유롭게 창조적인 활동을 할 수 있는 분위기가 기반이 된다"라고 말하고, 공급자 중심의 정책이나 정부 주도형 정책은 국민 개개인의 요구를 충족시키기 어렵다며 수요자 중심 및 민관협치로 전환하기 위해 범정부적 차원의 정책을 수립하여 한다고 말한다.

허태균 고려대학교 심리학과 교수는 "다양한 문화 활동에 제약을 느끼는 저소득층을 위해서 재정적 지원이상의 지원을 고려해야 한다"고 하면서 "이제는 단순한 돈의 논리를 초월하여 좀 더 적극적으로 기회와 선택, 자유감과 같은 궁극의 가치를 제공하는 노력이 필요하다"고 말한다.

문화는 과거에도 중요했고 지금도 중요하고 그리고 미래에도 우리 사회의 중요한 생활가치체계다. 그런데 지금의 대통령이 문화융성위원회라는 자문기관까지 설치하며 문화융성(文化隆盛)을 중시하는 이유는 무엇일까? 문화융성은 곧 우리 삶의 미래 등불이 되기 때문이다. 문화는 아름다운 국가미래를 밝히는 순기능을 가지고 있기 때문이다. 문화융성은 '현재의 사회적 순기능 회복과 다가올 미래의 올바른 삶의 사회적 가치 실현기능'에 이바지한다. 문화기능은 '환경 적응수단, 지식의 축적 혹은 제공, 사회 성원의 동질성 확보'이다. 문화가 발전하면 구성원들이 환경적응능력, 지식공유, 동질성확보의 3대 가치가 실현되면서 갈등이 해소되고 가치가 공유되어 평안한 사회 안정을 낳게 된다.

이런 기능을 활성화시키려면 다양한 문화를 골고루 발전시켜야 하는데 보통 문화를 '전체문화, 하위문화, 반(反)문화, 민족문화, 세대문화, 지역문화' 등으로 구분한다. 이 5개의 문화가 균형감각을 유지하면서 발전되어야 할 것으로 본다. 문화구성 요소를 물질문화와 비물질문화로 크게 구분한다. 우리나라는 6.25 이후 60여 년간 국가재건 경제부흥이라는 경제가치 중심으로 국가의 빠른 발전의 경제치적을 거두는 물질문화 위주로 발전해 왔다. 이제 지난 60년간의 경제치적(經濟治績) 이면에 돌보지 못할 수밖에 없었던 비물질적 문화의 소중한 문화적 가치를 회복하자는 국가적 디맨드(National Demand)와 현대 사회에서 나타나는 그릇된 문화와 부정적 문화관행으로 빚어지는 크고 작은 사회부정적 현상을 예방하려는 차원이 아닐까 싶다.

정부가 문화융성을 강조하는 중점내용이 문화융성위원회 홈페이지에 첫 면에 잘 나타나 있다. 문화융성을 이끄는 4대 문화가치로 '행복을 만드는 문화, 마음을 여는 문화, 경제를 살리는 문화, 국격을 높이는 문화'로 제시했다. '행복, 마음, 경제, 국격' 등 4가지 가치에 중점을 두고 문화발전을 하겠다는 의미인데, '행복'과 '마음'은 '개인적 가치'에, '경제'와 '국격'은 '사회적 가치'에 중점을 둔 문화추구인 것으로 보인다. 행복·마음·국격 3가지 추구문화는 경제적 측면과 전혀 무관한 것은 아니지만 주로 비물질적 문화적 성격이 강한 점으로 보아 그동안 비물질적 문화가 불가피하게 외면되어 왔다는 반증이기도 하며 이것을 회복시켜 보려는 것으로 해석되며 바람직하다 하겠다.

비(非)물질 문화는 사회구성원들의 정신적 체계에 지배적으로 영향을 주는 문화구성요소이다. 이 구성요소가 지난 60여년 이상 국가의 현실적 과제의 우선성(Priority) 때문에 도외시되다 보니, 지금 우리 사회가 빗나가도 너무 빗나갔다는 생각이다. 최근에 발생되는 반인륜적 사건들을 보면 인명존엄성이 경시되거나 인본(人本)이 무시된 한 마디로 인간사랑 문화가 파괴된 물질문화 역기능 결과로 태동된 사건이 허다하다. 특히 최근에 발생되는 '묻지 마 강력범죄'는 사건동기와 결과를 가지고 풀어나가는 연역법이나 귀납법으로는 설명이 안 되는 대표적인 정신적 문화파괴의 결과라고 생각된다.

부유층이 많은 나라가 잘 사는 나라는 아니다. 그것은 부유한(부자) 나라다. 잘 사는 나라는 부자가 적어도 사랑을 나누며 사회구성원이 서로를 배려하며 조화롭게 사는 따뜻한 나라이다. 표현이 맞는지 모르겠지만, 비 맞는 사람에게 우산을 주는 것보다 비를 같이 맞아 주는 게 그 사람에게 훨씬 감동을 준다는 표현이 있다. 우산은 물질문화이고 비를 같이 맞는 마음은 비물질적 문화이다. 사회가 평안하고 사랑이 충만하여 부(富)의 편차가 주는 사회적 갈등을 줄이려는 일환으로 문화융성—파급이 중요하다. 이 시점에서 박 대통령의 문화융성에 대한 남다른 애정은 크게 환영할 만한 일이고 우리 모두가 이 사업이 성공적으로 달성되어 사회적 갈등이 해소되고, 사랑이 충만하여 무서운 사회적 범죄들도 영원히 사라지는 사회를 만들도록 참여했으면 한다.

 필자가 문화인류학자는 아니지만 문화를 크게 두 가지로 구분해 본
다. 수직적 문화와 수평적 문화다. 수직적 문화는 시대(시간) 중심 개념
이고, 예를 들면 고대 중세 근대 등 시대적 분류이고, 수평적 문화는 집
단 중심 개념으로, 예를 들면 동시대를 함께 살아가는 그 사회의 다양
한 가정, 조직, 집단, 계층들의 문화를 의미한다. 결국 수평적 문화의
총체적 합(合)은 한 시대를 대표하는 수직적 문화로 구성된다. 지금 정
부가 문화회복과 발전을 하려는 정책은 좁은 의미에서는 수평적 문화
의 발전이고 결국은 먼 미래가 되면 이 시대를 대표했던 수직적 문화로
기록될 것이다.

 따라서 수평적 문화를 먼저 발전시켜야 하는 이유가 바로 여기에 있
는 것이다. 문화는 "전체성(문화요소 간의 유기적 관련성), 공유성(문
화는 한 사회의 성원들이 공유하는 생활방식), 변동성(시간이 지나면
서 기존의 요소 소멸, 새로운 요소 가미), 학습성(문화는 후천적인 학습
의 과정), 축적성(문화는 세대에서 세대를 거치면서 전승)" 등 5가지
속성을 가지고 있다. 바로 이 문화의 속성이 이 시대 문화융성을 위한
과제를 제시해 주는 근거가 된다.

 문화는 다양한 사회 집단 간에 내재된 각 문화와의 유기적 결합이다.
어느 한 부분의 문화만을 치중하거나 강조해서는 문화 전체를 발전시
키기 어렵다. 시기·절차 조절에 의한 단계적 실천이 필요하지만 연관
된 문화를 도외시해서는 안 된다. 문화는 공유가 중요하다. 공유되지
않는 문화는 사멸되고 시대적 집단문화가 될 수 없다. 대중적으로 널리
깊게 공유되는 문화만이 그 가치가 부여되고 오랫동안 살아있는 문화
로 자리 잡게 된다. 이것은 바로 문화의 변동성과도 연결된다. 문화의

공유 정도가 넓고 깊을수록 장기적으로 유지될 것이다.

하지만 문화는 늘 새로운 시대와 세대의 돌림으로 인하여 기존문화가 사멸되고 또 새로운 문화로 대체되는 변동성을 가지게 된다. 그것을 시대의 가치라고 평가할 수 있을 것이다. 그러한 면에서 문화정책은 가능한 현재 다양한 문화들을 가치평가하여 보내야 할 문화, 보존해야 할 문화, 그리고 새로 개발해야 할 문화로 구분하여 정부가 그 각각의 문화에 대하여 내비게이션 역할을 해야 한다.

문화는 학습성을 지닌다. 즉, 과거에 경험하지 못한 좋은 문화를 지금의 세대들에게 꾸준하게 학습시키면 그것이 문화로서 신구조화(新構造化)가 형성된다. 물론 처음에는 이질적으로 거부감을 가질 수 있으나 사회가치체계에 바람직한 문화는 반복교육으로 문화로 만들 수 있다.

문화는 당연히 그 가치가 축적된다. 눈에 안 보이는 경험으로 축적되든 아니면 소리, 표현으로 축척되든, 또는 기록으로 축적이 된다. 그것은 바로 이 글의 맨 처음으로 돌아가 문화(文化)라는 글자 의미와 상통하는 개념이다. 수백 년 후에 후손들이 자신들 조상의 삶의 모습으로 평가하게 될 사료(史料)가 지금의 우리가 남기는 문화 축적일 것이기에 잘 기록하고 보존하는 대업이 필요하다.

일부 사람들은 지금의 정부가 추진하는 문화융성위원회 설치와 그 문화추진사업을 두고 문화융성이라는 것은 정부가 주체가 될 수는 없고 국민 개개인이 문화의 주체가 돼야 한다고 말한다. 또 공급자인 정부주도가 아닌 수요자인 민간조직이 주도하고 이끌어지는 구조를 가져야 한다고 피력한다. 즉, 정부주도형 문화개발정책보다는 민간주도(참여)형 문화개발이 좋다는 의견인 것 같다.

현재 문화를 다양하게 담아내는 아주 많은 크고 작은 민간조직들이 산재해 있다. 상당부분 정부로부터 지원을 받는 단체들도 있다. 그러나 필자의 판단으로는 현대는 수직적 문화와 수평적 문화가 모두 결함이 있는 것으로 판단된다. 문화가 바르고 본연의 사회문화적 가치를 잘 담아내려면 국가나 사회가 그 만큼의 기간(시간)이 필요한데 우리나라는 불행히도 그 가치를 담아낼 만큼의 안정기가 길지 못했다. 우리나라의 근대사는 외세로부터 침략, 지배, 그리고 민족전쟁 민주화과정을 거치면서 사실상 과거 고려시대나 조선시대 문화들이 대거 파괴되었고 과거로부터 많은 외침과 6.25한국전쟁 이후 비물질 문화중심인 경제정책 우선주의의 국가부흥에 매달리면서 다른 한편으로는 파괴된 민족(대중)문화 자리에 서양문화가 빠르게 대치되어 자리 잡으면서 짧은 시간 내에 물질은 풍부해지는 대신 정신적 문화로 대표되는 비물질 문화는 피폐해지는 기현상을 경험하고 있는 것이다. 학자들은 이것을 두고 '문화의 정체성 위기 혹은 상실' 이라는 표현을 쓰기 시작했던 것이다. 지금의 문화발전에 가속도를 가지기 위해서는 당분간 정부주도형 문화발전정책이 필요하다는 생각이다.

한편, 문화융성위원회 김동호 위원장은 "최근 우리 사회에는 청소년 및 사회지도층 인사들까지 비속어 사용이 늘어나고 있고, SNS 등을 통해서 오염된 언어가 확산되어 가고 있다. 바른 말 고운 말은 그 사람의 품격을 높여주고 그 나라의 격을 높여준다. 상대를 배려하는 말과 행동은 화합과 평화를 가정과 사회에 가져다주고 아름답게 하는 역할을 하고 있다. 이것이 바로 문화융성의 핵심" 이라고 한다. 우리 사회의 구성원들은 우리의 가정과 사회에 갈등과 분열을 감소시키고 화합과 평화를 가져오는 문화융성의 핵심을 실천하기 위해서라도 '상대를 배려하는 말과 행동' 이 이 시대에 가장 시급하게 뿌리내려야 할 문화적 환경인 것 같다.

문화적 환경은 윤리관, 종교관, 교양정도, 문명, 기술발전정도, 풍속,

그리고 관습 등이다. 이제 정부는 이 문화적 환경을 튼튼하고 맑고 밝게 하려는 많은 노력을 기울여야 할 줄로 믿는다. 이 환경 속에서 이미 잊어지거나 사멸된 과거문화 중에 훌륭한 가치가 내재된 문화를 재발견하고 구조화하는 작업은 정부가 앞장서고, 현재 사회에 유지되고 있는 문화 중에 가치 있는 문화는 민간이 주도함으로써 정부가 지원하여 더욱 융성하게 발전시키고, 미래에 아름다운 사회를 만드는 데 기초가 될 문화를 민간과 정부가 공동으로 연구하여 창조해 가는 민간공동문화발전시스템으로 문화정책적 과제를 실현했으면 좋겠다.

참고자료

네이버지식백과, 문화의 문헌적 용례, 2011. 3. 3. 다락원
네이버지식백과, 문화유형(두산백과)
문화체육관광부 홈페이지
문화융성위원회 홈페이지
세계일보, 2014. 3. 27
아주경제, 2014. 2. 24
해외문화홍보원 홈페이지(코리아넷뉴스, 2013. 5. 13)
교수신문, 2014. 4. 7.

'문화융성 방안'에 대한 비판적 접근

윤명선

1

인류의 역사는 경제(재화)가 지배하던 산업사회에서 정보(지식)가 지배하는 정보사회로 바뀌었다. 흔히 이를 '하드 파워(경제)'가 지배하던 사회에서 '소프트 파워(지식)'가 지배하는 사회로 변하였다고 한다. 그래서 21세기는 '문화의 세기'라고도 부른다. 문화가 국가 간의 경쟁력이고, 문화산업이 부가가치를 창출함으로써 세계경제 속에서 시장점유율을 높이고 있다. 이제 문화는 다른 영역의 종속변수가 아니라 독립변수로 질적 변화를 하게 되었다. 현대국가의 중요한 목표는 개인이 문화의 주체가 되어 참여함으로써 인간다운 생활을 영위하고 행복추구권을 실현할 수 있는 '문화국가'를 실현하는 데 있다. 이제 선진국가에의 진입은 GDP에 의해서만 결정되는 것이 아니라 선진화된 문

윤명선(尹明善) _ 서울 출생(1940년). 경희대학교 법과대학, 동 대학원 졸업, 미국 뉴욕대학교 로스쿨 졸업(법학박사). 경희대학교 법대교수, 법대학장, 국제법무대학원장, 헌법학회 회장, 인터넷법학회 회장, 사법·외무·행정 고시위원 등을 역임하고, 현재 경희대학교 명예교수로 활동.

화가 구축되어야 한다는 점을 명심하여야 한다.

우리나라는 제5공화국 헌법에서 처음으로 '문화국가'의 원리를 규정하였고, 현행 헌법에서도 이를 그대로 계승하고 있다. 헌법전문은 문화국가의 이념을 밝히고, 국가는 전통문화의 계승·발전과 민족문화의 창달에 노력하여야(제9조) 하며, 대통령은 취임선서에서 민족문화의 창달에 노력하도록 규정함으로써(제69조) 문화국가를 실현하기 위한 국가의 의무와 대통령의 문화진흥 책임을 규정하고 있다. 나아가 우리 헌법은 문화국가의 실현을 위한 제도적 장치로써 여러 가지 문화적 권리를 보장하고 있다. '인간의 존엄과 가치 및 행복추구권'(제10조)은 문화적 기본권이 실현하여야 할 최고의 가치요 목표이며, 이를 구체적으로 실현하기 위해 '학문과 예술의 자유'(제22조)를 비롯하여 언론·출판·집회·결사의 자유(제21조), 교육을 받을 권리(제31조), 저작자·발명가·예술가의 권리 보호(제22조) 등 문화적 기본권을 보장하고 있다. 사이버공간에서도 이들 권리는 원칙적으로 보장된다. 이들 기본권은 단지 자유권적 성격을 가지는 데 그치지 않고, 생존권과 청구권적 성격을 가지는 복합적 권리이다.

우리나라는 1972년에 문화예술진흥법을 제정하여 비로소 문화정책을 법제화하였지만 그 성과는 미미하였다. 제5공화국 헌법 이래 문화국가의 원리를 명문으로 선언하고 문화적 기본권을 보장하고 있음에도 불구하고 문화발전을 위한 국가정책은 소극적이었다. 1990년에 와서 비로소 주무부처로서 문화부가 신설되어 본격적으로 문화정책을 수립하고 이를 확대시켜 나가기 시작했다. 그러나 문화융성을 위한 정책이 중요한 국정과제로 채택된 것은 박근혜 정부에 들어와서다. 박 대통령은 취임사에서 '문화의 융성'을 4대 국정과제로 내걸었고, 우리나라가 성숙한 선진국이 되고 국민이 행복하기 위해서는 정신적·문화적 토양을 일구고 삶의 질을 높이는 것이 중요하며, 그 근간이 되는 것이 바로 '인문·정신문화' 라는 점을 강조하였다. 그 실천을 위해 '문화육성위원회' 를 구성하였으며, 구체적인 정책과제와 추진전략을 내놓고 있다.

'문화' 란 개념은 그 분야에 따라 그리고 견해에 따라 다양하게 사용되고 있다. 광의로는 일정한 집단의 가치, 신념, 의식, 태도, 전통 등을 포괄하는 의식과 행태를 의미하며, 협의로는 정신적 가치를 추구하는 문학, 음악, 미술, 사진 등 전통적 개념의 예술 활동을 말한다. 광의로 이를 사용할 때 사회의 모든 영역과 활동이 여기에 포함될 수 있다. 문화기본법(제3조)은 문화를 "문화예술, 생활양식, 공동체적 삶의 방식, 가치체계, 전통 및 신념을 포함하는 사회나 사회구성원의 고유한 정신적·물질적·지적·감성적 특성의 총체"라고 규정하고 있다. 이 정의는 세련되지는 않았지만, 인간의 가치, 의식과 행태 전반을 포함시키는 광의로 규정하고 있으며, 따라서 문화영역을 광범하게 열거하고 있다.

민주국가에 있어서 '문화국가' 란 문화의 자율성을 보장하면서 건전한 문화육성의 책임과 의무를 지는 국가를 말한다. 그러므로 문화국가의 구성요소는 문화의 자율성과 국가의 문화형성력으로 요약할 수 있다. 문화국가는 문예부흥과 종교개혁을 통해 문화가 국가적 종속상태에서 벗어나 자율성을 획득함으로써 성립되었으며, 이는 근대국가의 속성이 되었다. 그 결과 개인에게는 문화적 기본권이 헌법에서 보장되어 문화 활동의 자유를 누리게 되었으며, 국가는 문화에 적극적으로 개입하지 않고 단지 문화발전을 지원·육성하는 형태로 그 기능을 국한시키게 되었다.

그러나 20세기에 들어와서 국가의 역할은 확대되기에 이르렀다. 과학·기술의 발달과 남북문제의 심화로 문화의 경제에 대한 종속경향과 제3세계의 종속현상이 나타났다. 문화산업을 통해 영리를 추구하는 상업문화가 확산되면서 건전한 문화는 위협을 받게 되었다. 또한 대중매체, 특히 인터넷의 발달로 선진국가의 문화가 여과 없이 제3제국에 전파됨에 따라 문화의 식민화가 우려되며, 익명성 뒤에서 프라이버시나 명예를 침범하고 저속한 음란물과 게임 등이 사회를 병들게 만들고 있다. 세계화가 급속하게 번져가는 세계경제질서 하에서 이러한 경향은 더욱 가속화되고 있다. 이러한 현상을 막고 건전한 문화를 육성하기 위해서는 국가는 종전처럼 모든 문화영역을 자율에 맡겨서는 안 되고, 적극적으로 개입할 필요성이 부각되고 있다. 즉, 문화의 창의성은 최대한 지원하고 자율성은 존중하되, 그 부작용을 방지하기 위해 국가의 규제기능을 강화할 것이 요구되고 있다.

과학·기술이 이룩한 문명은 인간의 생활환경을 개선함으로써 삶의 질을 높였지만, 여기에는 항상 위험(사고 가능성)이 도사리고 있다. 이들 기기나 기술을 잘못 관리하면 고귀한 생명을 앗아가는 대형사고가 일어난다. 생명이 최고의 가치라면 이를 보장하기 위한 안전은 당연히 가장 중요한 가치여야 한다. 국민의 생명을 지켜주는 '안전국가'는 국가의 출발점이요, 그 기초 위에서 '문화국가'는 건전한 모습으로 기능할 수 있는 것이다. 그러므로 국민의 안전을 보장하는 문화영역이 중요하고, 국가정책에서 우선순위를 점해야 한다. 이처럼 '안전문화'가 문화의 필수적 요소로서 인식되어야 함에도 불구하고 우리나라는 그동안 이 점을 도외시하면서 많은 사고를 되풀이해 왔다.

2

문화적 가치의 사회적 확산과 문화적 권리의 보장을 함으로써 궁극적으로 국민의 삶의 질을 높이고, 이를 행복의 가치로 확장하며, 이를 위한 국가와 지방자치단체의 의무와 책임을 규정하기 위해 '문화기본법'은 제정되었으며, 이를 실천하기 위해 '문화융성위원회'를 출범시켰다. 문화융성위원회가 발표한 8대 과제와 4대 추진전략을 보면 앞으로 문화융성을 위한 활동이 어떻게 전개될지 예상이 된다. 기본적으로 문화영역이 대부분 포함되었으며, 그 추진방향도 민간주도로 생활밀착형으로 전개하고, IT기술과 문화의 접목을 통해 창조경제를 개발하며, 독자적인 지방문화의 개발과 확산을 시도하고 있는 점에서 타당하다. 그러나 예시된 문화영역과 구성된 위원회 위원의 면면을 보면서 문화정책의 기본방향과 위원회의 구성을 재검토할 필요가 있다는 생각이 든다.

문화정책을 수행하기 위해 문화융성위원회는 문화기본법(제9조)에 의거하여 ① 인문정신의 가치 정립·확산, ② 전통문화의 생활화와 현대적 접목, ③ 생활 속 문화 확산, ④ 지역문화의 자생력 강화, ⑤ 예술진흥 선순환 생태계 형성, ⑥ 문화와 IT기술의 융합, ⑦ 한류 등 국내외 문화가치의 확산, ⑧ UNESCO 세계인류문화유산 지정 아리랑의 국민통합 구심점 정화 등 8대 정책과제를 선정하였다.

이들은 문화기본법의 내용을 그 실천적 측면에서 다시 정리한 것으로 볼 수 있다. 그런데 이들 정책과제를 보면 모든 문화영역이 포함되어 있지 아니 하며, 과학기술·교육·법 등 이들 정책을 장기적으로 추진하기 위한 기초영역은 포함되어 있지 않다. 그리고 이들 과제를 실천하기 위한 '문화융성 4대 추진전략'으로 ① 국민문화 체감 확대, ② 인문·전통의 재발견, ③ 문화기반 서비스산업 육성, ④ 문화가치의 확산을 들고 있다. 대체로 문화영역 전체에서 미래지향적 추진전략을 집약적으로 정리하고 있다.

그러나 문화영역을 그 내용면에서 평면적으로 유형화시키는 것도 필요하지만, 전략적으로는 이들을 계열화시켜 체계적으로 이해하고 대응책을 내놓아야 한다. 중점과제를 선정하여 순위별로 일정을 작성하고 조직적으로 실천해 가야 한다. 문화융성을 위한 근본대책을 세우고 이를 제도화하기 위해서 이러한 작업이 선행되어야 한다. 또한 예산의 뒷받침 없이는 이들 정책을 추진하는 것이 불가능하므로 예산이 확보되어야 한다. 종래 1%대에 머물러 있던 문화예산을 2%로 정하고 있는데, 정부당국은 이를 확보하여 문화정책의 실효성을 담보하여야 한다. 그 예산규모를 확보하는 것이 어렵다는 입장이 있는데 예산확보가 안 되면 문화융성정책은 공염불이 되지 않겠는가?

　　또한 문화융성위원회의 구성을 보면, 문화를 어떻게 이해하고 있고, 어떻게 문화정책을 수립·실천할 것인지 짐작이 간다. 정부는 민간위원 20명으로 문화융성위원회를 구성하였는데, 위원들의 면면을 보면, 주로 예술분야에 종사하는 사람들로 구성되어 있고, 디지털·금속학·인류학과 한국학 분야 전문가가 포함되어 있을 뿐이다. 또한 그 산하에 전문위원회 구성을 보면, 문화가치확산·문화산업·문화예술·전통문화별로 전문위원회를 구성하고 있다. 이는 문화를 전통적인 협의의 개념으로 이해한 결과가 아닌가 생각된다. 문화를 광의로 이해하면, 문화정책을 수립하고 실천함에 있어서 필요한 분야를 모두 포함시키고, 그 분야의 전문가들이 참여하여야 한다. 문화의 모든 영역을 포함시키기 위해서는 과학기술, 교육, 윤리, 환경, 복지, 경제, 법 등의 분야별 전문가들도 포함되어야 할 것이다. 무엇보다 중요한 분야가 문화인의 육성을 위한 교육과 문화정책의 추진을 뒷받침하기 위한 법제정일진대, 이 분야의 전문가들은 반드시 참여하여야 할 것이다. 궁극적인 문제는 과연 위원회가 자율적으로 의사결정을 하고 이를 독자적으로 추진해 나갈 수 있는 기구로서 운영될지가 관건이다.

문화란 가치의 창조활동이라고 할 수도 있다. 민주국가에서는 자유 · 평등 · 복지 · 정의 · 평화 등 많은 기본적 가치를 추구하고 보장하는 것이 국가의 의무이자 책임이다. 그러나 가장 기본적인 가치는 바로 '안전'이다. 국가의 근원에 대하여는 학설들이 난무하고 있지만, 자연상태에서는 만인에 대한 만인의 투쟁이 전개되므로 이러한 상태를 극복하기 위해 국가라는 공동체를 만들게 되었고, 오늘날에는 과학 · 기술이 발전함에 따라 이들에 내재하고 있는 위험으로부터 보호하는 것이 국가의 기본적인 책임이 되었다. 즉, 국민의 생명을 보호하는 것이 국가의 책임이며, 문화의 기초에는 안전이라는 가치가 자리 잡고 있다. 그러므로 문화의 융성도 그 기초를 튼튼하게 만드는 과제가 중요하고, 이를 수행하는 과제가 선행되어야 하지 않겠는가?

한류문화가 세계화의 일환으로 세계인에게 기쁨과 행복을 줌으로써 문화의 경쟁력을 가지게 되고, 부가가치를 창출함으로써 문화산업의 발전을 이끌고 있다. 건전한 전통문화의 계승 · 발전과 과학 · 기술의 다양한 문화의 융합을 통해 문화의 경쟁력을 키우고, 국민들의 행복한 생활을 실현하도록 하는 것이 중요하다. 그래서 정부가 문화 · 예술과 문화콘텐츠산업을 적극 지원하고, 나아가 투자할 필요가 있다. 이러한 문화융성을 창조경제로 승화시켜 새로운 경제발전의 한 축으로 만들고자 하는 것이 이 정부의 문화정책의 중요한 축을 이루고 있다. 세계화와 통일에 대비한 국민의식을 성숙시키기 위한 문화 환경을 조성하는 것도 당면한 과제이다.

지방자치가 출범한 이후 발전전략의 일환으로 지역별로 문화의 융성을 위해 노력하고 있는 것은 고무적이다. 지역의 특성화를 위해 다양한 문화자원의 개발과 문화행사를 하고 있어 문화가 살아나는 분위기이다. 그 대상은 전통문화의 보존과 새로운 문화의 창출이다. 이는 쾌적한 생활환경을 조성하고, 나아가 관광자원으로 활용되어 지역발전에 기여하게 된다. 이를 통해 지방의 삶의 질이 높아지고, 문화격차를 줄임으로써 지역 간 균형발전이 이루어질 수 있다. 문화의 날(매월 마지막 수요일)을 지정해 공연장·미술관·영화관 등을 무료 또는 할인하여 입장할 수 있도록 함으로써 국민들의 적극적 참여를 유도하는 것도 좋은 방안이다. 이제 문화의 주체는 바로 국민 개인이라는 점을 강조하고, 일상생활 속에서 문화를 누리며 행복한 삶을 만들어가는 것이 문화가 당면한 과제이다.

3

이번 세월호 참사사건은 수많은 젊은 생명을 앗아가 나라를 슬픔에 도가니로 몰아넣었다. 하늘도 눈물을 흘리며 가슴 아파하고, 바다도 몸부림치며 흐느끼고 있다. 세계 10대 경제대국인 대한민국에서 어처구니없는 후진적 해난사고가 발생했다 해서 세계적인 조롱거리가 되고 말았다. 이 사건에서 우리 사회가 안고 있는 구조적 부조리와 잘못된 관행이 모두 드러났다. 낙하산 인사·관민 유착·금품수수 등의 구조적 부정부패와 적당주의·한탕주의·무책임의식 등 잘못된 관행이 우리 문화에 깊숙이 깔려 있었다. 잊을 만하면 되풀이되는 사건들…. 사회 곳곳에 이러한 위험이 도사리고 있다. 이것이 우리 문화의 현주소이다. 이 사건을 계기로 국민들의 안전의식과 국가의 위기관리체제를 재점검하고, 건전한 '안전문화'를 이룩하여 새롭게 태어나야 할 것이다.

세월호 참사가 남긴 교훈은 무엇보다 '근본'으로 돌아가야 한다는 것이다. '안전문화'의 측면에서 이번 사건은 많은 교훈을 남기고 있다. 우리나라는 '빨리빨리'라는 슬로건 아래 압축 성장을 하여 세계 10대

경제대국이 되었지만, 각종 부조리가 계속 터지고 있고, 국민들의 행복지수는 OECD 국가 중에서 하위권에 머물고 있다. 성장지상주의의 깃발 아래 목표의 달성만을 중요시하고 그 과정은 무시함으로써 부실한 사상누각이 세워져 계속 사고가 일어나고 있는 것이다. 빠른 성장이 능사는 아니며, '건강한 성장'이어야 밝은 미래가 약속될 수 있다. 문화의 근본은 '안전'이고, 그 궁극적인 책임은 국가에 있다.

이제 이 사건을 값진 교훈으로 삼아 우리 문화의 근본적인 문제들을 점검하고 장기적인 대책을 마련하여 온 국민들의 동참 속에 실천해 나가야 한다. 그것은 '국가개조' 차원의 개혁이어야 한다. 사건이 발생하면 대책을 세우는 등 그 때만 난리법석을 피고, 시간이 지나면 잊어버리는 '냄비근성'을 이번 기회에 반드시 고쳐야 한다.

해방 후 우리나라는 서양문명을 무분별하게 받아들여 우리 국민들의 가치기준과 행동양식이 완전하게 바뀌었다. 전통문화는 무시되고 훌륭한 가치와 윤리는 새로운 서구문명에 밀려났다. 자본주의가 도입될 때 그것이 가져야 할 '윤리'는 받아들이지 않고 경제적인 체제로만 수용함으로써 천민자본주의로 전락하였다. 그 결과는 황금만능주의가 팽배하여 돈을 버는 것이 곧 인생의 목표가 되고, 화폐가 모든 가치의 기준이 되었다. 또한 그늘에서 돈이 모든 것을 해결하려는 부정부패가 만연되고 사회는 만신창이가 되어 있다. 이들 잘못된 관행을 고치기 위해서는 직업윤리, 책임의식, 올바른 가치관, 공동체 의식 등으로 무장함으로써 장기적이고 근본적인 대책이 수립되어야 한다.

남북이 분단된 현실에서 민주주의는 제대로 정착할 수 없었으며, 이념의 대립이 사회 곳곳에 침투하여 사회적 혼란을 초래하였다. 대통령을 국민이 직접 선출하는 것을 제외하고는 아직 민주주의가 정착되지 못하고 있다. 국회에서는 토론과 타협을 통한 의사결정이 잘 이루어지 않고, 입법 활동이 정치투쟁의 볼모가 되고 있다. 자유와 권리는 법과 질서 속에서 행사되어야 함에도 불구하고 불법적으로 시위를 하는 등 자유의 과잉상태를 보여주고 있다. 기본적으로 공동체의식이 강화되어야 하고, 이들 가치를 보호하기 위해 법치주의가 확립되어야 한다. 이들 기본적 가치가 존중되어 건전한 민주주의가 기능하기 위해서는 청소년들은 교육을 통해 민주시민으로 육성하여야 하며, 일반 국민들은 범국민적 운동을 통해 의식을 개혁하고 국가기능에 대한 감시체제를 확립하여야 한다.

영국은 1942년에 '요람에서 무덤까지' 를 목표로 가장 먼저 복지국가를 지향하던 나라이다. 그런데 75세 이상의 고령인구가 급증함에 따라 연금과 건강보험 등의 지출이 늘어나면서 복지제도의 한계를 느끼자 최근에 아시아의 가족제도에 눈을 돌리고 있다. 어른들을 공경하고 모시는 '효' 사상이 노년층의 삶의 질을 높이고, 국가의 복지지능을 일부 대행하고 있다는 점을 주목하고 있다. 경로사상은 고령화 문제를 극복하는 중요한 방법이라고 본 것이다. 우리나라 가족제도는 핵가족제도로 바뀌면서 가정교육과 복지기능을 모두 상실해 버렸다. 좋은 전통은 유지되어야 하는데 민주화와 남녀평등의 물살에 밀려 이렇게 되었다. 따라서 불합리한 전통은 버리되, 훌륭한 전통문화는 이어가도록 노력하여야 한다.

이번 기회에 일본처럼 그 근본적 대책을 세워 범국민적 운동으로 실천해 가야 이를 예방할 수 있을 것이다. 일본은 1995년에 시운마루(紫雲丸)호 사건이 발생하여 수학여행을 가던 168명이 사망함으로써 일본 국민들에게 엄청난 충격을 주었다. 이는 안개 속에서 과속을 함으로써 일어난 사건이었다. 그러나 일본은 이 기회에 선박안전기준을 강화함으로써 국민들의 안전의식을 높여 1960년대 이후 대형 해난사고가 일어나지 않고 있다. 특히 주목할 점은 수영을 하지 못하였기 때문에 많은 학생들이 익사하였으므로 수영장을 만들어 초·중등학교 학생들에게 수영교육을 강화한 것이다. 그 대응방식이 단순한 대증요법이 아니라 근본적인 문제부터 해결하고자 한 점을 보고 참고해야 할 것이다.

프란치스코 교황은 대한민국이 "윤리적으로나 영적으로 새롭게 태어나기를 바란다"고 당부하였다. 그렇다. 우리 문화의 궁극적인 문제는 바로 도덕무장을 해제한 데 있다. 모든 문제의 근원은 제도가 아니라 국민들의 의식에 있는 것이다. 그러므로 이번 기회에 우리 문화가 도덕무장을 함으로써 건전한 문화를 창출하도록 하여야 한다. 정부는 대대적인 구조개혁을 단행하여야 하지만, 이는 단기간에 제도적으로 해결될 수 있는 문제가 아니며, 장기적으로 국민들의 의식개혁을 통해서만 이룰 수 있다. 그러므로 국민들의 의식개혁을 선도하는 운동을 전국적으로 각계각층에서 전개하여 우리 문화의 근본을 건강하게 바로 세워야 한다. 이를 위해 시민운동으로서 '문화부흥국민운동'을 전개할 것을 제언한다. 그래서 이번 사건을 산 교훈으로 승화시키는 것이 바로 우리나라가 직면한 역사적 과업이다.

범부(凡夫)의 작은 애국심은 통일을 위한 기도

이강우

인도의 타지마할(Taj Mahal) 못지않은 스페인 그라나다의 알람브라(Alhambra) 궁전을 보았을 때다. 건축물에서도 예술의 극치를 볼 수 있다는 감탄! 인간이 지닌 재능의 경이로움이었다. 스페인이 오랫동안 이슬람 왕국의 지배를 받다가 나라를 되찾던 시절, 나사리 왕조의 '보아브딜' 왕은 전쟁으로 이슬람 왕궁이었던 알람브라 궁전이 파괴될 것을 우려하여 종교가 다른 카를 5세(카를로스 1세), 가톨릭 왕에게 왕궁을 건네주고는 조용히 아프리카로 떠났다. 11세기부터 시작된 약 8세기라는 긴 세월 동안 지배했었는데 '보아브딜' 왕의 큰 마음이 없었더라면 '붉은 성'이라는 뜻의 알람브라 궁전을 못 보는 불행이 생겼을지도 모르는 일이었다. 아름다움과 황홀함이 숨을 멎게 할 것만 같은 건물과 맞추카, 코마레스, 라이온의 정원은 보면 볼수록 마음을 빼

이강우(李康雨) _ 경기 안성 출생(1949년). 1971년부터 2008년까지 경기도 중등교육자로 근무. 시인·수필가. 한국문인협회 회원. 안성문인협회 회원. 한국농민문학회 회원. 제10회 한국문학예술상 본상 수상. 시집 《들이 좋아 피는 꽃》(2002), 《이방인의 도시》(2004), 《철새들의 춤》(2007) 등 상재. 녹조근정훈장(2009) 수훈.

앗기는 예술적 신비이다. 클레식 기타계의 베토벤이라는 '타레가'
(Francisco Tárrega)의 '알람브라 궁전의 추억'(Recuerdos de la Alhambra)
을 들을 수 있음도 다행스러움이다. 전쟁이 아닌 평화의 유산은 이토록
대대로 살아가는 전 세계의 인간들에게 기쁨과 행복을 안겨준다.

평화의 신이 된 새들

참으로 이상한 일이구나
새들의 군무를 보았다
누가 새들을 미물이라 하지는 않겠지만
백여 마리도 넘는 녀석들이 모여
춤을 추는 무대

스페인 꼬로도바 메스키타 사원
알라신께 절을 올리던 신성한 집
하느님께 기도하는 거룩한 성전
외면한 다툼의 두 집살이가 아닌
포용의 모습으로
평화를 세월에 담아 역사에 새기는 한 집살이

그 곳의 하늘 높은 종탑 위에서
멀리멀리 종소리 끝날 때까지
신이 창조한 모습 그대로 저 새들은
말없이 군무제(群舞祭)를 올린다

죽음이 두려운 이에게
해 뜰 녘 바라나시를 다녀오라 했는데
평화를 모르는 이에게
해 질 녘 알람브라 궁전을 다녀오라 했는데

전쟁으로 다투는 이들에겐
주일 정오 메스키타 사원의 종탑 위에서
하나 되어 빙글빙글
춤추는 새들을 보라 해야겠다

　북한의 김정은 통치자가 어느 날 무오국의 마지막 왕인 '보아브딜' 왕처럼 같은 민족, 하나의 나라로 함께 살자며 북한의 열쇠를 박근혜 대통령에게 넘겨주는 기적 같은 일이 일어날 수는 없을까? 통일을 바라는 나의 조그마한 애국심이 황당하여 놀림을 당할지도 모를 엉뚱한 상상을 하게 한다. 통일을 염원하는 간절함에서 나오는 철부지와 같은 바보스런 상상이다. 외국을 다니면 다닐수록 탄식이 나온다. 우리도 이젠 평화로이 살 수 없을까? 찬란한 문화와 예술 속에서 기쁘게들 잘 사는데…….

　나는 금강산도 백두산도 다녀오지 못했다. 아니, 일부러 다녀오지 않았다. 낸들 어이 백두산을 보고 싶지 않겠는가? 수십 개의 외국을 돌아다니면서 어찌 우리 민족의 혼백(魂魄)이 살아있는 백두영산(白頭靈山)을 오르고 싶지 않겠는가? 쉽게 갈 수 있다는 그 백두산을. 그러나 내 결코 남의 나라 흙을 밟고서는 오르지 않겠다는 고집에서이다. 내 나라 내 땅을 밟고 오름이 아닌데, 어찌 자랑스럽고 기쁠 수 있겠는가 말이다. 가지 않으련다. 그리운 백두산을……. 통일을 못 보고 생을 마감한다 해도…….

가지 않으련다, 백두산

하늘에서 점지하여 창조된 신의 땅
삼신(三神)의 자식들이 잉태되어
영지(嶺地)의 심장이 된 땅

샘솟는 천지의 영액(靈液)에 씻기우고
나와 우리 모두의 살과 뼈 곳곳에
피 되어 생명을 심어 주었고
칠천만의 탯줄이 된 젖샘

강을 파고 산을 세워
너른 동쪽 횃불을 밝혀라 했건만
미움과 다툼으로
쪼개어진 어둠 속에서
이빨 드러낸 승냥이의 풍상이라니
어찌 하늘의 한 핏줄이랴

누를 수 없는 슬픔
떳떳치 못한 불목을 가슴에 품은 채
그 땅의 풀 한 포기
돌 한 덩이도

내 대할 면목이 없기에

그 날이 오기까지

내 결코 가지 않으련다

백두산

분단의 아픔이 내 마음을 괴롭힐 때면 금강산 소주와 백두산 소주를 마시곤 하였다. 몇 억만 분의 일만큼도 통일에 도움이 될 수 없는 몸이지만 정신만은 그 누구보다도 하나의 조국이 되기를 바라는 염원의 간곡함이었기에…….

백두산 소주를 마시며

백두산을 다녀왔다며 소주 한 잔 하잖다. 우뚝한 병의 생김새가 백두산 같다. 라벨에 담긴 뾰족하고 우뚝한 봉우리. 쏟아 부은 한 모금이 내 속을 전쟁터로 만드는가 보다. 김일성 수령의 육신 썩은 물로 증류된 탓일까. 순하고 풋풋한 인민들의 애환 섞인 냄새는 전혀 없다.

또 한 잔을 털어 부었다. 속이 메슥거려 토할 것만 같다. 어이하여 한 줄로 늘어서서 기어가는 개미 행렬이 계곡마다 그득그득 보이는가? 나무와 나무 사이로 병정개미 지켜보는 가운데 앞만 따라가는 일개미의 행렬이다. 웅장함과 신비스러움이 가득한 백두산을 보고 온 것이 자랑스럽단다. 풀도 돌도 봉우리 하나하나가 감격 그 자체란다.

연거푸 털어 넣은 술기운이 백두산을 거꾸로 세운다. 라벨에 그려진 그림은 제멋대로 빙글빙글 돌고, 백두봉우리와 천지의 맑은 못도 갈라지고 꺼지며 솟구친다. 입에 거품을 품어대며 자랑하는 소리가 따발총 쏘아대듯 쉼 없이 와 박힌다. 대포 터지는 간격만큼 나는 거푸 장전한 울분을 창자 속으로 발사시켰다. 이내 강도 7이 넘는 지진. 속은 더욱 뒤틀린다.

평화를 위해 토해내야겠다. 주원료 : 찹쌀 꿀 장백산 샘물. 식료공장 : MADE IN DPR KOREA. 국구 : 10640-99 650ml 40%. 토해낸 구토물의 전부였다. 지진이 멎고 따발총 소리도 들리지 않았다. 개미들이 모두 장백산 맑은 물에 익사했고 일부는 따발총에 맞아 죽었나 보다. 내 다시는 그날이 올 때까지 결단코 백두산 소주를 마시지 않으련다.

국민통합과 한민족대통합의 길

이 서 행

우리 민족은 세계에 드물게 삼국통일 이후 1,300년간 줄곧 단일민족국가를 형성하여 왔으나 불행하게도 제2차 세계대전의 종결과 동서세계의 이데올로기적 분극화 과정에서, 이해관계의 대립과 민족분열로 말미암아 국토가 남북으로 분단된 상황으로 70년 가까이 경과되고 있다.

이 분단으로 인해 한민족은 민족 공동체적 삶의 모든 분야에서 이산의 고통을 경험하고 있으면서도 인류의 보편적 가치인 민주와 평화, 인류애를 향해 노력해 왔다. 하지만 역사적인 이 노력이 변치 않는 북한의 적화야욕으로 인해 좌절되고 왜곡 당함으로써 분단사만큼 이념과

이서행(李瑞行) _ 전북 고창 출생(1947년). 동국대학교 대학원 철학과 한국철학전공(석사). 단국대학교 대학원 행정철학전공(박사). 미국 트리니티대학원 종교철학(박사). 미국 델라웨어대학 교환교수. 트리니티그리스도대학, 동 대학원 졸업. 한국학중앙연구원 교수. 세계평화통일학회 회장. 한민족문화연구소 소장. 한국학중앙연구원 부원장. 한민족공동체문화연구원 원장. 저서 《한국, 한국인, 한국정신》(1989), 《새로운 북한학》(2002), 《민족정신문화와 시민윤리》(2003), 《남북 정치경제와 사회문화교류 전망》(2005), 《통일시대 남북공동체: 기본구상과 실천방안》(2008), 《고지도와 사진으로 본 백두산》(2011), 《한국윤리문화사》(2011), 《한반도 통일론과 통일윤리》(2012) 외 20여 권 상재.

체제의 사슬에 구속되었다는 사실만으로도 통일의 당위성은 주어진다.

1990년대 들어서면서 갑작스런 공산주의 붕괴로 인해 우리는 민족사에 중대한 영향을 미치게 될 큰 변화를 목격하고 있으며, 통일이 현실의 과제로 대두하고 있는 것을 예단할 수 있다. 즉 체제 내적 가치통합의 성숙을 통하여 감도 높은 통일의 장을 형성하고 그 감응의 연속계에 의하여 분단체제간의 통일문화 형성 가능성이 점증되어 가고 있다.

물론 통일은 단순히 분단이전 상태의 회복이 아닌 새 시대에 새로운 한민족 국가의 창출을 의미하는 것으로서, 민족의 창의와 능력을 화합·발전시키는 것이어야 한다. 이와 같은 주변 환경의 통일여건 조성과 반세기만에 성숙된 민주정치의 도래에도 불구하고 1998년 최대의 민족사적 위기로 비유되는 IMF경제난국에 직면하여 온 사회가 국난극복을 위한 총체적 구조조정의 몸살을 앓았음에도 불구하고 그 후 국가의 빚은 점증되고 있다.

국난의 역사를 돌이켜 보면 예외 없이 나라의 지도층이 무능과 부패로 분열되고 그로 인하여 국민의 결속력이 약화되어 있을 때임을 알 수 있다. 오늘날의 분단사와 경제난국은 결코 우연이나 숙명적인 것으로 받아들여서는 안 되며 이것은 책임질 자리에 있었던 위정자들의 부패와 역사적 통찰력의 결여, 그리고 국민들의 각성부족이 가져온 필연적인 결과라고 볼 수 있다. 우리 사회에 누적된 비정상적 유산과 부정부패, 부조리 및 잘못된 관행과 의식, 그리고 집단이기주의, 지역이기주의 등의 청산 없이는 국난극복은 물론 새로운 국가발전을 기약할 수 없다.

과거정권의 개혁의 중심이 미래창조가 아닌 과거청산에 두어짐으로써 국민들의 창조적 에너지를 결집시키지 못하고, 오히려 지역간·계층간 분열과 불신으로 역효과를 가져왔다. 따라서 작년에 출범한 박근혜정부의 당면한 경제위기를 조기 극복하고 통일한국을 위한 국민대통합을 이끌어 내야 한민족대통합인 통일한국을 이룩하게 된다.

그 동안 우리 사회의 양식 있는 지도층들은 정부의 파사현정(破邪顯正)의 천명과 실천의지에 대해 원한과 보복의 두려움과 관료주의적 안이함으로 인해 사회적 불의에 대항하는 실천역량이 결핍되어 개혁정책들이 좌절되었던 것이다. 유일한 분단국 현실에서 미완의 해방건국을 통일한국으로 완성시키고자 할 때 무엇보다도 대내외적인 국민과 한민족 대통합을 전제하지 않으면 안 될 것이다.

사회지도층이 솔선수범하여 통일한국 건설을 향한 국민 대통합의 과제해결을 위해서는 첫째는, 정당과 지역 그리고 계층의 이해를 초월하여 선진복지국가 건설과 대북 정책에 있어서 국론통일을 위해 선봉자의 사명을 다해야 한다.

둘째는, 지역간·계층간·세대간의 찌든 응어리를 풀기 위해 국민에 의한 탕평적 문화의 창출에 선도적 역할을 다해야 한다.

셋째는, 우리 사회의 도덕적 해이를 치유할 수 있는 온갖 불법, 탈법, 반칙문화를 일소하여 정의와 도덕문화를 꽃피움으로써 상식이 통하는 사회 즉 정의와 질서가 물 흐르듯 통하는 도덕국가를 복원하는 데 앞장서야 한다.

넷째는, 국민화합문화의 기반조성을 전사회적으로 확충하는 데 정부는 물론 모든 분야의 공적기관이 전진기지 역할을 담당해야 한다. 실질적인 국민대통합과 총체적인 사회탕평책 실현을 통해 통일역량을 결집시켜 명실상부한 통일시대를 이루어야 한다.

외환위기가 닥친 1998년 김대중 정부 출범 때도 동서 국민대통합의 중요성을 강조하여 제2건국을 하겠다는 의욕을 갖고 청와대에 제2건국위원회까지 만들었지만, 선거에 빚진 사람들의 자리 매김 외에는 유명무실하게 운영되다가 조직과 예산낭비만 했을 뿐 부정부패 고리와 함께 사라진 것은 경계할 일이다.

작년에 출범한 새 정부도 우리 사회에 내재된 상처와 갈등을 치유하고 상생, 소통의 문화정착과 새로운 국민적 통합가치를 도출, 실천하기 위한 목적으로 국민대통합위원회를 발족했다. 이는 세계적인 경제 침체와 국내적으로 세대와 지역, 이념, 계층 등 다양한 측면의 수많은 갈등극복을 위해서도 절실하다고 본다. 또한 국민대통합은 우리 사회 내부의 갈등과 분열을 해소하고 모두가 공유할 수 있는 새로운 대한민국의 가치를 만들어 내는 차원에서도 가장 중요한 토대라는 것을 부정할 사람은 아무도 없다. 문제는 통치자의 의지와 추진력을 통한 실천여부이다.

박 대통령은 지난 3월 12일 국민통합 발대식 선포식에서 "작은 실천 큰 보람 운동 즉 작지만 나부터, 그리고 우리 모두 함께 하는 배려와 나눔 같은 최소한의 덕목과 행동규범의 실천"을 강조한 바 있다. 그러나 조직구성원과 그 주변 사람들만 가지고는 역부족이며 전국적인 추진체계와 실천내용, 다양한 방법 등으로 전 국민의 동참을 이끌어 내야 실제로 국민대통합과 민족대통합을 통한 통일대박론도 가능할 것이다.

그러나 1981년 제5공화국시절 대통령 직속인 사회정화위원에서 추진했던 국민의식개혁운동은 소기의 성과는 있었지만, 그 후 제6공화국 정권에서 추진한 밝은 사회 국민운동의 일환으로 추진했던 '작은 실천 운동' 중단의 교훈 또한 잊지 말아야 한다.

현재 우리 사회에 만연한 폭력과 욕설, 막말, 기초질서 무시, 각종 부조리, 잘못된 관행, 무규범 등 비정상적인 생활 습관의 개선과 의식개혁운동이 절실하다. 전 국민이 동참할 수 있도록 범정부 차원에서 대대적으로 각계각층, 각 분야에 적합하게 지속적으로 추진되지 않으면 기대효과는 미흡할 수밖에 없다.

이를 위해 통치자의 일관된 원칙과 정도의 통치철학이 가장 중요하지만, 사회적 경제적으로 유리한 위치에 있는 계층의 일탈과 부정행위를 근절하여 그들로 하여금 솔선하여 법을 지키도록 하는 사회분위기 조성이 더 중요하다. 따라서 우리 사회에 절대 정직과 준법문화 정착으로 법을 어길 경우에는 지위와 권한과 책임의 높음에 따라 이에 상응한 처벌을 받도록 양형기준을 높여 부정부패가 발붙이지 못하도록 해야하며, 자유보다 책임윤리가 앞서고 정의가 물 흐르듯이 보편화 되는 성숙된 사회문화를 형성해야 한다.

범국민통합운동은 종래와 같이 정부나 관에서 국민을 가리킨다는 잘못된 전근대적 권위주의 의식이나 정권유지 연장을 위한 정권적 차원의 시각에서 벗어나, 국가적 차원에서 정부나 국민 모두가 정의롭고 성숙된 민주시민의 윤리의식 함양에 그 기초를 두어야 할 것이며, 자발적인 볼런티어(Volunteer) 윤리문화를 일상생활화와 보편적 가치로 정착시켜 나가야 한다. 성숙된 민주시민 의식과 자원봉사 윤리문화로 구축된 국민통합이야말로 무규범, 무가치, 무질서가 지배하는 우리 사회의 아노미(anomie)적 상황을 타파하고 민족대통합의 통일시대를 열게 될 것이다.

한민족대통합을 가져오는 통일한국은 창조적 문화국가의 역량을 최대한 발휘하게 될 것이어서 21세기 창조적 문화대국의 비전을 보여주어야 한다. 무엇보다도 중요한 것은 전통문화 속에 계승되고 있는 유불도 삼교를 융해한 엄청난 문화용량을 재창조해 나가야 한다.

즉 원효(元曉)의 통일사상에 나타난 '나만 옳고 남은 그르다' 하는 편견으로 일어난 쟁론을 화해하는 일도 하나인 마음(一心)에 즉할 때 근원적인 해결이 가능하다는 것과, 인간이 가장 인간답게 살 수 있는 길은 존재의 원천인 하나인 마음에 돌아가는 것이라고 역설한 원융회통(圓融會通) 사상으로 다시 태어나야 하고, 나아가 탈이념 탈체제의 새로운 통일국가를 건설하겠다는 세계 한민족 일심의지의 결집이 절실하다.

천년고도 경주 답사기

– 황룡사지(皇龍寺址) 빈 터에 멈춰진 걸음

정 상 식

*자비롭고 평화로운 세상을 만드는 일은 하룻밤 새에 결코 이루어질 수 없습니다. 가벼운 나비의 날갯짓이 토네이도(tornado)와 같은 엄청난 결과를 발생시킨다는 이른바 '나비효과' 라는 이론이 있듯이, 사소하고 보잘 것 없는 방식일지라도 세상을 바꾸는 데 기여할 수 있는 요소는 많습니다. 이 글은 그런 바람을 실어 쓰게 되었습니다.(필자 주)

천년고도 경주 톨게이트를 들어서면 고속도로 통행료 정산소가 고풍스런 옛 모습을 현대화시켜 방문객을 맞는다. 전통한옥의 풍치를 고스란히 옮겨 놓아서 그런지 어느새 옛 사람이 된 듯하고, 지체 높은 정승 댁의 솟을대문 안으로 들어서는 기분이 든다.

먼저 발길을 옮긴 곳은 황룡사지(皇龍寺址)였다. 현재는 넓은 빈 터에 9

정상식(鄭相植) _ 경남 창녕 출생(1933년). (社)大乘佛教 三論求道會 教理研究院長, 호는 戱癡. 중고등학교 설립, 중·고 교장 21년 근무. 경성대학교 교수, 총신대학교 교수 등 역임. 현재 (사)대승불교 삼론구도회 교리연구원 원장. 저서 《기독교가 한국재래종교에 미친 영향》, 《최고인간》, 《인생의 길을 열다》 외 다수.

층탑과 법당의 흔적으로 추정되는 돌 몇 개만 남아있다. 인접한 안압지 위쪽에는 규모가 크지 않은 분황사도 있다. 유네스코가 지정한 경주 역사유적지구 중 하나인 황룡사 지구이다. 이곳에서는 옛것이 별로 남아 있지 않아 유물에 대해서 할 이야기가 그다지 많지 않다.

그러나 이 두 절, 특히 황룡사는 신라시대에 매우 중요한 사찰이었기 때문에 대한민국의 문화유적 자산으로서 세계문화유산으로 등재되었다. 국립경주박물관에 가면 이 황룡사를 미니어처(miniature)로 복원해 놓은 것을 볼 수 있다. 비록 미니어처라도 황룡사의 압권은 9층 목탑에 이른다. 이 목탑은 중국의 전통 가옥을 좀 더 높고 크게 만든 것이라고 보면 된다.

황룡사는 알려진 대로 6세기 중엽에 세워진 신라시대의 왕실 사찰이다. 왕실의 종교행사를 담당했던 사찰답게 규모가 대단하다. 대지 면적이 동서로 288m, 남북으로 281m에 달했다는 것으로 보아 당시의 웅장함을 쉽게 짐작케 한다.

지금 황룡사 터에는 아무 것도 남아 있지 않고 기둥으로 세웠던 초석(주춧돌)들만 남아있다. 이 초석들의 간격이 촘촘한 것을 보면 법당 건물이 워낙 높아 그 무게를 지탱할 수 있는 기둥이 많이 필요했던 것임을 알 수 있다.

그런데 한 세기가 지난 7세기 중엽, 신라 최초의 여왕인 선덕여왕이 즉위한 후 황룡사에 웅장한 풍모를 자랑하는 목재 9층탑을 세운다. 탑의 전체 높이만 해도 무려 80m에 이른다. 탑신이 65m, 상륜부(相輪部)가 15m 정도이며, 당시 경주 시내에서 이 탑이 보이지 않는 곳이 없었다고 한다.

지금의 현대식 건물에 비교하면 아파트 30층 높이에 해당하는 이 9층탑을 보면서 이해되지 않는 것이 하나 있었다. 그것은 이런 거대한 건축물을 지을 기술자가 없어서 이웃나라 백제에서 기술자를 초빙해 건축했다는 사실이 그것인데, 마치 다빈치 코드를 해석해야 하는 것과 같은 의문의 열쇠를 쥐어주게 한다.

백제는 당시 남중국으로부터 선진기술을 받아들일 수 있었지만 반도 한쪽에 치우쳐 있던 신라는 그렇게 하지 못했다. 이런 지정학적인 이유 외에 대치상태의 적국이었던 백제의 기술자를 초빙해서 거대한 풍모를 만방에 떨친 9층탑을 건축했다는 것은 당시 신라와 백제의 관계에서 짐작할 수 없기 때문이다.

그러면 선덕여왕은 왜 이렇게 큰 탑을 세우려 했을까? 삼국시대를 통틀어 많은 왕조가 명멸하는 가운데 여성이 왕이 되었던 왕조는 신라밖에 없다. 선덕, 진덕, 진성의 세 여왕 중에서도 선덕여왕은 여성이 왕이 된 첫 사례다. 그 때문인지 신라는 주위의 여러 국가들로부터 많은 조롱을 받았으며 잦은 침략까지 받았다.

선덕여왕 당시 신라 사신이 당(唐)나라에 갔을 때 당나라 황제가 신라의 왕이 여자인 것을 지적하며 "왕 노릇을 할 중국 남자를 하나 보내주겠다"라고 조롱한 적도 있었다. 뿐만 아니라 상대등(上大等, 지금의 국무총리격) 자리에 있던 비담(毗曇)이 군사쿠데타를 일으켰을 때 왕권 상실의 위기가 있었으나 김유신의 도움으로 간신히 비담의 난을 제압하며 왕권을 지킨 일도 있었다. 하지만 선덕여왕은 비담의 난이 완전히 평정되는 것을 보지 못하고 세상을 떴다. 어쩌면 신뢰해 온 2인자의 반란에 주체할 수 없는 충격을 받았을 것이고, 엄청난 분노와 배신감에 치를 떨며 화를 이기지 못해 끝내 그 같은 결과가 빚어졌는지는 알 수 없다.

이러한 사실들을 종합해 볼 때 여성으로서 처음 왕위에 오른 선덕여왕이 제일 먼저 어떤 생각을 했는지 어렴풋하게 짐작할 수 있다. 그것은 한 여성으로서가 아니라 국가를 경영하는 왕으로서 권위를 세울 필요가 절실했던 것이다.

역사책에 따르면 선덕여왕은 당시 유력 승려였던 자장(慈藏)의 권유로 신라 주변의 아홉 나라를 붓다(Buddha, 부처)의 힘으로 제압하고자 이 9층탑을 조성했다는 것이다. 국력으로 봤을 때 삼국 중 가장 약체였던 신라가 정말 이 아홉 나라들을 제압하려고 했을까?

더욱이 이들 아홉 나라 가운데에는 기세등등하던 당나라까지 포함되어 있었다는 것에는 다소 이해하기 힘든 것이 사실이다. 때문에 9층탑은 국력신장이라는 명분을 내세워 자신의 권위를 높이려 한 선덕여왕의 고육지책에서 비롯된 것이 아니었나 싶다.

그런데 이 9층탑은 절의 넓이나 건물에 비해 너무 크다. 이 정도 규모의 높은 탑이 들어서려면 절 마당도 엄청나게 넓어야 옳다. 사찰 경내에서는 고개를 완전히 뒤로 젖혀도 탑 꼭대기를 보는 것이 어려울 정도다. 이 같은 사실은 자신의 권위가 처절하게 도전받고 있던 선덕여왕의 절실했던 위기의식의 산물이 아니었던가 싶다.

그러나 그 어느 쪽의 산물이든 안타깝게도 이 탑의 원형을 알 수 없다. 옛 기록은 《삼국사기》와 《삼국유사》 정도에 불과하다. 그마저도 탑의 완전한 구조를 알 수 있는 글자들이 워낙 희미하게 바래져서 정확한 판독이 불가하다고 한다. 삼국사기 같은 역사책에는 이 탑이 워낙 높아 벼락을 맞았다는 기록도 나온다. 오늘날처럼 전류를 땅으로 흘려보내는 피뢰침 기술이 적용됐는지는 모르겠지만, 벼락을 맞아도 부분적인 피해에 그쳐 수리했다는 기록도 있다.

하지만 이 9층탑은 고려대에 들어 몽골군의 침략으로 전소되고 역사 속으로 영원히 사라지게 된다. 1238년의 일이다. 당시 한반도로 침공한 몽골군은 경주로 남하하기 전에 대구 팔공산(八公山)에 있는 부인사(符仁

寺)에 들러 그곳에 보관되어 있던 고려대장경도 불태워 버렸다. 현재 우리나라에서 보관하고 있는 고려대장경은 몽골항쟁이 계속되던 고려 왕조의 강화도 천도 40여 년 동안 무려 16년에 걸쳐 만든 팔만대장경이다.

다시 이야기를 황룡사지로 돌아가 이제 법당 이야기를 해 보면, 먼저 이곳에서 출토된 기와 한 점에 눈길이 간다. 이 기와는 법당이 지어졌던 초석을 제외하면 유일하게 남아있는 법당 관련 유물이다. 망새(혹은 치미)라고 불리는 이 기와는 기왓장을 서로 이어가는 데 사용하는 기와가 아니라 건물 지붕의 양 끝에 얹어 건물을 품격 있게 보이도록 장식하는 장엄용 기와이다.

현재 국립경주박물관에 전시되어 있는 이 기와는 실물 크기가 전통 가옥의 일반 기와보다 훨씬 크다. 높이 182cm, 너비 105cm나 되는 대형 기와이다. 이 기와를 장식용으로 얹을 정도라면 법당 크기도 무척 커서 아마 수백 명이 동시에 들어갈 수 있을 만큼 웅장했을 것으로 짐작된다.

현재 한국에는 황룡사 법당만큼 큰 법당을 가진 사찰은 존재하지 않는다. 신라시대 이후 고려를 거쳐 조선조 때에는 불교를 억압했기 때문에 황룡사 법당 같은 큰 건물을 짓는다는 것이 물리적으로 불가능했을 것이다.

그런데 황룡사 규모의 큰 법당을 볼 수 있는 곳이 일본에 있다. 교토 기차역 근처에 있는 니시혼간지(西本願寺)가 그곳이다. 이 절은 일본 내에서 큰 불교종파인 정토진종의 본부 사찰이다. 그래서인지 사찰 규모가 상당하다. 이 절 대웅전을 보면 황룡사의 법당도 이와 버금가는 규모였거나 그 이상일 것으로 추정해 볼 수 있다.

그런데 황룡사 망새(혹은 치미)에는 재미있는 요소가 보인다. 기와

중간 부분에 간단한 선(線) 몇 개로 사람의 얼굴을 묘사해 놓았는데, 히죽거리며 웃는 모습이 익살맞기까지 하다. 황룡사는 지엄한 왕실의 사찰인데도 이런 장난기 섞인 표현을 한 것으로 보면 당시의 민중들에게 왕실의 권위는 통용되지 않았던 것인지도 모른다.

그러나 이를 다른 측면에서 생각해 보면, 통일신라를 이루기 전에 주변국들과의 마찰이 계속되면서 전란의 위기의식이 신라 민중들 사이에 퍼져 있었고, 때마침 전대미문의 여성 왕이 등극하면서 붓다의 힘으로 불국토를 건설하겠다는 대역사가 시작되었다면 그 같은 장난기도 어느 정도 이해가 된다.

왜냐하면 전란 없는 평화로운 세상에서 배불리 먹을 수 있고 늘 웃음 지으며 살 수 있다면 얼마나 행복할까 하는 민중의 욕구가 반영된 것일 수도 있기 때문이다. 이런 해학적인 모습은 신라시대의 토우에서도 종종 발견되는데 역시 같은 맥락에서 이해할 수 있을 것이다.

그러나 왕실 사찰과 같은 국가 건축물에 이러한 해학적 요소가 들어갔다는 것은 이해하기 힘들다. 이웃나라 중국이나 일본에서는 발견하기 힘든 모습이라는 점에서 더욱 그러하다. 이런 유머러스한 모습을 일컬어 학자들은 한국예술의 해학성이라고 표현하는데, 비단 이런 예는 그것만이 아니라 탈춤, 마당놀이 등 여러 장르의 한국예술에서 다양하게 나타난다.

황룡사 법당이 있던 곳에는 꽤 큰 돌 세 개가 있다. 불상을 모셨던 곳으로 추정되는 자리이다. 세 개의 돌 위에 모셨던 각각의 불상 중에서도 가운데 불상은 높이가 5m 정도로 상당히 컸다고 한다. 삼국유사에 따르면 기원 전 3세기 경 인도에서 이 큰 불상의 재료를 배로 실어왔다는 설화가 전해진다.

중국의 기록에도 신라 건국이 3세기로 언급되어 있으나, 황룡사 창건이 진흥왕 14년(553년)에 시작되었으니 불상 재료를 들여온 연대와는 전혀 맞지 않다. 아마 신라 왕실이 붓다의 인도와 직결되는 성스러운 혈통이라는 점을 강조하기 위해 그와 같은 설화를 만들어낸 것이 아닌가 싶다.

황룡사 터에서 주목을 끄는 것은 불상 세 구를 모셨던 돌들 좌우에 또 다른 돌들이 나열되어 있는 것이다. 이 돌들이 무슨 용도로 사용된 것일까? 현재 우리나라 사찰의 법당 배치는 일반적으로 상단, 중단, 하단의 구조로 되어 있다. 상단은 불상, 중단은 신장상, 하단은 영혼을 모신다.

황룡사에 남아 있는 세 개의 큰 돌이 본존불과 좌우 보처의 삼존불을 모신 상단이라면 좌우로 나열된 돌들은 붓다의 10대 제자나 다른 유명 신장들의 상을 모시기 위해 설치했던 중단의 받침대로 추정해 볼 수 있다. 그러므로 오늘날의 우리나라 사찰 법당의 삼단구조와는 다른 횡렬구조였지 않았을까 하고 나름대로 짐작해 본다.

현재 한국에서는 신라시대의 황룡사 법당과 같은 구조를 갖춘 사찰은 찾아보기 힘들다. 그러나 일본에 가면 황룡사 법당처럼 붓다의 좌우 보처에 모신 불상과 중단에 모시는 성현들의 배치를 쉽게 발견할 수 있는 사찰을 볼 수 있다. 고대 한반도의 불교 모습이 일본에 살아있는 셈이다.

언론보도에 따르면 신라 불교문화의 정수(精髓)로 꼽히는 대표적 사찰 건축물인 황룡사를 복원하는 사업이 속도를 내고 있다고 한다. 그렇다면 먼저 일본의 오래 된 사찰 건축물들을 세밀하게 연구하고 참조하는 것이 황룡사 복원사업의 바로미터(barometer)가 아닐까 한다. 왜냐하면 일본의 오래 된 사찰 건축물은 대개가 백제나 신라의 기술자들이 지은 것이기 때문이다.

일본에 건너간 불교문화는 잘 알려진 대로 그 모두가 처음 고대한반도에서 건너간 것이다. 때문에 우리나라 삼국시대 때의 사찰 건축물도 이와 크게 다르지 않다. 아니 좀 더 정확하게 말하자면, 그것은 백제나 신라 고유의 건축 양식이라기보다 당나라에서 유행하던 건축양식을 모방하였거나 흡수하여 우리 것으로 고유화한 것이라 해야 옳다.

당시에는 중국문화가 보편적이었다는 사실에 비추어 보면 한국이나 일본 모두 중국을 따랐다고 보는 것이 타당하지만, 우리나라가 받아들였던 중국문화는 재창조되어 우리나라만의 독창적이고 독자적인 문화를 꽃 피웠다. 이 문화가 바로 삼국의 불교문화이다. 때문에 고대 한반도의 문화는 결코 불교문화와 떼려고 해도 결코 뗄 수 없는 불가분의 관계이다.

그런데 황룡사 빈 터 유적지를 바라보고 있자니 삼국시대를 거쳐 조선시대에 이르기까지 때로는 외침의 전란 속에서 화마를 당한 우리 조상들의 찬란했던 문화 예술품이 얼마나 될 것이며, 또 열강제국에 강탈당하는 등으로 다른 나라에 유출된 문화재는 또 얼마나 될 것인지 하는 생각에 그만 알 수 없는 먹먹함이 가슴을 저며 왔다.

실제 2013년 우리나라 문화재청 통계에 따르면 무려 152,915점이나 되는 문화재들이 20여 개국 579개 처에 이르는 해당국가 박물관에 소장되어 있다고 한다. 어디 그뿐일까? 그동안 미처 발견되지 못했거나 민간이 소장한 문화재들을 합치면 그 숫자는 또 얼마나 많이 늘어날지 예상조차 할 수 없다.

바야흐로 세계는 인류의 위대한 유산을 유네스코(UNESCO)에 등재시켜 후손에게 남기려고 한다. 이러한 때에 정부든 민간이든 우리 조상들의 문화재를 돌려받기 위해 팔을 걷어붙여야 한다. 관련 국가들도 남의 나라 문화재를 돌려주는 것이 마땅하다. 그래야 지구촌이라는 이름도 어울리고 인류공동체라는 이름도 어울린다.

　나로서는 온통 그런 생각뿐이었다. 동편 멀리 불국사가 있고, 토함산 봉우리에는 석굴암이 있으며, 신라인들의 삶터였던 남산 시내가 지척이고, 몇 걸음만 옮겨도 바로 옆에는 분황사와 안압지가 있는데, 황룡사지(皇龍寺址) 빈 터를 하염없이 바라보며 한 걸음도 떼지 못하고 있는 것은 무슨 까닭인가?

　문득 신라 민초들의 비탄에 잠긴 삶을 대변한 향가(鄕歌) 하나가 떠올랐다.

　　　後句, 君如臣多支民隱如
　　　후구, 군여신다지민은여

　　　爲內尸等焉國惡太平恨音叱如
　　　위내시등언국악태평한음질여

　〈안민가(安民歌)〉의 마지막 이 두 구절은 "아아, 임금답게 신하답게 백성답게 한다면 나라가 태평하지 않겠는가?"라고 이해할 수 있는 내용이다.

　왜 이 노래가 탄식조로 끝날까? 신라가 삼국을 통일하는 동안 잦은 전쟁으로 인한 백성들의 고초가 어느 정도였는지 짐작되지만, 역시 흉년과 병마, 과중한 세금, 농사 대신 국가 부역 동원, 황룡사 범종(무게 149톤) 주조와 같은 대형공사, 왕권강화를 위한 제도개편 등으로 경덕왕(景德王, 742~765 재위) 대에도 백성들이 도탄에 빠져 살았다.

　왕은 이러한 때에 승려 충담(忠談)을 왕사(王師)로 봉하였으나 충담사(忠談師)는 도탄에 빠진 백성과 나라를 어찌 보살펴야 하는지 〈안민가〉

를 통해 왕에게 따끔한 충고를 남겨 놓고 민초들 속으로 들어갔다.

그러면 작금의 시대는 어떠한가? 너도 나도 물질만능을 신앙처럼 받들고 있다. 물질에 집착하니 이성은 피폐해지고 인간의 존엄성까지 짓밟히는 정신적인 도탄에 빠져 산다. 이러한 때에는 누군가가 나서서 물질풍요보다 앞서는 정신풍요가 얼마나 소중한 것인지 일깨워 주어야 한다.

누가 그 일을 해야 하는가? 바로 이 시대의 지식인들이다. 물신숭배를 추종하는 지식인이 아니라 이성과 감성의 가치를 진실로 존중할 줄아는 지식인이어야 한다. 어쩌면 공허한 메아리가 되더라도, 시대착오적이라고 빈정대더라도, 그것을 각오하고 이 시대를 따뜻한 인간미로 채워줄 지식인이라면 더없이 좋으리라.

아아, 옛 사람이 그립다. 앞날을 걱정하던 진정한 벗들도 하나 둘 떠나가고 산수(傘壽)의 세월만 이 몸에 남았구나. 황룡사지(皇龍寺址) 빈 터를 불어가는 꽃샘바람은 마음마저 시리게 한다. 그렇게 회한에 젖는 사이 천년고도 경주 답사는 그만 거기서 끝을 맺어야 했다.

공동체의 심성언어

한만수

우리의 생활과 운명을 같이하는 조직체를 흔히 공동체 (community)라 한다. 우리가 살아가고 우리에게 닥쳐오는 모든 화복과 길흉(fortune and misfortune, good and ill), 곧 앞으로의 존망이나 생사에 관한 처지(situation)를 함께하는 조직체를 말한다. 다 같이 함께 생활하고 다 같이 함께 처지를 공유(共有)하는 조직체이다. 나만이 아니고, 나만도 아닌 너와 나, 나와 너의 우리가 함께 생활하고 함께 서로의 처지를 나누는 조직체가 공동체이다.

공동체란 주로 인간 본연의 본질적 의사표시에 따라 결합된 유기적인 집단(organic group)이다. 금붕어가 어항을 떠나 살 수 없음과 같이 인간 역시 공동체를 떠나 살 수 없다. 미국의 심리학자 윌리암 벡커스

한만수(韓萬洙) _ 인천 강화 출생(1934년). 숭실대학교 영문학과 졸업. 연세대학교 교육대학원 졸업(교육학 석사). 경희대학교 대학원(영문학, 박사과정), 숭실대학교 대학원(영문학, 박사과정) 수료. 영문학 박사. 관동대학교 교수 · 대학원장, 전국대학원장협의회 회장 등을 역임하고, 현재 (사)국제기독교언어문화연구원 설립자 겸 원장, 「시정일보」 논설위원, 내리감리교회 장로 등으로 활동. 국민훈장 목련장 수훈. 저서 《밝은 언어문화 창조》, 《현대영어의 발전》, 《치유언어》, 《살리는 윤리 살리는 언어》, 《기독교 언어관》 등 20여 권 상재.

(William Backus)는 "인간은 공동체적인 존재로서 공동체를 떠나 살 수 없는 공동체의 분신으로 지음 받았다(We were created to be part of a community)"라고 말한다.

인간이 공동체적인 존재가 되는 이유가 무엇일까? 금붕어가 어항을 떠나 살 수 없는 이유에서 찾을 수 있다. 물속에 산소와 수소가 있기 때문이다. 인간은 공동체 안에 인간으로서만이 누리는 삶의 스타일(Life Style)이 확립되어 있기 때문이라고 벡커스는 부언하고 있다. 다음 여섯 가지 질문에 대한 해답을 내는 삶의 방식과 태도라는 것이다.

① 다른 사람과 지내는 시간은 어떠한가?

　사람은 어울려 살아야 한다는 것이다.

② 참여할 공동체의 필요를 느끼는가?

　사람은 사람을 좋아해야 한다는 것이다.

③ 지도자와 주기적으로 만나는가?

　사람은 충고를 받으며 배워야 한다는 것이다.

④ 어떤 후원단체와 한 동아리가 되어 있는가?

　사람은 양육할 토양이 있어야 한다는 것이다.

⑤ 상담자나 치유자를 접견하는가?

　사람은 자기성찰의 기회를 지녀야 한다는 것이다.

⑥ 새 친구를 사귀고 있는가?

　사람은 미래지향적 또는 진취적인 이웃이 있어야 한다는 것이다.

우리의 공동체 속에 이러한 인간으로서의 필수적인 삶의 스타일 때문에 인간은 공동체를 떠나 살 수 없는 것이다. 그러나 공동체적인 존재가 공동체 안에 살면서 그 공동체를 이끌어갈 수 있는 힘은 오직 언어의 힘이다. 언어는 공동체를 이끌어가는 힘이 있다. 언어가 살면 공동체가 살고, 언어가 병들어 죽어 가면 그 공동체 역시 병들어 붕괴되는 것이다.

여기에 바로 심성언어의 필연성이 대두된다. 심성(心性)은 심성정(心性情)의 준말로서 본디부터 타고난 마음씨로서 불교에서는 참되고 변하지 않는 타고난 본성이라 한다. 심리학에서는 지능적 소질, 습관, 신념 등 정신의 특성(mentality)을 말한다.

심성언어란 "그림을 그릴 심정으로 산을 바라보는 마음의 눈이다. 그림을 그릴 심성으로 산을 바라보면 못생긴 돌이 하나도 없음(畵意看山無惡石)과 같이 심성에서 우러나오는 마음의 눈을 통한 언어행위는 살아 숨 쉬는 푸른 언어의 아름다운 삶이 된다."

그러므로 심성언어는 상생의 원리를 지닌 덕스러운 말이다(Edification). 서로 충고하고 격려하는 권면의 말이다(Exhortation). 남을 돕고 지원하는 격려의 말이다(Encouragement). 고통과 걱정 근심에서 벗어나게 하는 안위의 말이다(Ease). 말하는 태도가 분명한 정확성의 말이다(Exactness). 기대와 효과를 극대화하는 유효적절한 말이다(Effectiveness). 그리고 순화되고 미화된 우아한 말이다(Elegancy). 소유 7-E 유형의 언어이다.

심성언어는 공동체를 푸르게 가꾸는 실로 푸른 언어가 된다. 공동체의 푸른 언어는 공동체가 서로 협동하여 살아가는 살아 숨 쉬는 공동체를 이루게 한다. 공동체의 푸른 언어는 성스럽고 깨끗한 생각을 담는 그릇이요, 아름다운 사상과 순화된 감정을 표출하는 음성이요, 의와 평강과 희락이 담긴 내용을 전달하는 음성기호가 된다. 공동체의 푸른 언어는 생명력이 있는 언어로서 자신을 살리고 가정을 살리고 이웃을 살리는 국민의 얼이 담긴 언어이다. 공동체의 푸른 언어는 위기극복의 도화선이요, 인류문화의 참자유와 평화의 산실이다. 공동체의 푸른 언어는 사람됨의 심성언어로서 21세기 제2바벨탑문화 극복의 시대적 사명을 지닌 언어이다.

필자가 설립한 사단법인 국제기독교언어문화연구원(www.clc.re.kr)의 설립목적의 기저가 바로 여기에 있음을 밝혀두는 바이다.

언어는 신의 존재성을 알리기 위해 인간에게 주어진 신의 선물이다. 그 언어 안에 신이 내재되어 있다. 언어를 통하여 신과 소통하며 언어를 통하여 공동체적 존재들과 소통한다. 언어는 미적 창조력이 있다. 그러므로 아름다운 공동체는 미적 창조력이 있는 심성언어로 이끌어 간다. 그러므로 공동체적인 존재가 그 공동체를 푸른 에덴으로 아름답게 가꾸기 위해 심성언어는 항상 긍정적이다. 부정적인 것들을 제거하며 공동체를 아름다운 삶으로 푸르게 가꾸어 간다.

우리는 심성의 불을 피워 푸른 언어로서 현존하는 부정과 악을 제거하고 아름다운 푸른 공동체를 이루어 나가야 하리라 믿는다. 사단법인 국제기독교언어문화연구원은 심성언어의 생활화를 통하여 푸른 언어 가꾸기 운동에 나서 21세기 언어문화 창달에 기여하고 있다. 진정 심성언어의 생활화를 통하여 우리의 공동체가 아름다운 소통의 장이 되기를 바라는 마음 간절하다.

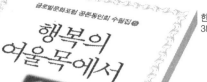

글로벌문화포럼 공론동인회 수필집❺
한누리미디어 간/ 신국판 양장본
388쪽/ 값 22,000원

글로벌문화포럼 공론동인회 수필집❺

행복의 여울목에서

수록 필자 ············ 具綾會 · 權寧海 · 金敬男 · 김길주 · 金大河 · 金務元 · 金白峰 · 金相哲 · 金永甫
金載燁 · 金載完 · 金惠蓮 · 都泉樹 · 無相法顯 · 朴成壽 · 배우리 · 卞鎭興 · 宋洛桓 · 辛龍善 · 申瑢俊
오금남 · 오서진 · 오오근 · 禹元相 · 尹明善 · 李康雨 · 李瑞行 · 李善永 · 李在得 · 全圭泰 · 정봉태
鄭相植 · 趙南斗 · 朱東淡 · 崔季煥 · 최명상 · 崔香淑 · 河銀淑 · 韓萬洙 · 洪思光

병 든 것이 최대의 불행이라고 생각했던 사람이 막상 그 병이 치유되면 이것으로 행복하다고
생각하게 되느냐 하면 그렇지도 않다. 마찬가지로 상급학교에 못간 것은 불행하지만 상급
학교에 진학했다고 해서 행복감을 느끼는 것도 아니다. 돈이 없으면 불행해지기 쉽지만 돈이 많
다고 해서 꼭 행복한 것은 아니다. 이렇게 본다면 분명 행복이란 주관적이며 마음의 문제이다. 스
스로가 얻어야 하는 것이다.

― 전규태의 〈행복의 위치〉 중에서

사 랑과 자비심의 실천 그리고 긍정적인 사고와 더불어 함께 사는 심정적인 유대관계가 유지
되는 곳에서 참된 행복을 찾을 수 있다. 또한 자신의 욕망도 자신의 지배하에서 조정되어
야 행복을 가꿀 수 있으며, 이를 위해서는 자신의 자유의지에 따라 행불행의 결과가 오기 때문에
행복한 삶을 영위하기 위한 도덕적인 생활이 일상화되지 않으면 안 된다. ― 이서행의 〈행복의 담론〉 중에서

선 을 위한 삶, 서로 받아들이는 삶, 힘써 일하는 삶, 분별력을 가지고 성찰하는 삶, 자기 자신
을 속이지 않는 삶, 덕을 세우며 은혜 되게 하는 삶, 사랑과 능력의 마음으로 승리하는 삶,
두려움이 없는 능력의 삶, 이웃을 풍성하게 하는 삶, 소망 중에 범사에 감사하는 삶, 결국 이러한
벅찬 아름다운 삶들 속에 오직 나누며 베풀며 섬기는 삶을 사는 사람은 참 행복한 사람이다.

― 한만수의 〈행복한 사람〉 중에서

행 복추구에 있어서 행복이란 다의적인 개념이며 각자의 생활조건과 가치관이 다른 만큼 각
양각색이기는 하다. 그러나 행복이라는 것은 인간으로서 최소한 고통과 불편이 없고, 만족
과 안정을 느낄 수 있는 상태를 뜻하고 있는 것이다.

― 김재완의 〈행복의 철학〉 중에서

제**2**부

밝은 사회로
함께 가는 길

나는 자연인이다

김경남

나는 TV를 자주 켜지 않는다. 그런 중에도 시청하는 프로그램이 있다. 케이블 텔레비전 매일방송(MBN. 채널 20)에는 매주 수요일 저녁 10시에 '나는 자연인이다' 를 방영한다. 이 프로그램은 100% 리얼 휴먼스토리를 지닌 자연 다큐멘터리다. 다양한 사람들의 다양한 삶의 모습 중에서도 홀로 산 속에서 원시의 삶을 사고 있는 자연인을 취재한 것이다.

이 프로그램에 관심을 둔 이유가 있다. 자연을 벗하며 사는 자연인의 삶의 모습과 그러한 삶을 사는 생활철학은 어떠한 것일까 하는 궁금증이다. 또한 오늘에 이르기까지 근 20년을 주말이 되면 시골로 내려가 아마추어 농부 생활로 친근하게 느낀 자연에 대한 관심도 있다. 게다가 편리하고 약삭빠른 물질문명보다 불편하더라도 원시적이고 순수한 정

김경남(金敬男) _ 경북 영덕 출생. 호는 우덕(又德). 수필가. 문학평론가. 동국대학교 국어국문학과 및 동 교육대학원 졸업. 동국대 사대부속여중 교사 퇴임. 동국문학인회, 한국수필가협회, 국제펜클럽 한국본부, 한국문인협회 회원. 한국불교문인협회 감사. 『한국불교문학』 편집위원. 제15회 한국불교문학상 대상, 내무부장관상, 교육부장관상, 홍조근정훈장 등 수상. 수필집 《종이 속 영혼》(2008), 《내 영혼의 뜨락》(2013) 등 상재.

신문화를 더 소중하게 생각하는 가치관, 식재나 약재가 되는 산야의 풀, 꽃, 나무에 대한 지식과 정보에 대한 욕구에서이다.

취재 형태는 연예인 중에서 개그맨 윤택 씨나 이승윤 씨가 탐방자가 되어 산 속에 살고 있는 자연인을 찾아가서 2박 3일 동안 같이 자고 먹고 행동하면서 의식주 생활을 보는 그대로, 있는 그대로 체험하면서 보여준다. 그러한 삶의 모습 외에도 주고받는 대화를 통하여 과거 비자연인 시절의 삶의 모습을 드러나게 하면서 이와 대비시켜 현재 자연인으로서의 삶의 철학을 가늠하게 한다.

자연인의 소개는 '성명, 나이, 산중 생활 ㅇ ㅇ년'을 자막으로 처리하였다. 출연자의 신상과 사생활을 보호하기 위해서이다. 이로 미루어 보면 자연인의 연령대는 40대에서 80대에 이르는 거의 다 남성이었으며, 혼자 살고 있었으며, 산중생활은 최하 5년에서 최고 35년에 이른다. 의복은 주로 작업복 차림에 있는 대로 몸에 걸쳤으며, 거주하고 있는 곳은 천차만별이었다. 바위 밑, 비닐, 천막, 판잣집, 슬레이트, 벽돌집, 기와집 등등 형편 따라 달랐으며, 집의 위치는 산비탈이나 산자락, 길가 등에 허술한 형태로 오독하니 앉아 있었다.

식수는 계곡물을 떠서 사용하는 이도 있었지만, 산 속 땅 밑에 흐르고 있는 물을 호스로 연결하여 마당의 대형 고무통에 넘쳐흐르게 하였는데 탐방자가 바가지로 물맛을 보고서는 "죽여준다"고 극찬하는 바람에 그 산중약수를 맛보고 싶은 생각이 모락모락 일었다. 전기는 마을 가까이 사는 자연인은 끌어다 사용하였으나 해발 수백 미터에 사는 자연인은 자가발전기나 촛불을 사용하고 있었다. 용변은 판자나 나뭇가지를 얼기설기 엮어 세워두었거나 녹색 비닐 천을 둘러친 곳에서 보며 화장실을 만들지 않은 곳에서는 풀숲에 엉거주춤 앉아 엉덩이를 감추고 쩔쩔매며 볼 일을 보는 탐방자의 모습에 웃음이 나왔다.

가장 안쓰러웠던 것은 식생활이었다. 나 같은 주부 입장에서 보면 그곳으로 달려가 따끈한 국물이 흥건한 국이나 보글보글 끓는 된장찌개라도 해 주고 싶은 충동이 일 만큼 지극히 초라하고 간단한 상차림이었다. 부인이라도 옆에 있어 부엌살림을 해 주면 얼마나 좋을까? 흰 밥에 반찬이라곤 된장이나 고추장에 산나물이나 더덕이나 버섯을 넣고 적당히 끓인 것인데 끼니만 때운다거나 연명을 위한 것으로 느껴졌다. 남성인데도 자신이 담근 김치와 한두 가지 마른 반찬으로 여유로운 모습을 보여주는 자연인도 있었지만 이는 극히 드문 경우다.

그들의 공통된 일과는 밥을 짓고 집을 보수하며 창고를 만들고 땔감을 마련한다. 푸성귀도 기르고, 풀도 베고, 운동도 하며 계곡물에 머리를 감고 고기도 잡는다. 산에 올라 당귀, 곰취, 명이나물, 곤드레, 취나물, 더덕, 도라지 같은 산나물도 얻고 돌복숭아, 돌배, 산머루, 충영, 겨우살이, 잣나비걸상, 상황, 노루궁뎅이, 목이, 석이, 송이, 능이, 팽이, 싸리, 느타리, 표고 등 식용식물이나 약용버섯들을 채취하여 발효액이나 약술로 만들어 먹거나 마을로 내려가 시장에 내다팔아 쌀이나 생활용품을 구입하기도 해서 그들에게 자연 약재는 참으로 중요한 생활재원이 되고 있었다.

그들에겐 불편과 불만은 존재하지 않는다. 치약이 없으면 계곡바닥의 모래로 치아를 문지르고 빨래비누가 닳아지면 나무막대기로 옷을 두들겨 패서 계곡물에 휘적휘적 흔들어 때를 빼내고, 세숫비누가 닳아지면 맨얼굴로 세수를 하고 수건 없어도 세수 끝이다. 폴리에스터 합성섬유로 된 잠바가 여기저기 찢어지면 비닐 테이프로 쫙 붙여 입고 약초를 캐러 산에 오를 때에는 빈 비료 부대자루에 끈을 달아 망태기로 어깨에 걸친다. 그런데도 "만족하고 행복하느냐" 하는 질문에 하나같이 대답은 같다.

"자유롭고 편안하다. 그래서 행복하다. 산을 떠날 생각이 없다. 얼마나 좋으냐?"

이렇게 오히려 반문한다.

자연은 그를 품에 안고 그는 자연의 품에서 숨쉰다. 아니, 자연이 곧 그이며 그는 곧 자연이 되어 하나가 된다. 자연의 이슬을 맞으며, 자연 속에서 자연의 존재를 느끼며, 자연의 향기를 맡으며, 자연의 소리를 들으며, 자연이 내린 푸성귀를 먹으며 사는 멋과 맛이야말로 실로 소중한 은혜와 축복이 아닐까.

그들은 달인이고 도인이며 철학자이다. 그들의 입에서는 삶의 철학이 흘러내린다.

"저 나무가 말하는 소리를 들어 봐."

"자연은 평화를 줘."

"먼 산 바라보는 게 마음 달래는데 최고여."

"이가 없으면 잇몸으로 살면 되지 뭐."

"매사를 긍정적으로 생각해야 혀."

"먹을 만큼만 캐면 돼. 욕심 낼 필요 없어."

"마음 다스리는 데는 자연이 최고야."

"불편하냐고? 전혀."

"다시 태어나도 자연과 살고 싶어."

"산을 내려가면 불편해 못살아. 걸리적거려."

……

한 마디 한 마디가 깨달음을 안겨주는 금언이다. 산은 이렇게 자연인을 삶의 예지자로 탄생시킨다. 산 밑의 인간사회에서는 삶의 지혜를 담은 책도 무수히 많고 존경 받는 지도자, 선구자도 많건마는 그들의 영향력으로 삶을 달관한 사람들이 얼마나 많이 존재하는 걸까?

그러한 자연인도 사람이기에 인간애에 고뇌하는 모습을 보였다. 조심스럽게 자연인 이전의 과거사와 자연인이 된 까닭을 묻는 탐방자. 그리고 만감이 서린 표정으로 무겁게 입을 여는 자연인. 이에 따르면 어려운 가정 형편이었거나 가정의 불화와 파탄, 사업의 실패, 고립적, 비관적 성격 등등, 그리하여 산으로 들어오게 되었다고 회상하며 두고 온 부모, 형제, 처자식을 그리워하는 모습에는 가슴이 아려왔다.

그러니 결국 자연인이 된 것은 스스로의 의지이지만 처음부터 산이 좋아서 선택한 삶은 아니었다. 살다 보니 점점 순응하게 되고 산이 좋아지면서 산을 사랑하는 자연인이 되어간 것이다.

또 한 번 가슴이 찡한 것은 탐방자가 떠날 채비를 하자 취재차 촬영 때에는 의연하고 당당하고 여유로운 모습을 보여주던 것과는 달리 아쉬움과 외로움이 서린 표정을 감추지 못하는 모습이었다. 자연인이 수십 년 세월에 걸쳐 하루 종일 본 것은 구름과 산과 나무와 물과 땅밖에 없었다. 이제 며칠간 사람들과 더불어 어울렸으니 오가는 사람의 정에 새삼 가슴이 떨렸으리라.

그들이 구가하는 것은 자유와 행복이었다. 흔히 사람들은 물질의 풍부와 결핍으로 행복과 불행의 잣대로 생각한다. 자연인은 나물 먹고 물 마시고 초가집에 몸을 뉘여도 불행하다고 생각하지 않는다. 과거는 불행했어도 자유와 행복은 현재에서는 그들의 것이 되었다.

아리스토텔레스는 '사람은 사회적 동물이다' 라고 말하였다. 인간 세계의 질서를 유지하기 위해서 사회성이 필요하다는 말이다. 그래서인지 사람이나 가축은 각종 규제나 제도 같은 인위적인 시스템으로 울타리 안에 갇혀 사육되어 길들여지면서 자유가 없고 불행하다고 한다. 가축은 요행히 울타리 바깥으로 뛰쳐나가면 그야말로 자유를 구가할 수 있다. 사람은 이와 다르다. 울타리 바깥을 뛰쳐나가도 얼마 후에 다시 돌아올 수밖에 없다. 그런데 자연인은 그 울타리를 넘어서 살면서도 진정한 자유와 행복을 느끼는 것은 실로 경이로운 진실이 아닌가!

매주마다 '나는 자연인이다'를 시청하면서 내 자신의 진정한 자유와 행복을 자신에게 물어보게 되었다. 내면적이든 외형적이든, 나의 몸과 마음을 겹겹이 에워싸고 있는 각종 규제와 제도의 울타리 앞에서도 진정한 자유를 구가할 수 있었던가? 내면적이든 외형적이든, 소유하고 싶고, 성취하고 싶어서 탐심을 냈던 것들이 어떤 연유로 이루지 못했을 때에도 행복하였다고 할 수 있었는가?

고개를 좌우로 젓는 나를 발견한다. 인생의 가장 중요한 명제는 어떤 것이 행복한 삶이며 그에 따라 어떻게 살아야 하는 점을 밝히고 실천하는 것인데 말이다. 이론과 실제, 현실과 이상이 어긋나는 삶 속에 허우적거리는 나의 모습이다. 자기 이해를 바탕으로 한 인생 설계와 행복 추구의 청사진도 없이 부초처럼 표류하며 살고 있지 않은가!

그리하여 어쩔 수 없이 자연인의 삶의 모습에서 내가 잃어버린 인간의 순수성에 대한 향수를 느끼고자 하는 것인지도 모른다. 주말에만 자연의 품에 안길 것이 아니라, 아예 전원생활에 정착하는 자연에의 귀의심을 대리 충족시키고 싶어 함이리라. 또한 물질문명에 역겨워하고 정보화시대 팽이가 되어 팽팽 도는 여러 현상에 외면하거나 이탈하고픈 욕구나 현실 도피일지도 모른다.

라 브류이에르는 말하였다.

"인생은 느끼는 자에게는 비극이며 생각하는 자에게는 희극이다."

나는 인생을 비극으로 느껴야 할지 희극으로 생각해야 할지도 모르고 살아간다. 삶의 예지를 얻기 위한 치열한 인생 공부가 더 필요하다고 느끼고 있다.

행복지수(幸福指數)가 낮은 이유

김명식

우 리나라는 지구촌에서 최악의 지표(指標)와 더불어 최상의 지표
도 상당수 가지고 있다. 안전지수(安全指數), 관용지수(寬容指數)는
OECD 국가 가운데 최하위이고, 교통사고와 이혼율 등은 불명예스럽
게도 1위인 반면 반도체, 조선(造船), 인터넷, 휴대폰 기술 등은 세계 수
위(首位)이다. 통계(統計)란 세상의 변화로 항상 유동적이지만, 상기 몇
가지 지표(指標)를 곰씹어볼 필요가 있다. 안전지수와 관용지수 등 사회
통합지수가 낮다는 것은 국민의 행복(幸福)과 직접적인 연관이 있다.

김명식(金明植) _ 작가, 평화운동가. 전남 신안 출생(1948년). 해군대학
졸업. 大韓禮節研究院長(現). 저서 《캠페인 자랑스러운 한국인》(1992,
소시민) 《바른 믿음을 위하여》(1994, 홍익재) 《왕짜증(짜증나는 세상 신
명나는 이야기)》(1994, 홍익재) 《열아홉마흔아홉》(1995, 단군) 《海兵사
랑》(1995, 정경) 《DJ와 3일간의 대화》(1997, 단군) 《押海島무지개》(1999.
진리와자유) 《直上疏》(2000, 백양) 《장교, 사회적응 길잡이》(2001, 백양)
《將校×牧師×詩人의 개혁선언》(2001, 백양) 《한국인의 인성예절》(2001, 천지인평화)
《무병장수 건강관리》(2004, 천지인평화) 《公人의 道》(2005, 천지인평화) 《한민족 胎敎》
(2006, 천지인평화) 《병영야곡》(2006, 천지인평화) 《평화》(2008, 천지인평화) 《21C 한국
인의 통과의례》(2010, 천지인평화) 《내비게이션 사람의 기본》(2012, 천지인평화) 《直擊
彈》(2012, 천지인평화) 《金明植 愛唱 演歌 & 歌謠401》(2013, 천지인평화) 《大統領》(2014,
천지인평화) 《平和の矢》(2014, 천지인평화)

UN은 2010년부터 2012년까지 3년에 걸쳐 세계 각국의 행복자료를 수집 및 분석하여 'World Happiness Report 2013'을 발표하였다. 조사한 156개 국가 중에서 우리나라는 41위에 그쳤다. UN이 발표한 세계 행복보고서를 보며 개인적으로 의문이 없는 것은 아니지만, UN의 발표를 그냥 지나칠 수는 없다. 과연 우리 국민들은 어느 정도 행복하다고 느끼며 사는 것일까?

동족상잔으로 인한 폐허의 잿더미 위에 한강(漢江)의 기적이라는 장미꽃을 피워 선진국 문턱(GDP 11위~GDP 15위)에 이르렀고, 지독한 자식 사랑 교육열은 고학력사회를 만들었으나, 전통적인 가족중심을 바탕으로 한 예의염치와 충효정신을 망실하여 가족해체 위기로 내몰리며 인명경시(人命輕視), 구조적 부정부패와 무질서 현상으로 나타나는 현실에서 우리는 이제 행복, 안전, 가족애(家族愛)의 중요성을 냉철히 숙고해야만 한다. 왜 우리는 행복하다고 생각하지 않는가? 왜 우리는 만족하지 못하며 사는가?

일제 강점기와 전쟁의 참화를 경험하며 배고픈 시절을 살았기에 새마을운동의 기치는 "우리도 한 번 잘 살아보세"였다. 사실 배고픈 설움을 겪어보지 않은 사람은 모를 것이다. 새마을운동의 성공으로 기아선상에서 벗어나며 외형상(外形上) 선진국 문턱에 이르렀으나, 단기간에 압축성장하는 과정을 거치며 인성교육 부재, 잘못된 관행과 부패사슬, 지역감정과 차별, 황금만능을 기반으로 하여 수단과 방법을 가리지 않는 기회주의, 정경유착과 권언유착, 전관예우(前官禮遇) 등 온갖 독버섯이 사회전반에 퍼져 이를 극복하지 않고는 전진이 불가능한 지경에 이르렀다. 그런 와중에 행복과 만족을 느끼는 이들이 점점 줄어들고 있다. 인간은 누구나 행복과 만족을 희구(希求)한다. 21C를 살아가는 우리 한국인은 어떻게 살아야 하겠는가?

먼저 사회구조적인 행복감(幸福感)과 만족도(滿足度)를 어떻게 높일 것인가?

인성교육(人性教育)과 법치주의(法治主義)를 통해 해야 할 말과 하지 말아야 할 말을 분별하고, 해야 할 행동과 하지 말아야 할 행동을 분별하여, 당연히 하지 말아야 할 언행(言行)은 자제하도록 전국민의 기초소양이 향상되어야 한다. 학력과 상관없이 하지 말아야 할 말과 행동을 아무런 부끄러움을 느끼지 않고 자행하다 보니 엉망진창이 되어 버렸다.

고위공직자 인사청문회를 보면 얼마나 부끄러움을 모르는지 알게 될 것이다. 표출되지 않는 것은 더욱 많겠지만, 이미 언론에 보도된 부정부패사범만 종합해 보아도 일류대학 출신이 절대다수이다. 그 원인을 분석하고 연구하여 논문을 쓴다면 박사학위는 무난할 것이다. 고학력, 고위층 즉 상부구조(上部構造)가 썩다 보니 그 부패사슬로 이어져 말단(末端)까지 검은 물이 들 수밖에 없다. 그래서 사회전반에 걸쳐 어느 한 구석 성한 곳이 없지 않는가? 부패공화국이라는 한국병(韓國病)으로 시름시름 앓다 보니 그런 사회적 구조에서 불만과 불협화음이 만연하여 무기력한 세상이 된 것이다. 사회적 불만지수를 줄이고 국민의 행복지수를 높일 수 있는 방법의 일환으로 혁명적인 (가칭)새마음정신운동이 일어나야 하며, 그 핵심은 인성교육 실시와 법치주의 실현이다. 사람다운 사람을 양성하도록 구체적인 인성교육이 이루어져야 하며, 만인에게 공정한 법이 되도록 법치(法治)가 이루어져야 한다.

법치(法治)는 위로부터의 혁명이고, 인성교육은 아래로부터의 혁명이다. 이는 대통령이 수범(垂範)을 보이며 '부패와의 전쟁'을 선언하고, 새마음 정신혁명(精神革命)을 주도하여야 한다. 부정부패한 권력엘리트와 지식인들은 정치권력 보직에서 가차 없이 추방해야 한다. 새마음 정신혁명은 하루 이틀에 이루어질 수 있는 일이 아니다. 국가와 국민들이 나아가야 할 방향과 목표를 설정하여 적어도 한 세대인 30년 동안 지속적으로 추진해야 성과(成果)가 나타날 것이다. 새로운 마음으로 새로운 나라를 만들기 위해 국가를 개조하려면 확고한 철학이 있어야 하고, 방법은 혁명적이어야 한다. 국가개조(國家改造)가 통치권자나 집권여당의 정치적 구호로 끝나서는 안 된다.

다음은 개인의 행복감(幸福感)과 만족도(滿足度)를 어떻게 높일 것인가?

개인의 일생을 살펴보건대 인간을 불행으로 이끄는 세 가지 독(毒)이 있다. 그것은 교만(驕慢)과 과욕(過慾)과 경솔(輕率)이다. 인간의 이기심으로 인해 그것이 무서운 적(敵)이고 독(毒)임을 깨닫지 못하는 사람들이 많은 사회에서는 개개인의 교만과 과욕과 경솔마저 당연한 것처럼 착각하게 된다.

우리 국민들의 행복지수가 낮은 데에는 권력(權力)을 가진 정치인과 관료들, 지식(知識)이 많은 교수들, 금력(金力)을 가진 부자들, 권위주의(權威主義)에 빠진 종교지도자 등 사회지도층 인사들 가운데 교만하고 과욕을 부리며 경솔한 사람들이 너무 많다는 슬픈 사실이다. 잡초는 조금 썩어도 악취가 별로 나지 않지만, 장미가 썩으면 곤란하다. 우리 사회의 상부구조(上部構造)가 부정부패에 찌들어 있다는 것은 심각한 문제이다. 부패척결을 위해 혁명을 일으킬 기운조차 찾아보기 어렵다. 그러면 그대로 묻어갈 것인가?

이는 지위고하를 막론하고 인간수양(人間修養)을 통해 해결해야 할 일인데, 머릿속을 황금(黃金)으로 가득 채워 놓았으니 그들의 삶과 인생을 통해 수양할 여지가 있겠는가? 결국 인간수양을 통해 근검절약을 실천하며 겸손하게 생활하고, 분수를 알아 욕망을 절제할 수 있는 통제력을 기르면서 자신의 경솔을 깨달아 훈련시켜 신중하고 원만하게 언행을 구사할 줄 알아야만 스스로 만족하고 행복해질 수 있을 것이다. 행복을 스스로 만들어야 한다. 그 행복은 수양을 통해서 만들어진다.

우리는 타성(惰性)과 안일(安逸)에 젖어 개혁개선에 능동적이지 못할 때가 있다. 마하트마 간디(Mahatma Gandhi, 1869~1948)는 나라가 멸망하는 징조(徵兆)로 일곱 가지 사회악(社會惡)을 지적하였다. 마치 대한민국이 처한 오늘의 사회적 적폐(積幣)를 적나라하게 지적하는 것으로 들려 전국민의 각성을 촉구하며 여기 덧붙인다.

- 원칙(原則) 없는 정치(政治) : Politics without principle
- 노동(勞動) 없는 부(富) : Wealth without work
- 양심(良心) 없는 쾌락(快樂) : Pleasure without conscience
- 인격(人格) 없는 지식(知識) : Knowledge without character
- 도덕성(道德性) 없는 상업(商業) : Commerce without morality
- 인간성(人間性) 없는 과학(科學) : Science without humanity
- 희생(犧牲) 없는 종교(宗教) : Worship without sacrifice

마치 간디가 살아서 우리의 현실을 직시(直視)하며 경종(警鐘)을 울리는 것 같지 않은가? 간디가 언급한 일곱 가지 사회악(社會惡)을 해결할 능력과 의지를 우리는 가지고 있는가?

일곱 가지 사회악을 모두 가지고 있는 우리들이 이를 해결하지 못하면 국가발전과 개조도 없고, 개인의 행복과 만족도 줄어들 것이다. 우리는 반만년 역사의 잠에서 깨어나야 한다. 이제 깊은 잠에서 깨어나라! 한국(韓國)이여! 한민족(韓民族)이여! 한국혼(韓國魂)이여! 이제는 각성과 수양이다. 그리하여 건강한 사회, 건전한 기풍을 진작시켜 국민행복시대로 발전해야 한다.

태백산에 오르다

김혜연

면 옛날부터 강원도와 경상도의 고을 사람들이 끊임없이 천신(天神)에게 제사를 지내던 영산(靈山)인 저 태백산(太白山). 오늘날에도 태백산에는 전국 각지의 사람들이 소원을 기원하기 위해, 또는 산록(山麓)을 음미하기 위해 연중 발길이 끊이지 않는 곳이다.

그곳 하늘의 고운 빛깔 땅위로 내릴 적에 한 올 한 올 실오라기 빛을 타고 어느 요정 손끝으로 붓을 들어 저 산색(山色) 세상의 그림을 그렸을까. 순백의 설원으로 마을 앞길에 뿌려놓은 반짝임 위에 내 발걸음 수를 놓고 한 발 한 발 내딛다 보면 어느덧 문을 열어 놓은 곳이 무릉도원이 아닌가?

물소리 흐르는 개울가에 자리 잡은 오래 된 나뭇잎의 사연은 지나가는 나그네의 작은 손길 하나로 또 다른 세상 구경을 떠나고, 발자국 디

김혜연(金惠蓮) _ 강원 태백 출생(1968년). 태백에서 황지여상고를 졸업하고 상경한 뒤 최근 동방대학원대학교 사회교육원 졸업. 대종교와 관련한 경전 연구 및 보급처인 '천부경나라' 대표로 재직하며, 한국자유기고가협회 회원, 글로벌문화포럼 공론동인회 회원 등으로 문필활동.

딤 속에 자갈 들 으스러지는 소리는 내 마음 두방망이질하는 심장 소리와 함께 산행을 시작한다.

아직은 마흔의 고개를 드리우고 오십의 고개를 넘어가려는 나이지만 한동안 붙잡지 못한 세월을 묶으려 산 정상으로 오르려는 것이다.

오늘은 모처럼 내 뜻대로 나의 시간을 붙잡아 볼까 한다. 지나가 버린 시간 속엔 그리운 그대를 보내고 이젠 홀로 외로운 여행을 떠나는 쓸쓸한 여인이기에 그동안 붙잡지 못한 시간을 되돌려 달라고 천지신명께 빌고 빌어 보려 하나 어느 것 하나 정성 닿을 곳이 없는가? 오늘도 그지없이 외로움뿐이다.

마음에 등불 하나 밝혀 들고 첫 새벽 미명을 따라 오르는 산길은 작은 소리에도 귀가 쫑긋거려진다. 설원의 아침 차가운 바람으로 하여 내 몸을 씻어 본다. 땀구멍 썩은 냄새는 맑디맑은 아침 이슬을 머금은 찬 바람에 녹아들고 머릿속 어지러운 생각들은 지나가는 풍경들에게 하나씩 던져주어 버렸다.

하나를 들어 열을 가질 욕심으로 가득 찬 마음을 한 번의 숨소리에 뱉어내며 지난 시간들보다는 다가올 미래에 나를 데려다 놓고 싶지만 '어제 없는 오늘이 없고, 오늘 없는 내일이 없다'는 평범한 진리를 다시 한 번 생각하게 한다.

순백의 설원 태백은 그렇게 나와 더욱 더 친해진 곳이다.

태백에서 자라나 여고 시절을 보낼 때까지 단 한 번도 태백산을 올라 본 적이 없었던 나에게 태백산은 나를 불러 올렸다.

무심히 지나쳤던 내 고향 소도, 당골, 지금 오르려 하는 태백산, 천제단, 이러한 단어들이 새삼스럽게 이제야 가슴으로 내려앉는다. 학창 시절 국사 시간에 귀가 따갑도록 들어야 했던 소도는 삼한시대 각 고을에 방울과 북을 단 큰 나무를 세우고 천신에게 제사를 드리던 일을 하는 곳으로 죄인이 들어가도 벌을 받지 않는 신성한 지역이라고 했던가.

당골이란 전라도 지방에서는 세습적인 무당을 당골이라 부르고 있는데 그것은 단군과 같은 어원을 가진 것이라 들었다. 살다 보니, 나는 왜? 이러한 질문이 지금의 나에게는 무의미하게 느껴진다. 나는 이미 당골 단군 성전에 무릎 꿇고 향을 높이 들어 이 성전에 내 신념을 함께 올리고 있기 때문이다. 당골 광장으로 오르다 보면 여름에도 발을 담그기 힘들 정도로 찬 냇물이 유리 속 같은 얼음 밑을 감돌아 가슴 속 깊은 뜨거운 열정을 가만히 내려 앉힌다.

입에서 뿜어지는 내 욕심들은 앞 머리카락에 조롱조롱 매달린 채 욕심도 아름다울 수 있다고 말을 하는 듯하다. 계단의 높이만큼 힘든 고통은 눈에 쌓여 사라지고 아이젠과 지팡이의 구멍으로 눈이 얼마나 왔는가를 가늠하게 한다.

반재를 지날 때마다 언제나 인사를 나누는 친구가 있다. 불룩한 배와 가슴을 내놓은 여인의 형상으로 하늘을 향해 팔을 벌린 나무 한 그루, 상수리나무인 듯하다.

태백산의 주목은 그 명성이 하늘을 찌르는데 겨우 상수리나무 한 그루가 내 마음을 슬프게 하는 이유는 뭘까? 보잘것없는 나와 닮아서일까? 알아주는 이 없는 외로운 삶이 어쩜 나와 닮았을까.

한여름엔 둘레에 작은 야생화들도 있고 이름 모를 풀꽃 위로 날아다니는 산새의 지저귐도 싫지 않을 터인데, 오늘도 매서운 찬 바람을 온몸으로 받아 눈꽃 세상 피워 놓은 너를 살며시 잡아 본다.

태백산 정상을 얼마 남겨 두지 않은 곳에 망경사가 있다. 신라 진덕여왕 때 지어졌다고 전해진다. 근처 정암사에 머물던 자장율사가 이곳에 문수보살의 석상이 나타났다는 말을 듣고 절을 짓고 석상을 봉안했다는 말이 전해질 만큼 유명하다. 지금은 6.25때 불에 타 사라졌다가

재건된 모습이라 한다. 그래서인가 망경사 앞마당엔 전국에서 수많은 사람들이 모여들어 세상 도는 여기서 닦는 모습들이다.

언제나 기도꾼들이 넘쳐나는 것 같다. 그중 담배를 입에 물고 하얀 연기 내 뿜으며 순식간에 모든 깨달음이라도 얻었을까? 아니면 세상 고통을 혼자 끌어안았을까?

맑은 하늘에 피어오르는 연기가 내 폐로 들어올 땐 갑자기 역겨워져 사찰 이란 것이 옹색해질 만큼 벗어나고 싶어진다.

그래도 꼭 챙겨야 할 것이 있다. 산사의 맑은 물을 정안수로 쓰려고 준비해간 빈병에 가득 채우는 일이다. 넘치는 물을 뚜껑으로 닫으면서 난 이미 천제단에 머리를 조아린다.

단종비각이 품은 설움은 태백산 산신이 되었다는 단종 임금의 이야기를 남기고 막바지 정상으로 향하는 내 마음은 이미 태백산의 공기가 되어 버렸다.

천제단 한배검의 붉은 글자 앞에 정안수 곱게 바치고 두 손 모아 꿇은 무릎 위로 머리 조아린다. 천제단은 수많은 세월을 지나 현재의 모습을 갖추기까지 우여곡절이 쉽지만을 않았을 터이다.

내가 아는 것만도 그 얼마인가. 2007년 초까지만 해도 천제단의 머릿돌에는 '天祭壇 大倧敎 太白支司 謹製'(천제단 대종교 태백지사 근제)라는 글이 새겨져 있었다. 세상 어디에도 없는 대종교의 문패인 것이 분명했는데, 어느날 와 보니 머릿돌이 바뀐 것이 아닌가.

태백산에 눈이 녹을 무렵 깨어진 머릿돌을 찾았지만 사라진 문패는 돌아오지 않았고 또 다시 어느 여자 목사의 손에 의해 손상되었다가 지금의 형태를 갖추게 되었다. 지금은 지방 중요 민속자료 제288호로 지정되어 관리인이 항상 돌보고 있는 것으로 알고 있다.

태백산은 강원도와 경상도 사이에 솟은 해발 1,567m의 산이다. 신라 때 북악이라 하였으며, 고조선 시대부터 태백산이라 불렀다 한다. 우리 겨레 역사에 태백산이란 이름을 가지고 있는 이 산은 '민족의 영산' 으로 불리울 만하다.

정상에 우뚝 선 주목들은 수천 년의 세월을 말해 주고 있으며 고생대의 화석들이 태백의 역사를 말해 주고 있다. 우리나라 역사에 최초로 등장하는 땅 이름 바로 태백산. 태초에 하늘나라 하느님의 아들이 인간 세상을 다스리려고 강림한 곳이 태백산 신단수 밑이니 태백은 유사 이래로 가장 처음 등장하는 지명이 되는 것이리라.

태백은 한강이 흐르는 검룡소와 낙동강을 거슬러 올라오면 황지 연못이 있다, 오십천이 발원하는 삼수령으로 동해와 서해 남해를 향해 흐르는 것이 한강 이남의 모든 강과 산의 뿌리가 되는 산이다.

태백시에서 생산된 석탄은 우리나라 경제 발전의 밑거름이 되었고 근대 산업사회로 가는 초석이 되었다. 이렇듯 우리의 삶에 없어서는 안 될 물과 불을 내어 이 나라를 살리니 진정 하늘에서 보아 사랑할 만한 곳이며 태백이란 이름을 가지기에 손색이 없다고 생각된다.

눈보라 진눈깨비는 오늘도 동장군 되어 춤을 추고 매서운 바람소리에 이 겨울 잠 들은 영혼들을 더욱 깊이 잠재운다.

설산의 철쭉은 6월의 분홍빛을 감추고 상고대의 하얀 눈꽃으로 피어오는 이의 눈길을 잡고, 바람 따라 휘날리는 눈송이는 천년을 살아 지켜온 붉은 속살의 주목나무를 휘감으며 태백산은 그렇게 세월의 생명을 또 다시 잉태한다.

내 고향 두메산골
눈이 내리면
담아둔 천년 세월

젖은 날개 위에
홀연히 뿌려지는
이슬 같은 눈물
흐르는 시냇가에
고개 떨구고
풀지 못한 영원
소리 내어 산천을
흔들어도
한 번의 날갯짓에
설움 실어 안고
또 한세월 천년을
기다린다.

우측보행소고

나기천

요즘 지하철이나 기타 계단을 걸을 때 좌측보행이냐 우측보행이냐를 두고 가끔 혼란에 빠진다. 우측으로 가다 보면 앞에서 사람들이 나타나서 그대로 갈 수가 없다. 신사로 보이는 남자들이나 숙녀로 보이는 여자들이나 가릴 것 없이 더러는 우측으로 더러는 좌측으로 더러는 통로 한복판으로 걷는다. 이런 경우 그때그때 형편에 따라 행동하게 된다. 어떤 때는 우측보행을 고집하다가 상대방이 양보할 기미를 보이지 않으면 통로 한가운데나 왼쪽으로 피하고 만다.

법적으로 오랫동안 좌측보행을 시행해 왔었기에 아직은 익숙하지 않은 습관 때문일진대 굳이 우측보행을 고집하려는 것은 벌써 4년여가 지난 2010년 7월 1일부터 '우측보행'이라는 보행규칙을 법으로 정하여 시행하고 있기 때문일 것이다. 계단이나 평평한 통로에는 '우측보

나기천(羅基千) _ 서울 출생(1969년). 서울사이버대학교 국제무역물류학과 졸업. 고려대학교 경영대학원 경영관리자과정(BMP), 김포대학교 최고경영자과정(KTEP), 서울대학교 문헌지식정보 최고위과정(ABKI) 등 수료. (주)티피씨라인 대표이사, 전국상조협회 부회장, 한국상조연합회 부회장 등을 역임하고, 현재 대한민국 장묘산업 자문위원, 김포경실련 집행위원, 국민상조 대표이사 등으로 활동.

행'이라는 글자가 보이고 에스컬레이터도 우측이 올라가고 좌측이 내려가는 것으로 완전히 변경되어 있다.

사실 언론에서 우측보행을 실시한다는 말을 그 당시 여러 번 듣긴 했지만 지하철이나 차로에서 그렇게 빨리 시행하리라고는 생각하지 못했다. 좌측보행보다는 우측보행이 더 유익하고 좋다는 이야기는 들었지만 구체적으로 인지하지는 못하였다.

우리나라는 1961년 12월 31일 도로교통법 제8조 2항에서 보도와 차도의 구분이 없는 도로의 경우에는 보행자가 좌측으로 보행하도록 규정하여 2010년 6월 30일까지 시행해 왔는데, 이것은 신체특성이나 교통특성이나 교통사고에 노출될 우려가 있고 심리적 부담이 있기 때문에 교통안전을 위해서나 국제관례에 비추어 우측통행으로 바꿔야 한다는 것이었다. 물론 그것은 잘못된 주장이라는 지적도 있었다. 보도와 차도가 구분되지 않은 도로에서 만일 사람이 우측보행을 하면 차량도 우측통행이기 때문에 뒤에서 오는 차량에 대하여 그만큼 주의를 기울여야 한다는 이유에서다. 아무튼 1994년 3월 1일부터는 경찰청 권고사항으로 횡단보도에서 우측통행을 유도해 왔다고 한다.

우측보행의 효용은 국민(황덕수) 제안과 언론보도에 따라 타당성이 대두됨으로써 2007년 7월 국조실 주관으로 관련부처인 건교부에 태스크 포스(Task Force)팀을 구성하여 '보행문화 개선 추진방향'이 논의되었고, 다시 건교부 주관으로 '보행문화 개선에 관한 연구'가 시행 결정되더니 2회에 걸친 기초연구 용역과 시행방안 용역을 거침으로써 각종 교육 자료에서 권고하고 있는 좌측보행을 우측보행으로 변경할 필요성이 입증되었다. 결국 도로교통법에서 '좌측보행을 차량과 대면통행'이라는 선택적 개정을 이끌게 되었고 2010년 7월 1일부터 우측보행이 법적으로 실시된 것이다.

기초연구 용역과 시행방안 용역을 근거로 잠시 정부에서 제시하고 법제화한 우측보행으로의 전환 필요성과 목적에 대해 살펴보면 무엇보다 전 인류의 90% 이상이 오른손잡이이며 우리나라 사람은 서양인에 비해 오른손을 더 많이 쓴다는 사실이 법제화에 크게 작용했다는 것이다.

  예컨대 회전문의 날개는 양방향으로 돌릴 수 있지만 좌측으로 밀고 왼편으로 출입하는 사람은 거의 없으며, 컴퓨터 마우스나 다종의 전자기기, 가정용 기기 등에서 거의 모든 것이 오른손잡이용으로 제작되어 있다. 그런데 그간의 우리 보행교육은 신체특성이나 생활도구 사용과 일치하지 않도록 가르쳐 옴으로써 상당부분 혼란을 초래해 왔다는 것이다.

  오른손잡이가 90% 이상임을 감안할 때 보행시 오른손에 짐을 많이 들게 되는데 우산이나 핸드폰 등을 오른손에 들고 좌측보행하는 경우 보행자간에 물건을 든 오른쪽 부분이 서로 부딪치기 쉽다.

  교통안전의 측면에서도 현재 차량이 우측통행을 하는 상황이므로 횡단보도에서 사람이 우측통행을 하면 횡단보도의 2분의 1정도만큼의 제동거리가 추가로 확보되어 보행자가 차에 치이는 사고를 대폭 줄일 수 있게 된다.

  교통안전공단에서 제시하는 우측보행의 경제적·사회적 효과를 살펴보면 실로 대단하다. 첫째로 1,500억 원의 교통사고 비용이 절약되는 효과가 생긴다고 한다. 2010년 현재, 1년에 1,600건의 보행자 교통사고가 감소될 것이며, 약 150명의 사망자와 약 1,800명의 부상자가 감소된다는 것이다. 둘째로 보행시 느끼는 심리적 부담감이 20% 감소한다고 한다. 차량과의 안전거리 확보로 좌측보행보다 심리적 스트레스가 적게 나타나고, 눈동자의 움직임이나 심장 박동수가 감소된다고 한다. 셋째로는 보행의 효율성이 증가하여 우측보행은 좌측보행에 비해 보행속도가 1.2~1.7배 증가한다는 것이다. 교행자와의 충돌횟수도 20% 감소하고 보행밀도는 19~58%가 감소한다고 한다.

그런데 필자는 항상 보도와 차도가 구분된 도로에서 생활하기 때문에 직접적으로 문제에 부딪히는 일은 거의 없다. 당장 문제가 되는 것은 지하철을 탈 때 통로에서 우측보행을 고집해야 할 것인가, 아닌가 하는 정도다. 좌측보행으로 다가오는 사람에게 '우측보행'을 권고할 용기는 없다. 옛날에는 우측보행을 하다가 '좌측보행'을 권고 받은 일이 있었지만 이제 남에게 권고하기는 망설여진다. 당장 위험이 있는 것은 아니기 때문이다. 그러나 많은 사람들이 복잡하게 보행할 경우에는 일정한 규칙을 지켜야 하기 때문에 무관심할 수도 없는 노릇이다.

여기서 잠시 보행문제를 가지고 이념문제에까지 연관을 지어서 생각해 보면 우파냐, 좌파냐, 중도파냐 하는 것이다. 한국의 좌파는 주로 친북반미를 중심으로 하고 시장경제의 원리를 부정적으로 보는 세력이기 때문에, 반북친미를 중심으로 하고 시장경제의 원리를 긍정적으로 보는 우파와는 정반대의 입장을 보인다.

좌파는 때때로 진보를 자처하고 우파는 보수를 자처한다. 또한 좌파는 대중을 존중하는 것으로, 우파는 기득권층을 존중하는 것으로 평가된다. 만일 좌파의 이념이나 정책이 지속적으로 반영되면 경제발전이 어렵게 될 뿐만 아니라 국가안전보장이나 자유민주주의 체제가 위협을 받게 되며, 우파의 이념이나 정책이 지속적으로 반영되면 빈부격차가 심화하고 남북관계가 악화되며 자본주의의 폐단이 심화된다고 서로 비판하거나 공격한다.

이런 비판이나 공격을 피하는 것이 중도파다. 중도파는 좌파와 우파의 장점을 취하고 단점을 버리는 입장이다. 그러나 이러한 입장은 좌파와 우파 모두에게 외면당할 수도 있고, 또 확고한 정치적 이념이 없는 기회주의자로 보이기도 하며, 정체가 불분명한 인상을 주기도 한다.

한국사회는 양분법(2분법)이나 흑백논리에 젖어 있고, 지연·학연·혈연과 같은 전근대적 사고와 논리에 젖어 있는 사람들이 많다. 또한 당리당략에는 밝아도 국리민복에는 어두운 정치인이 상당히 많다. 어떤 사람은 흑색지대와 백색지대의 사이에 회색지대를 두자고 한다. 회색지대는 흑색지대와 백색지대의 대립과 갈등을 완충시키는 기능을 담당하기 때문에 반드시 필요하다고 한다. 그러나 회색분자라는 말은 이것도 아니고 저것도 아닌 위치에서 자기자리를 엿보기만 하는 기회주의자라는 뜻으로 사용되어 왔다.

좌측보행이냐 우측보행이냐 하는 문제는 국가마다 다를 수 있다. 그러나 기본원칙은 보행의 안전에 있으므로 도로의 구조나 형편에 따라 다를 수도 있고 예외가 있을 수도 있다.

그렇다면 필자는 우측보행자와 좌측보행자 가운데 어디에 속할까. 과거에는 좌측보행자였지만 현재는 우측보행자가 된 셈이지만 우측보행만을 주장하지는 않는 그런 보행자가 되고 말았다.

우측보행에 장애가 있다고 하여 좌측보행을 일삼아야 될지는 깊이 생각해 볼 일이다. 그러나 웬지 보행문제를 확고하게 판단하지 못하는 형편이니 앞으로의 인생문제는 어떨까 싶기도 하다.

볶은 콩도 골라 먹어야 한다

무상법현

살다 보면 골라야 할 일이 너무도 많다. 어쩌면 순간순간이 선택의 연속일지도 모른다. 정말 고르는 일이 제일 중요하다고 할 수 있는 것이다. 물건도 사람도 일도 고르기(선택)에 달려 있다. 돈과 여자(남자)와 행복… 모든 것이 무엇을 어떻게 고르느냐에 달려 있다.

그저 빚만 없고 마음에 드는 여자(남자) 만나서 집 한 채 가지고 살았으면 하는 소박한 꿈을 꾸었다면 어찌해야 할까? 그 꿈의 크기는 생각해 보지 않더라도 그렇게 되려면 여러 가지 준비를 해야 할 것이다. 운동부터 할까, 세수부터 할까, 화장실부터 갈까, 식당 먼저 갈까, 언어영

무상 법현(無相 法顯)_ 스님. 중앙대학교 기계공학과 졸업. 출가 후 동국대 불교학과 석·박사 수료, 출가하여 수행, 전법에 전념하며 태고종 총무원 부원장 역임. 한국불교종단협의회 사무국장으로 재직할 때 템플스테이 기획. 불교텔레비전 즉문즉설 진행(현), 불교방송 즉문즉답 진행, tvN 종교인 이야기 출연, KCRP종교간대회위원장(현). 한국불교종단협의회 사무국장. 한중일불교교류대회·한일불교교류대회 실무 집행. 남북불교대화 조성. 한국종교인평화회의 종교간대화위원, 불교생명윤리협회 집행위원. 한글법요집 출간. 한국불교종단협의회 회장상 우수상, 국토통일원장관상 등 수상. 《틀림에서 맞음으로 회통하는 불교생태사상》, 《불교의 생명관과 탈핵》 외 다수의 연구논문과 《놀이놀이놀이》, 《부루나의 노래》, 《수를 알면 불교가 보인다》, 《왕생의례》, 《추워도 향기를 팔지 않는 매화처럼》 등의 저서 상재.

역에 시간 투자를 많이 할까, 사탐(社探)시간을 늘릴까? 이 모든 것을 잘 골라서 효율적으로 썼을 때 그가 원하는 것을 얻어낼 수 있을 것이다. 선택을 그렇게 피해 갈 수 없는 것이다. 피해 갈 수 없다면 잘 골라야 하고 그 고르는 것을 즐겨야 할 것이다.

노란 숲속에 두 갈래 길이 있었습니다.
나는 두 길을 다 가지 못하는 것을 안타까워하며
오랫동안 서서
풀숲으로 굽어드는 길을
바라볼 수 있는 데까지 멀리 바라보았습니다.
그리고 똑같이 아름다운 다른 길을 택했습니다.
그 길에는 풀이 더 많이 나 있고
사람이 걸은 자취가 적으니까
걸어야 할 길이라고 생각했던 거지요.
그 길을 걸으면 결국 그 길도 거의 같아질 것이지만
그날 아침 두 길에는
낙엽을 밟고 간 발자취는 없었습니다.
아, 나는 다음 날을 위하여 한 길을 남겨두었습니다
길은 길과 맞닿아 끝이 없으므로
내가 다시 돌아올 것을 의심하면서
먼 훗날 나는 어디에선가
한숨을 쉬며 이야기할 것입니다
숲속에 두 갈래 길이 있었다고
나는 사람이 적게 간 길을 택하였다고
그리고 그것 때문에 모든 것이 달라졌다고.

학창시절 읽었던 로버트 프로스트의 〈가지 않은 길〉이라는 시의 전문이다. 가지 않은 길, 남들이 가지 않은 길을 가고자 한 시인의 감성은 인생을 살아가는 용기와는 꼭 닿아있는 것이 아니지만 우리에게 시사하는 것이 있다. 어느 길을 갈 것인가를 선택해야 한다는 것이다.

두 갈래 길이든, 세 갈래 길이든, 여러 갈래이든 하나를 선택해야 한다. 혹 외길이라도 갈지 말지를 선택해야 한다는 것이다. 태어나는 것 자체도 나의 선택이었다. 종교에 따라 생각이 다르기는 하지만 엄밀하게 따지면 내 스스로 부모를 택해 이 세상에 나온 것이다.

그것이 아니라고? 그럼 나는 어떻게 이 세상에 태어나게 된 것일까? 나를 부모가 만들었을까? 부모의 사랑의 결과물이나 찌꺼기일까? 그것만일까? 부모님 사랑하심의 결과물이라면 사랑할 때마다 또 다른 내가 태어나야 하는 것 아닌가? 나 또한 굉장히 많은 수의 정자(精子, spem) 가운데 하나가 난자(卵子, ovum)를 만나서 죽지 않고 나올 때 이 세상에 나온 것이라는데….

어린이집, 유치원, 초등학교는 내가 골라서 가지 않는다고 생각하지만 그렇지도 않다. 내가 좋아서 가거나 부모님이 골라서 가도록 하므로 역시 잘 골라야 한다. 나머지 학교, 배우는 과목, 만나는 친구, 이성… 이 모든 것을 골라야 한다. 하물며 아침 점심 저녁에 무엇을 먹을까? 무엇을 입을까? 그 때마다 선택을 강요받고 그 선택하기를 즐기기도 하고 괴로워하기도 한다. 여자와 남자가 만나서 어디를 갈 것인가, 무엇을 먹을 것인가, 어떤 프로의 영화를 볼 것인가, 모두 골라야 한다. 신부나 목사, 스님이 되어서도 고르기는 마찬가지다. 기도를 할까, 찬송을 할까, 활동을 할까, 공부를 할까, 명상을 할까, 포교(전도)를 할까, 모두 다 골라야 한다. 고를 수밖에 없다. 골라야 한다.

어려서 풀었던 위트게임 가운데 이런 것이 있었다. 돈 많은 아버지가 뜻밖의 죽임을 당했는데 그에게서 유언장이 나왔다. 유언장에는 아들 똘이의 이름이 들어있는데 내용이 좀 이상했다. "똘이는 내 아들이 아니다"는 것이었다. 유언장에 글자 하나를 넣어서 똘이가 상속자가 되게 하려면 어떻게 해야 하느냐가 문제였던 것으로 기억한다.

정답은 "똘이 외(外)는 내 아들이 아니다"였다. 즉, '외(外)' 자라는 한 글자를 집어넣는 것. 그런데 푸는 재미가 있는 문제가 뒤따랐다. 똘이가 아주 어려서 재산관리를 하지 못하리라고 본 아버지가 하나 더 장치를 해 놓았다. 아버지의 선택이 참으로 탁월한 것이었다. 아버지의 다른 유언장에는 스무 살이 넘은 누나가 재산을 관리하라는 것이었다. 왜 그랬을까?

어린 똘이가 재산을 관리하면 노리는 사람들이 많을 것이므로 똘이가 능력이 생길 때까지 누나가 관리하는 것이 낫다는 판단인 것이다. 선택은 그런 것이다. 지금은 낫다고 나중까지 낫다는 법이 없다면 설사 지금 좀 못하더라도 못한 그것을 선택하는 것이 나중에 더 나을 수 있다는 것을 알아야 한다.

　　　　벗은 설움에서 반갑고
　　　　님은 사랑에서 좋아라
　　　　딸기꽃 피어서 향기로운 때를
　　　　고초의 붉은 열매 익어가는 밤을
　　　　그대여 부르라
　　　　나는 마시리

우리 민족의 정서를 잘 담아낸 시를 썼다는 평을 듣고 있는 김소월은 그의 시 〈님과 벗〉에서 그렇게 읊었다. 그렇게 서러운 벗이 왜 반가운지, 향기로운 때 익어가는 밤을 왜 자기만 마시면서 즐기는지는 그를 찾아가서 물어야 알 일이로되 님과 벗도 잘 골라야 한다. 벗을 보면 그를 알고 그를 보면 벗을 알 수 있기 때문이다.

물론 예수님처럼, 부처님처럼 온 인류, 온 중생을 다 친아들처럼 사랑하시는 분들은 빼고 말이다. 보통 사람으로서 잘 살아가려면 인생길을 가는 길벗(道伴) 가운데 가장 중요한 님과 벗을 잘 만나야 할 것이다. 사랑하는 이는 더욱 중요하다. 사랑의 결과 결혼을 하고 살림을 차려 가정을 이루고 자녀를 낳아 길러서 미래를 가꾸게 되니 말이다. 그렇게 되지 못하더라도 사랑하는 이는 잘 골라야 한다. 고를 여가 없이 번개 맞은 것처럼 다가오고, '총 맞은 것' 처럼 아프게 다가오는 것이 사랑이지만, "믿음 소망 사랑 중에 제일은 사랑" 이라고 바이블에서 일러주신 말씀은 지당하다. 이 말씀은 믿음과 소망은 피조물인 사람의 일이지만

사랑은 모든 피조물을 창조하신 하나님이나 그의 독생자 예수님의 몫이라는 속뜻이 있기는 하다.

하지만 일반적으로 살펴서 보아도 사랑이 중요하다. 불교에서는 무슨 존재든지 자꾸 쪼개 들어가면 나중에는 그 특질이 없어진다는 자연과학적 사실과 같은 명상의 결론을 통해 나(我)와 내 것(我所)이 없으므로 집착할 일이 아니라 한다. 남과 남의 것도 물론 손대지 않고 그냥 두면 존재의 자유로움에서 평화가 오고 평화 속에 행복이 있다고 한다. 남과 남의 것을 손대지 않고 그냥 두는 것은 남의 처지를 받아들이는 것이 되어 결국 사랑으로 귀결된다. 불교에서는 그것을 자비(慈悲)라고 부르지만 비슷한 뜻이다.

사랑하면 알게 되고
알게 되면 보이나니
그것은 예전과는 다르게 보이나니…

정말 아름답고 당연한 말을 누가 했을까? 아이돌 스타가 했을까? 멋쟁이 젊은 시인이 했을까? 정답은 400년 전에 생을 마감한 우리 선조가 남긴 말씀이다. 사랑하는 감정이 일어나면 그 사랑의 대상을 자세히 관찰하게 되고 더욱 사랑스러운 것들을 찾아내게 된다. 그러면 몰랐던 것들도 알게 되고 그 사랑의 대상에게 좋을 일과 나쁠 일이 구분된다. 그것을 좋은 쪽으로 작용하도록 노력하는 마음과 말과 행동을 기울이게 된다. 그러면 자연히 그 전에 알던 것들이 모두 사랑을 위하여 구조조정 되게 마련이다. 그렇기 때문에 예전과는 다르게 보이는 것이다. 그렇게 모든 것을 다르게 보이게 하는 위대한 관계의 사람, 사랑하는 이, 길 벗은 특히 마음 다해 잘 골라야 한다.

붉은 콩을 먹으면 참 맛이 좋다. 고소한 냄새와 혀끝을 구르는 맛이 매혹적이다. 놀놀하게 볶은 콩은 그저 주워 먹으면 될 것 같지만 그 속에는 썩은 것이나 벌레 먹은 것도 있어서 골라서 먹어야 한다. 그만큼 별 것 아닌 일에도 선택이라는 작업이 필요하다. 그러나 '고르다 배곯는다' 는 속담처럼 너무 고르다가는 바라는 것을 가져보지도 못할 수 있다. 그래서 결정은 확고해야 하지만 선택은 신중해야 한다. 친구도 잘 골라야 한다.

친구는 어떻게 고르는 것이 잘 고르는 것일까? 영국 속담에 그 방법이 제시되어 있다.

"친구를 고를 때는 천천히 골라라. 바꿀 때는 더 천천히 바꿔라.(Be slow in choosing a friend, but slower in changing him.)"

물론, 우리의 아버지들이 제시했던 방법이 제일 뛰어난 것 같기도 하다. 아버지가 아들에게 좋은 친구를 많이 두어야 인생이 행복해진다고 말하며 친구 사귀기를 권유하였다. 아들은 아버지가 주는 돈으로 열심히 먹을 것 특히 술과 놀 거리로 친구를 사귀면서 아버지에게 큰소리를 쳤다. 아버지는 그냥 친구가 아니라 어려운 때 어려움을 무릅쓰고 발 벗고 도와주는 친구를 사귀라고 하였다. 아들은 역시 큰소리였다. 어느 날 얼마나 진실한 친구를 사귀었는지 살펴보자고 말했다. 돼지 한 마리를 잡아서 지게에 싣고 가마니로 덮어씌운 뒤 밤중에 아들의 친구들을 찾아가서 살인을 했다고 거짓말을 하면서 시체를 치워달라고 부탁하자 목숨까지 함께하자고 했던 친구들이 하나같이 거절하였다.

　아버지는 자기의 친구를 찾아가 역시 같은 말을 하면서 도움을 요청하자 아버지의 친구는 조심스럽게 들어오라면서 내가 처리할 테니 걱정 말고 밥이나 먹으라고 하였다. 그 때 아버지는 웃으면서 자초지종을 말하고 잡아간 돼지와 술로 잔치를 벌였다는 이야기.

　아무튼 친구도 잘 골라서 사귀어야 한다는 것이다. 친구를 보면 너를 안다고 했다.

착각의 처세술

박서연

요즘 들어 거리를 누비는 외제 수입차가 급증하더니 매장 또한 상당히 늘어 찾는 사람 또한 다양한 모양이다. 일전에 모 방송사 뉴스에서 어느 젊은 재력가가 정장 차림이 아닌 평상 차림으로 외제 수입차를 구매하러 매장에 들렀다가 매장 직원의 외면으로 한동안 상담도 못 받고 대기만 한 것이 억울하다며 뉴스 제보하여 방송된 것을 시청한 바 있다. 다소 황당한 뉴스이긴 하나 뉴스 전용 채널이기에 뉴스로서의 방송이 가능했던 듯한데 인식의 착각이 빚어낸 대표적인 사례가 아닌가 싶다.

잠시 그날의 뉴스 내용을 되짚어 보면, 재력도 있고 실제로 외제 수입차 구매의사가 있던 20대 후반의 젊은 사람이 산행 다녀오던 중 편한

박서연 _ 인덕대학교 사회복지학과 졸업. 월간 『한맥문학』 신인상에 시부문과 수필부문 모두 당선되어 문단에 등단. 현재, 상담전문가로서 증여상속 · 세무회계 · 투자설계 · 부동산 · 은퇴설계 · 위험설계 · 법률상담 · 교육설계 등 상담. 교보생명 V-FP로 근무하며 생명보험협회 우수인증 설계사, MDRT(Million Dollar Round Table) 회원, 교보생명 리더스클럽, 교보생명 프라임리더의 위치에서 3년 연속 President's 그룹달성으로 교보생명 고객보장 대상을 수상하였으며, Chairman's 그룹달성으로도 교보생명 고객보장 대상 수상.

복장으로 모 수입차 매장 앞을 지나다가 갑자기 구매욕구가 일어 매장 안으로 들어가게 되었다는 것인데 아무도 반겨 주지 않더라는 것이다. 그저 기다리라고만 하고 다른 손님에게만 상담과 안내를 열중하고는 자신에게는 시간이 허락될 상황인데도 그냥 쳐다만 볼 뿐 외면하더라는 것이다. 오래도록 기다릴 상황도 아니어서 나름대로 질문도 해 봤지만 못 들은 척하고, 심지어 정장차림으로 와서 상담 받던 사람에게는 친절히 운전석 문도 열어 주면서 운전대에 앉아보게 하더니 이 사람이 운전대에 앉아보려 하자 황급히 제지했다고도 한다.

그런데 매장 직원의 답변을 들어 보니 이 평상복 차림의 손님은 그냥 지나가다가 구경삼아 들어온 모습으로 보여서 구경이나 편하게 하도록 배려했다는 것인데 나름대로 이유 있어 보이긴 했지만 결과적으로 손님을 잘못 본 대표적인 착각이라서 입맛이 씁쓸해진다.

이와 유사한 사례로 겉치레만 중시 여긴 어느 유명 백화점의 명품매장에서 있었던 이야기 하나 소개해 본다.

이 백화점에서 일반매장은 매출이 30% 이상 오르는데 유독 명품매장만 매출이 오르지 않고 제자리걸음만 하더라는 것이다. 그래서 경영진에서는 문제가 있다고 보고 명품매장에 미스터리 손님을 투입해서 암행사찰을 하기로 결정하고 실제로 위장 고객을 투입해서 점원들의 서비스 상태를 점검했다고 한다.

등산복으로 허름하게 차려 입은 사람을 고객으로 보내기도 하고, 정장으로 그럴듯하게 차려 입힌 사람도 고객으로 위장해서 명품매장에 보냈다. 그리고 점원들의 서비스 자세를 살펴보았더니 극히 이중적이었다는데, 등산복을 입거나 허름하게 옷을 입은 사람들은 아예 무시하고 이들에겐 물건을 소개할 생각도 하지 않은 채 외면했고, 정장으로 잘 차려 입은 사람들에게는 서로 팔을 끌어당기며 친절하게 안내하더라는 것이다. 그러니까 이곳 명품매장 점원들은 고객의 외모에 따라 '물건을 살 사람' 과 '사지 않을 사람' 으로 구분짓고 그에 따라서 친절과 서비스의 정도를 달리 하였다는 것이다.

따라서 백화점 측에서 내린 결론은 명품매장 직원들 스스로가 자신들을 명품으로 착각하고 손님들을 맞이한 것 자체가 매출을 제자리걸음하게 한 가장 큰 문제였다는 것이다. 매장 직원 자신이 백화점의 말단 직원이면서도 돈이 없어 보이는 사람을 우습게 보는 그 기묘한 자존심(?)과 착각이 매출을 떨어뜨리는 핵심적인 원인이었던 것이다.

사실 명품매장 직원의 착각은 우리 모두에게도 쉽게 와닿는 따끔한 이야기다. 분에 넘치는 명품으로 치장하면서 자신을 마치 인간사 명품으로 착각하는 사람들도 그렇고, 자신의 배경이 든든함을 자랑하면서 자신이 대단한 인물이나 되는 것처럼 착각하는 사람들도 그렇다. 인간이 시원찮으니 명품 밖에 자랑할 것이 없고, 그 인간이 초라하니 화려한 자기배경 밖에 내세울 수 없는 바로 그런 형국이랄까.

눈으로 대상을 바라볼 때 우리는 단순히 눈이 대상을 보는 것이 아니라, 눈이라는 신체의 시각기관을 통해 우리의 마음이 그 대상을 보는 것이다. 바로 눈을 통해 자신의 내면에 실재하고 있는 '의식(마음)' 이 세상을 본다고 여기는 것이다. 눈으로 봐서 대상을 분별하여 인식하고 아는 '무엇' 이 있다고 여기게 되고, 바로 그 인식하는 마음을 '식(識)' 이라고 부르는데 이 '식' 을 자신의 주체라고 착각하게 된다. 경전에서도 "어리석은 사람들은 식을 자신이라고 착각하게 된다"고 이르고 있다. 쉽게 말해, 어떤 의식의 주체가 내면에 존재하고 있으면서 눈으로 대상을 볼 때 보는 의식으로 나타나고 바깥세상을 인식하는 주체가 된다고 여기는 것이다.

그런데 이러한 착각은 우리의 생활환경 도처에서도 쉽게 찾아볼 수 있다. 예컨대 공무원 사회에서도 국민의 공복(公僕)이라고 자처해 온 공직자들, 그러나 그 '공복' 이라는 개념도 실종된 지 오래다. 물론 대다수의 공무원들은 바람직한 공무원상을 시현하며 제대로 근무하고 있는데 극히 일부의 몰지각한 공직자들이 국민을 지배하고 호통치며 주인 노릇하더니 이제는 그 맛에 도취되어 안하무인의 상태가 되어 버린 것이다.

그들의 착각, 바로 종이 주인노릇을 하는 행태는 실로 엄청나다. 사소한 민원 업무에서부터 대단위 지원 업무에 이르기까지 실은 그들 본연의 업무로서 당연히 수행하여야 할 마땅한 일인데도 마치 크나큰 시혜를 베푸는 것처럼 행세하는 양이 보기 민망할 정도로 꼴불견이다.

돌아보면 우리 일반인도 마찬가지다. 가령 동창회 같은 곳에 참석해 보면, 권세가 있고 재력이 있는 동창들에게는 명함을 건네고 식사 약속이라도 잡으려고 애를 쓴다. 그러나 별로 힘이 없어 보이는 동창들에게는 명함조차 제대로 내밀지 않는다. 자기만의 필요에 따라 사람의 등급을 매기고 자신의 친밀도를 구분하는 것이다.

그렇게 얄팍한 '물 관리' 나 '인간 관리' 로 인생경영에 과연 성공할 수 있을까? 그것이 얼마나 먼 앞날을 장담할 수 있을까? 표피적인 시각에서 얻는 착각이 올바른 처신을 상당 부분 제한하게 되는데, 얄팍한 처신은 한때의 기회는 잡을 수 있을지 몰라도 결국 뒤가 말리는 화를 자초하게 된다. 또 믿었던 줄은 단번에 썩은 줄이 되기도 한다.

역설적이지만 겉보기에 미천할수록 얄팍한 물 관리가 아닌 한 사람이라도 사람을 얻는 두터운 처신이 성공의 지름길이 아닐까. 어떤 대상이 되는 사람의 이용가치를 노리는 처세술이 아니라 사람으로 승부하는 처세술이 결국 성공의 지름길이 된다는 것을 깊이 새겨볼 일이다.

지하철 내에서 일어나고 있는 싸움

송낙환

지하철 내의 풍경

요즘에 나는 지하철 타는 것이 그리 즐거운 일이 못된다. 냉난방이 잘 된 지하철을 타고 분주히 오가는 사람들도 구경하며 또 창밖으로 휙휙 지나가는 산수자연 경치를 감상하면서 사색을 즐길 수 있는 참 좋은 문명의 이기가 지하철임에도 말이다. 더군다나 우리나라는 춘천이나 천안까지도 지하철이 놓여 있어 아주 싼 값으로 물 맑고 공기 좋은 곳으로 여행을 다니며 구경도 하고 맛있는 음식도 먹을 수 있도록 사통팔달로 뻗어 있는데도 그 지하철을 이용하는 일이 그리 즐거운 일이 못된다.

왜 그럴까? 지하철 내 풍경들 가운데 그렇게 썩 보기 좋은 것이 못되는 일이 너무 자주 눈에 띄기 때문이다. 그 중 하나가 젊은이들의 태도

송낙환(宋洛桓) _ 사단법인 겨레하나되기운동연합 이사장. 한국수필가협회 회원. 평양꽃바다예술단, 겨레평생교육원, 겨레뉴스, 겨레몰 회장. 코리아미디어엔터테인먼트 회장. 민주평통 개성금강산위원회 위원장. 통일부 통일교육위원.

이다. 늙고 노쇠한 어른들이 서서 힘들어 하고 있어도 싱싱한 젊은이들이 자리를 차지하고 앉아 잘 양보하지 않는 일이 비일비재한 일이 된 지 오래다.

오히려 앉아서 서 있는 앞의 어른들을 빤히 쳐다보고 있는 젊은이들을 바라보고 있는 내가 더 부끄럽고 민망스러울 때가 많다. 얼마 전 서울과 인천을 오가는 지하철 속에서 한 젊은이가 아버지뻘도 훨씬 넘는 한 할아버지를 향해 무차별 반말 욕설을 퍼붓고 심지어는 폭행까지 하려는 자세를 취하는 동영상이 TV 뉴스를 통해 공개되어 지탄의 대상이 된 일도 있다.

언제부터 이렇게 되었을까? 왜 이렇게 되었을까? 이러한 현상이 과연 올바른 것일까? 때때로 비감이 들기도 하지만 어느 샌가 당연한 듯 되어버린 이 사회 현상에 대하여 우리 모두가 한 번쯤 깊이 생각해 봐야 되는 일이 아니겠는가?

혹자는 시대의 흐름이 그런데 어쩌겠는가고 시대를 탓하기도 한다. 그렇다면 시대가 더 많이 흐른 후에는 부모와 자식 간에도 남남처럼 행동해야 하는 시대가 도래할 수도 있다는 말인가.

정치하는 사람들도 이러한 사회 현상을 지적하는 사람이 드물고, 선거에 나온 사람들도 이러한 사회 현상을 바로잡겠다고 공약하는 사람도 없다. 젊은이들의 표를 의식해서일까?

극단적 이기주의와 개인주의

당연히 지켜야 할 도리를 지키지 않는 부도덕까지도 표로 계산되어 묵인되는 이 사회 현상. 극도의 이기와 개인주의가 판을 치는 이 사회의 끝은 과연 어디일까?

이 세계는 인간만이 사는 세계가 아니다. 수많은 동물들 그리고 사시

사철 우리들에게 온갖 꽃과 열매와 푸르름을 선사해 주는 식물들까지도 함께 사는 사회가 바로 우리가 살고 있는 지구 사회인 것이다.

그러한 지구 사회가 오랜 세월 변화를 거듭하면서도 멸망하지 않고 존속될 수 있었던 것은 아마도 일관되고 올바른 질서가 있었기 때문일 것이다. 그 질서가 바로 상하의 질서이고 또 좌우의 질서이다.

그런데 일관된 질서를 유지하면서 생명력을 계속적으로 유지해 오고 있는 지구사회 중에서 소위 만물의 영장이라는 사람들이 살고 있는 인간 사회만이 질서가 깨지고 싸움이 넘실댄다. 상하의 질서가 깨지면 사랑과 공경의 정신이 말살되고 좌우의 질서가 깨지면 인간 사회는 자기의 이익을 찾아 상대방을 죽이고 죽는 싸움판이 되고 말 것이다.

그런데 오늘의 사회는 싸움판으로 변해 가고 있다고 해도 과언이 아닐 정도로 도처에 싸움이 넘친다. 당과 당이 싸우고 패거리와 패거리가 싸우고 지역과 지역이 싸운다. 심지어는 그림자도 밟아서는 안 된다고 했던 선생님과 학생들까지도 싸우는 현상이 벌어지고 있다.

사회적 이슈가 등장하면 어김없이 싸움판이 벌어진다. 촛불이 등장하고 각목이 등장하고 신나가 등장하고 분신이 등장하고 현장과 관계없는 사람들이 나타나 싸움을 부추기는 현상까지 도처에서 나타나고 있다. 싸움도 정도와 질서를 지키며 한다면 그것은 발전의 원동력이 될 수 있다. 정이 사를 극복하려는 싸움은 역사적으로 있어왔으며 그러한 싸움을 통해서 역사는 올바른 방향으로 발전해 온 것 또한 사실이기도 하다.

본말의 전도 침소봉대 억지주장

그러나 오늘날의 싸움은 어떤가. 본말의 전도와 침소봉대와 억지 주장과 왜곡이 도처에서 판을 치고 있다. 이를 바로 잡으려는 사회 지도층은 어디를 봐도 없고 인맥과 학맥에 따라 춤을 춘다. 언론은 이를 바로 잡으려 하는가. 마지막 사회적 소금 역할을 해야 할 언론까지도 양분되어 싸움판에서 샅바를 잡고 있다.

각자가 내세우는 표면적 명분은 있으나 그 명분이 합리성을 갖추지 못하고 있다면 그것이 명분이겠는가. 불합리가 합리를 집어삼키고 질식시키는 일도 비일비재하다. 목소리가 크고 투쟁력이 있는 집단이 국가의 혜택을 누리는 일도 생기고 오히려 자기를 희생하여 조용히 애국하는 세력이 천대받는 일도 일어난다. 정치는 이러한 현상을 바로잡지 못하고 불의 앞에 오히려 겁을 내고 묵인하거나 타협하는 일도 일어난다. 이 모두가 질서의 상실에서 비롯된다.

오늘의 젊은이들은 내일에는 또 노인이 된다. 결국 인간은 누구나 다 노인이 된다. 이는 부정할 수 없는 자연의 이치이다. 그런데 현재의 내가 젊다고 하여 힘없고 노쇠한 노인들을 공경하지 않고 업신여긴다면 곧 그 젊은이 자신이 노인이 되었을 때 똑 같은 대우를 받는 날이 오고야 말 일이 아닌가?

결국 인간은 이러한 기본적인 상하 좌우의 질서를 지켜야만 행복해질 수 있다는 말이다. 특히 우리나라는 동방예의지국이라는 너무도 아름다운 이름을 갖고 있어오지 않았는가. 세계화 현대화라는 시대적 변화를 인간이 기본적으로 지켜야 할 도리까지도 변할 수 있다는 명분으로 내세울 수는 결코 없는 것이다.

경제적, 문화적 방면에서도 세계적으로 선진국일 뿐 아니라 인간의 도리를 지키는 일까지도 세계적 선진국이라면 우리나라는 아마도 서구 선진국보다 더 존경받는 세계적 모범국가로 등장하게 될 것이다.

지하철 내에서 자리를 양보하는 젊은이들에게 '젊은이도 힘들 텐데 그냥 앉아 있으라'고 사양하는 지하철 풍경이 그리워진다.

참 원로가 없다

신용준

어려운 일이 생길 때면 '원로가 없다' 는 말을 듣는다. 국어사전에서 원로란 '한 가지 일에 오래 종사해 높은 덕망을 지닌 공로가 큰 연로자' 라고 되어 있다. 그러나 진정한 원로란 사전 뜻풀이 이상의 역할을 하는 사람일 것이다. 나라 형편이 어려울 때 팔을 걷고 나서 모두의 힘을 모아 어려움을 극복하게 하는 큰 어른, 그런 분이 진정한 원로가 아닐까.

원로가 없다는 말과 달리 우리 주변에 아직도 '올곧은 참 원로' 들이 존재한다고 나는 생각한다. 이런 분들은 스스로 원로라고 불리기를 극구 사양한다. 또한 겉만 번지르르한 자리에는 절대로 나서지 않으려고

신용준(申瑢俊) _ 제주 출생(1929년). 성균관 자문위원. 제주한림공고 교사를 시작으로 저청중, 세화중, 애월상고, 제주대부고 등 교장. 제주도교육청 학무국장. 제주대학교 강사. 제주한라전문대 학장. 한라대학교 총장. 한국교육학회 종신회원. 대한민국무공수훈자회 제주도지부 고문. 한국수필작가회 이사. 언론중재위원회 중재위원, 운영위원. 한국문예학술저작권협회 회원. 1952년 화랑무공훈장에 이어 1970년에는 대한민국재향군인회장 표창, 1973년 국무총리 표창, 1976년 국방부장관 표창, 1982년 국민포장, 1990년 세종문학상, 1998년 국민훈장 모란장, 제 38회 제주보훈대상(특별부문) 등 수상. 저서 《아! 그때 그곳 그 격전지》(2010).

한다. 이런 분들이 의외로 많이 있다는 것은 그나마 우리에게 든든한 마음을 갖게 해 준다. 이들은 사회의 웃어른으로서 필요할 때마다 쓴소리 하기를 주저하지 않는다. 이들을 기억할 때마다 마음이 숙연해짐을 느낀다. 그런 어른들이 있었기에 나라가 이 정도나마 유지되고 있다고 보아도 좋을 것이다.

언제인가, 고(故) 김수환 추기경은 자신을 찾아온 여당 인사들에게 "얻으려면 버려야 한다"는 충고와 더불어 '국민이 신뢰하는 정치'를 주문했다고 한다. 이 말씀을 들으며 우리가 이 시대에 김 추기경 같은 참 원로를 갖고 있는 것이 얼마나 행복한 일인지 모르겠다고 생각했다. 외람되지만 원로라면 모름지기 이 정도는 되어야 한다는 생각을 하였다.

참 원로는 사욕을 버리고 마음을 비워야 한다. 권력과 돈, 자리에 욕심이 지나치면 스스로 세상을 바로 보기 어렵다. 아무리 자신을 위장해도 거짓과 정략의 냄새를 풍겨 주위의 신뢰를 잃게 마련이다. 따라서 얼마간 청정한 마음가짐이 필요하다. 그리고 자신의 몸가짐을 가다듬고 상당한 수준의 도덕성을 지녀야 한다. 이를 위해서는 자신에 대해 엄격할 필요가 있다. 도덕성의 담보 없이 사회를 향해 바른 소리를 할 수 없기 때문이다.

맹자의 가르침은 지금도 유효하다.

"사람은 반드시 스스로를 업수이 여긴 연후에 남이 그를 업수이 여기고, 집안은 반드시 스스로를 망가뜨린 뒤에 남이 망가뜨리며, 나라는 반드시 스스로를 친 뒤에 남이 친다."(夫人必自侮然後人侮之 家必自毁而後人毁之 國必自伐而後人伐之, 부인필자모연후인모지 가필자훼이후인훼지 국필자벌이후인벌지).

오늘의 원로들을 존경하지 않게 된 것은 우리나라 어른들이 먼저 스스로를 존경받을 수 없는 존재로 만들었기 때문이라는 설명이 가능하다. 모든 오늘은 어제의 결과일 뿐이다.

김수환 추기경 외에도 참 원로들이 많음을 안다. 그 가운데서도 나는 오래 전에 작고한 함석헌 선생, 장준하 선생을 떠올린다. 암흑의 군사정부시대에 황야의 들판에서 정의를 외쳤던 그 기백을 잊을 수 없다.

나는 장준하 선생이 창간한 『사상계(思想界)』지를 창간호부터 86권까지 구독 소장했다가 모두 기증해 버리고 지금은 10주기 추모집인 《장준하 문집》만을 소장하고 있다. 문익환 목사의 간행사, 함석헌 선생의 헌사가 책머리를 장식하고 있다.

지금 우리는 눈보라 섞어치는 끝없는 광야를 의지할 곳 없이 이리 날리고 저리 밀리는 길손처럼 곤혹스러운 심정이다. 이렇게 갈피를 잡지 못하고 방황하는 국민의 마음을 읽어줄 사람이 없다. 모두가 자기 몫 챙기기에만 바쁘기 때문이다.

모든 국민이 숭앙하며 흠모하는 존경을 받을 수 있는 인물이 한 사람이라도 더 있다면 세상은 잔잔한 호수처럼 평화로울 것만 같다. 세태가 변해도 너무 많이 구겨져 버렸다. 존경을 받는 사람도 없거니와 누구를 존경하려고도 하지 않는다.

그런데 요즘 우리나라에는 원로가 너무 많다는 역설적인 생각이다. 자칭 '원로' 요, 지지세력을 끌어들인 '원로' 들이다. 그러한 '원로' 들의 면면을 보면 첫째는 '양지족' 이다. 세상이 아무리 달라져도 언제나 햇볕 잘 드는 양지에만 앉아 있으려고 하는 분들이다. 둘째로 '무임승차족' 이다. 원로라고는 하지만 과연 원로답게 해야 할 일을 다 하고 있는지는 알 수 없는 사람들이다. 셋째로 좋은 자리라면 어디든 마다하지 않는 '독식주의자' 들이다. 연로한 나이에도 얼마나 욕심이 많은지. 그런 사람들은 높은 사람에게 고언은커녕 듣기 좋은 말만 골라서 할 것이다.

　이제는 원로도 교체되어야 한다. 쓴 소리 하는 원로, 대갈일성으로 꾸짖음과 깨달음을 내리는 원로, 그러면서도 지난날의 풍부한 경험을 바탕으로 앞으로 나아갈 길을 올바르게 가르쳐 줄 수 있는 그런 원로들이 더 많아져야 한다는 소망이다.

스마트폰 속 손가락 수다 2제

오 서 진

1. 갈등

방학이란 핑계로 대학 2, 3학년인 자녀들이 늦게 기상했다. 게다가 아침 식사 도중 사소한 일로 말다툼까지 했다. 딸이 점 찍어둔 음료수를 오빠가 마셔 버렸기 때문이었다. 그래서 빈 음료수 병을 보고 동생이 오빠에게 따진 것이었다. 애들이 일어나면 먹게 해 주려고 돼지껍데기를 굽고 카레를 끓여 놓았다.

엄마인 나에게 갑자기 서글픔이 밀려왔다. 대학생이라고 하지만 엄마 눈에는 여전히 어린 애로 보인다. 엄마가 해 준 음식을 자녀들이 잘 먹어주는 것 이상의 기쁨이 어디 있겠는가?

오서진 _ 사회복지, 가족복지 전문가. 세종대 과학정책대학원 노인복지 및 보건의료 석사 졸업. 사회복지 및 가족, 노인, 청소년 관련 총 25개의 자격 취득. 사단법인 대한민국 가족지킴이 이사장, 월간 『가족』 발행인, 국제가족복지연구소 대표, 한국예술원 문화예술학부 복지학과 교수, 극동대학교 사회복지연구소 위탁 연구위원, 노동부 장기요양기관 직무교육 교수, 각 교육기관 가족복지 전문교수, 각 언론 칼럼니스트, 법무부 범죄예방위원, 사례관리 가족상담 전문가 등으로 활동. 저서로 《건강가족 복지론》, 《털고 삽시다》 등 상재.

내게 최고의 기쁨은 아이들이 행복해 하는 모습을 보는 것이다. 그런데 애들이 서로 노려보면서 싸웠다. 그런 모습이 살벌하기까지 했다. 돌연 내 자신이 비참해졌다.

자녀가 많은 것은 복중의 복일 것이다. 그러나 그런 것이 나와는 무관한 것 같다. 이른 아침부터 콧잔등이 시큰거린다.

며칠 전 큰딸이 자신의 삶에 대해 언급했다. 가치 있는 인생을 타고나지 못했다는 것이었다. 성명학에 빗대 매우 부정적으로 얘기했다. 아빠와의 관계가 불편하다고도 했다. 잊고 싶은 사람(큰딸의 아빠)에 대한 기억을 되살리는 촉매제가 됐다. 엄마가 겪을 고통은 아랑곳하지 않았다. 애들은 불편한 일을 스스로 극복하려는 의지가 부족하다. 늘 엄마의 등에 기대 서로가 서로에게 그들의 분노를 표출하고 있다. 그런 행동이 엄마인 내 눈에는 여전히 젖먹이 모습으로 비친다. 비록 애들이 서른 살을 넘겼어도.

아침부터 작은 애들 때문에 가슴에 응어리가 맺혔다. 그들이 포효하며 쏟아내는 언어가 나를 먹먹하게 했다. 애들은 각자 개성이 강하고 뚜렷하다. 서로가 자신들이 억울하다고 주장한다. 이런 아이들을 보면서 빨리 그들로부터 탈출하고 싶다. 엄마라는 굴레로부터 해방된 자유인, 오서진이 되고 싶은 꿈을 꾸고 있는 것이다.

자꾸 눈물이 흐른다. 갑자기 고도에 홀로 버려진 느낌이다. 어느 누구의 입장을 두둔할 수도 없다. 그들이 알아서 스스로 해결해 나아가기를 바란다. 그들의 판단에 맡길 수밖에 없는 것이다. 외로움의 눈물인가, 서러움의 눈물인가?

주체할 수 없는 아침이다. 엄마의 눈물을 본 막내가 "엄마 죄송해요~"라고 겸연쩍어 했다. 오빠에게도 화해의 손길을 내밀었다.

연이어 막내로부터 장문의 카카오톡이 왔다.

반성문

냉장고를 열면 늘 내가 점찍어 놨던 먹거리가 없습니다. 오빠가 빨리 그리고 많이 먹기 때문이죠.

최근에는 집에 있던 음료수 2통을 오빠가 마셔서 전 마실 게 없었습니다. 그래도 아무 말 안 했는데 최근 내가 가져온 음료수까지 오빠가 다 마신 것입니다. 그래서 아침에 "내 것도 남겨줘"라고 칭얼대면서 한 마디 했습니다. 그리고 엄마가 차려준 밥을 먹었습니다. 밥을 먹는데, 반찬이 돼지껍데기였습니다.

저는 바짝 노릇노릇 단단하게 구운 것을 좋아합니다. 이번 것은 그렇지 못해 안 먹었습니다. 그런데 오빠가 갑자기 화를 냈습니다.

"이거 먹어!"

저는 안 먹겠다고 했습니다. 오빠는 언성을 높였고 저는 저대로 따졌습니다.

"먹기 싫어 안 먹는데 왜 강요하느냐?"라고요.

그렇게 오빠랑 싸우는데 엄마가 가운데서 말렸습니다. 오빠는 엄마를 째려봤고요. 그리고 우리는 각자 방으로 들어갔습니다. 저는 방에서 사과해야겠다고 생각했습니다. 아침에 음료수 문제로 먼저 칭얼거린 거는 제가 잘못했다고 생각했기 때문이죠. 그러다가 오빠가 책을 챙기기 위해 제 방에 들렀습니다. 저는 오빠에게 "내가 잘못했다. 미안하다"라고 했습니다.

그때 엄마가 들어오셨습니다. 엄마는 우리가 또 싸우는 줄 알고 왔던 것입니다. 엄마는 다시 안방으로 들어가시고. 오빠도 제 방을 나갔습니다. 저는 오빠 방으로 가서 "사과한다. 받아달라"고 했지만 오빠는 "저리 가"라고 했습니다.

오빠는 교재를 챙겨 공부하러 도서관으로 나갔습니다. 돼지껍데기

안 먹는다고 먼저 화낸 오빠도 잘못한 건데, 제 사과를 안 받아주니 섭섭했습니다.

오빠의 행동이 어른 같지 않은 행동이라고 생각합니다. 그리고 놀란 엄마를 달래주러 안방에 갔는데, 엄마가 울고 계셨습니다. 저는 오빠와 크게 다투지 않았습니다. 평소처럼, 어느 남매처럼 어느 집안처럼 비슷한 수준으로 말다툼하고 째려보는 수준이었죠. 그런데 엄마가 그걸로 우니 당황스럽고 죄송스러웠습니다.

남매가 싸울 수도 있다고 생각합니다. 특히 연년생은 자주 싸우고, 제 친구들도 오빠랑 엄청 싸우기 때문에 크게 신경 쓰지 않습니다. 그런데 엄마가 그런 일로 엄마가 우니 앞으로는 싸우지 않고, 칭얼거리지 않겠다고 반성하는 계기가 되었습니다.

엄마 죄송해요. 돼지껍데기 먹어라, 안 먹는다, 하나로 싸웠다는 게 정말 어린이 같은 행동이라 생각합니다. 죄송합니다.

막내의 카카오톡 글을 보고 안아주었고 막내는 배시시 웃으며 안겨든다. 아들에게도 문자를 보냈더니 "죄송해요"라고 하트답변이 왔다.
1시간의 갈등은 짧게 끝이 났고 해피엔딩으로 마무리되었다.

2. 휴가

2014. 8. 14~16
교황 성하가 오시는 날 각종 언론 매체는 환영메시지로 도배가 됐다. 대한민국은 온통 축제분위기였다. 성심을 담아 축하하며 축복을 빌었다. 그리고 그 마음 그대로 막둥이와 단둘이 단양으로 휴가를 떠났다.
오전 9시 반에 집을 나섰다. 그런데 중간 장호원에 들러 일을 보고 단양에 도착하니 오후 4시였다. 아들은 아르바이트, 큰딸은 약속 때문에 함께하지 못해 막둥이와 둘이 휴가를 떠나왔다.

단양군 가곡면에 있는 '단양팔경 힐링스토리'의 이정규 대표는 늦깎이 대학생이다. 만학임에도 불구하고 배움에 한 치의 소홀함도 없다. 사업과 학문 양쪽 모두에 열정을 쏟고 있는 것이다.

지난 학기 동안 멘토와 멘티로 만났다. 나는 이 대표를 지도하는 사회복지실습 슈퍼바이저였고, 이 대표는 사회복지학과 실습생이었다. 그런 인연이 우리 모녀의 발길을 단양으로 인도했던 것이다.

단양팔경 힐링스토리 입구에서부터 이정규 대표의 성실함을 느낄 수 있었다. 주변 경관의 아름다움과 넓은 펜션의 풍성함이 피곤함을 잊게 해줬다. 도착하자마자 우리는 삼겹살과 물오징어를 실컷 구워 먹었다. 그리고 한잠 늘어지게 잤다. 눈꺼풀의 무게를 견디지 못하게 했던 포만감은 어느새 사라졌다.

한여름 우중 산속은 냉기가 흘렀다. 추워서 난방장치를 가동해야만 했다. 안온한 가운데 다시 꿈속으로 빠져들었다.

둘째 날, 아침

새벽녘 근처 텃밭에서 콩잎을 땄다. 주인의 허락을 받고. 콩잎 장아찌를 담그기 위해서였다.

아침 식사 후 막둥이와 함께 '온달관광지'에 들렀다. 숙소인 '단양팔경 힐링스토리(단양군 가곡면 가대리 394)'에서 승용차로 10여 분 거리에 위치하고 있었다.

그곳은 제주도 '태왕사신기' 드라마 세트장보다 넓었다. 코스는 '온달산성', '온달황군', '온달동굴' 등으로 이어져 있었다. 처음 가 보았지만 잘 정돈된 느낌이 우리를 평안하게 해줬다.

온달동굴은 4억 5,000년 전에 형성된 것이라고 했다. 동굴 길이가 매우 길었는데 깊이 또한 상당했다. 그 안은 마치 에어컨을 가동한 듯 시원했다.

막둥이와 함께한 충청북도 단양에서의 신비스러운 체험이 우리를 신나게 했다. 하지만 뙤약볕에 노출된 그녀가 퉁명스럽게 말했다.

"엄마! 내년엔 남자친구를 만들어 함께 다니세요. 노인들 효도관광을 따라온 기분이 들어요."

웃음이 나기도 했지만 미안한 생각으로 몸둘바를 몰랐다.

서둘러 그 자리를 떠 애들 눈높이에 어울리는 곳으로 이동했다. 단양군 읍내로 나가 햄버거세트를 사서 와이파이가 터지는 곳으로 갔다. 그때서야 막내의 얼굴이 환해졌다. 역시 아이들 세상은 스마트폰이었다. 엄마와 동행한 힐링투어가 재미없는 것 같았다. 한동안 와이파이로 스마트폰을 즐기던 막내는 밝은 얼굴로 다시 가자고 하면서 일어섰다. 그래서 인근의 계곡으로 들어갔다.

거기서 우리 모녀는 나란히 발을 담근 채 도란도란하면서 시간을 보냈다. 흐르는 물속에 정도 함께했다. 환희에 젖고 행복감에 도취했지만 마음 한구석엔 여전히 아쉬움이 자리했다. 다른 아이들도 함께 왔더라면 좋았을 텐데 하는.

아쉬움을 달랠 틈조차 없이 숙소로 돌아왔다. 서울 종로구 '세검정교회' 청년단으로부터 특강을 요청받았기 때문이었다. 그래서 '가족의 중요함'과 '세대간 소통'에 관한 주제로 1시간 동안 강의했다.

저녁이 되니 단양팔경 힐링스토리에 손님이 가득 찼다. 사람들의 웅성거림이 고요한 산촌의 밤을 힘들게 했다. 시끄러운 음악과 더불어. 잊지 못할 추억의 한 페이지를 막내와 함께했다.

그녀가 빙그레 웃으며 말했다. "내년엔 우리 가족 모두가 같이 오면 더 좋겠다"라고.

셋째 날

휴가 마지막 날 아침, 신선한 새벽 공기가 잠을 깨웠다. 새벽부터 주위를 걸으며 맑은 공기에 몸을 맡겼다. 더불어 산 뽕잎과 콩잎, 쇠비름을 채취했다.

이정규 대표와 인사한 후 아름다운 추억을 간직한 채 오전 일찍 부천으로 향했다. 귀가하니 낮 12시 반이었다. 곧장 세탁기에 빨래를 넣고 돌렸다. 그리고 단양에서 가져온 쇠비름효소를 담갔다. 이어서 뽕잎과 콩잎은 간장을 달여 장아찌를 만들려고 물 · 간장 · 식초 · 소주를 넣고 끓였다. 거기에 효소 액을 첨가했다.

저녁 무렵 막둥이와 부천 CGV에서 '명량' 영화를 보았다.

감동할 만한 대작이었다. '많은 것을 느끼게 하는 명장면이 국민들을 환호하게 했겠구나' 하는 탄성이 나왔다.

지휘관의 표정과 명령에 절대 복종하는 군대의 조직력과 결속력을 보았다. 특히 가수 이정현의 몸부림치는 농아의 표징연기에 전율했다. 그녀의 연기에 혼이 배어 있었다.

민족애를 갖게 하는 영화, 막내에게 감상을 물었다.

"조상들의 노력과 역사를 알게 돼 감사하고 국민성을 바르게 갖도록 노력해야겠다."고 응답했다.

대형마트에서 장을 본 후 막내와 함께 저녁을 먹고 귀가했다.

그렇게 2014년 하계휴가를 보냈다. 사흘을 동행해 준 막둥이가 있어 행복했다.

"애기야! 네가 고마웠다. 그리고 감사했다. 사랑한다. 내 딸아!"

옐로 오션

오오근

20 00년대 들어서면서부터 경제적으로 신개념의 블루 오션(Blue Ocean)이라는 용어에다 상대적 의미의 레드 오션(Red Ocean)이 널리 회자되더니 요즈음에는 그 중간쯤 되는 개념의 옐로 오션(Yellow Ocean)이 심심찮게 들려온다.

2004년 프랑스 인시아드(INSEAD) 경영대학원의 김위찬(W. Chan Kim) 교수와 르네 마보안(Renée Mauborgne) 교수는 〈블루 오션 전략〉(Blue Ocean Strategy)이라는 논문을 공동 집필했는데, 이것이 2005년 같은 이름의 책으로 출간돼 43개 국어로 번역되어 350만 부 이상 팔리면서 전세계적으로 널리 알려졌다. 이는 수많은 베스트셀러 경영 서적을 출간한 하버드대학교 출판국의 역대 최고기록이라고도 한다.

블루 오션은 국제화시대에 우리나라의 자랑이라 말할 수 있는 한국

오오근 _ 숭실대학교 경영대학원 수료. 서울시 콘크리트공업협동조합 이사장, 한국콘크리트 공업협동조합 연합회 이사장, 사단법인 중소기업 진흥회 부회장 등을 역임하고, 현재 협성콘크리트산업(주) 대표이사, 토목코리아(주) 회장으로 재직.

인 경제학자 김위찬 교수와 르네 마보안 교수가 창안한 용어로 '새로이 탄생함으로써 경쟁자가 거의 없는 시장'을 의미한다. 이와 상반되는 개념의 레드 오션은 오늘날 존재하는 모든 산업을 일컬으며 이미 세상에 널리 알려진 시장 공간을 말한다. 특히 레드 오션은 끊임없는 경쟁이 상존하고 경쟁자를 능가하여야 존재하는 이유 때문에 '유혈의 붉은 바다'라고도 불린다.

기업이 새로운 시장을 창출하지 않고 기존의 시장에서 유사한 전략을 구사하는 다른 기업들과 경쟁을 하는 경우, 가격 경쟁 등에서 치킨 게임으로 치달아 큰 이익을 내기가 어렵다. 반면에 경쟁자를 이기는 데 초점을 맞추지 않고 구매자와 기업에 대한 가치를 비약적으로 증대시켜 시장점유율 경쟁에서 자유로워지고 이를 통해 경쟁이 없는 새로운 시장공간과 수요를 창출하고자 하는 것이 블루 오션 전략이다.

블루 오션은 여타의 기업과 차별화하여 저비용을 통해 경쟁이 없는 새로운 시장을 창출하려는 경영전략의 일환으로서 1990년대 중반의 '가치혁신이론'과 함께 주창한 '기업경영전략론'이 바로 핵심 이론이라 할 수 있다.

기업이 더 많은 가치와 수익을 창출하기 위해서는 경쟁시장이 아닌 경쟁 상대가 없는 새로운 시장을 창출해야만 된다는 내용인데, 블루 오션 전략은 산업혁명 이래 기업들이 끊임없이 감내해 온 경쟁의 원리에서 탈피하여, 무엇보다 발상의 전환을 통해 고객이 쉽게 인지하지 못하는 상황에서 새로운 시장을 창출함으로써 완벽한 블루 오션이 존재하도록 한다는 것이다.

이 새로운 시장은 차별화와 저비용을 동시에 추구함으로써 기업과 고객 모두에게 가치의 비약적인 향상성을 제공함으로써 다른 기업과 경쟁할 필요가 없는 경쟁제로의 상태를 만든다. 쉽게 말해 기존의 치열한 경쟁시장 속에서 시장점유율을 확보하기 위해 애쓰는 것이 아니라, 경쟁 상대가 없는 매력적인 제품과 함께 특유의 서비스를 통해 자신만의 독특한 시장, 곧 싸우지 않고 이길 수 있는 시장을 창출해 내는 것이다.

그런데 최근에 와서는 블루 오션이라는 것이 틈새시장을 의미하는 경우가 많아졌다. 바로 옐로 오션의 개념이 고개를 드는 상황이 된 것이다. 무엇보다 블루 오션의 의의는 타기업에 비해 그 시장에서 고수익을 낼 수 있느냐에 좌우되는데, 어느 한 기업이 소비자의 수요를 새로이 창출한 시장이라면 당연히 해당 분야의 사업자가 존재하지 않을 것이고, 일정기간 동안 그 기업은 해당 산업에서 독점적 지위를 누릴 수 있을 것이다. 하지만 현실적으로 존재하는 시장 상황은 특정 기업에게 독점적 지위를 그리 오래도록 제공해 주지 못하고 있다.

학문적으로는 마이클 포터의 '5 세력 모델'(five forces model)이 시사하는 바대로 '전통적 경쟁자, 신규시장 진입자, 대체재, 고객, 공급자' 등의 5개 경쟁 세력이 기업의 운명을 좌우한다. 포터의 주장은 시장에 존재하는 이러한 힘의 요소들이 균형을 이루는 과정에서 시장의 수익성이 결정된다고 하는데, 블루 오션의 개념은 하나의 아이디어에 의해 전체 시장에 영향을 미치던 기존의 힘들을 무력화시키고 독단의 수익성을 결정지을 수 있다는 개념이기 때문에 더욱 그렇다.

사실 레드 오션이 자그마한 아이디어 하나로 하루아침에 블루 오션으로 바뀌어 버린 경우도 있다. 예컨대 기저귀 제품을 생산하던 한 업체가 어느 순간 여아용과 남아용 기저귀를 구분해서 포장 판매하자 순식간에 기저귀 시장에서 점유율 1위를 차지한 사례가 있었다. 여아용·남아용 기저귀의 구별이라는 아이디어가 레드 오션 상태의 기저귀 시장을 여아용 기저귀 시장과 남아용 기저귀 시장이라는 두 블루 오션으로 만들었고, 처음 이 아이디어를 낸 업체는 짧게나마 두 시장을 독점할 수 있었다. 그리고 독점에 따른 상당 부분 수익도 올렸지만 다른 업체도 발 빠르게 남아용과 여아용으로 구분하여 대처함으로써 포터의 주장대로 상품의 질을 우선한 시장 세력에 의하여 다시 점유율은 재편되었다.

또 다른 예로 포화 상태의 음반 산업을 바라보며 스티브 잡스는 음원 단위판매라는 아이디어를 생각해냈고, 이 아이디어는 음악 산업 전체를 재편해 버렸다. 그 와중에 음원을 대규모로 공급할 수 있는 아이튠즈를 보유한 애플은 독점 기업의 위치를 누리게 되었고, 10년이 넘도록 애플과 아이튠즈는 음원 시장의 가장 큰 손으로 군림하고 있다.

위 두 사례처럼 무언가 독특한 아이디어로 소비자의 마음을 움직일 수 있는 요소만 발견한다면, 그리하여 블루 오션의 지위를 확보할 수 있다면 부와 명성을 얻을 수 있다고 생각하기 쉽지만 현실은 그렇지 못하다. 하나의 아이디어로 존재하지 않던 시장을 창조해낸다는 것부터가 상식의 틀을 깨는 것인데 그 아이디어로 또 다시 상식의 틀에서 벗어나지 못하는 소비자들을 유혹해야 한다는 면에서 결코 쉽지 않은 과제이다. 더불어 수익성도 큰 과제인데 어찌어찌 해서 수익성 좋은 시장을 만들어냈다고 해도 그 시장에서 계속 머무르려면 이후 치고 들어올 대기업의 자본력과 힘겨운 승부도 감내해야 된다.

최근에 중국이 스마트폰 시장에서 중저가 제품으로 시장점유율을 높이면서 우리의 대표기업 삼성을 위협하고 있다. 특히 침해의 요소는 있지만 애초부터 1등을 노리지 않고 2등 전략을 취함으로써 상당 부분 효과를 보고 있는 것이다. 어쩌면 블루 오션이라는 것은 존재하지 않는다는 전제하에 비용을 많이 들이지 않고 기존의 시장에서 발 빠르게 대처할 수 있는 전략, 바로 옐로 오션이 자리 잡는 상황이 아닌가 싶다.

사실 틈새시장은 차별화된 취향을 가지는 특정 소비자 계층이 주종을 이루는데 경우에 따라 이 시장은 블루 오션일 수도 있고 레드 오션일 수도 있다. 다만 틈새시장이 아닌 시장에서 블루 오션인 경우가 좀처럼 나타나지 않는 이유로 현대의 블루 오션은 틈새시장에 존재하는 경우가 많은 것이다.

좀 더 간단한 예를 들면 틈새시장의 시작은 소비자들의 연구라면 블루 오션은 아예 새로운 재화나 서비스를 만들거나 기존 재화나 서비스를 다른 지역이나 다른 용도로 판매하는 것으로 구분할 수 있을 것이다. 물론 고수익엔 그에 상응하는 위험이 따라온다. 블루 오션이라면 여기에 고투자도 포함된다. 일단 아이디어를 상품화 하는 과정에서 막대한 선행비용이 필요하며, 이렇게 만들어진 상품을 시장으로 내보낼 유통망도 필요하다.

이는 대기업 또한 마찬가지다. 아무리 선행체제를 구축해 수익을 얻는다 해도 후발주자들이 자기보다 못하란 법은 절대 없다. 문제는 우리나라의 경우 이런 블루 오션에 뛰어들 기업들을 받쳐줄 투자기관부터 매우 보수적이다. 또 출구시장(Exit market)도 제대로 구축되어 있지 않다. 시장체제 또한 대기업 위주로 짜여져 있어 중소기업이 신사업에 뛰어들어 제대로 된 사업을 한다는 건 매우 어려운 것이 현실이다.

결국 기존의 레드 오션 상태의 시장에서 흔히 말하는 틈새시장을 아이디어 상품으로 적절히 활용하는 것이 블루 오션을 지향하는 것임을 상기하면서 자연스럽게 옐로 오션의 위치를 가늠해 보게 된다.

삶의 질, 죽음의 질

이선영

군가의 죽음을 듣고 그의 장례식에 가면 꼭 생각하는 것들이
있다. 얼마나 수명대로 사셨는지, 덜 고통스럽게 편안히 가셨
는지, 죽음을 어느 곳에서 맞으셨는지, 배우자와 자녀 또는 사회에 남
긴 것은 무엇인지 등등이다. 즉 그의 죽음을 통해 그의 삶을 보게 되는
것이다.

살아 있는 동안 삶의 질을 많이 이야기한다. 질 좋은 삶을 살기 위해
피나는 노력을 하면서 살아간다. 어느 정도 목표를 이루기도 하고 그렇
지 못하기도 한다. 행복하게 잘 산다는 것의 기준이 분명히 있기는 한
데 그 기준이 사람마다 다르니 삶의 질이 사람마다 다를 수밖에 없나보
다.

누구에게나 피할 수 없는 것은 '죽음' 이다. 죽기 위해서 산다는 우스

이선영(李善永) _ 천도교 선도사. 용문상담심리전문대학원 졸업. 가족문
제상담전문가. 상담심리사. 웰빙─웰다잉 교육강사. 천도교 중앙총부
교화관장. 사단법인 민족종교협의회 감사.

개 같은 말이 그저 웃어 넘길 말이 아니다. 그 엄연한 사실을 모르는 사람은 없다. 누구도 대신해 줄 수 없는 나의 죽음, 언제 죽을지 모르는, 살아 있을 때 절대 경험할 수 없는, 다시 되돌릴 수 없는 죽음. 나의 죽음을 마주하기 두려워서 타인의 죽음을 '남의 일' 처럼 여기고 싶은 건 아닐까.

죽음은 한 순간에 이루어지지만 죽기까지의 시간과 과정이 사람마다 다르다. 임종을 많이 본 경험자들은 '그 사람의 죽음의 모습은 그의 삶의 모습과 같더라' 라고 한다. 삶과 죽음은 손바닥의 안과 밖이며 동전의 앞뒷면이라고 한다. 그래서 대부분의 사람들은 죽음 자체보다는 내게 닥칠 죽음 이전의 모습과 시간이 더 두렵다. 나의 삶과 나의 죽음이 비슷하다는 것에 확신을 가질 수 없을 뿐 아니라 미래를 알 수 없는 인간의 한계이기 때문일 것이다.

삶이 곧 죽음이라면 좋은 삶의 기준이 있다면 좋은 죽음의 몇 가지 기준이 있을 것이다. 결론부터 말하자면 좋은 죽음은 곧 철저하게 준비된 죽음이다. 삶의 질을 높이기 위해서 남다른 노력을 하는 만큼(까지는 아니더라도) 죽음의 질을 높이기 위해서 노력을 해야 한다는 것이다.

살아있는 동안은 건강한 몸을 유지하면서 아름답게 나이 들어가고 이웃에게 베풀면서 내 삶을 어떻게 마무리할 것인지, 후회할 일은 줄이고 후회하지 않을 일-이제까지의 내 삶에 의미를 부여하고 스스로 격려하고 칭찬하며 유언장이나 묘비명을 쓴다든지, 사전의료의향서나 장례의향서를 쓰면서 연명치료나 존엄사에 대해 하나씩 하나씩 준비하는 것이다.

한 사람이라도 더 용서한다든지, 재산을 원만하게 상속하는 것 등, 이 모든 것은 살아있는 동안 할 수 있고 해야 하는 일이다. 현대에 와서는 죽음이 꼭 노화와 병을 거쳐 오는 것만은 아니다. 각종 사고와 천재지변 등이 늘 우리를 위협한다. 죽음이 두렵고 피하고 싶은 남의 일이 아니며 '나의 일'이라는 깊은 자각이 먼저 되어야 한다.

나의 죽음을 맞이하는 순간에는 얼마나 존엄하게 또 어디서 누구와 함께 마지막 순간을 보낼 것인지를 준비하는 것도 필요할 것이다.

그 무엇보다도 '죽은 다음의 나'를 위해 대비하는 것이다. 죽은 나에게는 어떤 일이 생길 것인가. 세상은 어떻게 있을까. 죽은 후의 저편(?) 세계는 어떤 모습일까에 대해서도 자주 생각해 보는 것도 꼭 필요한 일일 것이다. 죽음은 그 자체는 '끝'이지만 내가 산 만큼 세상에 어떤 발자국을 남길 수 있을까. 아무 것도 남지 않는가. 어느 하나라도 남는 것이 있다고 믿는다면 과연 무엇을 남길 것인가. 적어도 '그 사람 참 잘 살다가 잘 가셨다'는 말은 듣고 싶은 것 아닐까.

쉽지 않은 문제들이다. 누구도 대답해 주지 못하는 일이다. 궁금한 건 많은데 답은 쉽게 찾아지지 않는 것들이다. 말을 더 할수록 맴맴 도는 느낌이다. 그러나 우리는 사람이니까 애쓰고 애쓰는 일은 할 수 있는 것 아닌가. 나의 삶의 질만큼 나의 죽음의 질을 높이는 노력이 필요하다.

『천부경』과 현묘지도

李讚九

1. 『천부경』의 유래

오늘날 일반국민들 사이에서도 관심의 대상이 되고 있는 『천부경』은 어떤 경전인가?

『삼국유사』에 '昔有桓國'(석유환국)이란 말이 나온다. 『천부경』은 바로 그 환국시대부터 구전되어 온 것이라 하며, 환웅시대에 녹도문으로 기록되었다가 단군시대에 신지전자로 기록되어 오다가 신라 말 최고운에 의해 오늘날의 한자 81자로 기록되었다.

그런데 불교와 유교가 다스리던 시대에 지하로 들어갔던 이 『천부경』을 근대에 처음 공개한 사람은 1911년 『환단고기』를 편집한 계연수(桂延壽, 1864~1920)이고, 처음으로 주해집을 발간한 사람은 전병훈

 이찬구(李讚九) _ 충남 논산 출생(1956년). 대전대학교 대학원 졸업. 철학박사(東洋哲學). 한국철학사전편찬위원회 집필위원. 한국신종교학회 상임이사. 한국종교학회 이사. 대산 김석진 선생문하에서 한문수학. 저서 《인명용 한자사전》, 《주역과 동학의 만남》, 《천부경과 동학》《채지가 9편》, 《돈; 뾰족돈칼과 옛 한글연구》외 다수.

이다. 전병훈은 자신의 저서인 『정신철학통편』(1920년) 을 통해 천부경의 입수경위와 주해를 적고 있다. 다음은 필자가 정리한 81자 해석이다. 특별히 『천부경』의 핵심어인 一, 無를 우리말로 '한', '없' 으로 표기한다. 『계림유사』에 一을 '하둔' 이라고 읽었다고 했다. '하둔' 은 '한운' 이니 '한' 이 근원임을 알 수 있다. 無는 없다의 '없' 으로 표기한다. 이는 『천부경』을 '한' 과 '없' 의 상호관계로써 설명하기 위함이다.

2. 『천부경』 81자 해석

○ 一 始 無 始 一(일시무시일) : '한' (一)에서 비롯하되 '없' (無)에서 비롯된 '한' 이다

옛 사람들은 둥근 하늘을 그림으로 그릴 때 원(圓, ○)으로 형상하였고, 이 하늘을 가장 작은 것으로 말할 때는 점(點, •)으로 형상하였으며, 하늘을 무한히 넓혀서 말할 때는 한 일(一)로 표현하였다. 더불어 짝할 자가 없기 때문에 '한' 일(一)이다. '한' 이란 말 속에는 하나와 하늘의 의미가 들어있다. 그런데 이 '한' 이 늘 '없음' 의 '없' (無)과 함께 한다는데 『천부경』의 묘미가 있다. 무(無)를 '없다' 는 형용사로 보면 본문의 뜻이 약해진다.

○ 析 三 極 無 盡 本(석삼극 무진본) : 세 꼭대기(極)로 나누어도 근본은 다함이 없다

『천부경』은 一을 주체로 하였으나 또 三을 주장하고 있다. 처음부터 삼극(三極)이 나오는 것이 아니라, 그 무엇에서 三이 나오고 그것이 꼭대기(極)가 된 것이다. 삼극(三極)이라는 고유명사는 나중에 나온 말이

다. 원초적인 표현으로는 태초에 하나, 둘, 셋이 나와 그것이 극을 이루었다는 뜻이다. 무진본의 무를 없음으로 보면, 없음이 다하여 근본이 된다는 뜻이다. 무(無)에서 三이 나왔기 때문이다.

○ 天 一 一 地 一 二 人 一 三 (천일일 지일이 인일삼) : 하늘은 하나이면서 첫 번째요, 땅은 하나이면서 두 번째요, 사람은 하나이면서 세 번째이다

그런데 그 순서로 보면, 먼저 하늘이 나오고, 땅이 그 다음이요, 마지막으로 사람이 나온다. 이 셋을 잘 살펴보면, 하늘도 하나요 첫 번째이고, 땅도 하나요 두 번째요, 사람도 하나요 세 번째이다. 하늘 땅 사람이 다 같이 하나이지만 여기서는 그 순서를 일러 주고 있다. 천일, 지일, 인일은 삼신(三神)의 의미로도 볼 수 있고, 정(精) 기(氣) 신(神)이나 양자 중성자 전자의 작용으로도 볼 수 있다.

○ 一 積 十 鉅 無 匱 化 三 (일적십거 무궤화삼) : 하나가 쌓여 열로 커가며 삼극의 조화는 어그러짐이 없다

하나가 쌓여서 열이라는 큰 수를 이룬다. 하나가 쌓여 둘이 되고, 셋이 되고, 넷이 되고, 다섯이 되고, 여섯이 되고, 일곱이 되고, 여덟이 되고, 아홉이 되고, 열이 된다. 아무리 큰 수라도 하나로부터 시작한다. 하나가 없으면 둘이 없고, 셋이 없다. 항상 시작은 1이고, 마침은 10이다. 거(鉅)는 톱질하는 것, 나뉘는 것, 커가는 것이다. 십(十)은 완성된 세상을 의미하며, 이 세상은 태초부터 三의 원리에 의해 지속된다는 것이다. 여기에서 세상을 바르게 다스리는 홍익인간의 정신을 엿볼 수 있다.

○ 天 二 三 地 二 三 人 二 三 (천이삼 지이삼 인이삼) : 하늘도 본성은 둘이요 작용은 셋, 땅도 둘이요 셋, 사람도 둘이요 셋이다

천지인에 둘과 셋이 공통적이다. 둘은 음양이라 할 수 있다. 하늘에도 음양이 있고, 땅에도 음양이 있고, 사람에도 음양이 있다. 그것이 천지인의 본성이다. 그런데 음양은 만나면 하나를 낳게 된다. 그래서 수로는 셋이다. 둘이 셋이 되는 이치가 여기에 있다. 둘이 둘에 그치지 않고 셋이 될 때 생명은 안정성을 유지한다. 三은 극수(極數)이면서 생명수(生命數)이며, 작용수이다.

○ 大 三 合 六(대삼합륙) : 큰 셋을 합하여 여섯이 된다

큰 셋이란 무엇인가? 천지인 중에서 사람은 하늘 땅에서 나왔으므로 근본은 하늘과 땅이다. 따라서 하늘이 가지고 있는 三의 극수(極數), 땅이 가지고 있는 三의 극수(極數)가 합하여 여섯이 나온다. 사람이 천지(天地)를 부모로 삼아 나온다는 뜻이다. 그래서 합륙(合六)은 만물의 어머니(萬物之母)와 같다.

○ 生 七 八 九(생칠팔구) : 일곱, 여덟, 아홉을 낳고

그러면 6 다음은 어떻게 나오는가? 앞에서 合六의 6이 天三과 地三의 합이라 한만큼 나머지 人三이 문제이다. 이 人三의 역할이 중요한 것이다. 6에 바로 人三의 3을 차례로 더해가는 것이다. 사람이 셋이므로, 6에 人一을 더해 7이 되고, 人二를 더해 8이 되고, 人三을 더해 9가 되니 비로소 사람이 극수를 이룬다. 이것은 모든 만물을 대표해서 사람이 형성되어 가는 이치를 밝힌 것이다.

○ 運 三 四 成 環 五 七(운삼사 성환오칠) : 三과 四로 운행하고, 五와

七로 고리를 이룬다.

　운행하는 수에 3과 4가 있고, 고리 이루는 수에 5와 7이 있다. 천도가 운행하는 데는 시간(3개월씩 4계절)과 공간(5星과 북두칠성)의 두 가지가 있다. 시간과 공간이라는 두 측면에서 천도의 운행을 말할 수 있다. 운(運)은 시간적이며 무형의 하늘을 의미하고, 고리(環)는 공간적이요 유형의 하늘(별세계)을 의미이다.

　○ 一 妙 衍 萬 往 萬 來 (일묘연 만왕만래) : '한'이 묘한 작용으로 커져 만이 되어가고 만이 되어 오나니
　'한'(一)이 묘(妙, 竗)하게 넓혀간다. 한없이 오고 간다. 모든 일마다 하나가 작용하지 않는 것이 없다. 작용하지만 작용하지 않는 것 같기에 참으로 묘한 것이다. 만(萬)은 수의 가장 지극히 큰 수이다. 만사(萬事), 만물(萬物)이 이 하나로 이루어지지 않는 것이 없다. 이처럼 수가 무수히 오고 가는 것은 3과 4로 운행하고, 동시에 5와 7로 고리를 이루며 영원히 무왕불복(無往不復)하기 때문이다.

　○ 用 變 不 動 本(용변부동본) : 쓰임은 변하나 근본은 변하지 않는다.
　언제나 뿌리는 움직이지 않는다. 하늘의 별자리를 셀 때에도 중심 되는 북극성은 수에 넣지 않는다. 중앙이나 중심은 근본이기 때문에 변하지 않는다. '한' 이 만 가지의 중심이 되나 자기 본성을 잃지 않는다.

　○ 本 心 本 太 陽 昻 明(본심본 태양앙명) : 사람의 본심이 태양의 밝음을 뿌리삼으니
　사람의 근본은 곧 마음이다. 하늘에는 태양이 있다면 사람에게는 마음이 있다. 태초에 사람들은 태양을 신(神)의 근원으로 여겼다. 민족의

사상적 맥은 한결같이 이 본심(本心)의 마음을 깨닫는 것을 소중하게 여겨왔다. 이 본심에서 만 가지 생각이 나오나 결국은 이 본심으로 돌아간다. 본심은 생각이 일어나기 이전의 고요하여 세파에 흔들림이 없는 상태이다.

○ 人 中 天 地 一 (인중천지일) : 사람이 하늘 땅의 가온(中)을 얻어 비로소 천지인이 하나 된다

사람은 높은 하늘의 성품만을 받길 원하지만, 낮은 땅의 성품도 받을 수 있어야 한다. 그래야 참으로 천지인 삼재(三才)로서의 인간이 바른 자리에 서고, 천지인이 인간을 통해 참된 하나 즉 완전한 합일(合一)을 이룰 수 있다. 이것이 『천부경』이 말하는 진정한 의미의 천지인 삼극의 합일이다. 처음에 말한 석삼극이 여기에서 와서 완성되는 것과 같다. '석삼극'이 씨앗이라면, '인중천지일'은 열매와 같다. 본래 인중(人中)의 人은 천지의 가온을 얻은 새로운 인일(人一) 즉, 태일(太一)이며, 신(神) 그 자체이다. 안경전이 이 구절을 "사람은 천지의 중심 존귀한 태일(太一)이니"라 번역한 것은 선천적 인일(人一)과 후천적 인일(人一 = 太一)을 구별한 탁견이다.

○ 一 終 無 終 一(일종무종일) : '한'에서 마치되 '없'에 돌아가 마치는 '한'이다

'한'으로 시작하여 '한'으로 마친다. 그러나 그 마침은 마친 것이 아니다. 끝이 없는 끝이다. 진정 끝이란 것이 있는가? 언제나 하나일 뿐이다. 그런데 그 하나는 항상 무(無)와 관계된다. 무(無)는 없음의 '없'으로써 존재하나 가장 큰 자이다. 『천부경』은 바로 이 한(一)과 없(無) 사이의 변함없고 끊임없는 교섭 이치를 우리에게 일러주고 있다. '한'

에서는 다시 하나가 시작하지 못하지만, '없'에서는 다시 '한'이 나올 수 있다.

3. 현묘지도

『천부경』은 81자라는 매우 짧은 문장으로 이뤄져 있지만, 그 속에는 하나에서 시작하여 하나로 돌아가되 그 하나는 무(無)와 끊임없이 교섭을 갖는다는 '한(一)과 무 사상', 하나의 원리가 원·방·각과 하늘· 땅·사람의 셋이 조화를 이루며 우주 만물을 생성·변화시킨다는 '천지인 사상', 그리고 이러한 원리에서 나오는 실천적 지침으로 널리 모든 인간과 모든 만물을 이롭게 하는 '홍익인간 사상'이 두루 담겨 있다는 특징을 갖고 있다. 이처럼 천부경은 시작도 끝도 없는 무시무종(無始無終)의 영원성을 간직한다. 이것이 최치원의 난랑비문에 전하는 현묘(玄妙)의 도(道)가 아니겠는가.

이처럼 우주와 천지와 인간이 이 원리로 같이 살고 있는 '한' 생명임을 『천부경』은 가르쳐주고 있다.

『태백일사』에 전하는 『천부경』 81자

天符經 八十字

一始無始一析三極無盡本
天一一地一二人一三一積十鉅无匱化三
天二三地二三人二三大三合六生七八九運三四成環
五七
一玅衍萬往萬來用變不動本
本心本太陽昂明人中天地一
一終無終一

고전에서 배운다, 청와대 문건유출사건

주동담

1.

處治世(처치세)에는 宜方(의방)하고 處亂世(처난세)에는 宜圓(의원)하고 處叔季之世(처숙계지세)에는 當方圓竝用(당방원병용)하며 待善人(대선인)에는 宜寬(의관)하고 待惡人(대악인)에는 宜嚴(의엄)하고 摯庸衆之人(지용중지인)에는 當寬嚴互存(당관엄호존)이니라.

이 말은《채근담》(菜根譚)에 나오는 말로서 "태평한 세상에서는 몸가짐이 올발라야 하고 어지러운 세상에서는 원만해야 하며 말세에 다다라서는 올바름과 원만함을 아울러 가져야 한다. 착한 사람에게는 너그럽게 대하고 악한 사람에게는 엄하게 대해야 하며 보통 사람에게는 너

주동담(朱東淡) _ 40여 년간 언론인으로 종사하며, 시정일보사 대표, 시정신문 발행인 겸 회장, 시정방송 사장 등으로 재직. 서울시 시정자문위원, (사)민족통일촉진회 대변인 등을 거쳐, 현재 (사)전문신문협회 이사, (사)한국언론사협회 회장, (사)민족통일시민포럼 대표, (사)국제기독교언어문화연구원 이사, (사)대한민국건국회 감사, 대한민국 국가유공자, 고려대 교우회 이사, 연세대 공학대학원 총동문회 부회장, ㈜코웰엔 대표이사 회장 등으로 활동.

그러움과 엄함을 함께 가져야 한다"는 의미이다.

사람을 다만 세 가지로 분류한 파스칼의 말을 기억하고 있다. 그 하나는 신을 찾고 그 신께 봉사하는 사람이고 다른 하나는 신을 찾을 수도 없고 또 찾으려고도 하지 않는 사람이다. 이런 사람들은 지혜도 없고 또 행복하지도 않다는 것이다. 그리고 또 다른 하나는 신을 찾아낼 능력이 있는 사람들이지만 찾으려고 하지 않는 사람들이다. 이 사람들은 지혜는 있을지 모르지만 아직은 행복하지 않다는 것이다.

그와 마찬가지로 우리는 또 착한 사람과 악한 사람과 보통 사람의 세 가지로 분류해 볼 수 있다. 착한 사람에게는 엄하게 대해야 할 이유가 없다. 또한 악한 사람에게 너그럽게 대할 방법이 없다. 마찬가지로 보통 사람에게는 즉 악하지도 선하지도 않은 사람에게는 때로는 관대하게 때로는 엄하게 대처할 수밖에 없을 것이다.

인간은 사회적 동물이다. 그런 만큼 시대적 배경이나 환경에 적응하지 않을 수는 없다. 인간은 원만하게 사는 길만이 자신을 보위하는 길이다.

작금에 들어 청와대 민정수석실이 현 정부 출범 초기부터 지난 2월까지 작성한 공직자 비위 감찰과 동향 보고 문건이 외부로 대량 유출됐다는 데 대해 우리는 경악을 금할 수 없다. 그러나 박근혜 대통령은 청와대 내부 문건 유출로 빚어진 비선 실세의 국정농단 의혹을 일축했다.

박 대통령은 청와대 수석비서관 회의를 주재하면서 "하루 빨리 진상을 밝혀서 의혹을 해소하고 어떤 의도로 누가 유출했는지 조속히 밝혀야 한다"고 말했다. 아울러 "검찰이 철저한 수사를 통해 실체적 진실을 밝혀 주길 바란다"며, "문건의 유출은 있을 수 없는 국기문란 행위"라고 단언했다. 대통령의 말대로 청와대의 대외비 문건 유출은 중차대한 사건이다. 하지만 정부의 발목을 잡아온 비선 실세의 국정개입 의혹도 반드시 규명해야 한다.

국정운영의 최종 책임을 지는 청와대 내부에서 만들어진 문건이 유출된 것은 보안과 기강 차원에서 성역 없는 수사로 철저히 조사해 실체적 진실을 규명하고 책임자를 엄벌해야 할 것이다.

2.

子曰(자왈) 道之不行也(도지불행야)를, 我知之矣(아지지의)로다. 知者過之(지자과지)하며 愚者不及也(우자불급야)니라.

이 말은《중용》(中庸)에 나오는 말로서 "공자가 말하기를 도가 행해지지 않는 까닭을 내가 알겠도다. 지혜로운 자는 지나치며 어리석은 자는 미치지 못하기 때문이다"라는 의미이다.

도는 성(性)을 따르는 것이며 또한 중용의 도이다. 중용의 용에 이미 평상(平常)의 뜻이 있듯이 중용은 무슨 고매하고 원대한 곳에 있는 초월적인 것이 아니라 우리의 일상 가까운 곳 어디에나 있다.

즉 우리가 늘 마주치고 처리하는 일상의 만사에 바탕을 두고 있는 것이다. 그런데 지혜로운 자는 너무 지혜를 믿고 추구하는 까닭에 그저 고매하고 원대한 곳에서 중용을 찾으려고 한다. 평범한 일상은 너무 쉽고 단조로운 것이라고 생각하여 마냥 이론적으로만 중용을 따진다는 것이다.

실제로 우리는 사고와 이론에 치우친 나머지 현상과 실천을 등한히 여기는 지식인의 폐단을 많이 본다. 중용은 그렇게 먼 것이 아니요, 우리 주위 일상 어디서나 쉽게 찾을 수 있는 것이다. 평범 속에 진리가 있다는 말은 이를 두고 하는 말이다. 반면에 어리석은 자는 그야말로 어리석기 때문에 중용의 소재도 가치도 당위도 알지 못한다. 따라서 지혜로운 자는 너무 지나친 까닭에, 어리석은 자는 너무 모르는 까닭에 중용의 도가 행해지기 어려운 것이다.

작금에 들어 청와대 문건 유출 혐의로 수사를 받던 서울경찰청 최 모 경위가 스스로 목숨을 끊은 사건은 검찰의 수사에 대한 신뢰도 저하는 물론 박 대통령과 청와대의 도덕성에 대한 치명타가 될 수 있다는 점에서 심각한 문제라 생각된다. 검찰은 한 점 의혹 없이 국민적 의혹의 실타래를 하나하나 풀어 진실이 무엇인지 국민 앞에 내놓아야 할 것이다.

검찰 수사는 이제부터다. 문건을 둘러싼 의혹은 복잡하고 광범위하며 조사해야 할 것이 한둘이 아니다. 국가공문서 수백 건이 청와대에서 무더기로 유출된 사실이 드러났다. 검찰은 어떤 선입견도 배제한 채 공명정대하고 당당하게 수사에 임해 모든 의혹을 명명백백하게 밝혀내야 한다. 민주주의에서 권력의 정당성은 신뢰에서 나온다는 교훈을 잊어서는 안 될 것이다.

검찰이 의혹을 제대로 규명하지 못한다면 국정 기반이 흔들릴 수도 있다. 진실 규명에는 성역이 있을 수 없다. 이 점 유념하고 검찰은 국가 기강의 확립 차원에서 특히 나라를 구하는 심정으로 철저히 조사에 임하길 기대해 본다.

기억의 재구성

최향숙

얼마 전 한 질의 책이 집으로 배달되어 왔다.
《씨알의 소리》. 아버지께서 보시던 책이다. 오빠가 아버지 유품을 정리하면서 지난번 무심코 뱉은 내 말을 귀담아 들었었나 보다.

'이 책 내가 꼭 갖고 싶다….'

몇 가지 남지 않은 아버지 유품이면서 먼지 퀴퀴한 작은 방에 버려진 듯 쌓여 있는 모양새가 볼 때마다 불편했었다. 1970년도에 창간된 월간 『씨알의 소리』를 총 14권으로 묶은 영인본이다. 양장으로 된 검은색 표지를 제외하면 온통 먼지투성이로 누렇게 변한 내지가 세월을 실감케 한다.

박스를 앞에 놓고 한참을 그냥 앉아 있었다. 아무 생각이 나지 않았다. 하얀 머릿속. 하오의 햇살이 겨울 끝자락을 붙잡고 베란다 가득 그

최향숙(崔香淑) _ 한국문인협회 회원. 인천문인협회 회원. 수비작가회의 회원. 민주평화통일자문회의 자문위원. 한국불교문인협회 사무국장. 『한국불교문학』 편집위원. (주)인천불교신문 편집국장. 2006년 『한국불교문학』 올해의 작가상 수상.

기운을 풀어 놓았다. 아버지의 부재가 저 햇살 아래 하얗게 빛난다. 단단히 봉해진 입구를 노려보다 현관문 한쪽 강아지 집 옆으로 주욱 밀어 놓았다. 이걸로 됐다.

몇 가지 일정을 위해 움직이면서도 내 머릿속은 저 박스 속 책들이 어떤 형태로 누워있을 지 수십 수만 가지 형태로 그려졌다. 걸레질을 하면서도 퀴퀴한 냄새만 풍기는 저 라면박스가 못내 가시처럼 찌른다. 반나절을 뭐 마려운 사람처럼 절절거리며 보냈다. 의식하면서 의식하지 않으려 애쓰는 것이 어려운 일임을, 또한 때로 그런 상태를 일부러 즐기기도 하지만 사방으로 나를 따라다니는 낡은 박스의 시선은 그 어떤 것보다 강렬했다. 그 시선은 결국 저녁나절까지 보내고 밤 12시가 다 되어서야 속살을 드러냈다.

먼 데서 온 손님처럼 얌전하게 누워있는 책들. 귀중한 보물처럼, 마치 의식을 치르듯 한 권씩 꺼냈다.

나는 아버지가 돌아가시고 난 후 태우고 남은 몇 안 되는 옷가지나, 재떨이나, 달력 밑에 촘촘히 써놓은 한 달 일정이나, 효자손 같은 흔적들을 볼 때도 이렇게 비장하지는 않았었다.

1권을 들고 표지를 넘기자 표지 안쪽에 붙여놓은 1990년도 책 구입 영수증. 익숙한 필체로 완납이라고 적혀 있는 우편대체납입영수증이 꼼꼼한 성격의 아버지를 그대로 보여준다. 역시 내 느낌은 틀리지 않았다. 위에 열거한 소소한 유품들에서는 느껴보지 못했던 생생한 자취가 고스란히 전달된다. 안방 아랫목에 비스듬히 눕거나 앉아서 도수 높은 돋보기를 코끝에 걸치고 읽었을 모습이 눈앞에 보이는 듯하다.

아버지는 이 책을 무슨 생각으로 사셨을까. 당시에도 책값이 만만치 않았을 텐데, 그 깊이를 가늠할 수 없다. 가장 많이 기억나는 아버지의 모습은 늘 책과 신문을 읽던 모습이다. 월간 『신동아』를 읽으며 혼잣말로 분개할 때도 있었고, 간혹 한밤중 화장실이 무서워 잠자는 아버지를 깨워 문 앞에 세워놓고 볼일을 볼 때면 김구 선생 이야기를 해 주곤 했다.

누군가를 추억할 때, 그에 대한 기억의 편린들은 사람에 따라 전혀 다른 시간으로 저장되기도 한다. 심지어 같은 공간에 살고 같은 경험을 하면서도 각자가 기억하는 조각들은 전혀 다른 부분들일 때가 있다. 내가 언니 오빠들과 공유하지 못하는 부분들도 이런 것들이다. 내가 기억하는 아버지와 그들이 기억하는 아버지는 극과 극일 때가 많다. 형제들이 모여 어쩌다 술이라도 한잔 할 때면 나는 알지도 못하고 공감할 수도 없는 과거들을 그들은 함께 공유한다.

이럴 때면 나는 슬픈(?) 그들의 역사에서 언제나 제외된다. 그래서 때로 피도 눈물도 없는 사람이라는 소리도 듣는다. 무섭고 권위적인 언니 오빠들의 아버지와, 뭐든 오냐오냐 하며 큰소리로 껄껄 웃어주던 그냥 내 편이었던 아버지는 같은 사람인데 전혀 다른 기억으로 저장되어 있다.

기억은 때로 사람을 초라하게도, 불행하게도, 행복하게도 만든다. 모든 순간들을 다 저장해 놓지는 못하지만 대부분 과거란 언제나 안타깝고 애달픈 조각들로 채워져 있다. 자기가 기억하고픈 것과 의지와는 상관없이 뇌 속에 저장되어 있는 것들 사이에서 과거란 현재와 상관없이 규정되어진다. 안타깝게도 언니들의 기억 속 아버지는 그리 좋은 사람은 아니었나 보다. 물론 내 기억에도 다 좋은 것만 있는 것은 아니다. 하지만 이상하게도 시간이 흐름에 따라 기억으로 저장되는 아버지는 마냥 좋은 사람이었다는 것이다. 좋은 것들만 기억하고 싶은 간절한 무의식이 만들어낸 어쩌면 허무한 페르소나일 수도 있지만 아버지의 부재를 인정하는 것보다는 그 편이 훨씬 더 쉬운 일이다.

문득 로이스 로리의 '기억전달자'가 떠오른다. 12살에 '기억전달자'라는 직위를 부여받은 조너스의 고통에는 비길 수 없지만 누군가와 공유하지 못하고 혼자서 감내해야만 했던 그의 고독에 마음이 짠하다. 이것과는 다르지만 자식들이 공동의 추억으로 아버지를 기억해내는 것 외에 각자의 기억들은 결국 자신만의 '기억전달'인 셈이다.

내게는 아버지의 유품이 두 가지가 있다. 원목으로 된 흔들의자와 『씨알의 소리』14권. 흔들의자는 오빠가 사드렸기에 아버지의 냄새가 배어있기보다는 그냥 오빠를 떠올리게 할 뿐이다. 거실 한 켠에 두고 흔들흔들 책을 보기도 하고 음악을 듣기도 한다. 이 책 14권은 아껴가며 읽어볼 참이다. 글씨도 깨알같이 작고 종이도 누렇고 간간히 한자도 섞여 있지만 시간과 함께 점점 더 아름다워질 아버지를 위해서다. 긴 세월이 필요하다면 그만큼 느릿하게 살면 된다.

나는 '사라진 아버지'를 아름답게 기억하고 싶다.

제**3**부

내일의 우리를
생각하면서

내일의 우리를 생각하면서
– 괌, 그리고 튜럭섬 취재기

최 계 환

괌의 역사는 마젤란으로부터 시작됐다.

원주민과 챠모로족이 괌에 뿌리를 내린 것은 퍽 오래 된 일이라고 한다.

석기시대의 유적이라 할 수 있는 산호암석으로 만들어진 역사의 수수께끼를 간직한 돌기등도 가끔 볼 수가 있다. 괌의 역사는 1521년 포르투갈의 탐험가인 마젤란이 세계 일주 항해 도중 우연하게 이 섬을 발견하였다는 것이다.

그 후 괌도 스페인, 독일, 일본, 그리고 미국의 역사적 변천 속에서 종합적인 문화를 만들어 왔는데 그 중에서도 스페인의 문화와 미국 문화의 영향을 짙게 받은 섬으로 남아 있는 것이다.

최계환(崔季煥) _ 경기도 장단 출생(1929년). 호는 단계(丹溪). 건국대학교 국문과 졸업. 연세대 교육대학원 졸업. KBS, MBC 아나운서실장. TBC 보도부장, 일본 특파원. KBS 방송심의실장, 부산방송 총국장. 중앙대학교, 서울예술대학 강사. 대구전문대학 방송연예과장. 명지대학교 객원교수. 영애드컴 고문. 서울시문화상(1969), 대한민국방송대상 등 수상. 방송 명예의 전당 헌정(2004년). 저서 《방송입문》, 《아나운서 낙수첩》, 《시간의 여울목에서》, 《설득과 커뮤니케이션》, 《착한 택시 이야기》. 역서 《라스트 바타리온》, 《인디안은 대머리가 없다. 왜?》 등 다수.

특히 스페인 지배시대의 유서 깊은 유적이 남아 있는 조용한 섬 '괌'은 이제는 미국의 한 주(州)에 준하는 큰 섬으로서 남양 여러 섬의 정치 경제 문화의 중심적인 역할을 담당하고 있다. 어떤 면에서는 미국의 하루가 시작되는 곳으로 불리어지고 있는 곳이기도 하다. 미국의 수도인 워싱턴에서 보면 미국 영토의 끝자락이지만 괌은 일부변경선 서쪽에 자리하고 있기 때문에 미국 영토에서 보면 가장 먼저 해가 뜸으로써 미국의 하루는 괌에서 시작된다는 것이다.

챠모로인, 백인, 필리핀인, 미크로네시아인으로 이루어진 괌은 산호초의 해변과 호화스러운 리조트 호텔 등이 제2의 하와이를 연상시키고 있다.

1973년에서 1974년으로 넘어가는 초겨울이었으니까 벌써 40년의 세월이 흘렀다. KBS 아나운서 실장 때 이민홍 카메라맨과 같이 괌과 튜럭섬의 취재를 위하여 일본 도쿄를 거쳐 괌비행장에 도착하였다. 트랩을 내리자 바로 옆에 까만 벤츠가 서 있는 것이 아닌가. 당시 현대건설 괌지점장인 최동원 씨가 우리 두 사람의 여권을 달라는 것이다. 그리고 우리는 바로 그 벤츠를 타고 호텔로 가라는 것이다. 수 없이 해외여행을 해 왔지만 입국 수속 없이 비행기에서 바로 호텔로 가서 여장을 풀어본 것은 그 날이 처음이자 마지막 일이었다. 아니 있을 수 없는 일이었다. 그 이유를 한 주일 동안의 현지 취재를 하면서 알게 되었다. 당시 중동지방에서의 건설사업을 마친 현대건설이 괌으로 옮겨와서 7백여 명의 역군들이 밤낮을 가리지 않고 일하고 있었던 것이다.

현대건설의 깃발이 섬 전체를 24시간 뒤덮고 있는 것이었다. 거리에서나 상가에서나 호텔에서나 "현다이(HYNDAI) 현다이!" 하면서 섬 전체가 취재중인 우리들마저 신기해 하고 부러워하고 존경하는 눈빛들이어서 덩달아 신이 났었다. 아니 현대건설의 힘과 기술이 괌 전체를 감싸고 있었던 것이다.

그때는 몰랐었는데 오늘에 와서 돌이켜보면 세계 경제 10위권에 들어설 대한민국의 힘찬 기술과 슬기의 싹이 태평양 한가운데서도 움트고 있었던 것이다. 참으로 가슴 벅차고 흐뭇한 한 주일의 취재였다.

이어서 튜럭섬으로 떠나는 날이 바로 음력 설날 아침이었다. 도착했을 때와 같이 출발할 때도 현대건설의 벤츠를 타고 바로 비행기 트랩으로 간 것은 물론이다. 비행기 위에서 우리들은 최 지사장을 비롯한 700여 명의 현대건설의 현지 역군들의 건강과 행운, 그리고 괌의 발전을 축원하였다.

약 2시간 30분의 비행 끝에 튜럭섬에 도착하였다. 태평양 한가운데 있는 튜럭섬은 40여 개의 작은 섬으로 이루어진 곳으로 2차 세계대전 당시 일본의 태평양 함대 사령부가 있었던 곳이다.

메인 섬의 활주로는 우리의 백령도와 같이 바닷가 백사장이 바로 활주였다. 입국 수속도 간단하여 사립문 열고 이웃집 가는 식으로 아주 간편하였다. 튜럭섬에는 우리의 아주토건(亞洲土建)의 300여 명의 사원들이 섬들의 상하수도와 건축공사를 추진하고 있었다. 40여 개의 겹쳐진 섬들이 일본 군함을 숨겨 놓을 수 있는 천연적인 요새 구실을 했었다는 것이다.

퍼시픽(Pacific)이란 3층짜리 자그마한 호텔에 묵었는데 창밖으로 바다 속의 물고기들이 노는 모습을 볼 수 있었다.

오후 2시경에는 반드시 하루 한 번 스콜이 지나가는 섬에서 아주토건의 사원들은 모두 바닷가 모래사장 위에 지어진 방갈로식 숙소에서 기거하고 있었다. 섬의 끝까지는 소형자동차로 약 40분 거리니까 섬들이 그렇게 큰 것은 아니었다. 원주민들은 바나나와 빵나무에서 딴 열매를 짓찧어 먹고 야자열매의 물을 주식으로 삼는다는 것이다. 현장 취재는 물론 직접 불도저로 땅도 파 보면서 한 주일이 눈 깜짝할 사이에 지나갔다.

그런데 당시 그곳에는 아주토건 외에 제동(濟東)산업도 진출해 있어서 태평양 일대의 각종 수산물, 특히 고래잡이로 외화벌이를 하고 있었다. 맨 마지막 날에는 작업이 끝난 저녁 때 모래사장에서 아주토건 사원들의 노래자랑(우리 집 만세)도 녹음하여 방송하였다. 출연자 중에는 원주민 아가씨도 있었는데 그녀의 꽃목걸이 향기가 한동안 잊혀지지 않았다.

튜럭섬은 천연의 요새여서 일본해군함대의 사령부가 있었는데 당시 함대사령관 야마모토 이소로쿠(山本五十六) 제독이 바로 이곳 튜럭섬에서 더 남쪽에 있는 라바울이란 섬으로 돈류란 폭격기를 타고 가다가 미 P38전투기 6대의 기습을 받고 전사한 것이다. 그 후 일본은 태평양의 전선부터 무너지기 시작하여 마침내 1945년 8월 15일 항복하고 만 것이다. 원래 야마모토는 미국과의 전쟁을 극구 반대한 사람이었던 것이다. 그 당시까지도 섬과 섬 사이에는 2차 세계대전 당시의 치열했던 해전을 상징하듯이 격침당한 일본 군함의 잔해가 죽순처럼 거꾸로 바다 위에 박혀 있는 모습을 수없이 볼 수 있었다. 근 30년이 흘렀는데도……

이제 우리는 국민소득 2만 달러 시대에 살고 있다. 도움 받던 나라에서 도움 주는 나라가 됐다. 유엔 사무총장과 세계은행 총재를 길러낸 나라, 한류와 한글, 그리고 새마을을 수출하는 나라에 살고 있다. 또한 IT강국으로 휴대폰과 가전제품 등이 세계시장을 주름잡는 나라가 됐다. 또한 올림픽과 월드컵 대회를 개최한 나라, 제철과 조선의 선진국이 됐다.

오늘의 우리를 생각하면서 정치, 경제, 사회, 교육, 그리고 문화 예술에 종사하는 주역들, 그리고 모든 아버지와 어머니들에게 오늘의 우리가 저절로 이루어진 것이 아니란 것을 꼭 알려주고 싶은 마음에서 수십년 전의 중동과 태평양 일대를 주름잡았던 현대건설, 아주토건, 제동산업의 얘기를 하고 있는 것이다.

이 지구 위에서 한 핏줄의 부모 형제 자매가 근 70년을 강제로 헤어져 살면서 24시간 그리워하고 있는 우리들의 오늘을 뼛속 깊이 새겼으면 하는 바람이다. 모든 면이 확 트이는 통일의 그날을 위하여……

이기적 나르시즘을 벗어던져야

전규태

우주, 그리고 세상은 그 속에서 아웅다웅 사는 인간이 어떻게 생각하고 지내든 나름의 법칙에 따라 움직이다. '만물의 영장' 이라고 자부하는 인간은 주어진 자연을 마구 파괴하고 서로를 번롱(飜弄)하며 싸움질만 일삼고 있다.

자연은 날로 파괴되어 기후변화와 각종 공해로 말미암아 오존층은 파괴되고 남북극의 빙산이 녹아내리며 '카오스' 시대로 회귀하고 있고 치유약도 없고 원인조차 모르는 치명적인 새 박테리아가 21세기 들어 한해가 멀다고 발생하고 지구 종말론이 꼬리를 물고 있다.

전규태(全圭泰) _ 서울 출생. 호 호월(湖月). 연세대학교 국문과, 동 대학원 졸업. 건국대학교 대학원 박사과정 수료. 「동양통신」, 「연합신문」, 「서울일일신문」 기자 및 기획위원. 연세대학교 교수. 한국비교문학회 회원. 국어국문학회 상임회원. 문교부 국어심의위원, 민족문화협회 심의위원, 한국어문학연구회 이사, 한글 전용추진회 이사. 1960년 시조집 《석류(石榴)》 발간, 1963년 「동아일보」신춘문예에 문학평론 〈한국문학의 과제〉가 당선되어 문단 등단. 저서로 《문학과 전통》(1961), 시조집 《백양로(白楊路)》(1960), 수필집 《사랑의 의미》(1963), 《이브의 유풍(遺風)》(1967) 등이 있고, 《한국고전문학의 이론》(1965), 《고려가요연구》(1966), 《문학의 흐름》(1968), 《고전과 현대》(1970), 《한국고전문학대전집》(編註)(1970), 《한국시가의 이해》(1972) 등의 연구저서가 있으며, 1970년 《전규태전작집》 10권 발행.

그런데도 인간들은 미래도 두려워하지 않고, 극소수의 인간들을 위해 전쟁을 밥먹듯하며 무고한 생명을 죽여가고 있다.

주어진 사회를 위하여 공헌하려 하지도 않고 이기주의에만 함몰되어 있고, 어려운 사람들을 돌보기는커녕 마구 내동댕이치며 자신만을 위해 살아가다가 급기야는 죽어간다. 멸망한다.

그나마 지구 종말과 인류멸망을 두려워하며 망연자실, 탄성을 올리고들 있지만 이런 위험을 앞장서서 적극적으로 행동하는 이들은 극소수에 불과하다.

인간은 아프리카에서 탄생되어 세계로 퍼져 나갔다. 헌데 최근 그런 아프리카가 심상치 않은 흉조가 나타나고 있다. '에볼라'라는 신종박테리아가 나타나 서 아프리카 여러 나라를 초토화시키고 있다. 그리고 동아프리카를 아시아로, 서녘으로 미국으로 괴질이 형태를 바꾸어 번져나가고 있다. 그 원인은 세계의 허파 구실을 하던 아마존이나 나일강변의 파괴 때문이라고 한다.

세계가 이토록 망가져 버린 것은 나라마다 넓게는 세계적 지도자(World Leader)가 없다는 데 있다. UN이 '월드 리더'의 구실도 못하고 각 나라의 '리더'는 국민을 위해 나라를 이끌지 않고 이기주의에 빠져 있다. 나라도 마찬가지다. 너무도 국가이기주의에 빠져 앞에서 누차 말한 '유니버설'이 결여되어 있다. 따라서 융통성이나 여유로움이 결여되기에 이른다.

그래도 전 세기에는 아쉬운 대로 강력한 '리더'가 이따금 나타나 사회조직을 공고히 하고 생산력을 높이며 환경파괴를 그나마 막아왔다. '우매한' 인간들에게 왜 '리더'가 필요했던가. 전 세기의 지도자들이 꾀한 것은 첫째 자원의 선용이었다. 그리고 거기에 기술과 노동력을 활용했다. 이 세 가지 요소를 가장 걸맞게 조합해 나간 것이 그들의 임무요 업적이었다. 그런데 21세기의 세계는 전 세기의 세 요소 외에도 보다 중요한 세 요소가 발달되기에 이르렀으므로, 새로운 '리더'의 임무는 이 세 요소, 곧 반도체, 레저, 컴퓨터의 조합을 어떻게 하면 건조하게 속도를 잘 맞추어 나가야 하느냐는 것이다.

21세기를 문화예술의 시대라고 한다. 그런데 이 문화예술은 이들 세 요소와는 상충되는 데가 적지 않다. 그러므로 이를 어떻게 하면 조화롭게 다스리느냐가 문제다.

얼마 전《내일 없는 미국, 나르시즘의 시대》라는 책을 우연히 읽었다. 때마침 '세월호' 사건으로 온 나라가 떠들썩했던 시기이고 소위 종교적 '리더'라고 하는 '아이돌' 유병언의 행적이 큰 관심사였던 시기여서 흥미 있게 읽어보았다.

이 저서에서 "아이돌의 숭배자는 자기 자신을 아이돌과 동일시하기에 이른다"라는 구절이 눈에 띄었다.

이 '나르시스' 얘기는 그리스 신화에서 비롯된다. 나르시스라고 하는 절세의 미청년이 자신의 미에 도취되어 매일 연못에 비친 제 모습에 황홀해 하고 있었다. 나르시스를 사랑했던 요정이 나르시스에게 사랑을 고백했으나 거절당하자, 그녀는 복수의 신 네메시스에게 하소연했다. 네메시스는 나르시스에게 저주를 주어 나르시스의 다리에 뿌리가 돋게 하여 수선화로 만들어 버렸다.

나르시스 신화가 말하고 있는 것은 자기만을 사랑하는 이기적인 행동은 자살행위와도 같다는 것이다. 나만이 아니라 남을 사랑하는 것이 인간 본래의 모습인 것인데 남을 사랑하지 않는 것은 용서될 수 없다는 것이다.

내가 호주에서 살고 있을 당시 어느 유명한 학자 집에서 오찬을 나눈 적이 있다. 그 집 화장실에 들렀더니 변기 앞에 수선화 그림이 크게 붙어 있었다. 굳이 왜 수선화를 그런 곳에 붙였느냐고 물었더니 그는 이렇게 대답했다.

"문학자로서 자기 학설에만 눈이 어두워 남의 말을 귀담아 듣지 않거나 남을 사랑하는 마음을 갖지 않게 되는 것을 경계하기 위해 매일으레 배설하는 곳에 그려놓았다."

나르시즘은 특히 창작하는 문인에게는 위험한 병이라는 것이다.

인간이 '아이돌'을 자기 자신과 동일시함으로써 막대한 효과를 거둘수도 있다. 유병언의 경우도 그렇다. 하지만 그 결과는 비극으로 막을내렸을 뿐만이 아니라 사회에도 엄청난 악영향을 미쳤다.

아이돌과 자기 자신을 동화시키는 것은 거울에 비친 자기에게 도취되는 나르시즘과 같다. 나르시즘은 자비와 '이타'를 모르고 '이기'에만 빠지게 하는 마약이다.

매스컴과 매스미디어의 발달에 의해 만들어지는 '아이돌', 그 '아이돌'을 좇다가 망가지는 현상이 늘어나고 있다. 어느 조사에 의하면 팔레스타인, 에티오피아, 수단, 이라크, 카시미르, 콜롬비아 등 언론에 자주 나오는 전쟁지 이외에도 세계 150 군데에서 크고 작은 분쟁이 일어나고 있다는데, 그 원인의 배경에는 나르시즘이 도사리고 있다고 한다. 고무통 살인 등 요즘 부쩍 살인사건이 늘어나고 있는데 이 역시 나르시즘 탓이다.

교육기간, 일하는 기간, 정년 후의 노년기 등 일찍이 제도화 된 사회의 이 같은 3분법은 두루 세계적이다. 하지만 한 번 돌이켜 볼 필요가있다. 우선 생물학적으로 보자. 인간은 여느 동물에 비해 평생 형태적변화를 일으키지 않는 특이한 생물이다. 두 다리로 걷지 못하는 갓난아이 시절을 빼놓고는 인간은 겉모양도 행동, 능력도 거의 변하지 않는다.

이에 반해 곤충은 유충, 번데기, 성충 등 그 일생을 통하여 형태도 크게 바뀌고 행동이나 능력도 사뭇 달라진다. 이처럼 곤충은 자연섭리가 일생을 세 시기로 분할됐다. 하지만 생태학적으로는 그렇지 않다.

인간은 생태적으로는 바뀌지 않고, 바뀌는 것은 지식이나 경험 등 내면세계다. 노년기에 접어들면 육체적인 성능은 다소 쇠약해진다. 하지만 내 스스로 실감하고 있지만 지식이나 경험은 보다 풍윤해진다. 어쩌면 인간은 곤충답지 않은 서글픈 생물일지도 모른다. 하지만 그 대신 인간은 학생시절이 아니어도 배울 수 있고, 정년 후에도 일할 수 있다. 인간은 가능하다면 언제까지나 배워야 하고 일해야 한다. 일생 3분법보다 하루 24시간의 3분법이 더 바람직하다. 배움은 꼭 학교에서만 이루어지는 것이 아니다. 독서를 통해서도 배우고 간접 경험도 할 수 있으며, 그래야만 문학도 회생할 수 있다.

노년에 접어들수록 뇌활동을 위해 신체적 운동 이외에 독서를 해야 한다. 일이든 놀이든 시간의 집적이 인생이다. 인간의 정년은 인생을 마칠 때인 것이다. 살아 있는 한 인간은 사회적 책임을 수행해야 한다. 하루 24시간 속에 인간생활의 3요소를 적용하면 인간은 죽을 때까지 같은 삶을, 같은 인생관으로 일관할 수 있다. 나이가 들어도 새록새록 새로움이 발견되고 보람 있는 생활을 영위해야 한다.

최근 미국발 불황에 이어 그리스, 스페인, 이탈리아 등의 연이은 심각한 경제공황, 아르헨티나 등 자원대국의 부도 등과 팔레스타인 분쟁 하나 조정하지 못하는 UN의 통솔시스템 부재, 그에 따르는 이슬람의 분쟁, 아프리카의 치명적인 괴질, 거기에도 예기치 못한 자연재해 앞에 인간은 제 나름의 나르시즘에서 벗어나 겸허해져야 하고, 이를 위한 거시적인 역할을 '문화예술의 세기'에 예술가, 특히 문인들이 감당해야 할 사회적 책임에 대해 숙고해 볼 때이기도 하다.

로마 교황님들의 평화로운 미소

– 이스라엘 · 로마 등의 성지순례를 다니면서

김 재 완

일찍이 아시아의 황금시기에
빛나던 등불의 하나였던 코리아.
그 등불 다시 한 번 켜지는 날에
너는 동방의 밝은 빛이 되리라.
마음에는 두려움이 없고
머리는 높이 쳐들린 곳,
지식은 자유스럽고

김재완(金載完) _ 단국대 법학과 졸업, 서울대 대학원(법철학 · 연구과정). 경희대 대학원(공법학 석사) · 대진대 통일대학원(통일학 · 석사), 대진대 대학원(북한학 · 정치학 박사) 수료. 경희대 · 연세대 · 대진대 통일대학원 강사 및 교수. 「전남매일신문」 · 「제일경제신문」 논설위원, 교통방송(TBS) · 원음방송(HLDV 해설위원, 재계 동양(시멘트)그룹의 감사실장 · 연구실장 및 회장 상담역. 한국능률협회 평가위원. 대통령직속 민주평화통일자문회의 자문위원 및 상임위원. 문화체육부 종교정책 자문위원. 환경부 환경정책 실천위원. UN NGO 국제밝은사회(GCS)기구 서울클럽 회장. 한국자유기고가협회 초대회장. (사)한국민족종교협의회 사무총장. (사)한국종교지도자협의회(7대종단) 운영위원 및 감사. 한국종교인평화회의 이사 · 부회장. 한국종교연합(URI) 공동대표. 세계종교평화포럼 회장. (사)겨레얼살리기국민운동본부 이사 겸 집행위원장 · 평화통일위원장. 한국사회사상연구원 원장. (사)국제종교평화사업단(IPCR) 이사. 공론동인회 · 글로벌문화포럼 회장. 〈상패 · 표창〉 UN NGO 국제밝은사회(GCS)클럽 국제총재 공로패(1997), 문화체육부장관 감사패(1997), 문화관광부장관 표창장(2003), 대한민국 대통령 표창장(2007), (사)한국종교지도자협의회장 감사패(2008)

좁다란 담벽으로 세계가 조각조각 갈라지지 않는 곳,

진실의 깊은 속에서 말씀이 솟아나는 곳,

끊임없는 노력이 완성을 향하여 팔을 벌리는 곳,

지성의 맑은 흐름이

굳어진 습관의 모래벌판에 길 잃지 않는 곳,

무한히 퍼져 나가는 생각과 행동으로

우리들의 마음이 인도되는 곳,

그러한 자유의 천국으로

내 마음의 조국 코리아여! 깨어나소서.

   이 시(詩)는 1929년에 인도의 시인이자 사상가이며, 세계의 종교계에도 조예가 깊은 타고르(Rabindranath Tagore, 1861~1941)가 일본을 방문하였을 때 한국도 방문해 줄 것을 요청하는 우리나라의 동아일보 기자에게 당시로서는 한국을 방문할 수 없는 형편임에 시로써 마음을 전하겠다고 써줌으로써 동아일보에 발표된 예언적인 시다.

   이 시에서 20세기에 암울했던 우리나라의 식민지화를 접고, 21세기 새천년의 한국에 대한 가능성과 전망에 대해 감동적으로 읊조리고 있음을 알 수 있다. 지금도 이 시는 우리 종교지도자들과 모든 국민들에게 소리 없는 계시를 보내주는 듯하다.

   마침 우리나라의 정신적 지주라고 불리우는 7대 종교단체(기독교·불교·천주교·천도교·원불교·유교·민족종교)의 최고 대표들로 구성된 '사단법인 한국종교지도자협의회'(1997. 3. 18 창립)는 문화체육관광부의 후원을 얻어 '2010년 대한민국종교지도자 이웃종교체험 성지순례' 행사를 국내 최초로 2010년 12월 9일부터 동년 12월 16일까지 7박 8일간에 실시한 바 있다. 이번 이웃종교간의 성지순례 행사는 유럽지역에 있는 이스라엘과 이탈리아, 그리고 로마 교황청 등, 주로 기독교계의 성지를 중심으로 이루어졌다. 이 행사를 갖게 된 것은, 첫째 종교간의 대화를 통해 서로에 대한 이해의 폭을 넓이고, 둘째 종교 간의 상생과 평화의 진작이며, 셋째 해외 교민 초청을 통한 한민족의 정체성을 재확립하려는 데에 그 목적이 있다.

여하튼 이번 성지순례에서 가장 인상적인 것은 이 행사를 통해 우리 종교지도자간에 훈훈한 대화로 화통을 이루는 모습이었다. 그리고 이 스라엘 기독교인들의 생생한 현지 상황과 로마 교황청에서 교황 베네 딕토 16세를 만났을 때에 그의 평화로운 미소와 함께 따뜻한 악수, 정 다운 인사말씀의 모습이었다. 그야말로 평화로운 천·신·불(天·神·佛)의 계시를 웃음으로 조용히 전해 주는 듯했다.

실로 성지순례는 신앙인에게 그지없이 숭고한 일이다. 따라서 자신 의 신앙심을 북돋우는 것일 뿐 아니라 이웃종교에 대한 이해를 높이고 그동안의 신앙생활을 성찰할 수 있는 계기가 될 수도 있다. 어쩌면 종 교의 근본적인 존재의 이유를 묻게 되고 종교들이 행하는 의례와 의식 은 다르지만 모든 종교는 나 자신을 포함한 인류의 평화와 행복, 공동 선의 실현 등 궁극적인 목적이 하나일 수 있다는 생각을 가질 수 있게 되었다.

특히 그 당시 유럽지역 성지순례단의 참석자 명단을 보면 다음처럼 다채롭다. 이 협의회의 대표의장(순례단장)에는 기독교의 이광선 목사 (한국기독교총연합회 회장)이며, 공동대표에는 불교의 자승스님(대한 불교조계종 총무원장), 천주교의 김희중 대주교(광주대교구장), 원불 교의 김주원 교정원장, 유교의 최근덕 성균관장, 한국민족종교협의회 의 한양원 회장 등 여섯 분이었으며, 천도교의 임운길 교령은 병환을 이유로 참석하지 못했다. 운영위원으로는 필자(감사 겸임)와 김대선

▲ 해외 성지순례단

교무(원불교 문화사회부장), 양덕창(천주교 주교협의회 총무부장)등 3인이 동행하였다. 그리고 문화체육관광부에서는 박성락 종무과장이 참석하였고, 종교계 수행자로는 정연호(기독교 목사)·장연태(성균관 부관장)·박정규(불교팀장)·선혜스님(불교 조계종본부 사서)·동수열(원불교 부속실장), 언론계에서는 백성호 기자(중앙일보 문화부차장)·도재기 기자(경향신문 문화부차장), 여행사에서는 전선희 팀장 등 총 20명이 함께 해외 종교의 순례길에 오르게 되었다.

　무엇보다도 여기에 한국의 종교지도자들이 유럽지역의 성지를 순례한 그 일정과 그 모습 등을 그려보기로 한다.

　우리 해외 성지순례단은 2010년 12월 9일(목요일) 오후 3시30분경, 대한항공 KE 957기편으로 인천국제공항을 출발, 비행시간 약 11시간 30분을 소요하며, 결국 지중해 해변을 접하고 있는 이스라엘의 텔아비브 국제공항에 도착, 다시 여리고 도시로 이동하여 예정된 호텔 예루살렘(구 하이하르호텔)에 여장을 풀었다.

이스라엘은 마치 한국의 늦가을 날씨와 같았다.

우리 성지순례단은 12월 10일(금요일) 아침 첫날의 순례지를 유대교·기독교·이슬람교 등 3개 종교의 성지들이 모여 있는 이스라엘의 예루살렘성으로 향발했다. 바로 그곳이 예수 그리스도가 자신의 처형장인 골고다 언덕을 향해 70kg에 달하는 십자가를 지고 걸어가던 그 길 '비아돌로로사' (Via Dolorosa : 십자가의 길)이다.

요즘의 팔레스타인 시장통 좁은 골목길을 돌고 돌아가는 비아돌로로사는 예수가 쓰러진 곳을 비롯하여 이에 관련된 기념장소를 14곳으로 구분해서 관람할 수 있도록 구성되어 있었다. 십자가의 길은 오래된 길이다. 로마시대 때 깔았던 큼지막한 돌들이 2000년이 지난 지금도 바닥에 깔려 있다. 예수는 바로 그 돌 위를 터벅터벅 걸었을 것이다. 십자가를 짊어진 예수는 세 번이나 쓰러졌다. 쓰러진 곳마다 예배당이 세워져 있었다.

마침 그때 현지인이 와서 '십자가의 길'에 대한 팸플릿을 팔고 있는데 우리 일행인 불교의 수장 자승스님은 그것을 구입하여 우리 일행 모두에게 일일이 나누어 주기도 했다. 이웃종교 지도자가 베푸는 흐뭇한 풍경이었다. 종교수장들의 표정은 진지했다. 원불교의 김주원 교정원장은 "성경으로만 읽었던 예수님의 생애가 피부에 와서 닿는다"고 말씀하였다. 빌라도 법정에서 골고다 언덕까지는 약 800m가 되었다. 종교의 수장들도 그 오르막길을 함께 따라갔다. 한국민족종교협의회 한양원 회장은 "예루살렘순례는 처음이다. 그 당시 88세를 살면서 한 번쯤 와 보고 싶었던 곳이었다. 말로만 듣던 예수님의 자취를 직접 와 보니 감회가 새롭다. 유대교·이슬람교·기독교로 갈라진 이 땅에는 종교적·정신적 아픔이 있는 것 같다. 한반도에도 아직 냉전이 있지 않는가. 이들의 아픔이 우리와 닮은 부분이 있다"고 말씀하신다.

이어서 가이드를 맡은 김진산 목사의 설명을 들으며, 우리 순례단은 유대교 성지인 '통곡의 벽'을 찾아갔다. 종교지도자들은 하나같이 벽에 손이나 이마를 대고 잠시 생각에 잠기기도 하였다. 천주교의 김희중 대주교(광주대교구장)도 벽에 손을 댄 채 눈을 감고 한참 동안 있었다. 예수의 고난에 대한 묵상이리라.

　이날 낮에는 마영삼 주(駐)이스라엘 한국대사의 초청으로 오찬을 함께 가졌다. 마영삼 대사로부터 이스라엘의 종교정책, 종교간의 갈등상황 등을 듣고 우리 일행은 종교간의 대화와 평화가 얼마나 중요한가를 거듭 되새기게 되었다. 그러나 많은 성지들이 모인 예루살렘은 그 고매한 이름처럼 평화로운 도시이어야 함에도 불구하고 사실상은 지금에 와서까지 종교간, 또는 민족감정 등으로 반목하고 대치되는 경우가 적지 않았다고 한다. 실로 종교지도자들이 각성할 문제가 아닐 수 없다. 식사 이후엔 전용 버스편을 이용, 쿰란과 사해수영 그리고 여리고에서 삭개오의 뽕나무, 시험산의 조망, 엘리사의 샘을 순례한 다음 갈릴리로 이동하여 예정된 호텔에서 투숙과 휴식을 취하였다.

　우리 순례단은 12월 11일(토요일) 오전에도 계속해서 성지순례를 가졌다. 갈릴리 호수주변의 산상수훈(설교) 현장인 팔복교회, 두 마리의 물고기와 다섯 개의 떡으로 5천명 이상을 먹였다는 오병이어 교회, 예수가 성장한 나사렛 마을, 베들레헴의 예수 탄생지 등을 두루두루 살펴보았다. 따라서 우리 순례단은 기독교에 대한 이해를 높였고, 또한 가난하고 소외된 이들과 늘 함께 한 예수가 왜 이 땅에 왔는지, 예수의 삶을 따르는 의미가 무엇인지를 마음속 깊이 새기면서 성경 속 현장을 체험한 셈이었다.

　구약성경과 신약성경, 그리고 이슬람의 코란까지 다 읽어 보았다는 성균관의 최근덕 관장은 "유교는 종교에 대해 그처럼 심각하게 생각하지 아니 했는데 이곳을 둘러보니 종교가 엄청나게 처절한 본능의 발로라는 생각을 했다. 물론 그 밑바닥에는 평화에 대한 처절한 희구가 깔려 있음을 알 수 있다. 그걸 우리 유교에서는 천도라 부른다"고 말했다. 그리고 한기총의 이광선 대표회장은 "이번 순례를 통해 각자의 종교적 특성을 가지면서도 인간의 존엄성 등 보편적인 가치에서는 모두 하나 될 수 있다는 것을 알게 되었다"고 술회한다. 이날의 일정을 마친 우리 일행은 피곤을 모른 채 인터콘티넨탈 호텔에 들어가서 각기 휴식하기도 하며, 또한 삼삼오오로 모여 담론을 즐기기도 했다.

이스라엘에서의 마지막 일정으로 되어있는 10월 12일(일요일)은 유대인들에게 큰 영향력을 주고 있는 최고 랍비위원회의 최고 랍비 '요나 메츠거'와의 환담과 조찬시간을 갖게 되었다. 랍비위원회와의 대화를 통해 우리 종교지도자들은 종교간 대화의 중요성에 대해 의견일치를 가졌다. 메츠거 최고랍비는 "종교간 갈등은 예민한 문제이자 해결도 쉽지 않은 분야"라고 언급하면서 "종교지도자들이 대화를 나누고 이처럼 순례를 함께 한다고 하니 매우 의미가 깊다"고 평가하였다.
우리 일행은 시온산에 있는 마가의 다락방과 다윗의 가묘 등을 순례한 다음, 오후 3시경 AZ 811기편으로 텔아비브 국제공항을 출발, 오후 5시 50분경, 로마에 도착하여 호텔에서 여장을 풀었다.

이스라엘과는 달리 로마의 기후는 마치 우리나라의 초겨울 날씨이다. 우리 순례단 일행은 닷새째 되는 날인 10월 13일(월요일)에는 로마 시내의 성지와 유적지를 돌아보았다. 그리고 오후 8시 30분에는 로마에 살고 있는 한국의 교민들을 만찬회에 초청해 이국생활을 위로하고 한국인의 자긍심을 높이는데 힘을 모으면서 즐거운 시간을 가졌다.

　12월 14일(화요일)에는 이탈리아 중부지역에 있는 아시시를 순례했다. 아시시는 가난의 영성으로 통하는 프란치스코 성인의 고향이다. 프란치스코는 "주여 나를 평화의 도구로 써 주소서"로 시작하는 '평화의 기도'로 유명하다. 부귀영화를 버리고 신앙의 길을 택해 '가난 속에서 부유함'을 추구하고 "가장 낮아짐으로써 가장 높아진다"는 프란치스코 성인의 뜻을 깊이 살펴보기 위해서 한국종교지도자들은 이곳을 방문했다. 멀리 산 위로 아시시 마을이 보였다. 아담하고 운치가 있었다. 프란치스코 성당은 높은 언덕 위에 솟구쳐 있었다. 프란치스코 당시엔 그 언덕이 처형장이었다. 일거일동을 예수의 생애처럼 좇으려 했던 프란치스코는 "내가 죽으면 그 처형장에 묻어달라"고 유언을 남겼다.
　결국 그는 아시시의 처형장에 묻혔고, 그 후에 그 곳에는 프란치스코 성당이 세워졌다. 예수가 묻혔던 곳에 그리스도교의 최대 성묘교회가 세워져 있듯이 말이다. 그는 프란치스코 수도회 등을 통해 많이 알려지고 있으며 또한 널리 이해되고 있는 편이었다. 아름다운 중세 도시인 아시시는 세계 종교지도자회의가 자주 열리는 등 세계 평화와 종교간 평화의 상징적인 장소이기도 하다.
　이날 저녁에는 주(駐)이탈리아 대한민국 대사관의 초청에 따라 우리 일행은 만찬을 함께 가졌다. 이 자리에서는 주(駐)이탈리아 대사로부터 유럽 및 이탈리아·로마의 정황에 대한 이야기를 경청한 다음, 종교지도자들의 자유로운 담론으로 화기애애한 분위기를 높이기도 했다.

　이번 종교성지순례의 마지막 일정인 12월 15일(수요일)엔 로마 교황청 종교간대화평의회의 환담과 더불어, 교황 베네딕토 16세와의 만남

▲ 베네딕토 16세 교황 예방

이 있는 날이다. 우리 종교지도자 일행은 로마 바티칸 안에 있는 교황청을 향해 갔다. 성 베드로 성당 앞 광장에는 거대한 크리스마스 트리가 서 있었다. 바티칸은 이탈리아 로마시에 있는 세계 최소(最小)의 독립국이다. 바로 이곳에서 교황이 직무를 수행하고 있는 그 기관을 곧 로마 교황청이라 한다. 또한 이곳을 바티칸시국(市國)이라고도 한다.

이날 우리 순례단은 교황청을 방문해 먼저 종교간대화평의회 피에르 토랑 의장(추기경) 등을 만나 종교간 대화와 평화의 가치, 종교의 역할, 평화의 중요성 등에 대해 많은 의견을 나누었다. 토랑 의장은 우리 순례단에게 "이웃 종교간의 성지순례가 종교간의 평화에 크게 이바지할 것이다"라고 의미를 부여하였다. 간담을 마친 후 이어서 곧 우리 일행은 베네딕토 16세 교황을 직접 만나, 일일이 악수를 하며 간명한 인사를 나눈 다음 양국의 종교지도자들과 함께 뜻 깊은 기념 촬영을 하였다. 교황은 매주 수요일마다 교황청의 대강당에서 6,000여 명의 사람을 단체로 만난다고 한다. 이번 우리와의 면담은 한국에서 온 종교계 수장들을 위해 별도의 공간에서 마련된 특별접견이라고 말한다.

우리는 약간 장소를 옮기어 김희중 대주교의 안내에 따라 성 베드로 성당의 지하로 내려갔다. 좁은 통로와 계단을 따라 한참 밑으로 내려간 것이다. 그 곳에 사도 베드로의 무덤이 있었다. 일반적으로 공개가 되지 않는 곳이었다. 우리들은 특별히 공개된 베드로의 무덤 앞에 섰다. 그런데 베드로의 무덤은 2000년 가까이 '물음표'이었다. "이 아래 베드로의 무덤이 있다"는 기록만 있었다. 오랜 세월동안 교회는 그것을 믿어온 것이다.

한편 묘한 생각이 들었다. 예수의 무덤, 베드로의 무덤, 프란치스코의 무덤 위에는 모두 교회가 세워져 있었다. 거기에 그리스도교의 핵심적인 진운이 담겨 있는 것이다. 즉 '죽음과 부활'의 교의가 아닐까. 예수는 십자가에 못 박혔고, 베드로는 십자가에 거꾸로 못 박혔다. 그리고 프란치스코는 44세에 숨을 거두었지만 서거 2년 전에 그의 몸에는 오상(五傷)이 나타났다고 한다. 그 두 손과 두 발, 또 창에 찔린 그 옆구리는 마치 예수가 십자가 위에서 입은 다섯 상처와 같았다는 것이며, 그것은 온전한 자기의 죽음과 그리스도의 부활을 뜻하고 있었다.

그리고 우리 순례단은 로마시내의 명소를 찾았다. 원형 경기장(외관), 트레비 분수, 진실의 입, 대전차 경기장 등을 관람하고 12월 15일 10시 10분, KE928기편으로 출발, 12월 16일(목요일) 오전 5시경 인천공항에 도착하였다.

우리 종교지도자들은 각자의 종교를 통하여 그의 의미를 되새겼다. 그리고 모든 종교가 이름은 달라도 한 집안이며, 상생과 평화를 위하는 길이라는 것을 감지하고, 사실상 다름이 아름답다는 것을 새삼 느끼게 되었다. 교명이 다른 종교간에 화합을 유지한다는 것은 그리 쉬운 일은 아니다. 꾸준히 해 나아가야 할 작업이다. 실로 한국종교지도자들의 성지순례처럼 이웃종교를 이해하려는 노력은 세계 어느 나라에서도 보기 드문 귀감이 아닐 수 없다.

특히 그 동안 이웃종교간의 성지순례에서 가장 잊혀지지 않는 것은 그 당시 로마에서 만난 베네딕토 16세(재위 2005~2013) 교황의 평화로운 미소다. 그는 한국에서 온 종교지도자들을 평화의 사도라고 명명하며, 한반도의 평화와 비핵화, 그리고 이산가족과 북한의 인도주의적 지원을 위해 정성어린 축도를 드렸다고 전해 온다.

그는 2009년 교황청을 찾은 이명박 전 대통령에게 "식량난으로 어려움을 겪고 있는 북한 주민을 외면해서는 안 된다"면서 남북문제 해결을 위해 함께 노력해 나아가자고 말한 바 있다. 그리고 그는 한국의 큰 행사나 궂은 사건이 생길 때마다 전문(電文)을 보내 큰 관심을 표명했다. 그는 김수환 추기경의 선종때와 김대중 대통령의 서거때에도 전문을 보내와 한민족을 위로했다.

그런가 하면 베네딕토 16세 교황(제265대)의 전임자이었던 요한 바오로 2세(제264대, 재위 1978~2005) 복자 교황도 이미 우리나라의 수많은 국민들에게 '평화의 미소'를 심어놓고 가신 분이다. 실로 이 교황님은 한국과의 인연이 깊은 분이다. 그는 1984년 5월 한국 천주교 200주년기념 행사에 처음으로 한국을 사목 방문한 바 있다. 그리고 1989년 제44차 서울 세계성체대회 때 다시 방한, 한국교회와 우리 민족에 대한 각별한 사랑을 표현했다. 그 당시 며칠간 서울의 제44차 대행사를 마치고 마지막 환송만찬회를 서울 광화문 세종문화회관 넓은 홀에서 베풀

▲ 요한 바오로 2세 교황 예방

던 그날에 한국의 각계인사 200여 명의 초청자 가운데 필자도 종교지
도자들과 함께 참석하여 요한 바오로 2세 교황과 따뜻한 손길로 악수
하고 간단한 인사를 나누었는데 그 때에도 그 교황님의 평화로운 미소
를 가까이서 엿볼 수 있었다. 그의 미소야말로 행복하고 영성이 깊은
웃음이었다. 물론 이 세상엔 가소(可笑) · 건소(乾笑) · 고소(苦笑) · 냉소(冷
笑) · 괴소(愧笑) · 조소(嘲笑) · 홍소(哄笑) 등의 웃음이 있다. 그러나 여기
에 성자의 맑고 밝은 웃음에 비유한다는 것은 엄청난 잘못을 저지르는
격이 될 수 있다.

　두 차례나 한국을 방문한 요한 바오로 2세 교황은 한복을 입은 한국
인 신자를 만날 때면 '찬미 예수님' 이라고 부르며 먼저 인사하고, 수시
로 우리 민족의 화해와 일치를 위해 기도해 줄 것을 세계교회에 호소해
우리 민족에게 가장 친숙한 교황으로 사랑 받고 있다.

또한 그는 사회정의를 세우는 일에서 진보적이었고, 신앙과 윤리문제에는 단호하신 분이었다. 그는 제2차 바티칸공의회의 개혁을 받아들이지 않은 대주교를 파문했으며, 피임과 낙태와 동성애 문제에 있어서 반대 입장을 고수했다. 이밖에도 교황은 재위 26년여 간에 교회와 사회를 위해 새로운 틀을 짜서 크게 기여했다.

실상 요한 바오로 2세 교황은 제1차 세계대전(1914~1918)이 끝난 뒤 1920년 5월 18일 폴란드 남부 마을 바도비치에서 태어났는데 어려서 어머니와 형을 잃고 독실한 신앙인으로 성장했다. 10대 시절에는 시를 짓고 수영을 좋아했다. 또한 등산과 소풍을 즐기는 낭만파 청년이었다. 제2차 세계대전(1939~1945)은 그에게 다른 삶을 열어주었다. 즉 전쟁의 고통과 아버지의 죽음 때문이었다. 그 후 그는 1978. 10. 16. 제264대 교황으로 선출되었고, 그 교황은 2005년 4월 2일 "나는 행복합니다. 그대들도 행복하십시오"라는 말을 남기고 지상 순례를 마감했다. 그 요한 바오로 2세 교황은 세계의 110여 개국을 순방하며 복음을 전하고 그리스도교의 일치와 타종교와의 대화를 위해 헌신한 평화의 사도로 칭송받고 있다.

또한 오늘날 세계 평화와 청빈(淸貧)의 아이콘으로 떠오른 로마의 프란치스코 교황(제266대, 재위 2013~현재)은 대한민국의 대통령과 한국 주교들의 초청으로 요즘 우리나라를 방문했다. 이 한국방문의 일정은 로마 교황청에서 확정하여 지난 6월 18일에 공식 발표하였고, 프란치스코 교황은 올해 2014년 8월 14일부터 18일까지 4박 5일 일정으로 한국을 방문한 바 있다. 프란치스코 교황의 아시아 지역 방문은 이번이 처음이며, 한국 방문은 요한 바오로 2세가 1984년과 1989년에 방문한 데 이어 25년만이라고 한다. 교황은 한국에 머무르는 동안 "한국 차 가운데 가장 작은 차를 이용하고 싶다"며 최소의 차종을 활용하기에 이르렀다.

8월 14일(목요일). 오전 10시 30분 서울공항에 도착, 한국 땅을 처음 밟은 프란치스코 교황은 첫날 오후 청와대 박근혜 대통령을 예방, 환영식에 참석하고 주요 공직자들을 만나기도 했다. 또한 이번 한국 방문을 계기로 아시아 청년대회에 참석하고, 8월 16일 오전에는 서울 광화문 광장에서 123위 순교자 시복식을 집전하였다. 그리고 충북 음성으로 가서 소외된 이들의 보금자리 꽃동네를 찾았다. 그리고 8월 18일 오전에는 우리 종교지도자들과 신자들을 만났고, 그 날 오전에는 한반도의 화해와 평화를 위한 미사도 거행했는데 사실상 서울 명동 대성당에서 교황이 집전한 그 '평화와 화해를 위한 미사'에는 북한의 천주교 신자와 위안부 할머니들도 초청되어 화제를 일으키기도 했다. 분명코 로마 교황청에 파견된 어느 주교의 말씀대로 "프란치스코 교황은 한국내에 가시는 곳곳마다 평화로운 미소를 띠우며 행복의 문"을 활짝 열어 주기도 했다.

진정코 로마의 교황님들이 항상 평화로운 미소로 영성과 기쁨을 베푸는 것이야말로 평화와 상생과 행복의 심볼이라 해도 과언이 아닐 것이다. 실로 이번 로마의 프란치스코 교황께서 한국에 머무는 동안 전세계의 언론과 이목이 한반도에 쏠리고 있는 것만은 분명히 놀라지 않을 수 없다. 여하튼 세계의 종교지도자간에 서로 오가며 이해와 화합과 평화를 유지하는 것처럼, 우리 인류사회에는 보다 더 지혜롭고 더 현명하고 더 아름다운 것은 또 없을 것이다.

종교지도자들이시여! 아무쪼록 동방에서 떠오르는 밝은 빛이 되시어 인류사회를 평화롭고 풍요로우며, 더욱 행복하게 다스리는 선구자가 되기를!

사랑과 예술의 '타지마할'

김경남

나의 서재에는 사랑과 예술을 생각하게 하는 관광품이 하나 있다. 돌로 된 찻잔 받침. 새하얀 천연 대리석에 알록달록 천연 돌을 잘라 넣어 한 송이 붉은 꽃으로 형상화한 것인데 수년 전 인도에서 본 '타지마할'을 못 잊어 산 것이다.

타지마할(Taj Mahal). 동서남북으로 에워싼 성곽 속에 존재하고 있었다. 붉은 사암의 아치형 정문을 들어서자 어둑해진 가운데 희끄무레하게 보이는 건물이 보였다. 문을 걸어나가자마자 먼 거리에서 새파란 하늘 아래 높다랗게 앉아 있는 거대한 하얀 궁전이 눈에 확 들어왔다. 찬란한 궁전 타지마할! 아라비안나이트에서 보았던 환상의 궁전이 실제로 있었다. 조금 전까지도 행인과 자동차와 릭샤와 검은 소가 뒤엉켜 돌아가는 맨땅의 거리를 휴지와 소똥을 밟아가며 돌아다녔었는데 이

김경남(金敬男) _ 경북 영덕 출생. 호는 우덕(又德). 수필가. 문학평론가. 동국대학교 국어국문학과 및 동 교육대학원 졸업. 동국대 사대부속여중 교사 퇴임. 동국문학인회, 한국수필가협회, 국제펜클럽 한국본부, 한국문인협회 회원. 한국불교문인협회 감사. 『한국불교문학』 편집위원. 제15회 한국불교문학상 대상, 내무부장관상, 교육부장관상, 홍조근정훈장 등 수상. 수필집 《종이 속 영혼》(2008), 《내 영혼의 뜨락》(2013) 등 상재.

런 신천지를 보게 되다니……. 경이로운 아름다움에 숨이 막히고 입은 벌어졌다.

　궁전을 바라보며 걸어갔다. 사람 키의 네 배나 되는 대리석 기단에 올라섰다. 이 궁전을 멀리서 처음으로 바라보았을 때 유난히 웅장하게 보였던 것은 이 높은 기단석 때문이다. 또한 정문에서부터 이 궁전에 당도하기까지 정원과 연못을 유난히 길쭉하게 조성하고 그 사이를 붉은 사암으로 조성된 길을 밟아가며 한참이나 걸어오게 만듦으로써 궁전의 위엄을 원근기법으로 살렸다.

　사방 95미터에 달하는 천연 대리석 광장에는 중앙에 돔(dome)형 둥근 지붕의 묘당이 앉아 있고 이를 엄호하듯 귀퉁이에 네 개의 첨탑이 서 있어 좌우 선과 면이 대칭을 이뤄 완벽한 조형미를 내뿜는다.

　세계 각국에서 몰려든 알록달록한 차림의 관광객들이 덧신(대리석 보호)을 신고 묘당으로 들어가려고 개미줄을 이룬다. 아치형 문을 들어서면 실내는 어둑하다. 8각형 벽면과 높은 천장에 온갖 꽃나무와 기하학적 무늬가 섬세하게 조각되어 있고, 중앙 바닥에는 그 유명한 러브스토리의 주인공 샤자한 왕과 뭄마즈마할 왕비의 관이 나란히 놓여 있는데 그 주위에는 투각한 대리석을 병풍 치듯 둘렀다. 그 사이사이로 들여다보이는 왕과 왕비의 관. 무덤궁전의 하이라이트. 마치 우리나라의 나전칠기 공예품이 세공의 정교함과 채색의 화려함이 극치이듯 어두움 속에서도 희디 흰 대리석 바탕에 알록달록한 보석들이 꽃 모양과 당초무늬로 관 전체를 장식하고 치장하고 있어 그 화려함과 기품과 우아함과 위엄이 주는 감동은 과연 메가톤급이었다. 어찌나 그 예술성에 매료되었던지 추모의 정은 날아가 버리고 아름다움에 취해 정신이 몽롱해졌다. (이 관은 가묘이며 지하에 두 사람의 시신이 안치되어 있다.)

　어찌 화려하지 않겠는가! 세계에서 가장 아름다운 건축물이라고 일컫는 만큼 기단석부터 지붕까지 전체가 최상급의 대리석과 진기한 보석과 준보석을 붙인 것이다. 대리석을 모자이크로 붙이거나 꽃, 잎, 줄기 등 문양을 대리석에 파서 그 구멍에다 꽃 부분에는 붉은 루비나 벽옥을, 줄기 부분에는 누런 황옥이나 호박을, 잎 부분에는 푸른 사파이어와 터키석을 오려 넣는 상감기법으로 실물감을 살렸다. 뿐만 아니라 대리석에 꽃나무나 기하학적 무늬를 양각이나 음각으로 파서 도드라지게 입체감을 살리지 않았는가.

어찌 감탄하지 않으랴. 희귀한 보석들을 중국, 티베트, 스리랑카 등 외국에서 들여오고, 대리석 등 건축자재도 바그다드, 이집트, 러시아, 아프가니스탄, 페르시아에서 들여오고, 이탈리아, 이란, 프랑스 등 건축가, 석공기술자와 모자이크 기술자 등 전문기술자도 외국에서 불러 모아서 돌을 쪼고, 자르고, 파고, 끼워 맞추는 그런 최대의 공을 들였으니.

어찌 놀랍지 않으랴! 지금으로부터 약 360여 년 전, 건축물을 완성한 1653년 이 때는 한국은 조선 17대 효종, 프랑스는 루이 14세, 중국은 청나라 세조 순치 때쯤이다. 그 당시에 대리석을 실어 나르는 코끼리 1000마리, 하루에 인부가 2만 명, 연인원은 20만 명 동원에, 국가 예산의 5분의 1인 4백만 루피(약 720억)를 쏟아 부어 1632년에서 1653년에 이르기까지 장장 22년에 걸쳐 건축한 희대의 정성이 아니던가.

얼마나 환상적이고 로맨틱한 사랑 이야기인가! 우타르프라더시주(洲) 무굴제국의 5대 황제 샤자한(1592~1666)은 셋째 왕비를 유독 총애하였다. 15번째로 아이를 낳은 직후 왕비는 열병으로 세상을 떴다. 잦은 출산이 그녀의 수명을 단축시킨 것이 아닐까. 비탄에 빠진 왕은 아내를 위하여 이 세상에서 가장 아름다운 궁전을 지어 그 속에 그녀를 눕히기로 결심하였다. 그리하여 완성된 그 당시의 건축물의 이름도 왕비 이름인 '뭄마즈마할'로 명명하였다. 허나 무슨 까닭인지는 모르지만 훗날에는 '찬란한 궁전'이라는 뜻의 '타지마할'로 바꾸어졌다고 한다.

너무도 무상하다. 왕은 타지마할이 완성된 후 자무르강 건너편 마주 보이는 곳에 다시 검은 대리석으로 자신의 무덤 궁전을 지어 타지마할과 구름다리로 연결하려 하였다. 이에 다른 왕비의 소생인 셋째 아들 아우랑제브는 첫째 왕자를 죽이고 왕인 아버지를 아그라성 탑에 유폐시키고 왕위에 오른다. 샤자한 왕은 8년 동안 이곳에서 자무르강 건너 아스라이 보이는 타지마할을 바라보며 왕비를 그리워하다가 죽어갔다.

참으로 위대하다. 12억 인구의 인도, 그 인도를 먹여 살린다는 타지마할. 샤자한 왕도 백성의 피와 땀으로 지은 이 건축물이 수백 년 후 세계적 관광자원으로 국가재정에 큰 도움을 준다는 생각은 하지 못했을 것이다. 입장료가 꽤나 비싸다. 내국인은 200루피(3500원 정도)인데 반하여 외국인은 750루피(13000원 정도)이다. 옛날의 영국은 셰익스피어를 인도와 바꾸지 않겠다고 하였다. 현대의 인도는 타지마할을 그 무엇과도 바꾸지 않을 것이다

타지마할은 인도 모슬렘 예술의 진수이며, 세계문화유산, 세계 신(新) 7대 불가사의의 하나이다. 영국 BBC 방송이 인간으로 태어나서 죽기 전에 가 보아야 할 50곳 선정 중에 10위에 올린 건축물이다. '죽기 전에'라는 말은 그만큼 '볼 가치'가 있다는 말일 게다. 타지마할에서 사람들은 무엇을 '볼 가치'로 여기고 무엇을 '얻어가게' 될까?

타지마할의 사랑이여, 꽃은 사랑으로 피고, 아기는 사랑으로 자라고, 아픈 이는 사랑으로 낫듯이 타지마할도 사랑으로 탄생하였다. 사랑은 모든 것을 꽃 피우는 요술의 요정이다.

타지마할의 예술이여, 예술은 심성을 아름답게 하고, 사람들을 감동시키며, 삶을 윤택하게 한다. 예술은 모든 것을 아름답게 만드는 마이더스의 손이다. 중국의 만리장성, 캄보디아의 앙코르와트, 페루의 마추픽추와 같은 유형문화재에서는 위대한 인간 정신을 느낀다. 타지마할에서는 그러한 인간 정신 외에 하나 더 존재하는 것이 있으니 '사랑의 영혼' 이라는 무형문화재가 있기에 더 아름답다.

궁전을 돌아보고 걸어 나오는 남성들은 누구나 왕비를 그리워하는 왕의 슬픈 표정이 된다. 궁전을 돌아보고 걸어 나오는 여성들은 누구나 이승에 두고 온 남편을 안타까워하는 왕비의 슬픈 표정이 된다.

내가 죽으면 나의 남편은 슬퍼하며 어떤 무덤을 만들어줄까?

나는 어떤 몸짓으로 삶의 동반자를 사랑해야 하는가?

내 삶은 어떤 예술로 승화시켜야 하나?

무덤 궁전을 보고 나서 다시 한 번 삶과 사랑과 예술을 생각해 보게 되었다.

정직함의 비애

김대하

'그 사람 법 없이도 살아갈 수 있는 사람이다.' 또는 '참으로 흠 잡을 데 없는 천하호인이다' 라는 말은 '그 친구는 좀 모자라는 사람이다' 라는 말과 통한다. 이렇게 정직하게 살려면 언제나 양보만 하고, 한 발 뒤로 물러서면서 살아야 하기 때문일 것이다.

이런 사람은 죽은 뒤 틀림없이 극락왕생할 것이다. 그곳이 어떤 곳인지 또 어디에 있는지 가 보지 못해 알 수 없지만, 정작 정직하게 살고 있는 사람들이 천당 극락행 티켓 예약하기 위해서만은 아닐 것이다.

지금 70대 노인들의 초등학교 저학년 시절, 지금의 사회과목에 해당하는 '공민' 이라는 교과목을 기억하고 있을 것이다. 그 공민 교과서 어느 한 단원에 회사 급사 모집의 면접 장면을 소개하는 글이 있었다. 그

김대하(金大河) _ 경남 밀양 출생(1936년). 경희대학교 법학대학 대학원 공법학과 수료. 주식회사 청사인터내셔널 대표이사, 주식회사 부산제당 대표이사, 경기대학교 전통예술대학원 고미술감정학과 대우교수, (사)한국고미술협회 회장 등을 역임하고, 현재 국립 과학기술대학교 출강, 한국고미술 감정연구소 지도교수 등으로 활동. 저서—연구서《고미술 감정의 이론과 실기》, 수필집《골동 천일야화》, 여행기《철부지노인 배낭 메고 인도로》등 상재.

내용인즉, 면접관의 이런 저런 질문에 투철한 국가관 등 교과서적 답변을 달달 외우는 경우가 대부분의 지원자들의 답변이었다.

이렇게 몇몇 지망자들의 면접이 거의 끝나갈 무렵, 외모는 별로이지만 단정한 매무새의 어느 여자 아이가 면접실 문을 열고 들어섰다.

그녀는 도어를 열고 안으로 들어서더니 문 앞에 떨어져 있는 신문을 발견하고는 그것을 집어 옆에 있는 책상 위에 얌전히 놓아두고 면접관 앞에 섰다. 면접관은 별로 질문도 하지 않고 "이제 되었으니 그냥 가도 좋습니다"라고 한다.

이 여자 아이는 낙방한 것으로 알고 그대로 집으로 돌아오려는데 좀 전 그 면접관이 따라나와 부르더니 내일부터 출근해도 좋다고 하였다는 내용이다.

좋은 품성을 가르치는 교육인데 이 공민 과목의 대부분의 내용이 근면성과 정직성을 가르치고 있었다. 즉 '길에 지갑이 떨어져 있으면 반드시 파출소에 주워다 주어야 한다' 라는 등의 정직함을 강조하였다.

당시 선생님은 절대적 존재로 군림하고 있을 때였음으로 선생님 말씀이면 바로 법 그 자체였다.

필자가 초등학교 2학년(1944년) 때였다. 날짜는 잘 기억이 나지 않지만 일본 왕의 탄신기념일 하사떡이랍시고 붉은색 떡과 흰색 떡 1개씩을 전교생에게 나누어 주면서, "집에 돌아가 부모님들과 함께 먹으면서 천황폐하의 성은에 감사하라"는 선생님의 당부말씀도 빠뜨리지 않았다.

그 맛깔스럽게 생긴 찹쌀떡 두 개를 책보자기에 잘 챙겨 넣고 걸어서 집으로 오는데 목구멍에서부터 꿈틀거리는 먹고 싶은 유혹을 더 이상 뿌리칠 수 없어 친구들과 함께 각자 한 개씩을 그만 먹어버리고 나머지 한 개만 어머니께 갖다드렸다. 물론 천황폐하의 성은에 감사드리라는 교장선생님의 당부 말씀도 빠뜨리지 않고 전해 드렸다.

다음날 아침 조회시간에 단상에 높이 올라선 교장선생님께서 이런 저런 훈시가 끝날 무렵, "어제 천황폐하께서 하사하신 찹쌀떡을 혹시 부모님께 드리기 전에 한 개라도 먹은 사람이 있는가? 있으면 손들어 보라"는 것이었다.

그때의 교육풍조가 용감함과 정직함을 교육의 가장 큰 덕목이라고 배워왔기 때문에 우리 반에서 키가 끝에서 두 번째로 작았던 나는 맨 앞줄에 서서 손을 번쩍 들었다. 순간 나와 마주 보고 서 있던 여자 담임선생님의 얼굴이 벌겋게 달아오르는 것이 보였다. 주위를 둘러보니 손을 든 아이는 오직 나 혼자뿐이었다. 어제 함께 먹었던 반 친구들은 아무도 손을 들지 않았다.

조회가 끝나고 교실에 들어온 뒤 선생님으로부터 신고 있던 슬리퍼로 핏덩이 같은 양쪽 뺨이 피멍이 들 정도로 얻어맞았다.

정직하게 행동하라고 가르쳐 온 선생님의 말씀을 하늘같이 받들어 용감하고 정직하게 행동하였으나 그 정직에 대한 보상은 양볼이 얻어터지는 체벌이었다. 정직하게 손들 용기가 없었던 반 아이들은 아무런 벌도 받지 않았다.

어른이 된 뒤 1960년대 중반 어느 날 시외버스를 타고 시골에 다녀오던 중 버스가 고장이 나서 몇 시간을 지체하게 되어 통행금지 시간인 자정 직전에 버스터미널에 도착하였다.

터미널에서 집에까지는 빠른 걸음으로도 30분은 걸려야 가는 거리였고, 이제 2, 3분 후면 통행금지시간에 걸리게 된다. 그런데 이 정직병이 또 도져서 스스로 파출소에 들어가 순경에게 용감하게 신고했다.

"제 집이 이 지역 어디인데 통금시간 안에 집에 도착하기 어려울 것 같아 여기에서 해제시간(새벽 4시)까지 기다리다 가려고 합니다."

그 순간 순경이 힐끗 쳐다보더니, "거기 앉아서 기다리시오" 하고는 아무 말 없이 자기 일에만 열중하고 있었다.

조금 있으니 통행금지 사이렌이 울리고 한 사람, 두 사람 통행금지 위반자들이 붙잡혀 오니 금방 파출소가 만원이 되어버린다.

나는 떳떳했다. 통행금지에 걸려 붙잡혀 오지 않고 해제시간까지 안전지대에서 보호 받겠다고 스스로 들어와 담당 경찰관에게 허가를 받았기 때문이다. 그런데 아침 7시쯤 되니 거기에 있던 모든 사람들을 트럭에 태워 본서(경찰서)로 싣고 가려 한다.

"여보시오? 나는 위반자 아니오. 어젯밤 통금시간 전에 나 스스로 들어와서 해제시간까지 있겠다고 허락 받지 않았소!"

순간 어제 그 순경이 나를 힐끗 쳐다보더니, "그 친구 말 많네, 빨리 타시오." 그러면서 경찰봉을 휘두르는 것이 아닌가. 별 수 없이 나는 경찰서를 경유하여 법원 즉결재판소까지 끌려갔다.

"과태료 ○○○원! 쾅!"

참으로 어이가 없었다. 선생님들이 거짓으로 가르쳤나, 아니면 내가 머리가 나빠서 가르침의 참 뜻을 이해하지 못했던 것인가. 정직함에 대한 보상 치고는 참으로 치사하다. 정직함에 대한 비애마저 느끼게 되었다. 다른 공부는 못했으면서 하필 요놈의 공민 과목만은 우등생일꼬….

병아리가 알에서 깨어 나오면 맨 먼저 보이는 물체가 제 어미인 줄 알고 졸졸 따라다닌다. 초등학교는 사람으로서 알에서 깨어난 병아리가 배움이라는 어미를 만나는 첫 순간과도 같은 곳이다. 그 때 맨 먼저 만나는 어미가 바로 '정직함' 이다. 지금 인생 팔십을 기웃거리는 나이임에도 아직도 그 놈의 '정직' 이 내 어미인 양 졸졸 따라다니고 있고, 그 정직을 실행에 옮길 때마다 돌아오는 보상은 '비애감(悲哀感)' 뿐이었다.

이 글을 쓰고 있는 동안 가슴 한쪽을 도려내는 듯 비애감을 느끼게 하는 사건이 일어났다.

지난 4월 16일 인천발 제주행 여객선 '세월호'에 탑승한 수학여행 가던 고등학생 325명을 포함하여 476명중 172명만이 구조되었고 304명이 사망 또는 실종되었다. 이들 중 대부분이 어린 학생들이었고 '움직이지 말고 선실에 그대로 있어라'라는 안내방송에 따라 질서와 원칙을 지키다 현장을 탈출할 시기를 놓쳐버려 고스란히 당했다. 배를 지휘라는 선장은 배를 버리고 저 살자고 도망친 사실도 모르면서 말이다.

어느 학부모는 세상을 향해 절규한다.

"이제 이 아이들에게 뭐라고 말해야 하는가. 차라리 선생님 말씀을 듣지 말라고? 원칙은 지키는 것이 아니라 깨는 것이라고? 세월호 (Sewol) 선장처럼 적당한 때 탈출하면 너 하나는 살 수 있다고?"

이 엄청난 사건은 우리가 탑승한 대한민국의 민낯을 낱낱이 보여주고 있다. 이 땅의 어른들에게 "자 보아라, 이게 당신들이 살고 있는 대한민국이라는 나라다"라고 외치고 있다.

나는 대학 강단을 내려온 뒤 몇몇 제자들과 함께 '고미술감정연구소'를 운영하고 있다. 위조품과 변조품이 활개 치며 설쳐대고 있는 어지러운 미술시장이 걱정스러워 조금이라도 바로 잡아보자는 그 놈의 '정직병' 때문이다. 연구소 개설 이후 어느 이름 있는 박물관에 대한 종합평가를 위시하여 법원 송사 밑 이런 저런 사연을 가진 고미술품들의 감정의뢰가 심심찮게 연구소를 거쳐 갔다. 또한 이런 실적이 인정되어 지방자치단체에서 신설한 박물관이나 공익성 재단 같은 기관에서 기증품에 대한 상담의뢰를 받기도 했다.

이런 경우 상담 후 단 한 건도 평가의뢰를 받은 일은 없다. 대부분의 상담 의뢰자(대부분 공무원)는 평가액의 상한선 또는 하한선을 미리 정해놓고 그 틀에 맞추려 한다. 고미술품의 평가액이 감정자에 따라 매우 주관적임을 교묘히 이용하여 자신들의 검은 뱃속을 채우려는 의도가 엿보이는 부분이다. 감정 평가액의 일정 비율을 보상금으로 지급하고 구 보상금 일부를 어찌 어찌 하려는 수작으로 보인다. 이러한 목적이 눈에 훤히 보이는데 불이익만 보상 받은 그 정직이라는 배움을 헌신짝 버리듯 할 수는 없는 노릇이다.

'국고금은 먼저 채는 놈이 임자' 라는 말이 있듯이 이들에게는 혈세가 새든 말든 신경 밖이다. 혈세는 먼 나라 이야기인 양 말이다. 얼굴에 철판 깔고 두꺼운 비닐로 양심이란 놈을 몇 겹으로 동여매어 버리고 거짓으로 온 몸을 도배하고 다니면서 입만 열면 국가와 민족을 걱정하는 척하는 뻔뻔한 위선자들이 잘 사는 세상의 한 모퉁이로 밀려난 나, 인생 80 문턱에 서서 오늘도 정직함의 비애(悲哀)를 곱씹어 본다. 이러다 행여 염라대왕으로부터 어떤 종류의 비애감을 선물 받게 될지 모르겠지만……

통과의례

– 예절(禮節)이 살아나야 한민족(韓民族)의 미래가 있다

김 명 식

세계 어느 나라 사람들이거나 일생을 살아가면서 대부분 관습적 (慣習的)으로 거쳐야 하는 의례이기에 이를 '통과의례(通過儀禮)'라고 하는데, 우리에게는 관혼상제(冠昏喪祭·冠婚喪祭)로 널리 알려졌으며, 근자에는 작명례, 성년례, 혼인례, 수연례, 상장례, 제의례로 구분하고 있다.

통과의례(通過儀禮)라는 용어는 독일 태생 프랑스 민속학자 방 주네프 (Van Gennep, Arnold, 1873~1957)가 세계 각국의 문화와 풍습을 연구

김명식(金明植) _ 작가, 평화운동가. 전남 신안 출생(1948년). 해군대학 졸업. 大韓禮節研究院長(現). 저서 《캠페인 자랑스러운 한국인》(1992, 소시민) 《바른 믿음을 위하여》(1994, 홍익재) 《왕짜증(짜증나는 세상 신명나는 이야기)》(1994, 홍익재) 《열아홉마흔아홉》(1995, 단군) 《海兵사랑》(1995, 정경) 《DJ와 3일간의 대화》(1997, 단군) 《押海島무지개》(1999. 진리와자유) 《直上疏》(2000, 백양) 《장교, 사회적응 길잡이》(2001, 백양) 《將校×牧師×詩人의 개혁선언》(2001, 백양) 《한국인의 인성예절》(2001, 천지인평화) 《무병장수 건강관리》(2004, 천지인평화) 《公人의 道》(2005, 천지인평화) 《한민족 胎敎》(2006, 천지인평화) 《병영야곡》(2006, 천지인평화) 《평화》(2008, 천지인평화) 《21C 한국인의 통과의례》(2010, 천지인평화) 《내비게이션 사람의 기본》(2012, 천지인평화) 《直擊彈》(2012, 천지인평화) 《金明植 愛唱 演歌 & 歌謠401》(2013, 천지인평화) 《大統領》(2014, 천지인평화) 《平和의 矢》(2014, 천지인평화)

하여 1909년 《통과의례》라는 저서를 출간하면서부터 사용되기 시작하였다.

통과의례의 중요성

유한(有限)한 인생이기에 동서고금을 막론하고 사람은 태어나서 살다가 언젠가는 죽는다. 그렇게 일평생 사는 동안 혼례식과 장례식을 포함하여 주요 대사(大事)에 종교와 형식은 다를지라도 어떤 의례나 의식을 거행하게 되어 있는데, 이를 정체성 차원에서 전통과 관습으로 잘 지키는 이들이 있는가 하면 개인이나 국가사회의 불안정 혹은 변동으로 잘 지켜지지 않는 경우도 있다.

그러니까 전통과 관습에 기초를 둔 통과의례도 개인의 생활수준과 국가사회의 안정에 따라 영향을 받을 수밖에 없다. 예를 들어 전란(戰亂) 와중에 조상의 제사를 어찌 잘 모시겠는가? 사업의 부도(不渡)로 인한 위기상태에서 어찌 자녀들의 혼사와 부모님의 수연의식을 성대하게 마련할 수 있겠는가?

하지만 어떤 상황에 처하더라도 막상 자기에게 피할 수 없는 통과의례가 닥친다면 일정한 형식으로 정성을 다하여 규모 있게 그리고 형편에 적합하게 치러야 할 것인데, 이에 대한 의례절차를 알지 못한다면 우왕좌왕하다가 장사꾼들에게 휘둘리거나, 잘 알지 못하는 사람의 조언을 들었다가 낭패를 보는 일이 허다하다.

주변 사람들은 통과의례 진행상황을 지켜보면서 그 사람과 가문을 나름대로 평가하게 된다.

체면(體面)이 유달리 중시되는 한국사회에서 통과의례는 당사자와 가족은 물론 가문에 대한 수준(水準)으로 평가의 대상이 되기에 결코 소홀히 할 수 없는 것이다.

오늘날 한국의 통과의례 실태(實態)는 어떠한가?

선진국은 선진국대로 미개한 민족도 그 나름대로 전통과 풍습을 중요하게 여긴다. 그런데 우리는 구한말(舊韓末) 이래 1세기 동안 일제 강점기, 동족간의 전쟁과 분단(分斷), 쿠데타와 혁명 등 격변기를 거치며 그런 우여곡절 속에서도 끈질긴 생명력으로 선진국 문턱에 이르는 한강의 기적을 만들어냈다. "빨리빨리"와 "잘 살아 보세"를 외치며 물불을 가리지 않고 열심히 살아온 결과, 쓰레기통에서 장미를 피워냈다고 할 정도로 세계가 놀랄 만한 경제적 성장을 이루었다. 하지만 그 이면에 아름다운 전통과 고결한 정신문화를 잃어버렸고, 통과의례 예절도 엉망진창이 되어버렸다.

우리는 전통적으로 관례와 계례라 하여 성년의식을 매우 엄격히 거행하였는데 국적을 알 수 없는 제멋대로의 성인식이 술집에서 이루어지는 현실, 인륜지대사라는 혼인의식은 북새통 속에 30분만에 뚝딱 해치우고, 수연례는 어른을 공경하며 편하게 모시는 자리인데 자녀들이 술에 취해 난장판이 되고, 상장례는 엄숙하면서도 경건하게 치러야 할 텐데 상주(喪主) 형제자매들이 부의금(賻儀金)에 눈독을 들이고, 제의례에 4촌과 6촌은 고사하고 친형제자매들도 모두 모이지 않는 집안이 더 많은 현실 아닌가?

한 마디로 오늘날 우리의 통과의례 현장은 정형(定型)을 잃고 매우 저급한 수준 즉 '통과의례 절차를 너도 모르고 나도 모르는 상태에서 우물쭈물 시늉만 내고 있는 실정'이다.

우리의 예절이 엉망진창이 된 원인

조선 왕조시대에는 특별히 예절(禮節)이 강조되었다. 파벌과 권력싸움이 본질이었으나, 표면적으로는 예송(禮訟) 사건이 두 차례나 일어나지 않았던가?

인류역사상 상기(喪期)와 상복(喪服) 문제로 발생한 예송 사건처럼 치열하게 싸운 사례는 없을 것이다. 예절나라에서 붕당(朋黨) 성격의 당파 싸움으로 나라의 기반이 흔들리며 조선왕조는 결국 망국(亡國)을 자초하였다.

미소중일(美蘇中日) 주변 열강들의 입김에 연명하던 구한말(舊韓末)에 이어 을사늑약(乙巳勒約)의 강제 체결로 대한제국은 국권(國權)을 상실하고, 일제치하(日帝治下)에서 35년을 지내는 동안 우리의 예절인 통과의례가 제대로 지켜질 수 있었겠는가? 생존과 연명에 급급하였고, 머리 좋은 사람일수록 일본을 통한 서양문물을 배워 출세하기 위하여 일본에 유학가려고 동분서주하지 않았던가? 식자층에서 예서(禮書)가 있어도 읽어볼 겨를이 없었고, 한 세대 동안을 일제치하에서 신음하였으니 예절의 황무지가 아니 될 수 없었다.

더욱이 일제는 우리의 전통문화와 예절은 말할 것도 없고, 씨족의 성씨(姓氏)까지 바꾸는 창씨개명(創氏改名)을 단행하고, 내선일체(內鮮一體)라며 황국신민화(皇國臣民化)를 획책하지 않았던가? 우리의 전통과 예절을 포함한 정신문화를 철저히 말살하려는 일제의 식민정책 영향 연장선상에서 오늘날까지 우리의 통과의례 예절은 제자리를 찾아가지 못하고 있다.

나라를 잃으면 재산과 목숨은 물론 정조와 예절도 다 망가지게 되어 있으니, 정신을 바싹 차리지 않으면 안 된다.

고급 예절이 하향평준화(下向平準化)된 요인

지나치게 세분하여 복잡한 측면이 없지 않았으나, 긍정적으로 보면 조선(朝鮮)의 관혼상제 예절의 의미와 절차를 세계 여러 민속과 비교해 보면 단연 최고 수준의 고급(高級) 예절문화였다. 이는 세계 유수한 민속학자들도 인정하는 사실이다.

왕족(王族)과 반상(班常) 중심의 신분제가 철폐되어 남녀평등(男女平等)이라는 새로운 가치 기준을 창출한 1894년 갑오개혁(甲午改革, 甲午更張)은 예절이라는 측면에서 실제로는 하향평준화(下向平準化)되고 말았다. 갑오개혁에 대한 평가는 여러 측면이 있으나, 반상(班常)의 신분이 엄격하였던 세상에서 하루아침에 양반과 노비가 평등한 세상이 되었으니 실제로 농사일을 한다면 양반출신이 농사를 잘 짓겠는가? 아니면 일꾼 출신인 노비가 농사를 잘 짓겠는가? 당연히 일꾼 출신들의 상민들이 농사를 잘 짓고 장사도 잘하여 빈부가 뒤바뀐 일들이 다반사로 일어났다.

반상(班常)이 무너져 천지가 개벽한 세상에서 양반들은 양반대로 상상할 수 없이 바뀐 세상을 한탄하며 술독을 가까이 하였고, 상민은 상민대로 "이런 좋은 세상도 있구나" 하면서 마음껏 술독에 빠졌으니 한마디로 아노미(anomie : 도덕적 사회적 무질서) 상태에 빠진 자들이 적지 않았다.

양반들이 몰락한 데에는 여러 원인이 있겠으나 조선 초기에 20%에 미치지 못했던 양반 분포가 조선 말기에는 80%에 이르렀다는 것은 급격히 변화될 수밖에 없는 조건이 형성된 것이다.

당파싸움 결과에 따라 패배한 양반들에 대한 무자비한 살육(처형, 사약, 부관참시, 3족 혹은 9족 멸족)과 신분 강등, 공명첩(空名帖) 발매, 잦은 전란으로 반상(班常) 기록 소실, 족보(族譜)를 사서 양반으로 둔갑한 경우 등으로 신분 변혁이 이루어지다가 갑오개혁을 맞이하여 신분제도가 완전히 사라지자, 정신적 의식의 혼돈 및 사회적 무질서와 혼란 상태에서 예절이 하향평준화(下向平準化)된 것이다.

바람직한 방향

21C는 문화의 시대이다. 그중에서도 품격 있는 예절문화를 되살려야 우리는 세계의 문화선진국으로 우뚝 설 수 있을 것이다. 우리 한민족의 유전자 속에는 예절과 문화예술의 혼(魂)이 내재되어 있다. 가정과 학교와 사회에서 예절교육을 통해 하향평준화 된 예절을 상향평준화로 업그레이드시켜야 하며, 그러기 위해서는 각계각층의 사회지도층과 종교지도자들이 수범(垂範)을 보여야 하고, 부유층과 문화예술인들의 각성(覺醒)이 절실하다.

일부 지도층 인사들과 졸부들 그리고 인기(人氣)가 좀 있다는 탤런트와 개그맨의 호화판 혹은 이상한 이벤트 혼인의식이 우리의 예절문화를 저급화시키고 있음은 부끄러운 일이다. 통과의례(通過儀禮)가 무엇인지조차 모르기에 돈으로 혹은 이벤트 회사에 맡겨 허례와 무례를 연출하고 있는 것이다. 그런 광경을 청소년들은 아무 생각도 없이 모방하여 신성한 혼례식을 난장판으로 만들고 있는 것 아닌가?

이제 가정과 학교와 사회에서 인성예절교육을 강화하고, 통과의례에 대한 사회적 합의를 이끌어 내어 간소하면서도 그 의미를 살릴 수 있는 방향으로 정형화하여 한국인다운 아름다운 우리 예절로 가꾸어 나아가야 할 것이다.

종교지도자들도 통과의례 예절(禮節)을 알아야 한다.

종교지도자들은 각종 의례(儀禮)를 주관하는 일이 많다. 물론 건전가정의례준칙에 종교의식의 특례(特例)를 인정하고 있지만(同 준칙 제3조 : 종교의식에 따라 가정의례를 행하는 경우에는 이 영에서 정하는 건전가정의례준칙의 범위에서 해당 종교 고유의 의식절차에 따라 할 수 있다.) 신도 가족 구성원들이 하나의 종교라면 모르되 여러 종교인이 있을 때 혹은 종교가 없는 경우 등 종교지도자의 종교의식만을 강조하거나 주장할 수 없는 상황도 있을 것이다.

따라서 종교지도자들은 자기 종교의식뿐만 아니라, 타종교 혹은 일반의식에 이르기까지 통과의례 전반에 대해 구체적으로 이해하고 있어야 한다. 종교지도자들이 통과의례 현장에서 종교적 충돌을 일으킬 일이 아니라, 상호 존중과 이해 그리고 융통성을 가지고 원만하게 주관하여 통과의례의 의미를 살리도록 노력해야 할 것이다.

분별없는 마음

김 재 엽

우리의 마음 속에는 언제나 분별이 생긴다고 한다. 분별없이 무엇인가를 할 수 있다면 참으로 행복할 것이다. 또한 그 일이 무슨 일이든 분별없이 최선을 다 한다면 반드시 성공할 것이다. 분별이 없다는 것은 특정의 바로 그것에만 최선을 다 할 수 있기 때문이다. 그리하여 스스로가 하는 행동들을 남들에게 분별되지 않게 한다면 우리는 최고의 삶을 살게 되는 것이다.

'심지'(心地)라는 말이 있다. '성품'의 다른 말이며, '마음의 본바탕', '마음자리' 등을 뜻한다. '선악이 없는 근본자리', '어떤 생각이 나오기 이전의 성품자리' 등으로도 풀이되는데, 이는 '성품'을 온갖 마음이 다투어 나오는 바탕으로 본 것이다. 이런 점에서 심지는 심전(心田)

김재엽(金載燁) _ 경기 화성 출생(1958년). 한밭대학교 기계공학과, 한국 방송통신대 경영학과 졸업. 대진대 통일대학원 졸업(정치학 석사). 대진대 대학원(북한학) 박사과정 수료. 국제펜클럽 한국본부 회원. 한국불교문인협회 사무총장. 한국문인협회 의정부지부 초대 부지부장. 한국현대시문학연구소 상임연구위원. 『한국불교문학』 편집인. 장애인문화사랑국민운동본부 상임이사 · 공동대표. (사)한얼청소년문화진흥원 창립 이사. 시정일보 논설위원. (사)터환경21 이사. 도서출판 한누리미디어 대표. 제14회 한국불교문학상 본상, 제8회 환경시민봉사상 대상(시민화합부문) 수상.

과도 통하는 용어다. 마음을 땅에 비유한 것은 땅에서 만물이 생장하듯이, 마음에서 일체의 현상이 일어나므로 이같이 표현한 것이리라.

심지는 마음 바탕을 이르는 말로서 곧 분별없는 마음이다. 옳고 그름, 선과 악, 죄와 복, 너와 나를 모르는 깨끗한 마음이다. 때문에 심지는 요란함이 없고, 그 누구도 이 심지를 괴롭힐 힘이 없다. 그 무엇으로도 해칠 수가 없는 것인데 많은 사람들이 누군가를 해칠 수 있다고 생각하고 고통을 줄 수 있다고도 생각한다. 이 때문에 원망이 생겨나고 분노와 갈등이 생겨나는 것이다.

세상사 문제가 많다고 생각하면 늘 문제만 보이고 갈등하게 마련이다. 반대로 밝은 눈으로 세상을 긍정적으로 보면 그 속에서 사랑과 은혜를 체감하게 된다. 사사로운 마음이 생겨나는 것은 삶 속에서 겪은 때 묻은 어두운 생각 때문에 스스로 요란해지고 괴로워하는 데서 비롯된다.

세상 모든 것을 집어삼킬 듯 세찬 파도가 출렁이던 바다도 일정 시간이 지나면 잠잠해진다. 근본적으로 그 중심이 고요하고 주위 경계에 동요하지 않기 때문이다. 사람들의 요란한 마음도 이와 같아서 언젠가는 차분하게 가라앉는다.

그런데 왜 선인들은 '심지는 원래 요란함이 없으며, 요란함은 경계를 따라 있다'고 했을까. 바로 이 말 속에 마음공부의 눈을 뜨게 하는 비결이 숨어 있는 것이다. 마음의 요란함이 생기는 것이 현실 경계 때문이라면 이를 극복하게 한다든지 피해 가도록 유도해야 한다. 여기서 경계라 함은 대략 두 가지로 나누어 생각해 볼 수 있다.

첫째, 일상생활에서 늘 부딪치게 되는 수많은 일들, 인간 생활의 모든 일이 다 경계이다. 둘째, 자아와 관계된 일체의 대상으로 나를 주(主)라고 할 때 일체의 객(客)이 경계가 된다.

불경(능엄경)을 보면 부처님께서 '마음의 어둠'에 대해 재미있게 설하신 내용이 있다.

어떤 사람이 밤길을 가다가 길바닥에 있는 새끼줄을 뱀으로 잘못 알고는 무서워서 바로 줄행랑을 쳤다는 것이다. 만약 그가 마음이 밝아서 새끼줄을 있는 그대로 보았다거나 상반된 비단끈으로 보았다면 어떠했을까? 여기서 소중한 사실 하나를 별견할 수 있다. 마음을 요란하게 하는 것은 경계가 아니라 경계에 대한 자신의 생각이라는 것이다. 이는 마음공부에 있어 매우 중요한 출발점이다.

옛날 국왕의 명을 받아 사신으로서 중국에 다녀온 선비들은 돌아오는 길에 부인에게 줄 귀한 선물 한두 가지를 가져왔다. 예나 지금이나 여인들의 사랑을 독차지한 것은 얼굴을 곱게 단장하는 화장 도구들인데, 비단 보자기로 곱게 싼 보따리를 풀면 그 속에서 칠보로 꾸민 아름다운 상자가 나오고 이는 선물 받는 부인네의 가슴을 한껏 부풀게 한다.

그런데 이 상자를 연 순간 얼굴이 새파랗게 질린 채 치솟는 질투와 분노로 애태운 여인이 있었다. 바로 그 상자 속에서 아름다운 한 여인이 마주보고 있었다는데, 서방님께서 중국으로부터 예쁜 첩을 데려왔다고 생각하니 얼마나 기가 막히고 원망스러웠겠는가. 당시에는 여인의 질투를 칠거지악의 하나로 여겨 징벌할 정도였으니 말은 못하고 혼자서 끙끙대며 속병을 꽤나 심하게 앓았을 것이다.

사실 그 상자 속에는 구리거울이 들어 있었다고 한다. 그런데 부인은 그 거울을 난생 처음 보았기에 그 속에 비친 여인의 모습이 바로 자신의 모습인 줄도 몰랐던 것이다. 거울을 거울로 보지 못함으로써 이렇게 엉뚱한 일이 벌어진 것이다. 마음의 분별 때문에 고통과 아픔이 일어나지만 깨어나서 이를 거울로 볼 때 그 고통과 아픔은 순식간에 사라진다고 한다. 경계도 이와 같다. 자신을 괴롭히는 존재가 아니라 자아를 발견하고 일깨워주는 고맙고 소중한 거울인 것이다.

지금까지 살아오면서 자신을 괴롭혔다고 생각하는 크고 작은 상황들을 다시 한 번 세심하게 살펴볼 일이다. 마음이 요란하고 괴로웠던 것은 단지 경계에 대한 자신의 생각 때문일 뿐 경계 그 자체는 아니라는 것이다. 이런 상황을 분명하게 받아들이면 자신을 에워싼 오랏줄이 한 순간 풀려나는 것과 같은 해방감을 얻을 수 있다. 또 자신을 짓누르던 일체의 어두운 과거가 시원하게 정리된다.

여기서 보다 구체적인 마음공부를 위해 다시 한 번 현실 경계에 대한 입장을 정리해 본다.

첫째, 경계가 자신을 해칠 힘이 있다고 생각해 왔다. 그래서 이를 두려워하고 염려하여, 극복의 대상으로 삼았다. 사실 자신이 경계에 힘을 부여하고 그 마음으로 경계를 불러들였던 것인데 말이다. 대부분의 사람들은 어려서부터 낯선 사람을 조심하라는 말을 들으며 자란다. 그러다 보니 낯선 사람을 만나게 되면 늘 불안해 하고 두려워한다. 은연중 그가 자신을 해칠지 모른다고 생각하기 때문이다.

둘째, 마음이 일어나는 원인을 경계 때문이라고 착각하고 있다. 그래서 자신은 언제나 피해자요, 희생자가 되었던 것이다. 사소한 일에도 원망하고 탓하는 삶을 살았다. 이것은 바로 자신의 문제다. 마음이 괴로운 것은 단지 자신의 어두운 생각 때문이다. 셋째, 경계는 결국 자신이 창조하고 선택했다는 사실이다. 자신에게 다가오는 경계는 마음 속에 쌓인 많은 아픔들을 정화하기 위해 스스로 창조하거나 선택한 것들이다. 마음에 일어나는 원인은 심지에 어둡게 쌓여 있는 생각의 감정이 나타나는 것이다. 내면에 쌓인 마음이 경계를 부르게 되고, 이들이 파도를 일으켜 밖으로 표출됨으로써 저절로 정화되는 오묘한 조화를 보인다. 결국 공부하는 사람은 경계 속에서 큰 힘을 얻게 되고 마음을 청 청하게 유지시킨다.

마음공부에 있어서 경계를 돌로 보느냐, 기러기로 보느냐에 따라서 나타나는 현실은 큰 차이를 보인다. 마음의 호수에 경계라는 돌이 던져 져서 파문이 일어난다고 생각하면 늘 경계와 씨름할 수밖에 없다. 왜냐 하면 무엇보다 경계가 일어나는 마음의 원인이 되기 때문이다. 그러나 마음의 호수에 경계라는 기러기가 지나가면 그림자만 비칠 뿐 결코 마 음을 건드릴 수 없을 것이다. 하지만 여기서 호수에 비친 그림자를 보 고 놀란 고기들 때문에 물결이 일고 있음을 꿰뚫어보아야 한다. 이처럼 마음공부는 경계를 문제 삼지 않고 주체인 마음을 열어가는 데서 출발 해야 한다.

생활 속의 예를 들어보면, 가정에서 부모는 자녀 문제로 마음이 요란 해지기 쉽다. 자녀의 옷차림과 머리 모양, 컴퓨터게임에 빠져 공부를 소홀히 하거나 친구들과 어울려 놀려고만 하는 것에 속이 상하고 화가 나서 소리를 지르기도 한다.

그러나 아이들의 이런 모습이 자신을 괴롭히는 것은 아니다. 가만히 성찰해 보면 아이들의 행동에 대한 생각이 어둡다는 것을 발견할 수 있 다. 바로 '저런 모습으로 자라면 앞으로 어떻게 될까.' '지금부터 잘못 되면 큰일인데…' '그냥 두면 안 되겠군' 등의 불신이 생겨서 걱정하 게 되고, 이런 생각이 쌓여 화가 나고 속이 상하는 것이다.

'아이들은 이렇게 해야 한다'는 사고방식의 틀 속에 자신을 맞추려 하니 괴롭지만 경계라는 거울에서 자기 마음의 틀을 보게 되면, 그 순 간 편안해지고 여유를 갖게 된다. 자연히 아이의 입장에서 보는 힘이 생기고 아이들을 통해 자기의 마음을 볼 수 있게 된다. 또한 이렇게 마 음을 밝히면 그 순간 아이들을 애정으로 바라보게 된다. 그들이 지닌

가능성을 믿고 독특한 개성이 표현되고 있음을 밝은 눈으로 지켜볼 수 있게 되는 것이다. 마음 속에 잠재해 있던 잘못된 틀이 무너지고 있는 그대로를 수용하게 되는 혜안이 생겨나는 것이다.

인연의 문제로 괴롭다면 그들을 변화시키기에 앞서 자신의 어두운 생각을 찾아서 이를 밝게 변화시켜야 한다. 분별없는 마음과 함께 마음의 경계는 언제나 자신의 모습을 비추는 고마운 거울임을 잊지 말아야 할 것이다.

친구에게

김 혜 연

하얀 목련 위에 눈꽃 같은 내 동무야!

오늘도 착한 넌 나에게 미소와 함께 왜~~라고 응답하겠지.

지난 일요일, 나는 친정집에 다녀왔단다.

마을 어귀에 들어서면 햇살 너머로 동네에서 제일 먼저 곱게 갈아 놓은 밭. 그것은 너희 엄마의 부지런한 모습의 작품이지.

밭둑 위에 심어져 있는 두릅나무는 아직 순이 올라오지 않았더구나.

동네 목련꽃은 이제 봉오리가 지어 소담스레 너의 가슴에 품고 있는 고민을 숨기듯 아련한 모습으로 고향 마을을 지키고 있고, 마을 전체를 둘러싼 소나무들은 너무나 푸르게 우리의 나이만큼 더 자라있더구나.

새까만 피부에 움푹 패인 눈을 가진 너와 내가 만난 것이 다섯 살 때이었니? 여섯 살 때이었니?

김혜연(金惠蓮) _ 강원 태백 출생(1968년). 태백에서 황지여상고를 졸업하고 상경한 뒤 최근 동방대학원대학교 사회교육원 졸업. 대종교와 관련한 경전 연구 및 보급처인 '천부경나라' 대표로 재직하며, 한국자유기고가협회 회원, 글로벌문화포럼 공론동인회 회원 등으로 문필활동.

내 눈엔 그런 네가 왜 그렇게 예쁘게 보였던지…. 하지만 중년을 달리는 지금의 넌 더욱 아름다워 보이는구나.

그렇게 예쁜 너랑 겨울이면 윗동네 아랫동네 전쟁이라며 연탄재 싸움하던 일….

개울가에서 썰매 타며 불장난하다 옷에 구멍 나는 날이면 온 동네 떠나갈 듯한 엄마들의 고함소리….

지금은 노년을 한가롭게 지새우고 있는 우리의 엄마들이지만 우리의 어린 날은 그렇게 요란스러웠잖니?

탄광의 새까만 폐수가 흐르던 냇가에서 알몸으로 수영하던 일은 추억의 페이지에 조금은 부끄러운 시간들이지.

지금은 그곳에 물고기가 살고 다슬기가 살 수 있을 만큼 맑은 물이 흘러 우리의 지난날을 깨끗이 씻어 주더구나.

초등학교를 졸업하고 고등학교를 졸업할 때까지 언제나 함께였던 네가 처음 사랑을 시작할 때, 난 사랑을 몰랐었지.

그저 바라보고는 이야기나 들어줄 수밖에 없었어.

그러던 네가 시집을 간다기에 조금은 놀라고 신기하기까지 했다.

고향을 떠나 도시라는 곳에서 오랜 세월 가정을 예쁘게 키우는 네가 내게는 더없는 부러움이었다.

친구야!

다른 아이들과 달리 시부모님들과 함께 하는 시집살이가 힘들지는 않았니?

내가 많이 아팠듯이 너도 아픔을 가지고 대구로 나를 찾아왔을 때 우린 함께 울었지.

이혼이란 화두를 들고 방황하는 너의 모습에서 네가 남편을 많이 사랑하고 있다는 것을 보았어. 그 사랑이 있어서인가, 넌 위기를 슬기롭게 넘기더구나.

참 잘한 일이라고 생각해. 너나할 것 없이 아픔의 시간을 견디지 못하고 헤어짐이 많은 요즘이기에 더욱 자랑스럽기까지 한 너였어.

그런 아픔이 지나고 너와 나 아들 하나 딸 하나 예쁘게 낳아 이젠 어른이 되었구나.

그리고 우리 딸들이 너와 나처럼 사랑을 시작하더라.

앳된 얼굴에 함박웃음이 가득한 것을 보니 우리의 지난날도 저랬던가 싶다.

친구야!

나 사는 동안 힘들다고 계절마다 사준 옷은 나를 더욱 예쁘고 세련되게 해 주었고 너와 마신 찻잔은 셀 수 없이 향기로웠다.

나 외롭고 힘든 시간 병원에 입원했을 때 내 옆에서 2박 3일 지켜준 건 너였기에 나 죽어도 못 잊을 고마움으로 남는다.

친구야 !

40년 넘는 너와 나의 세월을 누가 가져갈 수 있겠니. 하루 저녁 막걸리 한 병이면 너와 나 울고 웃는데 부족함이 없었지.

그 먼 거리를 마다않고 찾아와 막걸리 한잔하며 함께 잠을 잘 수 있는 네가 있어 내게는 더 없는 자랑이요 축복이란다.

고맙다, 사랑한다, 친구야.

오늘도 넌 또 다른 아름다움으로 많은 사람들을 위해 머리 손질하기에 여념이 없겠지. 미용실의 작은 공간이 너를 가두는 곳이 아니라 너의 세상을 만드는 무대라는 것을 알고 있지.

그리고 바쁜 시간 속에 세월의 주름이 늘어가지만 너의 기술은 아주 멋지게 변신을 할 거라고 믿는다.

힘든 시간 속에 행복이 함께 한다는 걸 아는 너이기에 너의 미소가 더욱 아름답게 보이더라.

친구야.

훗날 또 다른 모습의 네가 내 옆에 있겠지.

그래도 너의 웃음소리가 크게 들리면 나는 알 수가 있어. 네가 행복해 하는 것을….

오늘 아침 출근길은 라일락 향기가 더욱 진하더라.

고향의 목련은 이제 시작이지만 이곳은 라일락 향기가 온 세상을 덮을 것 같아.

이 봄이 가기 전 해마다 그랬던 것처럼 올해도 여행을 떠나자꾸나.

아무쪼록 너의 희망찬 앞날에 항시 평화롭고 행복하길 손 모아 빈다.

만델라와 인빅투스

나기천

18 75년에 윌리엄 어네스트 헨리(William Earnest Henley, 1849~
1903)가 지은 시 〈인빅투스〉(Invictus). 이 시는 인종차별로 유명
한 남아프리카공화국에서 최초의 흑인 대통령이 된 넬슨 만델라
(Nelson Mandela, 1918~2013)가 가슴으로 애송하며 27년간의 감옥살
이를 견뎠다고 해서 더욱 유명한 시다.

제목 '인빅투스'는 '불굴' 또는 '굴하지 않는 영혼', 사람으로는 '정
복되지 않는 자'라고 번역이 되는데 이 시의 저자 헨리는 12세에 폐결
핵에 걸리고 그 연장선상에서 골수결핵까지 앓아 왼쪽 다리를 절단한
후에 다시 오른쪽 다리까지 절단해야 한다는 진단을 받았으나 절단하
지 않고 피나는 물리치료를 함으로써 30년을 더 살았다고 한다. 그는
질병과 그에 따른 고통으로 매우 어려운 삶을 살면서도 결코 굴할 수

나기천(羅基千) _ 서울 출생(1969년). 서울사이버대학교 국제무역물류학
과 졸업. 고려대학교 경영대학원 경영관리자과정(BMP), 김포대학교 최
고경영자과정(KTEP), 서울대학교 문헌지식정보 최고위과정(ABKI) 등
수료. (주)티피씨라인 대표이사, 전국상조협회 부회장, 한국상조연합회
부회장 등을 역임하고, 현재 대한민국 장묘산업 자문위원, 김포경실련
집행위원, 국민상조 대표이사 등으로 활동.

없다는 신념으로 잔인한 환경을 극복하였던 것이다. 바로 그 헨리의 불굴의 영혼이 이 시에 깊이 스며 있다고나 할까?

헨리가 병마에 시달리며 극한상황에서 지었다는 이 시가 시대를 넘어 넬슨 만델라의 마음 속을 깊숙이 파고들었던 것이다. 27년 동안이나 감옥에서 이 시를 애송하면서 죽음의 공포를 이기고 살아나왔다고 하니 '인빅투스'는 이미 저자 헨리를 떠나 넬슨 만델라의 것이 되고 만 것이다. 만델라는 "옥죄어 오는 어떤 무서운 상황에서도 나는 굴하거나 소리 내어 울지 않았다. 곤봉으로 얻어터지는 운명에 처해 머리에서 피가 나도 고개 숙이지 않았다"고 술회하였다. 이것이 바로 인간이 간직할 수 있는 불굴의 영혼이요, 백절불회지진심(百折不回之眞心)이요, 만고불변의 지조가 아닌가.

넬슨 만델라가 백인들의 인종차별의 질곡에서 자유를 위하여 투쟁한 여정은 너무나 길었지만 그 길은 마침내 자유와 평등을 가져다주었고 진리와 정의는 기필코 승리한다는 교훈을 남겼다.

나를 감싸고 있는 밤은
온통 침묵 같은 암흑
나는 어떤 신들에게도
나의 굴하지 않는 영혼을 주심에 감사한다.

잔인한 환경의 마수에서
난 움츠리거나 소리 내어 울지 않았다
내려치는 위험 속에서
내 머리는 피투성이지만 울지 않았다.

분노와 눈물의 이 땅을 넘어
어둠의 공포만이 어렴풋하고
오랜 재앙의 세월이 흘러도
나는 두려움에 떨지 않을 것이다

아무리 천국의 문이 좁고
아무리 많은 형벌이 나를 기다려도
나는 내 운명의 주인이요
나는 내 영혼의 선장인 것을….

　이 시를 감상하다 보면 넬슨 만델라가 이 시를 애송하며 참담한 현실 속에서 미래에의 희망을 키운 것이 이해가 된다.

　넬슨 만델라는 알려진 바대로 남아프리카공화국 최초의 흑인 대통령이자 흑인인권운동가이다. 종신형을 받고 27년간을 복역하면서 세계인권운동의 상징적인 존재가 되었다. 저서로는 《투쟁은 나의 인생》(The Struggle is My Life), 《자유를 향한 머나 먼 여정》(Long Walk to Freedom) 등이 있다. 그는 1918년 7월 트란스케이에 있는 음베조에서 템부 부족 추장의 아들로 태어나 1939년 포트헤어대학에 입학하였지만 이듬해 시위를 주동하다가 퇴학당했다. 1941년 결혼과 동시에 요하네스버그를 떠나 1942년에는 아프리카민족회의(African National Congress : ANC)에 참여하였으며, 1943년에는 비트바테르스란트대학 법학부에 들어갔다. 1944년에는 아프리카민족회의(ANC) 청년동맹을 공동 창설하고, 1952년에는 부회장에 올라 흑인으로서는 처음으로 요하네스버그에 법률상담소를 열고 '인종분리정책' 불복종운동에 나서 체포되었으며, 1956년에는 백인전용화장실에 들어가 소변을 본 것이

빌미가 되어 반역죄로 체포되기도 하였다. 1960년 3월 샤프빌 흑인학살사건을 계기로 1961년 아프리카민족회의 군사조직 '움콘토웨시즈웨'의 초대 총사령관이 된 그는 간디의 비폭력을 존중하되 자신의 신념대로 무장투쟁을 지도하다가 1962년 아프리카 12개국에 여권 없이 출국하여 노동자 파업을 선동하였다는 죄목으로 다시 체포되어 5년형을 선고받고 그 후 범죄혐의가 추가되면서 종신형을 선고받았다.

이러한 행적이 그를 세계인권운동가의 상징으로 각인시켜 각종 인권단체로부터 옥중이지만 여러 가지 상을 받게 했고, 1990년 출옥하여 1991년 ANC 의장으로 선출된 뒤에는 실용주의 노선으로 선회하여 인종분규를 종식시킴으로써 1993년에 노벨평화상을 받는다. 그리고 1994년 마침내 남아프리카공화국 최초의 흑인 참여 자유총선거로 구성된 다인종의회에서 대통령에 당선되었다.

남아프리카공화국의 백인들은 본디 네덜란드에서 이주한 후손들인데 금과 다이아몬드를 채취하면서 철저하게 흑인들을 착취하고 차별해 왔다. 그 인종차별은 '아파르트헤이트'(aprtheid)라고 하였는데 종교적으로나 법적으로 정당화하였던 악법이다. 이 법에 대하여 흑인들은 무장투쟁을 전개하게 되었고 그 지도자 가운데 넬슨 만델라가 우뚝 자리하게 되었던 것이다.

그 끊임없는 투쟁의 결과로써 1990년에는 남아프리카공화국에서 인종차별정책이 폐지되었고, 1994년에는 흑백연합정부가 수립되며 마침내 넬슨 만델라가 대통령으로 당선된 것이다. 그리고 대통령에 취임해서는 그가 꿈꿔 왔던 백인과 흑인이 하나 되는 나라를 만들기 위해 '진실과 화해위원회'(Truth and Reconciliation Commission : TRC)를 구성하고 흑인에 대한 가해자가 자신의 잘못을 정직하게 고백하고 용서를 구하면 민사상 책임을 면제해 주는 방식으로 과거사를 청산하였다.

또한 그가 대통령이 되자 정부의 백인 공무원들이 보따리를 싸고 떠나려는 것을 보고 "당신들이 필요하다"고 말하면서 만류하였다고 한다. 대통령 경호원들도 당연히 흑인들로 구성될 줄 알았지만 백인들과 함께 구성하였다. 그리고 백인들이 중심으로 이루어진 럭비팀 스프링복스(springboks)를 해산하자는 강력한 주장에 맞서 해산하지 않고 그대로 후원하였다. 흑인들은 흑인 대통령인 만델라가 백인들에게 복수해 주기를 기대하였지만 전혀 그렇지 않았다.

만델라의 가슴에서는 진정한 복수는 곧 '용서와 화해'이며, 용서와 화해야말로 일치와 통합으로 가는 유일한 길이라는 것을 확신하고 있었던 것이다. 나에게 저지른 남의 잘못을 용서로 갚는 것이 곧 참된 사랑임을 실현한 것이다.

우리는 만델라와 '인빅투스'에서 불굴의 영혼을 간직하는 동시에 증오와 반목과 투쟁으로 점철된 우리 역사의 단면을 돌아보며 용서와 화해와 통합의 지혜를 배워야 할 것이다.

단군과 마니산

도천수

서울에서 강화도 마니산까지는 거리가 불과 60km 정도이다. 가양 대교를 거쳐서 김포한강로 고속화도로까지는 도로가 잘 정비되어 있어 일사천리로 달리다가 운양삼거리 가까이 가서는 도로공사관계로 정체가 심했다. 서 있는 차량 밖의 고속화도로 한강변에는 철조망이 쳐져 있었다. 이 한강은 김포시와 파주시 사이를 흐르면서 북의 개풍군과 연결되기 때문이다.

1시간 30분이면 도착할 거리인데 2시간 30분이 걸려서야 강화도에 도착했다. 강화도를 지나는 길에서는 고구마를 캐는 체험농장들이 곳곳에 눈에 띄기도 했다. 드디어 강화도 화도면 상방리 입구 마니산에

도천수(都泉樹) _ 서울 출생(1953년). 고려대학교 철학과 졸업. 산업노동정책연구소 소장, 민주주의민족통일전국연합 중앙집행위원, 자주평화통일민족회의 사무총장, 민족사회운동연합 상임대표, 80년 민주화운동동지회 회장, 민주개혁국민연합 사무총장, 푸른시민포럼 상임대표 등을 역임하고, 현재 보훈뉴스 편집인, 희망시민연대 공동대표. 한민족운동단체연합 상임공동대표, 한반도시대국민연합 상임공동대표, 단군민족평화통일협의회 상임공동대표, 고대민주동우회 회장, 좋은사회연대 상임공동대표, 좋은경영연구소 대표이사, 공평세상 상임공동대표, 함께하나 상임공동대표, 공평연구소 소장 등으로 활동. 저서 《변증법의 본질과 역사》(역), 《사회와 노동》(1992), 《한국노동운동사》(공, 1994), 《한반도시대 제3의 길》(2008) 등.

도착하였다. 그런데 이날은 한글날로 공휴일인 때문인지 주차장은 만원이어서 주차할 곳이 없을 정도였다.

시간이 많이 늦어 점심시간이 가까워져서 상방리 매표소의 주차장 인근의 식당을 찾았다. 강화도 지역의 토속적인 음식이 무엇인가 살펴보았는데, 멍게비빔밥이 눈에 띄었다. 멍게비빔밥은 갖가지 산채나물에 멍게의 상큼함이 어우러져 독특한 맛을 느낄 수 있었다.

"마니산의 원래의 이름은 우두머리라는 뜻의 두악(頭嶽)으로 기록되어 있으며, 마리는 머리를 뜻하며 민족의 머리로 상징되어 민족의 영산으로 불려오고 있다. 남으로 한라산의 중간 지점에 위치한 해발 472.1m의 높이로 강화도에서 가장 높다. 마니산은 정상이 남쪽 한라산과 북쪽의 백두산까지의 거리가 같으며, 백두산의 정기와 태백산의 정기가 마식령산맥을 통해 잠룡으로 한강을 건너 강화에 이르고, 한남정맥을 통해 소용돌이치는 손돌목을 건너 다시 용기하여 고려산·혈구산·진강산을 차례로 이루고 그 남쪽 끝에 민족의 성산 마니산에 용맥의 정기가 뭉친 곳이다. 단군 51년 삼랑성과 더불어 제천단을 쌓고, 3년 후인 단기 54년에 천제를 올리시니 드디어 하늘이 열리고 천기가 솟아 민족정기의 생기처가 되어 배달겨레의 기운이 사해(四海)를 펼치게 되었다."

(마니산 안내 책자, 표지에서 인용)

단군조선시대에는 천제의식이 북에서는 백두산에서, 남에서는 마니산의 참성단에서 행해졌으며, 그밖에 구월산의 삼성사, 평양의 숭령전, 강원도 태백산 등에서 천제를 드렸다고 한다.

개천절은 단군이 하늘 아래 나라를 선포하고 백두산 신단수 아래 내려와 신시(神市)를 열어 홍익인간 이화세계를 시작한 날이다. 태백일사소도경전 본훈에 의하면 홍익인간 이화세계는 천제환인께서 환웅에게 내린 바, 신시배달이 단군조선에 전한 진리이다.

《삼국유사》에는 "환인(桓因)은 환웅(桓雄)의 뜻을 알고, 삼위태백산을 내려다보니, 인간 세계를 널리 이롭게 할 만한 곳이었다. 이에 천부인(天府印) 세 개를 주어, 내려가서 세상 사람을 다스리게 했다. 환웅은 무려 3천 명을 거느리고, 태백산 꼭대기(지금의 묘향산)의 신단수 아래에 내려와서 이곳을 신시라 불렀다"며 고기(古記)를 인용한 기록이 있다. 《환단고기》에는 더 자세히 서술되어 있는데 서울대 천문학과 박창범 교수는 환단고기에 기록된 일식 등 천문현상을 과학적 방법으로 증명하여 단군이 신화가 아니 실존역사임을 뒷받침하였다.

마니산의 참성단에 오르는 첫 번째 길은 계단로인데 거리 2.4km로 1시간 20분 정도 걸린다. 상방리 매표소에서 1004계단(개미허리, 헐떡고개)을 거쳐서 정상으로 가는 코스로 왕복 2시간 30분 걸린다. 두 번째 길은 단군로에서 함허동천으로 가는 코스로 거리 4.8km로 3시간 걸린다. 상방리 매표소에서 단군로의 372개 계단을 거쳐서 정상을 오른 다음, 헬기장, 마니계단, 바위능선, 칠선녀계단을 지나 함허동천 매표소로 가는 코스다. 세 번째 길은 상방리 매표소에서 정상을 오른 다음 정수사로 내려가는 코스다. 다섯째 길은 단군로인데 거리 7.2km로 왕복 3시간 30분 걸리는 코스다. 이 단군로에 대해서 일각에서는 역사적으로 허구이며 다른 길로 왕검로가 있다는 설이 있는데 모두 실증적 연구가 뒷받침되어야 할 것이다.

이날 코스는 1코스 계단로로 올라서 5코스 단군로로 내려오기로 했다. 일단 1004계단을 걸어 올라가야 하는데, 주말등산으로 단련된 나도 헐떡거리게 된다. 1004계단 천사가 되어서 천국에 가려면 이런 정도의 고통을 참아야지 하는 생각도 해 보았다. 마니산은 전국에서 기가 가장 세기로 유명한 지역이다. 『주간조선』의 보도(1999년 4월 8일자)에 의하면 전국에서 소원을 빌기 위해 구름처럼 모이는 팔공산 갓바위의 L-ROD(탐사추나봉)로 조사한 회전수가 16인데, 마니산 참성단은 65로 전국 최고의 수치를 기록했다고 한다. 그런 강력한 기를 받아서인지 중턱에서 잠시 물 한잔하고 정상까지 1시간에 주파하였다.

"우주선 아폴로16호가 달에 착륙하여 세 사람의 탑승자가 지구를 내려다보니 유난히 기가 뻗치는 곳이 있어서 사진을 찍었다가 귀환하여 그곳을 알아보니 그곳이 강화도 마니산일대였다고 한다"

(황종국 글 인용).

마니산은 으름, 할배나무, 헛개나무, 엄나무 등 자생하는 나무도 많고, 톱사슴벌레, 바위종다리 등 희귀한 동물도 많았다.

"정상에는 고려사지리지나 세종실록지리지, 그 외 사서나 지리지 등에 단군왕검이 천제를 올리던 곳으로 기록되어 있는 참성단(사적 제136호)이 자리잡고 있다. 자연석으로 기초를 둥글게 쌓고 단은 그 위에 네모로 쌓았다. 아래 둥근 부분의 지름은 8.7m이며, 상단 네모의 1변의 길이는 6.6m의 정방형 단이다. 상단의 동쪽에는 21개의 돌계단이 있다. 상하단의 높이는 벼랑의 높이를 빼고 3~5미터이다. 상방하원(上方下圓) 즉 위가 네모나고 아래는 둥근 것은 천원지방(天圓地方)의 사상인 하늘은 둥글고 땅은 네모진다는 생각에서 유래된 것으로 여겨진다. 고려시대에 임금이나 제관이 참성단에서 제사를 올렸으며, 조선시대에도 하늘에 제사를 지냈다고 전해진다. 고려 원종 11년(1270년)에 보수했으며, 조선시대에 들어와 인조 17년(1639년)에 다시 쌓았고, 숙종 26년(1700년)에 보수하였다. 현재 참성단에서는 매년 10월 3일 제천행사가 있으며, 전국체전 성화가 칠선녀에 의해 이곳에서 봉화를 채화하는 의식이 열린다. 참성단 옆의 소사나무는 전형적인 관목 모습에 나무갓이 단정하고 균형 잡혀 있으며 참성단의 돌단 위에 단독으로 서 있기 때문에 한층 돋보이는데, 규모와 아름다움에서 우리나라를 대표하는 소사나무로서 문화재적 가치를 인정받아 2008년 9월 16일 천연기념물 502호로 지정되었다. 이 소나무는 높이가 4.8m, 뿌리 부근 둘레가 약 2.74m이며, 수령은 150년쯤으로 추정된다." (마니산 안내책자, 표지에서 인용)

참성단 정상에서 내려다본 서해바다는 한 마디로 절경이었다. 많은 등산객들이 참성단을 배경으로 사진도 찍고, 아름다운 풍경에 감탄을 하면서 다시 하산하는 것에 대한 아쉬움을 표하기도 했다.
고은 시 중에 〈그 꽃〉이라는 시가 있다.

내려갈 때 보았네.
올라갈 때 보지 못한
그 꽃.

마니산 정상에 오를 때는 계단을 계속해서 오르면서 숨을 헐떡이느라 주변의 경치를 보지도 못했다. 그러나 내려올 때는 단군로가 능선인 관계로 여유 있게 마니산의 경치를 만끽할 수 있었다. 정상이 발디딜 틈조차 없을 정도로 만원이어서, 물 한 모금만 먹고, 내려왔는데, 서해바다가 잘 내려다보이는 능선의 고개에서 가져간 포도, 사과 등 과일을 먹을 수 있었다. 하산 길은 둘레길처럼 걷기에 아주 편안한 길이었다.

하산 후에 차를 타고 이동해서 두 번째 등산로인 함허동천을 가보았다.

　"강화군 화도면 사기리 함허동천(涵虛洞天)은 조선 전기의 승려 기화(己和)가 마니산 정수사(淨水寺)를 중수하고 이곳에서 수도했다고 해서 그의 당호인 함허를 따서 '함허동천'이라는 이름이 붙었다. 함허동천은 구름 한 점 없이 맑은 하늘에 잠겨 있는 곳이라는 뜻이다. 함허동천은 산과 물이 묘한 조화를 이루고 빼어난 경치를 자랑하는 곳으로 함허대사가 이곳을 찾아 사바세계의 때가 묻지 않아 수도자가 가히 삼매경에 들 수 있는 곳이라고 하였다고 전해진다."

(함허동천 안내책자 중에서)

　함허동천은 야영장이 유명하여 가족단위의 야영객이 많이 눈에 띄었다. 그런데 가족들이 손수레를 끄는 모습이 보였는데, 주차장에서 야영장까지 짐을 손수레로 나르는 것이었다. 이색적인 서비스가 아닐 수 없었다. 아이들에게 좋은 추억거리가 될 것 같았다.

　세 번째 길인 정수사는 신라시대 639년(선덕여왕 8년)에 회정(懷政)선사가 창건하였다고 한다. 회정선사가 참성단을 본 뒤, 그 동쪽 기슭에 앞이 훤히 트이고 밝은 땅을 보고 불제자가 가히 선정삼매(禪定三昧)를 정수(精修)할 곳이라 하면서 정수사라 이름을 지었다고 한다.

　함허동천과 정수사를 둘러보고 화도면 귀경길에 눈에 띄는 음식점이 있었다. 요즈음 한창 인기를 끌고 있는 한 종편의 착한 식당 간판이 보였다. 마니산 산채라는 간판이다. 착한 식당은 나도 애청하는 프로그램 중의 하나이다. 착한 식당은 인공조미료를 쓰지 않아야 되고, 재료가 철저하게 국산이어야 한다. 먼저 비빔밥의 나물이 다른 비빔밥의 나물과 차별성이 있었다. 그리고 반찬이 무려 15가지가 나왔다. 그런데 반찬이 다른 식당과는 독특한 것이어서 이름을 알기가 쉽지 않은 정도였다. 된장국은 약간 매웠지만, 전체적으로 짜지 않고 정갈한 맛을 보였다. 어떻게 이런 반찬을 만들 수 있을까 감탄사가 절로 나왔다. 이런 류의 식당이 많이 나오면 한류를 뒷받침할 수 있고, 국제경쟁력도 갖추는 길이 아닐까 생각해 보았다.

출가하기 전 도통한 선곡스님

무상법현

선곡(禪谷)스님은 1898년 태어나 1968년 입적했다. 육조 혜능대사처럼 머리 깎은 스님이 되기 전에 깨달음을 얻은 기연을 가졌던 스님이다. 선곡은 자호(自號)이고, 법명은 도윤(道允), 법호는 설곡(雪谷)이다.

열일곱에 송광사에 들어가 공양주를 보면서 행자생활을 삼년이나 했다. 어느 날 선곡은 점심을 먹은 뒤 나무를 하러 갔다가 삼일암(三日庵)에 들어가게 되었다. 암자에 들어가 이리 저리 살피다가 병풍을 하나 보았는데 무슨 소 그림이 그려져 있었다. 그 그림이 이상하게 눈에

무상 법현(無相 法顯) _ 스님. 중앙대학교 기계공학과 졸업. 출가 후 동국대 불교학과 석·박사 수료, 출가하여 수행, 전법에 전념하며 태고종 총무원 부원장 역임. 한국불교종단협의회 사무국장으로 재직할 때 템플스테이 기획. 불교텔레비전 즉문즉설 진행(현), 불교방송 즉문즉답 진행, tvN 종교인 이야기 출연, KCRP종교간대회위원장(현). 한국불교종단협의회 사무국장. 한중일불교교류대회·한일불교교류대회 실무 집행. 남북불교대화 조성. 한국종교인평화회의 종교간대화위원, 불교생명윤리협회 집행위원. 한글법요집 출간. 한국불교종단협의회 회장상 우수상, 국토통일원장관상 등 수상. 《틀림에서 맞음으로 회통하는 불교생태사상》, 《불교의 생명관과 탈핵》외 다수의 연구논문과 《놀이놀이놀이》, 《부루나의 노래》, 《수를 알면 불교가 보인다》, 《왕생의례》, 《추위도 향기를 팔지 않는 매화처럼》 등의 저서 상재.

들어와서 떨쳐지지 않았다. 선곡은 이상하게도 그림 속으로 빨려 들어가는 자신을 느꼈다. 선곡은 무릎을 치면서 "그렇지! 헐어진 외양간을 뛰쳐나온 소! 그 소를 나도 꼭 찾아야지!" 하고 의지를 곧추세웠다.

삼일암을 내려온 선곡은 송광사 원주스님에게 하직 인사를 드리고 괴나리봇짐을 싸서 조계산을 올랐다. 언젠가 스님들이 한담을 하면서 이야기한, 참선하는 수좌가 살고 있다는 비로암(毘盧庵)으로 갔다. 비로암은 송광사의 뒷산을 넘어서 비탈 양지바른 곳에 있었다. 선암사 산내 암자로서 처음 아도화상이 이곳에 도량을 열었다고 한다. 비로암에는 당시 두세 명의 수행자가 똬리 치듯이 좌선만 하고 있었는데 선곡도 아침저녁으로 밥을 해 주면서 참선을 같이 했다.

지금 생각해 보면 머리를 빡빡 깎은 스님들 틈에 봉두난발한 속인이 같이 있는 것이 이상했을 텐데 아무도 그런 생각이 없이 자연스럽게 어울려 수행을 했다. 불교는 깨달은 사람이 제일이고, 먼저 출가한 사람이 제일이고, 나이 먹은 사람은 나중이라 진리를 깨닫기 위해 공부하는데 승속을 가리지 않는 것이 전통이었으나 요즘은 너무 따지는 느낌이다. 옷도 본디 한국인의 옷인 한복을 입고 그 위에 장삼을 입고 가사를 드리운 것이 전통이다.

지금도 비로암은 아주 작은 암자로 승려들이 편하게 있을 곳이 못되는데 당시에는 더 형편없었다. 그렇게 있다가 다른 스님들은 다 나가고 선곡 혼자서 10여 년을 보냈다. 그러던 어느 날 좌선하던 다리를 풀고 경행이나 할까 하고 문을 열고 나오다 조계산 능선에 아침볕이 내리쬐는 모습을 보고 홀연히 깨달았다. 게송을 읊어대고, 꽃이나 새들하고 이야기를 나누는 모습을 사람들이 보고는 이상하게 생각해 산 아래 선암사로 전했다.

당시 선암사 본절에는 뒷날 4대 강백(講伯) 중 한 명이라 일컬어지던

경붕(景鵬)스님이 칠전선원 조실로 있었다. 선암사 출신 대강백은 함명(涵溟), 경붕(景鵬), 경운(驚雲), 금봉(錦峯) 등 네 스님이다. 경운스님은 조선 불교의 초대 교정으로 추대되었지만 나서지 않아서 만해 한용운 스님에게 권한대행을 하게 한 선교 일치의 거장이었다. 나머지 세 명의 스님도 강백으로 유명했지만 선(禪)에도 일가를 이룬 거장들이었다.

경붕스님이 사람을 불러 선곡을 내려오게 하고는 물었다.

"이상한 소리를 한다는데 무엇을 보았다는 게냐?"

"무엇을 보았다는 것이 아니고 무엇을 보아도 다 알게 되었다는 것입니다."

경붕스님은 시자를 불러서 초발심자경문(初發心自警文)을 내오게 해서 시자에게 읽어주라고 했다. 한데 선곡은 몇 줄을 듣더니 말했다.

"아직 한 번도 읽어 본 적은 없지만 내용은 짐작이 갑니다."

하면서 초심(初心)부터 자경문(自警文)까지 일목요연하게 설명하는 데 막힘이 없었다.

경붕스님이 선곡의 깨달음을 인가하고 출가할 것을 권유했다. 하지만 받아들이지 않고 도인으로 소문이 나 있었던 용성(龍城)스님을 찾아 갔다. 선곡은 봉두난발한 채로 용성스님을 찾아가 자신의 마음 속에 이글거리고 있는 소식을 전했다. 용성스님은 물건이 왔다며 선곡을 인가하고 자신의 수제자인 선암사의 선파(禪坡)스님 밑으로 출가시켜 법을 잇게 하였다.

그때 선곡의 나이 29세였다. 선파스님 밑으로 출가했지만 오래 모시지는 않고 법에 대한 의심이 있어서 만공(滿空)스님을 찾아가서 거량을 하였다. 마침 만공스님은 법주사에 머물고 계셨다. 만공스님이 법상에 올라 대중법문을 하고 있었는데 선곡스님이 법을 묻고자 하니 만공스님이 "네가 얻은 소식을 일러라" 하였다. 선곡스님이 좌정하고 말없이 빙그레 웃자 만공스님은 "네가 왔으니 내 법문이 더 이상 소용이 없다" 하시며 법상에서 내려와 버렸다고 한다.

선곡스님은 선암사에 내려와 있다가 용성스님이 함양에 농원을 내서 선농일치(禪農一致)의 청정수행을 한다는 말을 듣고 함양으로 갔다. 농원에서는 백장의 선원청규를 따라 '하루 한 때라도 일하지 않으면 한 끼도 먹지 않는(一日不作 一日不食)' 살림을 살았다. 스님도 3년간 농사짓고 좌선하며 용성스님을 시봉했다. 그 뒤 지리산 칠불선원(七佛禪院)에서 조실을 살았다.

이때 순천 선암사 칠전선원에는 선곡스님의 은법사인 선파스님이 서울 대각사에서 용성스님을 모시다가 칠전선원에 내려와 조실을 살다가 열반하셨다. 선암사는 흔치 않은 육방산림(六房山林)의 전통이 있는 사찰이다. 전체를 여섯 덩어리로 나누어 전각 자체가 특별한 가풍을 이어가는 별도 수행체계를 갖추어 생활하면서 그 여섯이 모여 하나의 총림체제(叢林體制)를 갖춘 것이다.

달마전, 미타전 등 일곱 개의 전각으로 이루어진 칠전은 출가한 지 30년 이상 되는 구참납자들이 결제와 해제를 따로 정하지 않고 일 년 내내 안거에 드는 상선원(上禪院)으로, 스무 명이 넘지 않는 단촐한 살림을 살았다. 바로 오른쪽 옆 무우전(無憂殿)은 정업원(淨業院)이라 하여 능엄주나 대비주 등의 진언을 외우는 전각이다. 50여 명의 수행자가 밤낮으로 진언을 염송하며 살았다. 칠전을 내려와 원통보전, 불조전, 장경각 등을 지나 왼쪽의 천불전(千佛殿)은 강원(講院)으로 40여 명의 대중이 함께 살았다. 바로 아래 창파당(蒼波堂)은 도감원(都監院)으로 총림내 모든 행정 및 법회 등의 절차와 살림살이를 살피는 곳이다. 만일(萬日)은 염불원으로 만일염불을 하던 곳이기도 하다. 심검당(尋劍堂)은 하선원(下禪院)으로 결제동안 열심히 정진하는 신참납자들이 모여 살았다.

각기 전각에는 별도의 조실(祖室)을 모시고 살았으며 공양간과 뒷간이 따로 있었을 정도로 일정한 독립성이 유지되었다. 그러나 총림 전체의 의사를 표현하거나 밖에서 대표할 일이 있으면 칠전선원의 조실이 전체의 조실로서 요즘으로 말하자면 방장(方丈) 역할을 하였다.

　선암사 스님들은 선파스님의 다비를 모시고 얼마 안 있어서 칠불선원으로 선곡스님을 찾아와 칠전선원에 머무르면서 납자들 지도해 줄 것을 요청해 스님은 본사인 선암사로 향했다.

　그러다가 여순반란사건이 일어나서 절이 어려워지자 주지까지 맡아 살림을 살았다. 선암사는 산이 깊어서 낮에는 경찰이 무대로 삼고 밤에는 반란군이 무대로 삼아서 대중들이 도저히 견딜 수가 없었다. 대중들은 피란을 가고자 하였지만 스님은 대중들만 보내고는 혼자서 선암사를 지켰다. 그러자니 밤낮으로 당하는 고생이 이루 말로 다할 수가 없었다. 낮에는 경찰이나 군인들이 와서 밥 달라고 하면 내주고, 밤에는 빨치산이 그러면 또 내주고는 하였다.

　그런데 고마워해야 할 그들이 은혜를 원수로 갚았다. 경찰에게는 빨치산에게 밥을 해 준 사실이 밀고되고, 빨치산에게는 경찰에게 도움을 준 일이 고변되어서 양쪽에서 선곡스님을 못살게 군 것이다. 낮에는 경찰이 닦달하고 밤에는 빨치산이 매질을 하였다. 사정없이 쏟아지는 뭇매를 맞으면서 스님은 다짐했다.

　"부처님 당시 포교제일 부루나 존자는 수로나지방의 험악한 사람들이 불교를 전파하는 것에 거부감을 갖고 돌과 나무로 때려도 거부하지 않고 오히려 '무상한 인생을 중단하고 평안한 세상으로 가게 하기 위해 때리는 것'으로 받아들여 사람들을 원망하지 않았다. 나도 그리 하리라. 아니 경허스님처럼 매를 맞으면서도 좌선하는 자세를 풀지 않으리라. 수행자는 앉으나 서나 어떠한 경계가 오더라도 흔들리지 않아야 한다. 내 그것을 제자들에게 늘 말해 왔는데 이번에 내 스스로 그것을 시험해 보리라."

그리고는 몽둥이질에 밀려서 이리저리 구르면서도 가부좌한 다리를 풀지 않았다. 도망간 상대편들의 간 곳을 대라고 매질해도 아무 말 없이 좌선만 하고 있자 매질하던 사람들이 오히려 미안해 할 지경에 이르렀고, 결국은 그 불편부당한 마음에 감동해서 풀어주었다.

모든 것에서 자유로워지고 상황이 좋아지자 선암사에는 다시 대중들이 모여들기 시작했다. 사상초유의 승단분규 즉 법란을 겪으면서 수행자연하는 이들을 엄하게 꾸짖고 초연하게 도량을 지키면서 납자들을 제접했다. 선곡스님을 조계종으로 모시려는 청담스님에게 "순호(청담)! 자네는 가는 곳마다 지옥을 만들고 있으니 자네나 지옥에서 나오게" 하고 꾸짖었다는 이야기는 그야말로 전설처럼 다가온다.

1968년 제자들에게 "해가 뜨니 서방을 비추고, 달이 떨어지니 서방을 떠나는구나(日出照西方 月落離西方)"라는 마지막 가르침을 남기고 열반에 들었다.

유대인의 비즈니스

박서연

전 세계에 분포되어 있는 유대인의 수는 1,600만 명으로 추산된다. 이스라엘에 6백만 명이 살고 있고, 미국을 비롯한 세계 여러 나라에 1천만 명이 살고 있다. 유대인들의 세계 분산을 가리켜 디아스포라(diaspora)라고 한다. 이 개념은 유대인들과 같이 어떤 특정 장소를 거점으로 결집되어 있지 않더라도 정서적으로나 민족적으로 강한 공동체를 형성하는 현상을 총칭하는 것이다.

독일을 중심으로 거주하던 유대인 상당수는 나치의 인종주의에 의해 희생자가 되었지만 유대인 내부에서도 피부 색깔에 따른 차별이 만만치 않다. 이스라엘의 6백만 인구 가운데 솔로몬의 후예로 불리는 에티오피아 출신 유대인은 10만여 명인데 이들은 빈곤과 백인 유대인들

박서연 _ 인덕대학교 사회복지학과 졸업. 월간 『한맥문학』 신인상에 시 부문과 수필부문 모두 당선되어 문단에 등단. 현재, 상담전문가로서 증여상속 · 세무회계 · 투자설계 · 부동산 · 은퇴설계 · 위험설계 · 법률상담 · 교육설계 등 상담. 교보생명 V-FP로 근무하며 생명보험협회 우수인증 설계사, MDRT(Million Dollar Round Table) 회원, 교보생명 리더스클럽, 교보생명 프라임리더의 위치에서 3년 연속 President's 그룹달성으로 교보생명 고객보장 대상을 수상하였으며, Chairman's 그룹달성으로도 교보생명 고객보장 대상 수상.

의 차별 대우로 고통 받고 있는 것이 현실이다.

유대인이라고 해서 다 유대종교를 믿는 것은 아니다. 정통파 유대종교인들은 이스라엘의 유대인 중 약 6%에 지나지 않는다. 머리에 '키파' 라고 하는 빵모자를 쓰는 종교적 유대인이 30%이며, 나머지 64%는 유대교에 전혀 관심이 없는 세속인들이다. 언론은 유대종교인들의 이중적인 도덕성을 폭로하는 기사를 자주 실을 정도로 종교인과 세속인 사이의 관계는 별로 좋지 않다. 세계적으로 유명해진《탈무드》는 정통파 유대종교인들만 배울 뿐 세속인은 거들떠보지도 않는다.

유대인들이 가장 성공을 거둔 나라는 단연 미국이다. 유대인은 미국 인구 2억 8천만 명의 2.2%에 해당하는 6백만 명에 불과하지만, 아시아계 950만 명에 비해 막강한 영향력을 행사하고 있다. 미국의 정관계 실세로 군림하고 있는 신보수주의자들의 실력자들이 대부분 유대인이다. 경제계와 학계에서도 대단한 영향력을 발하고 있는데 본고에서는 유대인의 비즈니스에 한하여 기술하기로 한다.

역사적으로도 유대인은 장사 솜씨가 뛰어난 것으로 알려져 있다. 사실 유대인이 장사꾼이 된 것은 그것에만 그들의 살 길이 있었기 때문이다. 2세기에 이스라엘이 패망함으로써 전세계적으로 흩어져 살게 된 유대인들은 제2차 세계대전의 종식과 함께 새로이 건국하기까지 냉혹한 차별 속에서 억압받으며 살아왔다.

중세에 유대인에게 허락된 생업이라고는 장사뿐이었다. 그 까닭에 유대인은 늘 선구자로서 새로운 분야에 손을 대어 발전해 나가는 것 외에는 생계에 별다른 방법이나 도리가 없었다. 그리고 그것이 생명처럼 되어 있었다.

예를 들어 자동차 업계에서 선구자 역할을 한 미국의 닷지 형제와 프랑스의 헨리 포드로 일컬어지는 시트로엥이 유대인임은 유대인의 개척정신을 보여주는 한 예다. 또 뉴욕시 매디슨가(街)의 광고업계, RCA를 비롯해 라디오와 텔레비전 따위의 통신산업, 곧 오늘날 정보산업으로 불리는 분야를 유대인이 개척하게 된 것도 역시 이러한 사정에 의해서다.

천국 문 앞에서 맨 먼저 묻는 말 랍비 라바는 《탈무드》에서 다음과 같은 이야기를 전한다. 사람이 죽어서 천국에 가면 천국의 문 앞에서 맨 먼저 묻는 말은 "너는 장사를 정직하게 했느냐?"라는 것이다. 이것이 죽은 후에 받는 첫 번째 질문이라는데, 랍비들이 하나님께서 '너는 얼마나 자선을 했는가', 혹은 '기도를 했느냐'를 묻는 것이 아니라 '정직하게 장사를 했느냐'는 질문을 맨 먼저 할 것이라고 예측했다는 것은 매우 재미있는 일이다.

《미드라쉬》에는 장사를 정직하게 하는 것은 그 자체가 성서의 세계를 실현하는 것이라는 구절이 있다. 상거래에서 부정을 저지르는 자는 성서를 파괴하는 자라고 경고한 것이다. 13세기 위대한 랍비 모세 벤 야곱은 "고객의 피부색이나 종교를 불문하고 팔려는 상품에 흠이 있으면 그 사실을 사려는 사람에게 알려주어야 한다. 이것이 유대의 계율이다"라고 말한 바 있다.

마찬가지로 이름난 랍비였던 모세 이삭은 "양복을 재단하고 남은 자투리를 손님에게 되돌려주는 양복점이나 품질 좋은 가죽으로 구두를 만드는 양화점이나 무게를 속이지 않는 정육점은 다음 세상에서 랍비보다 더 중요한 삶을 누리게 된다"라고 말했다. 이렇듯 유대인의 도덕은 일반적이면서도 일상 속의 구체적인 일들과 하나하나 대칭적으로 결부되어 있다.

《탈무드》에서도 매우 구체적인 예시를 하고 있는데, 물건을 지나치게 비싸게 팔아서는 안 된다는 것에서부터 품질의 문제에 이르기까지 상세히 규정하고 있다. 만약 하나님을 믿는 유대인이라면 이러한 상도(常道)에서 벗어날 수가 없는 것이다.

유대인 사업가는 과음하지 않는다. 민족마다 술을 좋아하는 정도는 다르지만 모두 술문화가 있다. 그러나 유대인은 과음하는 일이 없기 때문에 술에 취하는 일도 없다. 따라서 유대인은 비즈니스를 할 때 언제나 냉정할 수가 있다. 실제로 비즈니스를 위한 칵테일 파티에 가면 유대인 비즈니스맨들은 십중팔구 생강을 가미한 청량 음료수나 사이다를 마신다. 그리고 언제나 맑은 머리로 사업 계획을 세운다.

유대인은 언제나 정당한 값만 받고 판다. 과거에 많은 나라들이 상거래를 할 때 자기 나라에 유대인이 없으면 일부러 찾아가 데려오곤 했다고 한다. 이탈리아, 프랑스, 독일 등 유럽 대부분의 국가뿐 아니라 작은 후진국에서도 자국의 경제를 일으키기 위해 유대인을 초청했다. 그런데 그러한 처지이면서도 유대인이 지나치게 성공하면 유대인에 대한 박해를 가하곤 했다.

이처럼 유대인은 중세를 지나 근세에 이르기까지 다른 민족들로부터 성공자문에 이은 박해를 받아왔다. 그 까닭은 유대인이 비즈니스의 재능에서 양날의 칼을 가졌기 때문이다. 유대인에게 가해진 집단 폭행은 유대인들이 차지한 경제적인 지위를 박탈하기 위한 것이었다. 이렇게 박탈당한 유대인들은 그 땅에서 다시 시작하거나 다른 땅으로 옮겨가서 빈손으로 다시 출발해야 했다. 그리고 성공하면 다시 박해를 받는 지옥과 천당 같은 순환의 운명을 되풀이 당했다.

그렇다면, 그러한 운명 가운데 끊임없이 되살아나는 그들의 큰 무기는 과연 무엇이었을까?

우선 '끈기'를 들 수 있다. 떠돌이 유대인들에게는 나라도 무기도 없었지만, 하나의 비즈니스가 불타서 없어지면 곧장 다른 비즈니스를 생각해내고 다시 도전했다.

둘째로는 '의지'를 들 수 있는데, 이 불굴의 의지는 살아남아야 한다는 본능에서 나온 것이다.

셋째로는 자기 스스로를 믿고 신뢰하는 자신감으로 비즈니스가 깨지더라도 그것을 다시 일으킬 수 있다는 투철한 '믿음'이다.

마지막으로 비즈니스는 높은 '교육' 수준과 지능을 필요로 하는 일인데 유대인들은 세계 최고의 교육열로 자녀 교육을 시킨다. 이런 이유로 유대인 중에는 문맹이 없다.

유대인은 조국애와 도덕심을 가지고 비즈니스를 한다. 비즈니스를 하면서도 반드시 '키드쉬 하셈'을 생각한다. 키드쉬 하셈이란 '이름을 거룩하게 한다'는 뜻인데, 자신의 평판을 유지하거나 유대인의 명예를 부끄럽게 하지 않을 것을 가르친다. 바른 장사를 하는 것은 하나님께 바른 일을 하는 것과 같다고 생각하기 때문이다.

유대인은 주로 동족끼리 거래한다. 유대인은 사업에 조금만 성공하면 형제들을 자신의 비즈니스에 끌어들이는 식으로 가족끼리의 연결을 매우 중요하게 생각한다. 또한 유대인은 모든 것을 가족 단위로 생각하면서 민족을 하나의 큰 가족이라고 생각한다. 실제로 유대인이 민족 자체를 하나의 큰 가족으로 생각하는 것은 비즈니스에 큰 도움을 주고 있다. 이와 같은 가족의식은 세계 곳곳에서 활동하고 있는 유대인 비즈니스맨들을 협력 관계로 묶어둔다.

만약 유대인 비즈니스맨이 사업차 세계 어느 곳을 들른다면 그는 우선 유대인 회당이 어디에 있는가를 찾으면 된다. 이것은 단지 그가 경건한 유대인이므로 기도 드리기 위해 회당을 찾는 것만은 아니다. 그곳에 가면 여러가지 각종 실질적인 정보와 숙소 등의 도움을 받을 수 있기 때문이다. 기독교의 예배당은 기도와 예배를 위한 곳이지만, 유대교

회당은 가정과 마찬가지의 장소이다. 이런 자리에서 서로 이야기하는 가운데 정보를 주고 받으며 새로운 비즈니스를 구상하거나 의논도 하고, 때로는 열기에 찬 사업가들끼리 거래가 이루어지기도 한다. 그 자리에서 또 다른 동포 비즈니스 클럽이 생기기도 한다.

그렇다면 유대인은 무엇 때문에 돈을 버는가?

첫째는 교육이다. 둘째는 자녀들이 가정을 이룰 때 도와주기 위해서. 셋째는 자선을 위해 돈을 번다.

히브리어로 선행을 '미쓰바' 라고 한다. 그리고 유대인은 선한 일을 할 때마다 '바하' 라고 말해야 한다. 그것은 '축복' 이라는 뜻으로 하나님을 존중하는 자기의 행위를 축복하는 말이다. 그러나 자선을 베풀 때에는 '바하' 라고 말하지 않는다. 자선은 선행이 아니라 마땅히 해야 할 행위라고 생각하기 때문이다.

유대인은 자기가 번 돈을 자기 것이라고 여기지 않는다. 다만 관리하는 것이라고 생각한다. 그러나 그들은 자선을 당연히 하더라도 후세에게 지나친 자선은 잘못이라고 가르친다. 말하자면 중세 기독교에서처럼 자신의 재산을 다 내놓고 거지 신세가 된 성자는 존재하지 않는다는 것이다.

유대교에서는 "가난하거나 부유하거나 재물이 넉넉하다는 것은 좋은 일이다" 라는 격언이 있다. 가난을 미덕이라고 생각하지는 않는다. 《탈무드》에서도 자신을 쪼들리게 할 만큼의 자선은 엄격히 말리고 있다. 그렇지 않으면 그러한 행동이 오히려 사회에 더욱 무거운 짐이 되기 때문이다.

이순신의 명량대첩

박성수

15 92년 임진왜란을 일으켜 돌연 우리나라를 침략한 자는 풍신수길(豊臣秀吉, 도요토미 히데요시)이었다. 그러나 그의 본명은 평수길(平秀吉)이었으니 절대 우리나라에서는 그를 풍신수길이라 부르지 않았다. 전국시대의 혼란을 틈타서 일약 관백(關白)이란 자리를 차지한 그는 평시라면 어림없는 일이었다. 그런 자의 소행이 후일 정한론(征韓論)이 되고 일제침략이 되어 우리를 괴롭혔다. 그가 하인 시절에는 상전(오다 노부나가, 職田信長)이 "원숭이야! 원숭이야! 이리 오너라"라고 놀렸다. 그런 열등감 때문에 평수길은 엄청난 괴물로 둔갑하여 역사에 길이 남게 되었다. 그러나 그런 괴물에게 성웅 이순신이 기다리고 있었다.

평수길은 조선정벌을 중국정벌이라 속이면서 정명가도(征明假道) 즉

박성수(朴成壽) _ 전북 무주 출생. 서울대학교 사범대학 역사교육과 졸업. 고려대학교 대학원 졸업. 성균관대학교 교수. 국사편찬위원회 편사실장. 한국학중앙연구원 교수 · 명예교수. 국제뇌교육종합대학원대학교 명예총장. 국제평화대학원대학교 총장. 문화훈장 동백장, 문화훈장 모란장 등 수훈. 저서《역사학개론》《독립운동사 연구》《단군문화기행》외 50여 권 상재.

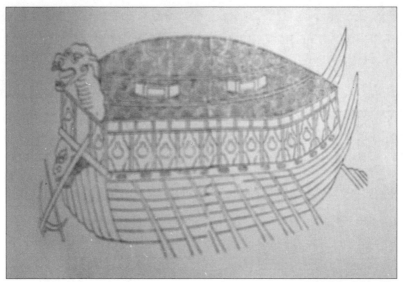

▲ 조선수군의 거북선 모형도

"명나라를 칠 터이니 길을 빌리자"는 거짓말로 명분을 삼았다. 그리고 그것이 오늘의 일본군국주의가 되고 아베의 반한정책으로 재등장한 것이다.

그러면 평수길이 조선정벌을 구상한 것이 언제인가. 임진왜란 6년 전인 1586년 5월 4일로 보는 것이 정설이다. 그날 일본 오사카(大阪) 항구에 한 척의 낯선 포르투갈 양선(洋船)이 닻을 내렸다. 배 안에 타고 있던 사람은 30명의 천주교 예수회 신자들이었다. 그들은 곧바로 오사카 성(大阪城)으로 가서 수길에게 천주교의 포교를 허락해달라고 요청하였다. 그러나 수길은 "지금 나는 조선과 중국을 정벌할 계획인데 당신들이 타고 온 배와 똑같은 배 두 척을 나에게 판다면 천주교는 물론 돈도 달라는 대로 주겠소"라고 말했다.

그러나 그 뒤 신부들이 수길의 요구를 들어주지 못하자 전국에 천주교의 포교를 금지함과 동시에 나무와 쇠를 징발한다는 영을 내렸다. 나무는 배를 만들고 쇠는 조총을 만드는 데 필요한 재료였다. 나무는 신사(神社)에 우거진 신단수(神檀樹)를 벌채하여 국민의 원성을 샀고 쇠는 절의 불상을 녹여 조총을 만들었으니 원망이 하늘을 찔렀다. 그러나 한 사람도 입에 반대한다는 소리를 내지 못했다. 수길은 무자비하여 반대하는 자는 모두 사형에 처했다. 수길은 글을 읽을 줄 모르는 일자무식쟁이였다. 그러니 싸우지 않고 이기는 것이 제일이라는 손자병법을 몰랐다.

그는 또 수군을 무시하여 육군만 이기면 목적을 달성한다고 믿었다. 1592년 4월 13일 새벽, 16만의 침략군을 부산에 상륙시켜 파죽지세로 북진하니 불과 20여일 만에 서울이 함락되고 말았다. 그러나 수길은 참전하지 않고 바다 건너 나고야(明護屋)에서 전장에서 보내오는 보고만 받고 일본이 이기고 있다고 믿었다. 마치 하와이의 진주만을 폭격하여 전쟁에 이겼다고 믿었던 일왕 소화(昭和)와 같은 꼴이었다. 수길 뿐만 아니라 모든 무사(武士, 사무라이)들은 허리에 칼만 찾지 글을 읽을 줄 몰랐다. 그래서 모든 문서는 중이 대필하고 읽어주었다.

그러니 수길은 전쟁 초기의 승전 소식이 몇 개월 못가서 패전으로 바뀐 것을 몰랐다. 육전에서는 우익장인 가등청정(加藤淸正, 가토 기요마사)이 함경도로 진출하여 두만강까지 건넜으나 과속으로 인해 후퇴하였고, 좌익장인 소서행장(小西行長, 고니시 유키나가)은 평양에 있는 또 하나의 부산(釜山)에서 더 올라가지 못하고 후퇴하였다. 수길이 받아본 보고서에는 그런 사실이 적혀 있지 않았다. 그러나 수군을 맡은 구귀가륭(九鬼嘉隆)의 보고를 듣고 이순신의 조선 수군에게 패전을 거듭하고 있다는 사실을 알았다. 일본 수군의 병력은 불과 1만 명 정도였고 수군에게 필요한 별도 병법이 있다는 것을 몰랐다. 적과 싸워 불리하면 육지로 올라가라는 정도가 고작이었다.

그러니 일본 수군은 무작전(無作戰)이었다. 거기다 더 중요한 것은 나무에다 쇠못을 박아 만든다는 조선기술이었다. 일본 배는 못을 많이 박아야 배가 튼튼했다. 그러나 조선의 대맹선(大猛船)이나 거북선은 나무와 나무를 엮어서 만들기 때문에 가볍고 부닥쳐도 침몰하지 않았다. 그러나 일본 배에는 대포를 설치할 수 없었고 조총으로 상대를 물리칠 수밖에 없는 배였다. 겉으로는 3층 배에 요란하게 장막을 치고 깃발을 내어걸어 화려하였지만 부닥치면 침몰하는 허약한 배였다. 그래서 조선수군은 적선에 꽝하고 부딪치기만 하면 이기는 것이었다. 이것을 당파(撞破)라 하였다. 조선 배는 못을 사용하지 않았다. 우리 한옥을 보면 우리 목수들의 건축기술이 일본과 다르고 우수하다는 것을 알 수 있다.

거기다 더해서 고려 때부터 우리 수군에는 대포의 제작에 큰 노하우가 있었다. 사정거리가 무려 600미터인 데다가 포탄이 날아가 적선에 맞으면 폭발하여 사람도 죽고 배도 박살났다. 그런데 수길은 조선에 이렇게 무서운 대포가 있다는 것을 몰랐다. 육전에서는 왜군이 조총으로 아군을 위협하였으나 조총의 사정거리는 불과 10발자국 밖에 안 되었

▲ 일본수군의 전함선 모형도

▲ 정유재란 최고 해전으로 유명한 명량해협(울돌목) 지도

다. 그러니 해전에서는 무용지물이었다. 대신 조선 수군의 대포는 무서운 힘을 발휘했다.

이런 상태에서 수길은 4년이란 긴 휴전기간을 이용하여 새로운 배, 일본환(日本丸)을 제작하게 되었다. 일본 기슈(紀州)라는 곳인데 필자가 한 번 가본 곳이다. 파도가 세어 웬만한 배로서는 바다에 나가지 못하는 곳이었다. 수길은 그곳의 영주에게 일본환을 만들라고 명령했다.

일본환의 위용을 보고 자신을 얻은 수길은 1597년에 정유재란(丁酉再亂)을 일으켰다. 정유재란은 우리에게 임진왜란보다 훨씬 더 큰 피해를 입힌 전쟁이었다. 수길은 더 이상 부하들의 보고문을 믿을 수 없다 하여 조선군의 코와 귀를 베어 소금에 절여 보내라고 하였다. 그 실제 보고서를 보고 필자도 놀랐다. 일본 육군은 진주와 남원 그리고 전주까지 점령하여 영호남을 모두 장악하였다. "호남 없이 나라 없다"고 하던 그 호남이 적의 수중에 들어가고 만 것이다. 만일 이순신이 명량과 노량진의 두 해전에서 졌더라면 우리나라는 이미 그 때 일본의 속국이 되었을지 모른다. 그러니 명량대첩이 얼마나 귀중한 승리인가.

삼도수군통제사 이순신의 필승 정신은 절대적이었다. 그러나 수군

병사들의 사기는 땅에 떨어져 있었다. 이순신은 이미 옥포해전에서 부상을 당하여 상이용사였다. 그러나 아프다는 소리를 하지 않았다. 장병들의 의견을 충분히 듣고 "필생즉사(必生卽死) 필사즉생(必死卽生)"이란 유명한 말을 하면서 도망하면 죽는다고 소리쳤다. 이순신의 운명은 330미터의 울돌목 명량해협에 달려 있었다. 적이 아무리 배가 많아도 좁은 해협에서는 일렬종대로 행진할 수밖에 없었다. 거기다 더해서 하루에 한 번 반드시 간만조(干滿潮)가 있어 물이 반대로 흐른다.

이순신은 이것을 노렸다. 꿈에 신인이 나타나더니 "너는 명량 어구에서 적이 들어오는 것을 보고 있다가 적을 쳐라. 적군은 330척이 넘는 대함대이니 12척의 배로 이기기 어렵다. 한산도에서 적을 무찌른 학의 날개 진법(학익진, 鶴翼陣 : 학이 날개를 펴듯이 진을 치고 적을 포위하는 진법)을 잊지 말라"고 했다. 과연 적은 일본환(日本丸)을 앞세워 일렬종대로 들어오는 것이 아닌가. 새벽에 바닷물은 평온했다. 그러나 점심때가 가까워지자 바닷물은 요동을 치고 적선을 집어 삼켰다. 이 광경을 영화에서 본 관객들은 모두가 소리를 지르면서 흥분하였다.

아마도 이 장면을 보기 위해 1,700만 명이 넘는 대관객이 영화관에 몰렸던가 보다. 우리 국민이 지금 누군가를 고대하고 있는 것이 확실하다. 이순신이 다시 나타나야 한다. 오늘의 국난—이 국난은 내란 즉 이순신이 걱정하던 바로 그 당쟁이다—을 극복하기 위해 이순신 같은 성웅(聖雄)이 출현하여야 하는 것이다.

도로명 새주소 머리가 어지럽다

배우리

1. 도로명 주소의 사용

　도로명과 건물번호로 변경하는 '도로명 주소' 사용이 2014부터 전면 시행됨에 따라 지번 중심 주소의 기준이 바뀌었다.

　도로명 주소는 1996년부터 정부에서 추진되어 온 정책인데, 그 동안 여러 차례의 과정을 거쳐 올해 2014년 1월 1일을 기준으로 하여 전면 시행하게 되었다.

　도로는 폭에 따라 대로(폭 40m, 8차로 이상), 로(12~40m, 또는 2~7 차로), 길(기타 도로)로 나뉜다.

　도로번호는 서 → 동, 남 → 북으로 진행되고 20m 간격으로 건축물 순서대로 도로의 왼쪽은 홀수, 오른쪽은 짝수 번호가 부여된다. 한편

배우리 _ 서울 마포 출생(1938년). 옛 이름은 상철(相哲). 출판사 편집장. 이름사랑 원장. 땅이름 관련 TBC방송 진행. KBS 생방송 고정출연. 한글학회 이름 관련 심사위원. 기업체 특별강연. 연세대학교 강사(8년). 국어순화 추진위원. 한국땅이름학회 명예회장. 국토해양부 국토지리정보원 위원. 국토교통부 국가지명위원. 서울시 교명제정위원. 중앙지명위원회 위원. 자유기고가협회 명예회장. 이름사랑 대표. 저서《배우리의 땅이름 기행》(2006),《우리 아이 좋은 이름》(2008) 외 땅 이름 관련 10권.

도로명주소란?

2014년 1월 도로명주소 전면 사용

· 도입배경 및 기대효과
· 추진경과
· 도로명주소 부여절차
· 도로명주소 표기 및 보는방법
· 도로명주소 영문(로마자) 표기방법

쓰기 쉽고, 찾기 쉬운
도로명주소!

종앙로
Jungang-ro   1→999

도로명 주소는 사람이 거주하는 건물에만 적용되므로 임야·논밭과 같이 사람이 살지 않아 건물도, 도로도 없는 곳은 예전처럼 지번을 사용해 부동산 등을 관리한다.

도로명 주소로 바뀜에 따라 공문서부터 주민등록증까지 일상생활에서 사용되는 주소는 모두 도로명 주소로 변경된다. 단, 토지대장이나 등기부 등 부동산 관계 문서에서는 토지 소유권을 보호하기 위해 지번을 계속 사용한다. 부동산 매매계약 때 부동산의 소재지를 적을 때는 지번을, 부동산을 사고 파는 사람의 주소는 도로명 주소를 쓴다. 공공기관에서 사용하는 문서의 경우 2012년 1월부터 도로명 주소를 일괄적으로 써 왔지만, 주민등록증이나 운전면허증의 경우 새로 발급하거나 갱신할 경우에 도로명 주소 즉 새 주소를 쓰게 되어 있다.

2. 도로명 주소 체계 전환의 배경

기존의 지번 주소 체계를 뒤엎고 새로이 도로명 주소를 사용토록 한

배경은 무엇일까?

행정안전부에서는 그 동안의 지번 주소 체계에 문제가 있기 때문이라며 그 문제점을 다음과 같이 들었다.

- 행정동과 법정동의 이원화 / 상호 1:1로 대응하지 않아 사용자에게 혼선을 초래
- 도시화로 인한 지번의 연속성 결여 / 600번지 옆에 1200번지가 존재하는 등
- 경로안내와 위치안내의 기능 저하 / 하나의 지점을 표현하기가 곤란하여 인근의 도로사항 등을 파악하기 어려움

이를 해소하기 위해 도로명을 중심으로 하는 새 주소를 설장하게 됐다면서 그 도입 배경과 기대 효과를 다음과 같이 들었다.

- 100년간 지속되어 온 지번 주소의 문제점 해소
- 20세기의 물류−정보화 시대에 맞는 위치 정보 체계의 도입
- 국민 생활 양식의 일대 전환혁신을 기하고 국가 경쟁력을 강화

결국 이렇게 해서 앞으로 우리나라는 도로명 주소 체계로 나가게 되었는데, 그간 정부에서 추진해 온 과정을 보면 여기에 상당한 노력을 기울여 왔음을 알 수 있다.

3. 도로명 주소 전환의 시작

도로명 주소 체계는 1996년부터 추진해 온 사업이다. 그 초기에는 지자체와 주민들의 큰 반대는 없었다. 오히려 '말죽거리길', '삼봉로' 등의 길이름들을 보고는 옛 땅이름들이 되살아나는 것에 찬성의 뜻을 보내는 사람이 많았다. 경북 경주시만 하더라도 당세는 솔뱃등길, 숲머리

1996. 07. 05	도로명주소 제도 도입결정(국가경쟁력강화기획단)
1996. 11. 02	내무부에 실무기획단 구성 (국무총리훈령)
1997. 01. 01	시범사업추진(강남구, 안양시, 안산, 청주, 공주, 경주시)
2001. 01. 26	지적법에 도로명 및 건물번호부여 관리에 관한 근거 마련(제16조)
2002. 09. 24	『50대 활용방안』마련
2004. 03. 02	국가물류비절감대책 보고(재경부) －도로명사업을 동북아물류중심국가건설 로드맵 대상으로 선정
2004. 05. 17	도로명사업의 중 · 장기 발전방안 수립
2005. 01~04	도로명사업 정책품질분석(국무조정실)
2005. 09. 14	도로명사업 혁신전략 수립
2005. 10. 28	『도로명주소 등 표기에 관한 법률안』 국회발의
2005. 12. 29	도로명주소 통합센터 구축 계획 수립
2006. 03~12	도로명주소 통합센터 구축(1단계 사업)
2006. 10. 04	『도로명주소 등 표기에 관한 법률』 제정공포
2007. 04. 05	『도로명주소 등 표기에 관한 법률』및 시행령 시행
2007. 04~11	도로명주소 통합센터 구축(2단계 사업)
2008. 04. 14	『도로명주소 등 표기에 관한 법률』및 시행령 개정
2008. 06~12	도로명주소 통합센터 구축(3단계 사업)
2009. 03~11	도로명주소 통합센터 구축(4단계 사업)
2009. 04. 01	도로명주소법 개정 (제명 변경 등)
1997~2010. 10	도로명주소 시설물 전국 설치 완료
2010. 10. 27~11. 30	도로명주소 예비안내
2011. 03. 26~06. 30	도로명주소 전국 일괄 고지
2011. 04~12	도로명주소 정보화 사업(국가주소정보시스템 구축)
2011. 07. 29	도로명주소 고시
2011. 08. 04	도로명주소법 및 시행령 개정

길, 능말길, 안말길, 매끝길, 가맷길 등 정겨운 이름들이 많아 많은 이
들이 이제야 우리 동네의 길이름들이 제 이름을 찾는 것이라며 환영하
였다.

당시 각 지역의 도로명 감수를 한국땅이름학회에서 해 준 내용들을 보아도 아름답고 정이 듬뿍 담긴 우리 이름들이 많았다.

- 서울 강남구/ 학실길, 사도감길, 학봉길, 논고개길, 청숫골길, 갯벌길,…
- 서울 강동구/ 명일원길, 토성안길, 기리울길, 가래여울길, 기리울길, 당말길,…
- 서울 강북구/ 소귀골길, 솔마루길, 능안길, 무너미길, 가오리길, 아리랑길,…
- 서울 관악구/ 꽃나래길, 호리목길, 돌다리길, 자라산길, 복은말길, 탑골길,…
- 서울 광진구/ 광나루길, 성황당길, 배나무밭길, 송학길, 진고랑길,…
- 서울 구로구/ 가늘골길, 잣절길, 뱀새길, 주막골길, 누골길, 덕고개길, 범바위길,…
- 서울 금천구/ 말뫼길, 모아래길, 방아다리길, 탑골길, 배나무길, 돌박재길,…
- 서울 노원구/ 쇠귀길, 벼루말길, 찬우물길, 배나무길, 방아다리길, 새밭길,…
- 서울 도봉구/ 쇠귓길, 쌍갈문길, 솔샘길, 다락원길, 쌍갈문길, 샘말길, 무수울길,…
- 서울 동대문구/ 용머리길, 방아다리길, 원말길, 성너머길,…
- 서울 동작구/ 소댓길, 벌나루길, 서달산길, 절고개길, 흐리목길, 살피재길, 가칠목길, 검은돌길, 비개길,…
- 서울 마포구/ 새창길, 박우물길, 삼개길, 개바위길, 애오개길, 동막길,…
- 서울 서대문구/ 연서내길, 응달말길, 솔가제길, 응달말길, 창내길,

느티나무길,…

- 서울 성동구/ 솔마잘길, 중똘개길, 장한벌길, 널우물길, 무수막길, 솔마장길,…
- 서울 송파구/ 주억다리길, 방아다리길, 숯내길, 돌마리길, 쌀섬여울길,…
- 서울 양천구/ 방아다리길, 설모래길, 들마루길, 오목내길, 등마루길, 방아다리길,…
- 서울 영등포구/ 진등개길, 양화나루길, 당재길, 너벌섬길, 모랫말길, 안당산길,…
- 서울 용산구/ 돌모루길, 배다리길, 부룩배기길, 단우물길, 새남터길, 바우독길,…
- 서울 은평구/ 역말길, 독바위길,…
- 서울 종로구/ 배오개길, 사자바위길, 피마길, 다락길,…
- 서울 중랑구/ 먹골배길, 주막거리, 들머리길, 등생이길, 마당바위길, 외굴다리길,…
- 서울 중구/ 단우물길, 박우물길, 버티고개길, 새경다리길, 붓길, 홰나무길,…
- 부산 금정구/ 오시개길, 안뜰길, 두실길, 고분길,…
- 부산 수영구/ 장대골길, 먼물샘길, 범바위길, 배산고개길,…
- 부산 영도구/ 맛머리샘길, 참우물길, 참샘길,쪽박샘길, 찬새미길, 논골길…
- 부산 남구/ 못골길, 옥전길, 용소길, 샘물길, 송선길, 갓골길,…
- 부산 동구/ 오바골길, 관골길, 농막길, 새터길, 따박고개, 널박길, 소막걸길,…
- 대구 수성구/ 샘골길, 개미마을길, 당나무길, 쌀더미길, 지슬길, 느

지샘길,…

- 대구 동구/ 새터길, 장안길, 동문길, 안평길, 큰고개길, 정구지길,…

- 대구 중구/ 달구벌길, 반고개네거리, 거북바위길, 건들바위길, 재마루길,…

- 대전 대덕구/ 구마니길, 새뜸길, 도랭이길, 다롱고개길, 잿들길, 당아래길,…

- 광주 남구/ 수박등길, 잔다리길, 난지실길, 돌고개길, 잔다리길, 옻돌길,…

- 광주 서구/ 통샘길, 빛고을길, 잿등길, 샘몰길, 돌고개길, 새방길, 닭전머리길,…

- 광주 동구/ 무들길, 섬들길, 꽃뫼길, 잿등길, 방죽샛길, 밥실길, 도내기길,…

- 광주 북구/ 큰샘거리, 저블들길, 매머리길, 마당고개길, 말바우길, 마갈재길,…

- 대전 서구/ 버드내길, 구억뜸길, 찬샘내기길, 솔대바기길, 둔지미길,…

- 대전 중구/ 밤골길, 으능정이길, 목골길, 샘골길, 수뱅이길, 용머리길, 샘터길,…

- 인천 계양구/ 까치말길, 샛별길, 도두머리길, 박밑길, 둑실길,…

- 인천 부평구/ 신트리길, 새말길, 장고개길, 열우물길, 수물통길, 고래실길,…

- 울산 중구/ 진고개길, 돌산길, 새터길, 베름산길, 새터길, 구루미길, 까지막길,…

- 경기 고양시/ 독곶이길, 가라뫼길, 서두물길, 밤가시길, 찬새미길,

가재울길,…

- 경기 과천시/ 향교말길, 새술막길, 홍촌말길, 선바위길, 외점길,…
- 경기 부천시/ 대장마을길, 누른말길, 먼마루길, 굴운산길, 당아래길, 은데미길,…
- 경기 성남시/ 샛고개길, 독정길, 숯골길, 잣솔길, 모란길,…
- 경기 수원시/ 버드내길, 신나무실길, 쌍우물길, 팔부자거리, 새능말길,…
- 경기 안산시/ 수리실고개, 비늘치길, 솔대바기길, 사리길, 둔배미길, 고잔길,…
- 경기 오산시/ 말여울길, 돌모루길, 진개울길, 당말길, 매봉재길, 민머리길, 가장길,…
- 경기 의왕시/ 갈뫼길, 사그내길, 잿말길, 새우대길, 손골길, 새터길, 골우물길,…
- 경기 하남시/ 배알미길, 더운우물길, 창모루길,…
- 경기 화성시/ 구억말길, 덕우물길, 목너머길, 벌터길, 솔안말길,…
- 강원 태백시/ 구문소길, 절골길, 송이재길, 바람부리길, 범바위길, 통골길,…
- 경남 창녕군/ 솔재길, 솔터길, 가마길, 새터윗길, 한골, 독뫼길, 삼거리길,…
- 경남 창원시/ 머리재길, 자새미길, 귀들내길, 새터길, 갓등길, 외들길,…
- 경북 경주시/ 솔뱃등길, 숲머리길, 능말길, 안말길, 매끝길, 가맷길,…
- 경북 구미시/ 무실길, 쑥골길, 덤바위길, 시무실길, 노루봉길, 갓골길, 시루골길,…

- **경북 영주시/** 갓골길, 구름실길, 나매기실길, 두껍바위길, 돌구비길, 배고개길,…
- **전남 목포시/** 둔지머리, 배암머리, 솔갯재, 한골, 갓바위, 진고개, 서당골, 진섬,…
- **전북 익산시/** 잿백이길, 항가메길, 마살메길, 섬다리길, 남바우길, 고잔길,…
- **충남 공주시/** 동이점길, 사기장골길, 당골길, 마리들길, 외마루길, 다락골길,…
- **충남 금산군/** 한사래길, 뱃마길, 외말길, 새뜸길, 울음실길, 삽재길, 가래울길,…
- **충북 청주시/** 섬말길, 쇠코바우길, 숲거리, 홰나무거리, 방자고개,…
- **제주 제주시/** 우여샘길, 벌랑길, 가불개길, 독짓골길, 새왓길, 오름가름길,…

4. 도로명의 변질과 위치의 혼동

그러나 도로명 제정 사업은 2000년대 후반에 들어와서 많이 변질되었다. 초기에는 도로의 구간을 잘 짧게 잡아 많은 길이름들을 붙일 수 있어서 동네의 이름들이 거의 살아날 수 있었으나, 2009년쯤부터는 서울의 강남구를 필두로 하여 큰 도로를 중심으로 이름을 붙이고 거기서 분기되는 작은 도로 이름들을 큰 도로 이름 뒤에 숫자를 다는 형식으로 하여 많은 길이름들이 수명을 다하게 되었다.

큰 도로 중심의 이름들이다 보니 한 동네에서 익히 불리던 소지명들이 하루아침에 사라지게 되었다.

서울 용산구 한 지역의 예를 들어 본다.

용산구의 북서쪽 한강가에는 법정동으로 원효로3가, 4가, 산천동, 청암동, 용문동, 효창동 등의 이름들이 있었다.

익숙해지면 우선 길찾기라던가 거리 같은 것을 짐작하는데 편리한 점이 많을 것이다. 도로 중심으로 번지가 일목정연하게 정리되어 있기 때문이다. 그런데 지금까지 이런 문화에 익숙지 않은 우리 국민들에게는 이의 적용이 그리 쉽지가 않다. 그리고 이러한 도로 중심의 주소 체계는 선진국처럼 땅이 아주 넓거나 바둑형 도로에는 좋을지 모르지만 우리처럼 지역 중심으로 이름을 매기고 살아온 사람들에게는 익숙할 수가 없다.

또 큰길 중심으로만 이름을 매겨 나가다 보니 여기서 분기되는 작은 길들이 숫자 일색으로 가게 되어 '어디' 라는 지역 인식이 쉽지가 않다.

서울 국회대로를 한 예로 들어 보자.

국회대로는 양천구 신월동에서 한강을 건너 마포구 합정동까지 이르는 길이다. 신월동에 있는 도로까지 국회대로가 되다 보니 국회대로 몇 번지라고 하면 사람들이 국회 근처의 어느 곳으로 여기기가 아주 쉽게 되었다. 공간적 개념의 위치 인식이 매우 어렵다.

서울 천호대로의 예도 들어 보자.

천호대로는 강동구 상일동에서 동대문구 신설동까지 이르는 길이다. 신설동에 사는 사람이 자기 집 주소를 천호대로 몇 번지라고 했을 때 과연 듣는 사람이 그 곳이 신설동이라는 것을 쉽게 이해할 수 있을까?

큰 도로 중심으로 이름을 짓다 보니 이 지역을 통과하는 큰 길 하나에 '효창원로' 라는 이름을 도로명으로 정하고는 구간별로 효창원로 1길, 효창원로 2길 식으로 붙여 나갔다. 이렇게 됨에 따라 이 길 주변의 동이름들인 산천동, 청암동, 용문동, 효창동, 원효로3~4가 등의 법정

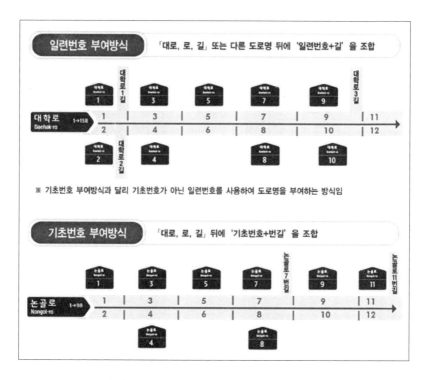

동 이름들이 없어져 버렸다.

경주 명륜대학의 지번 주소는 경북 경주시 성건동 374-12이다.

그런데 이곳의 새 주소는 경북 경주시 화랑로 28번길 24가 된다. 도로명이 '화랑로'인데 이 도로는 성건동뿐 아니라 동부동, 서부동, 황오동, 성동동, 노서동 등에 길에 걸쳐 있다.

화랑로 28번길이라고 할 때 그 곳이 성건동 어디쯤이라고 알 수 있는 사람이 얼마나 될까? 공간 이해가 매우 어려운 점, 이것이 새 주소의 큰 단점이다.

곳곳에 붙여 놓은 도로명 주소를 보고 놀라는 주민들이 많았었다. 그리고 '저 외기도 어려운 도로명―숫자가 우리 주소냐?'며 머리를 갸우뚱했다. 막상 주민등록 주소까지 이런 식의 주소로 바뀐다는 것을 알고는 불만의 목소리들을 더욱 높였다. 작년까지는 구주소도 병행 사용하여 불편을 덜 느껴 왔지만, 완전히 도로명 중심의 새 주소로만 사용하게 되면서 그 불편을 더욱 실감하게 되었다.

어떻든 우리나라의 모든 국민들은 상당한 불편과 혼선을 겪고 있다. 그리고 그 불편에 따른 반대의 목소리를 계속 정부측에 보냈다. 여기저기서 길이름을 바꿔 달라는 민원이 끊이지 않고, 시민 단체들은 아예 이 도로명 정책을 전면 폐지하라는 요구까지 했다.

5. 기존의 지번 주소가 훨씬 편리

새 도로명 제정 취지의 중심은 '편하게 길찾기' 였다.

그러나 이 취지는 이미 퇴색되었다. 제정 초기의 상황과 지금의 상황이 너무나 많이 달라져 있기 때문이다. 지금은 인터넷, 스마트폰, 네비게이션 등을 이용하면 장소 찾기는 아무 것도 아닌 시대가 되었다. 길이름이 위치에 따라 일련번호로 매겨져 있지 않더라도 별 문제가 없다. 간단한 상용 휴대장비 하나면 어디라도 찾아갈 수 있고, 구간 거리까지 알 수 있다. 이미 '1인 1폰' 시대가 되어 있는 상황인데, 길찾기에 얽매여 길이름을 바꾸고 그 복잡한 숫자들을 붙여서 사람들의 머리를 복잡하게 할 이유가 없다.

길찾기 위주의 지금의 새 주소는 큰길 위주로 길이름을 붙이고, 거기서 분기되는 도로들은 그 큰길 이름에서 숫자를 덧붙이며, 또 거기서 분기되는 도로들은 그 숫자 붙은 길이름에 또 다른 숫자를 덧붙이는 형식이다 이렇게 되어 '원효로4가 ○○번지' 식의 기존의 주소가 '효창원로 12가길 9-3' 식으로 여러 단계의 숫자와 기호로 된 곳이 많아 머리를 무척 어지럽히고 복잡하게 한다.

큰길 위주로만 주소를 매기다 보니 지명의 절대수가 줄어 조상들의 숨결이 밴 많은 고유의 이름들까지 사라져 가게 되었다. 이것이 큰 문제다. 땅이름은 우리 문화의 좋은 유산이다. 이것이 도로명 체계로 인해 우리 입에서 멀어져, 아니 아예 사라질 위기에 있으니 이 얼마나 한심한 일인가?

정부는 지금이라도 시민들의 소리에 크게 귀 기울이고 주소 체계의 올바른 방향을 정해 주길 바란다. 지금까지는 많은 이들이 그만한 이유가 있어서 정부에서 그렇게 해 나가겠거니 생각하고 잠잠했지만, 문제점이 드러난 이상 그대로 간다면 본격적인 시행 단계에서 감당 못할 반대의 벽에 직면할 수도 있다.

"○○읍내 장터에서 새터말을 물어 찾아와서 박서방네만 찾으면 되었는데, 이젠 ○○대로 2547길 53나길 27로 찾아오라 해야 된대나." (어느 시골 주민의 푸념)

6. 문화유산인 우리 땅이름의 멸실 우려

앞으로 도로명 주소를 사용하면 우리의 땅이름(지명)들이 사라져 갈 것인데 이것이 문제다.

사람들은 주로 주소를 말할 때 지명은 많이 사용한다. 그러나 도로명 주소를 사용하게 되면 그 동안 사용해 오던 지명들을 사용하지 않고 '○○로 ○번길 ○번' 식으로 말하게 된다.

이렇게 되면 조상들이 남겨준 좋은 정신적 문화유산인 땅이름들이 사라져 갈 수밖에 없다. 그래서 새 주소에선 도로명 주소 끝에 동이름을 괄호 안에 넣어 사용하도록 하고는 있으나 이것은 강제 조항이 아니어서 땅이름 보존에는 한계가 있다.

우리 겨레의 정신적 문화유산이라 할 수 있는 그 좋은 땅이름들이 새 주소 정책 하나로 대부분 사라져 가게 된다는 점이 너무도 아쉽다. 아무리 도로명 위주의 새주소 정책이 좋다 하더라도 우리의 지명들이 대책 없이 죽어 가는 데 대한 우려를 정부는 가벼이 보지 말아야 한다. 현재의 추진 상황으로 보건대 아직 이에 대한 정부의 새로운 대책은 없는 것 같아 더욱 안타까울 뿐이다.

거듭 말하지만, 도로명 위주 새주소 정책에 대한 현재의 국민들의 정서는 찬성보다는 반대쪽이 훨씬 큰 것으로 보인다. 이는 우리 학회에 보내오는 많은 이들의 전화나 우편을 통해서도 직감할 수 있었고, 내가 직접 대하는 많은 사람들이 입을 통해서도 이를 알 수 있었다. 다만, 정부의 계속적인 홍보와 막무가내식 일방적 추진으로 인해 그들이 의사 표출을 적극적으로 하지 못하고 있을 뿐이다.

"이런 일에 학회라도 나서 주셔야지, 우리같이 힘없는 이들이 어떻게 정부 정책을 반대하며 맞부딪쳐 싸울 수 있겠어요." (어느 시민)

거듭 강조하지만, 익히 불리던 땅이름을 버리고 숫자 투성이의 새주소 정책은 재고되어야 한다. 우리의 소중한 땅이름들을 죽이는 정책에 절대 찬성할 수가 없다.

신국판 양장본/ 548쪽/ 값 33,000원   신국판 양장본/ 292쪽/ 값 17,000원

지성의 향기(상·하)

  1960년대 중반, 그 무렵 제1수필집 《이방인》·제2수필집 《공론》·제3수필집 《공론》 등이 소박하나마 세상에 선을 보였을 때에, 그 공전의 인기와 관심에는 모두가 놀라지 않을 수 없었다. 당시에 발표된 수필과 논평문은 시대를 살아가는 지성인의 사색·감정·사상·이념·철학 등을 표출한 문필들로서 인류사회의 진(眞)·선(善)·미(美)를 향상시키는 기폭제가 되었으며 삶의 가치를 풍기는 향기였음을 실감한다. 또한 이들의 수필과 논평들은 모두가 어떤 상황에서 무엇을 생각하고, 무엇을 어떻게 풀어 나아가야 할지를 살핌에 있어서 한 시대와 한 조류의 증언적인 역할을 하였다고 사료된다. 또한 4집에 참가한 부활공론동인들의 프로필을 살펴보면 학계·예술계·종교계·방송계·의료계·경제계·문학계 등의 인사들로서 서로 전공분야가 다를 뿐 아니라 연령과 종교를 초월하고 있다. 이들 또한 변천하는 역사환경과 각박한 생활현실 속에서 지성과 소통과 사랑과 봉사로써 평화로운 복지사회를 이룩하는 데 최선을 다할 것이다.

한누리미디어 서울시 마포구 잔다리로 35, 202호(서교동, 서운빌딩) 전화 / (02)379-4514, 379-4519 Fax / (02)379-4516
E-mail / hannury2003@hanmail.net

제4부

필부의
성공한 삶

자고 가라는 그녀의 제안

송낙환

"**선**생님 오늘 밤 여기서 주무시고 가세요."
함께 밤을 새우자고 나를 믿는다는 듯 물끄러미 올려다보는 그녀.

너무 말랐다. 다이어트를 잘 한 날씬한 몸매를 가진 여인의 '사랑 고백'을 받았으니 얼마나 좋았겠는가고 생각할지 모르겠으나 그녀는 '날씬하다' 기 보다는 '깡말랐다' 고 표현하는 것이 더 어울리게 그렇게 몸이 말라 있었다.

그리고 당시에는 다이어트가 유행하던 시기도 아니었다. 더군다나 북한에서의 미인의 기준은 보름달처럼 둥그런 얼굴에 토실토실 살이 찐 그런 여인들을 곱다고 하는 그런 때였다. 나 역시 당시는 몸에 살이 없이 말라있어 늘 살이 좀 쪘으면 하는 때였기 때문에 나는 사실 그 마

송낙환(宋洛桓) _ 사단법인 겨레하나되기운동연합 이사장. 한국수필가
협회 회원. 평양꽃바다예술단, 겨레평생교육원, 겨레뉴스, 겨레몰 회장.
코리아미디어엔터테인먼트 회장. 민주평통 개성금강산위원회 위원장.
통일부 통일교육위원.

른 체격의 여인에 대하여 크게 매력을 느꼈다거나 호감을 갖진 않았던 것으로 생각된다.

"네…!?"

그녀의 뜻밖의 제안에 나는 어리둥절 아니 기절초풍이라고 표현하면 더 어울리는 표현이 될까. 너무 놀라 그녀를 응시하던 눈망울이 아마도 커진 동공으로 소스라쳤다고 해야 할 것 같다.

도대체 이게 어떻게 된 일인가. 평양 한복판에서 남북 관계가 아직 지구에서 가장 왕래가 적은 시기에 이런 일이 벌어지다니….

이 무렵은 후일 민주당 정부의 주도로 남북의 왕래가 빈번했던 시기 이전으로 남북 관계는 언제나 살얼음판이었으며 평양을 방문하기도 그렇게 쉽지 않았고, 또 평양을 방문했다면 그것만으로 상당한 관심의 대상이 되던 그런 시기였다.

만일 여기서 내가 그 여인과 하룻밤을 같이 새웠다면 그 후 어떻게 되었을까? 남북문제의 핵심을 어느 정도 깨닫고 있었던 나로서도 그것은 짐작하기 어려운 일이다. 그러나 사람들은 만일 당신이 거기서 그 여인과 잤다면 아마도 당시에 남한에 오지 못했거나 북한 정부의 이용물로 전락했을 것이라는 등 화젯거리로 삼곤 한다.

그러나 나는 지금 벌어지고 있는 이 상황이 그렇게 두렵다거나 무섭다고는 생각지 않았다.

아마도 '그 여인이 정말 매력적이고 탐이 나는 그런 여인이었다면 또 거기다 그녀의 제안까지 받은 상황이었으니 아마도 그녀와 하룻밤 거기서 잤을지도 모른다'고 말할 수도 있을 만큼 크게 두려움 같은 것은 없었다고 말하는 것이 당시 나의 심경을 표현하는 말로 옳을 것이다.

내가 통일운동 내내 북한과 접촉하면서 유지되어온 이런 북한에 대한 자신감(?), 두려움 없음 같은 것은 도대체 어디서 기인하는 것일까?

내가 통일운동을 하는 동안 한결같이 느끼고 간직해 온 내 마음에 바탕을 깔고 있는 기본 의식은 '남북은 같은 민족'이라는 굳건한 믿음이었다. 설령 내가 좀 실수가 있더라도 같은 핏줄을 나눈 형제들인데 그로 인해서 나를 죽이기야 할려고 하는 믿음 같은 것이 언제나 내 마음 언저리에 자리잡고 있었던 것이다.

한동안 침묵이 흐르고 나는 가부간 그녀에게 대답을 해야 하는 시간이 다가온다.

"동무, 동무와 저랑 여기서 같이 잘 수 없다는 사실은 저보다 동무가 더 잘 알고 계시지 않습니까? 저와 밤을 새우자고 하는 이유가 무엇인가요?"

나는 마땅한 호칭을 찾지 못해 그들이 흔히 쓰는 부름말을 사용하여 그녀에게 되물었다.

"……."

그녀는 물끄러미 올려다만 본다. 눈망울이 애처롭다. 뭔가 간절한 사연이 있는 것 같다. 그게 뭘까? 도대체 어떤 사연이 있기에 이런 있을 수 없는 일이 벌어지고 있는 것일까?

나를 올려다보는 그녀의 눈망울만 크게 확대되어 보일 뿐 말이 없다. 또다시 한동안의 정적이 흐르고 긴장과 설렘이 함께 온 방을 가득 메우고 있을 무렵 그녀의 대답이 들려온다.

"선생님, 저의 형편이 지금 돈이 좀 필요합니다."

"네에…!?"

"그러나 꼭 돈이 필요해서만은 아닙니다. 저는 호텔에 근무하고 있기 때문에 선생님을 몇 번 뵌 일이 있으며 늘 호감을 품어왔습니다. 민족에 대한 관심과 애정이 그렇게 크신 선생님을 꼭 한 번 만나 뵙고 싶었습니다.”

“아…!”

나는 신음소리를 내듯 외마디 소리를 지를 뻔했다. 그리고나서 그녀에게 다시 물었다.

“그런데 만일 여기서 동무와 제가 하룻밤을 보낸다면 동무가 무사할 수 있겠습니까?”

나는 나의 안전보다 오히려 그녀의 안전을 걱정하고 있었다.

내가 알고 있는 상식으로는 그녀가 어떤 필요에 의해 남한 남성과 하룻밤을 보낸다면 아마도 엄한 처벌을 받게 될 것이 너무나 뻔한 일이었기 때문이다.

그녀는 그 말에 대답하지 않았다. 그녀는 대답 대신 그녀 가정의 생활상에 대하여 이야기했던 것으로 기억된다.

그녀의 말을 기억나는 대로 종합해 보면 자기는 호텔에 근무하기 때문에 남한 사람들을 종종 접촉할 기회가 있으며 그러한 접촉을 통해서 남한 사회가 경제적으로 많이 발전하여 북한과는 다른 풍족한 사회가 되었다는 사실을 알고 있다는 것이다.

반면에 북한 사회는 아직까지도 경제적으로 궁핍하여 상당한 직위에 있는 나그네(가장)를 둔 자기 가정이지만 너무 살기가 힘들다는 것이다. 그녀는 아마도 자기 집의 모든 재산을 합계해 보면 미 달러로 3백 달러나 될까 하는 구체적인 숫자까지 제시하며 북한과 자기 가정의 경제난에 대해 이야기를 하고 있었던 것이다.

“아, 그렇군요. 북한에 살고 있는 우리 인민들의 생활이 그렇게 어렵군요. 이를 어쩌면 좋단 말입니까?”

대강은 알고 있었지만 북한에서 지금 현재 살고 있는 사람으로부터 직접 그 어려움의 실상에 대하여 소상하게 듣고 나니 북한인들의 삶의 고단함을 어찌하면 좋을지 그저 가슴이 먹먹해 왔다.

이 일을 어찌하면 좋단 말인가? 왜 이렇게 우리 겨레는 고난의 가시밭길을 걸어야 한단 말인가? 우리 남한이 아무리 돈이 많은들 무슨 소용이 있단 말인가? 오늘도 굶어죽는 사람이 있을 정도로 궁핍한 북한인들의 삶에서 어려움의 근원은 무엇이란 말인가?

그들이 부지런하지 못해서인가? 아니다. 세계 여러 나라를 다녀봤지만 우리 민족처럼 부지런한 민족이 드물며 밤낮을 가리지 않고 일하는 민족도 없다. 북한인들도 마찬가지다. 부지런하고 예절 바르고 열심히 살고 있는 우리의 형제들이다.

그런데 왜 이렇듯 살기 어렵고 심지어는 먹을 것이 없어 굶어죽는 사람이 있을 정도의 궁핍함이 북한을 찾아왔단 말인가?

세상사는 노력하면 얻어지는 것이 진리인데, 따라서 열심히 일하면 잘 살 수 있는 것이 진리인데, 노력을 해도 결과를 담보할 수 없는 답답한 북한의 현실에 대하여 가슴을 치고 싶은 생각이 밀려온다.

귀(貴)하게 키우고 귀(貴)한 대접받는 귀(貴)한 세상

신용선

우 주라는 이 커다란 물체가 눈에 들어오고 내 생존의 공간임을
인식한 지 꼭 55년의 세월이 지났다. 삶은 끝없는 외관(인체)의
지속적 변화이고 내관(정신)의 방황이다. 누구나 처음 가는 길이니 인
생길은 방황일 수밖에 없다. 지구에서 생존을 시작할 때 도움이 될 만
한 프로그램이나 내비게이션 같은 도구를 기억 속에 저장해서 태어나
면 큰 도움이 될 텐데, 우리는 눈을 뜨면서부터 보고, 느끼는 경험을 통
하여 얻어진 것들은 뇌 속에 메모리(記憶)해 가면서 산다.

신용선(辛龍善) _ 호는 죽림(竹林). 경기도 양평 출생. 국립 강원대학교
경영학과 및 경영대학원 글로벌경영학과 졸업(석사). 경영지도사(중소
기업청), 소상공인지도사, 동방그룹 기획조정실 인사팀, 스미스앤드네
퓨(주) 기획부장, 신신그룹 그룹기획실장, (주)다여무역 대표이사, (사)
한국권투위원회 상임부회장, 강원대학교 경영학과 동문회장, 경기도아
마튜어복싱연맹 회장 등을 역임하고, 현재 베터비즈경영컨설팅 대표,
블랙펄코리아(주) 대표이사, 스리랑카정부 관광진흥청 프로젝트디렉터, 한국소기업소상
공인연합회 자문위원, 한국산업경제신문사 편집위원, 중소기업기술지식보호상담센터
전문위원, (사)겨레얼살리기국민운동본부 운영위원, 공론동인회 편집위원, 지식경제기
술혁신 평가위원, 미래창조과학부 과학기술인 등록, (사)한국제안공모정보협회 회장 등
으로 활동. 수상으로는, 대한민국인물대상(창조경제인 부문, 2013), 대한민국실천대상
(행복나눔부문, 2013), 뉴스메이커선정 한국을 이끄는 혁신리더대상(2013) 등 다수.

공백의 메모리를 가지고 태어나서 그 속에 정보를 넣기 시작하는 것은 아마도 생명을 부여한 부모님으로부터일 것이다. 잘못된 정보와 옳은 정보를 평가할 능력도 없는 생명이 생존본능으로 부모들로부터 발생되는 삶의 정보를 기억 속에 모두 메모리하며 축적해 두며 성장한다. 그렇게 하여 성인이 된 자식들은 20여 년 뇌 속에 축적된 정보를 통해 생각하고 행동하고 서서히 생존을 독립한다.

요즘 주말 KBS TV에서 '참 좋은 시절' 이라는 드라마가 방송되고 있다. 얼마 전에 드라마에서 과거에 잘 살던 집안이 가정이 어려워지자 모녀가 과거에 잘 살던 시절에 사 두었던 명품가방들을 내다팔려고 하는 장면이 나온다. 두 모녀는 명품가방들을 내다가 팔기가 아까워서 품에 안고 '내 새끼 내 새끼' 하며 마치 자식처럼 아까워하다가 딸이 자기 물건을 두 팔로 끌어안고 못 팔겠다고 앙탈하면서 엄마 물건만 팔라고 하자, 그 엄마는 "저년은 저 가방과 내가 물에 빠지면 가방부터 건질 년"이라고 욕하고, 딸은 "나는 그럴 거야" 하고 말을 받는다.

시청률을 올리기 위하여 각색한 장면이기는 하지만 한 편으로는 요즘 세월이 부모의 목숨이 자식으로부터 명품가방보다도 못한 평가를 받는 세상이 되었구나! 라는 생각에 씁쓸했다. 드라마의 한 장면이 극적 흥미를 위하여 만들어진 내용이라고 생각하고 넘기기에는 지금 우리 사회의 모습은 그 드라마의 장면을 너무 흡사하게 닮아가고 있기 때문이다.

얼마 전 2013년 10월 22일, 제주지방법원은 잔소리한다고 친아버지를 때린 양모 씨(42세)를 존속상해 혐의로 징역 6월에 집행유예 2년을 선고했다고 밝혔다. 부모를 폭행한 자식에게 집행유예라는 가벼운 처벌은 참으로 동의가 되지 않는다.

지난해 부모님 중에 생존해 계시던 모친(母親)께서 별세하셨고, 또한

26년을 키웠던 딸이 결혼으로 출가했다. 즉, 자식으로 도리를 해 왔던 자식의 위치에서 완전히 벗어나고 이제부터는 부모 위치에서만의 역할이 남아 있는 셈이다. 부모님의 거울이었던 나와 나의 거울인 내 자식들의 삶의 차이가 어떨지 가끔은 염려가 된다.

그 이유는, 이제부터는 내가 자식들에게 제공한 정보들을 가지고 25~6년간 성장한 내 자식들이 나의 거울로써 인생을 살 가능성이 높기 때문이다. 행여 나로부터 옳지 않은 정보들이 자식들의 뇌 속에 체질(sifting) 개선 없이 그대로 저장되어 있을 수 있기 때문이다. 그 두려움에 뒷면에는 과거 25년 동안의 내 모습을 그대로 반향(反響)할 거울들(자식들)이 행여―나 자신도 모르는 나의 과거 잘못된 정보제공으로― TV대사처럼 명품가방보다도 못한 대우를 하면 어쩌나 하는 두려움이 앞서서일 것이다.

나와 같은 동년배 부모들은 자식들 교육에 크게 이성적이지 못하였다고 평가한다. 물론 주관적 평가이다. 지금의 우리 부모세대가 명품가방보다 대접을 못 받는 세상을 만든 것은 비단 자식들만의 문제는 아니라고 본다. 6.25전쟁 후 지금의 베이비부머 세대들은(1955년~1963년생) 자신들의 과거에 어렵던 경제 환경을 자식들에게만은 대물림하지 않겠다는 일념으로―여타의 삶의 가치는 무시(외면)하고― 수단과 방법을 가리지 않고 동원하여 자식들 그들만의 인생은 잘 되기만을 위하여 교육시키고 뒷바라지해 왔다. 한 마디로 '현란한 스펙 만들기에 자식들을 희생양'으로 만들었다. 물론 지금도 이런 부모의 자식교육은 꾸준하게 연장되고 있다는 생각이다. 그 결과 '명품가방보다도 못한 부모목숨 가치'로 그 보답을 받는 것이다.

우리 부모들은 자신의 삶의 가치는 뒷전이고 자식들 스펙 만들기에 과거 수십 년을 몰두했다. 자연히 베이비부머 세대 부모들이 제공한 정보가 자식의 뇌(메모리) 속에 가득 차 버렸다. '1등만 하면, 일류대학만 가면' 나머지 것들은 모두가 용서된다. 친구, 부모, 이웃사촌, 기타 외부인은 별로 중요하지가 않다. 자신만 잘 되면 된다, 그게 그가 크면서 뇌 속에 저장한 정보의 전부다.

"자식은 부모의 거울이며, 부모는 자식이 만나는 첫 번째 스승이다"라는 말이 있다. 딸에게 명품가방보다 못한 목숨대접을 받는 것도 그 어머니의 복사된 모습이며, 스승으로서의 가르침이 만들어 놓은 결과일 뿐이다. 이쯤에서 나 자신을 비추어보면 나 또한 자식의 거울 혹은 자식의 스승 위치로서 옳게 평가될 만한 가치를 애써 찾지 않으면 찾기 어렵다. 대중적인 사회의 메커니즘 속에서 깨기 어려운 질서의 순응이라고 해야 할지 아니면 단연코 사회질서를 비껴가면서라도 청년이 되도록 자식에게 바른 인성을 만들도록 스승노릇을 했어야 하였는지 평가하기 어렵다. 하지만 분명한 것은 지금의 우리 부모세대가 평가받게 될 '자식의 거울, 혹은 자식의 첫 번째 스승의 위치' 로서의 역할은 칭찬받기가 어려울 것 같다.

세상을 풍부한 물질사회 또는 이만큼 발전된 사회를 만들기 위해 피땀 흘린 공로는 자식들에게 좋은 환경을 만들어 주었다는 역할에서는 좋은 거울이었다고 본다면 아마도 지금 우리의 자식들도 부모들에게 배운 것처럼 열심히 일하는 것에는 치성을 드릴 것 같다. 하지만 더욱 더 후세대들로부터 받게 될 소외감이나 선대로서의 푸대접은 더 심해질 것이다. 왜냐하면 이미 그들은 그들의 거울에서 보고 어른이 되었던 것이 그것이기 때문이다.

오늘날 박근혜 대통령까지 8명의 전임 대통령들이 정권을 잡아 모두가 집권 초기부터 외친 것은 '경제' 였다. 1950년 6.25 전쟁 이후 폐허 속에서 생존과의 싸움을 극복하고 63층 건물을 올리기까지는 지난 60

년간 대통령들이 모두가 '경제'를 외친 업적일 것이다. 어려운 환경을 극복하고 '어떻게든 살아남기 위한 어쩔 수 없는 선택'이었다면 이제부터는 우리의 대통령은 '어떻게 살아야 하는 방법을 외치는 선택'을 해야 한다고 본다. 국가의 외관은 눈부시고 화려하게 발전하고 있었지만 그 속에서 고통 받는 서민은 여전히 증가하고 있었던 것이다.

경제를 외치며 발전한 국가의 모습의 아주 많이 변했지만, 정작 어려워진 가정은 더 늘고 '참 좋은 시절'과 같은 드라마처럼 가족구성원 간의 위치는 윤리에서 크게 벗어나 버렸다. 얻은 것은 국가외관 모습의 변화이고, 잃은 것은 그 안에 담겨진 '가정환경, 가족간 위치'다. 이제부터 무엇을 외치고 살 것인가는 지금의 중요한 우리의 삶의 이정표이다.

영국의 아놀드 토인비 교수가 "한국의 아름다운 풍습인 효(孝) 사상, 경로(敬老) 사상을 서구에 전해 주십시오. 정신문화혁명운동을 벌여 주십시오. 나도 적극 돕겠습니다"라고 하였다. 그러나 서구에 전해 줄 '효·경로사상'은커녕 우리나라에조차 남아 있지 않다.

2013년 영국의 신경제재단(NEF)에 따르면 세계 151개국을 대상으로 국가별 행복지수(HPI)를 조사한 결과 "방글라데시 11위, 인도네시아 14위, 태국 20위, 필리핀 24위, 인도 32위, 일본 45위" 등의 순이었으며, 한국은 63위에 머물렀다. 60년 동안을 '민생경제'만 유행가처럼 외쳤던 한국의 국민행복지수가 63위란다. 이 통계는 이제부터 우리나라가 무엇을 외치며 살아야 할 것인지를 시사해 주는 바 크다.

이제부터는 인간답고 이성적인 사회를 만드는 이정표를 세워야 한다. 자식을 귀(貴)하게 키우고 그렇게 성장한 자식으로부터 귀(貴)하게 대접받는 부모가 되도록 귀(貴)한 세상을 만들어야 한다.

초원의 나라 몽골 견문록

신용준

필자는 1994년 몽골 국립외국어대학과의 자매결연조인식 참가와 1995년 같은 대학에서 명예박사 학위수여식 참가 기연(機緣)으로 두 차례 몽골의 수도 울란바토르에 다녀왔다. 정식 국가명칭은 몽골(Mongolia)인데 1992년 1월에 새 헌법이 발효되기 전까지는 사회주의를 표방하는 몽골인민공화국(Mongolian Peoples Republic)이었다. 서울에서 몽골의 수도 울란바토르까지는 항공기로 3시간 안에 닿을 정도로 가깝다.

북쪽으로는 러시아와 국경을 맞대고 있고 남으로는 고비사막을 사이에 두고 중국과 접해 있다. 중국 영토 안에서 하나의 자치구로 존재

신용준(申瑢俊) _ 제주 출생(1929년). 성균관 자문위원. 제주한림공고 교사를 시작으로 저청중, 세화중, 애월상고, 제주대부고 등 교장. 제주도교육청 학무국장. 제주대학교 강사. 제주한라전문대 학장. 한라대학교 총장. 한국교육학회 종신회원. 대한민국무공수훈자회 제주도지부 고문. 한국수필작가회 이사. 언론중재위원회 중재위원, 운영위원. 한국문예학술저작권협회 회원. 1952년 화랑무공훈장에 이어 1970년에는 대한민국재향군인회장 표창, 1973년 국무총리 표창, 1976년 국방부장관 표창, 1982년 국민포장, 1990년 세종문학상, 1998년 국민훈장 모란장, 제 38회 제주보훈대상(특별부문) 등 수상. 저서 《아! 그때 그곳 그 격전지》(2010).

하는 내몽고와 구분하기 위해서 외몽고라 부르기도 하는 독립국가이다.

한국인과 같은 몽골리안(몽골족)에 속하면서 우랄알타이어 계통의 언어학적 공통점 때문에 '멀고도 가까운 나라'로 인식되고 있는 나라 몽골!

체제의 차이와 열악한 관광조건 때문에 여행지로 눈길을 끌지 못해 왔던 몽골관광이 최근 올여름 이색상품으로 등장, 눈길을 끌고 있다. 이 같은 여행상품이 선보인 것은 최근 오지로 향한 호기심과 목적여행 붐으로 그 관심이 어느 때보다 높아졌기 때문이다.

특히 1990년 한·몽 간에 대사급 외교관계가 수립되어 국교가 정상화되면서 학술차원의 탐방이 늘어나고 경제교류가 확대된 것도 '은둔의 나라' 몽골에 대한 호기심을 자극하고 있다.

남한 면적의 16배나 되는 너른 국토에 인구는 3백여 만 명 정도인 몽골은 소련의 붕괴에 즈음하여 평화혁명으로 사회주의를 무너뜨리고 새 출발을 하고 있다. 사회주의의 몰락 이후 몽골에는 러시아와 동유럽의 영향력이 줄어들어 그 자리를 미국 등 서방국가가 차지하고 있다. 그러나 아직도 1인당 국민소득이 1천 달러도 안 되는 가난한 나라이다. 게다가 고원에 위치해 있어서 기온이 낮아 추운 나라이다. 국토 한가운데를 흐르는 롤라강 북안에 있어서 살기 좋다는 인구 60만의 수도 울란바토르도 해발 1,300 미터의 고원도시이다.

그러나 몽골의 자연은 참으로 장관이다. 끝없이 펼쳐진 초지는 평원에 한정되지 않고 산기슭, 등성까지 덮고 있다.

원래 '몽골'이란 단어는 용감하다는 뜻으로 칭기즈칸이 속해 있는 소부족의 이름이었다. 13세기 칭기즈칸에 의해 몽골 부족의 이름이 전 세계로 알려진 후 몽골이란 용어를 국명으로 사용하게 되었다.

비행기에서 내려다보면 끝없이 펼쳐진 초원, 간간이 하얀 점을 찍어 놓은 듯한 겔(Gel, 몽골 유목민의 집)을 신기한 듯 쳐다보노라니 어느덧 비행기는 활주로에 내려앉았다.

공항에서 내려 승용차를 타고 도시로 들어갈 때 울란바토르는 하늘에서의 느낌보다 더 한적하고 조용했다. 자동차는 물론이고 오토바이나 자전거조차 별로 눈에 띄지 않는다. 그래서인지 유난히 공기가 맑게 느껴졌고 하늘의 구름들은 눈이 부실 정도로 하얀 빛을 발했다.

사회주의 국가의 전형적인 도시로 아직도 레닌 동상이 버티고 서 있고 몽골인민혁명의 영웅 수호바토르의 동상이 세워진 이른바 붉은 광장을 축으로 주변에 정부기관, 공공건물이 들어서 있고 광장 남쪽에는 오페라하우스, 박물관들이 있다.

뉴질랜드의 초원을 표현할 때 '녹색 카펫을 겹쳐서 깔아놓은 듯한…' 이라 한다. 몽골의 초원은 그냥 카펫을 한 겹 깔아놓은 듯하다. 마치 골프장의 페어웨이 같은 초원이 고비사막을 제외한 전 국토를 덮고 있다.

울란바토르에는 콘크리트 건물과 사람들이 많지만 시내를 벗어나면 사람 만나기가 쉽지 않다. 대부분의 거리는 6, 7층 정도의 아파트 단지 사이로 이어지고 있었다. 교통수단으로는 낡은 무궤도 전기버스가 주종을 이루고 있으며 최근에는 한국의 현대버스와 일본의 닛산버스가 경쟁하며 새로운 교통수단으로 인기를 끌고 있다. 택시는 별다른 표시 없이 길가에 손을 들고 서 있으면 지나던 승용차가 세워 택시 구실을 했다.

대부분의 도로에는 여러 차례의 공사로 이루어졌음이 역연했으며 패인 곳이 많이 있고 교통시설, 관공서 건물과 아파트는 모두 낡아 있어 최근의 몽골 경제 형편을 보여주고 있었다. 체제는 바뀌었지만 사람들의 습성은 아직 사회주의 시절 그대로 남아 있어 버젓한 상점들이 토요일에는 일찍 문 닫고 일요일에는 쉰다.

교민회장의 말에 의하면 한국인은 120명 정도 거주하고 있다고 했으며, 한국 대사관을 예방했을 때 들은 말로는 선교활동을 위한 종교 단체와 기업체들의 왕래가 활발해지고 있다고 한다.

몽골민족 이야기는 마르코 폴로의 여행기인 세계의 묘사(Divisamentdou Monde,《東方見聞錄》)을 인용하는 게 적절할 것 같다. 폴로는 1271년 아버지를 따라 몽골(원, 元)에 가서 원의 관직에 올라 17년 동안 그곳에서 살며, 견문을 넓히고 기록을 남겼다. 그는 당시 몽골에서의 풍경을 그리고 있는데 그 일부를 발췌한 것이다.

그들은 결코 한 곳에 정주하지 않는다. 겨울이 가까워지면 가축의 목초를 확보하기 위하여 따뜻한 지방의 평야로 이동한다. 그들의 집인 장막(帳幕, 겔)은 작은 나뭇가지로 뼈대를 세운 후 그 위에 털로 된 전(氈)을 씌우는데 그 모양이 둥글고 아담하다. 문은 반드시 남쪽으로 내며 이동할 때에는 그것을 뜯어서 간단히 묶어가지고 사륜차에 싣고 운반한다. 하루 종일 비가 와도 결코 내부가 젖지 않도록 되어 있다.

물품의 매매나 상업과 같은 일은 부인이 한다. 주인과 가족에게 필요한 모든 것을 마련하는 것도 부인의 임무이다. 남자는 사냥이나 그밖의 군사(軍事)에 관한 일만으로 세월을 보낸다. 그런데 그들이 사냥에 쓰는 매와 수렵용 개는 세계에서 가장 우수하다.

그들은 고난을 이기는 데 강하다. 필요하다면 말젖과 때때로 잡은 들짐승의 고기만으로도 1, 2개월을 지낼 수 있다. 남자들은 보통 이틀 밤낮을 말 안장에서 내리지 않고 견딜 수 있다. 또한 말이 풀을 뜯어먹는 동안 안장 위에서 잠을 잘 수 있도록 잘 훈련되어 있다.

오늘의 몽골풍경도 이에 다름없다. 광활한 초원과 말의 나라, 깨끗한 자연 환경과 물질문명에 오염되지 않은 순수함을 지니고 있는 곳, 우리와 공통점이 많은 몽골에서 칭기즈칸의 후예들을 만났다.

몽골은 끝없이 펼쳐진 광활한 초원을 가지고 있다. 남북한을 합친 땅의 7배이다. 그 넓은 땅에 인구는 고작 2백만이 약간 넘으니 넓은 땅이 더욱 넓게 보인다. 우리처럼 부동산이 어쩌고 땅값이 어쩌고가 없다. 어디든 이동식 텐트집인 겔만 세우면 그곳이 바로 내 땅이다. 애당초 '나의 땅'이란 개념이 없다. 초원의 풀을 따라 이동하는 유목생활이다 보니 주소도 있을 수 없다.

칭기즈칸이 말로 세계를 제패했듯 몽골서는 아직도 말이 없으면 앉은뱅이나 다름없다. 걸음마보다 말타기를 먼저 배운다. 심부름도 말을 타고 하고, 학교도 말을 타고 등하교를 한다.

몽골의 말 중에서 가장 신성한 말은 백마이다. 우리나라 신라 왕족의 무덤인 천마총(天馬塚)의 백마와 어떤 관계가 있는 것인지 모르겠다. 백마는 칭기즈칸의 상징이기도 하거니와 국가지도자의 상징으로 일반화되고 있다.

해마다 7월에 열리는 '나담축제' 때 백리길의 초원을 5백 마리 말들이 달리는 경기에서 보여주는 몽골인의 기상은 말과 사람이 혼연일체를 이룬다고 한다.

예부터 몽골인은 말타기, 활쏘기, 씨름을 즐겼다. 칭기즈칸 때에도 있었다는 나담축제는 매년 7월 11일부터 개최된다. 정부청사 앞 스후바르도 광장에서 혁명기념식을 치른 후 열리는 나담축제에 몽골인들이 쏟는 관심은 대단하다고 한다.

칭기즈칸이 세계를 정복할 수 있었던 것도 당시 몽골군의 뛰어난 전술과 더불어 좋은 말과 말타는 기술이 있었기 때문이다.

몽골의 말은 제주도의 조랑말처럼 몸집은 작지만 매우 민첩하고 인

내력이 뛰어나다. 몽골인들은 말타기에 매우 능숙하며 재미있는 것은 어린이에게 말타는 법을 가르치는 사람이 아버지가 아닌 어머니라는 사실이다. 말의 나이에 따라서도 경마의 거리가 정해지는 등 말에 얽힌 규범들이 굉장히 많은 것만 보아도 이들의 생활에 말이 얼마나 밀접한 지 엿볼 수 있다.

몽골인들의 손님에 대한 극진한 환대는 전통적인 것임에 틀림없다. 아마도 넓고 막막한 초원의 유목생활 중에 찾아오는 손님이 있다는 게 뜻밖의 사건처럼 받아들여졌던 데서 비롯된 듯 싶다. 심지어 과거에는 그저 지나가는 낯선 손님과 잠자리를 같이해 아기를 얻는 과객혼(過客婚)의 폐습도 있었다고 한다.

몽골인들이 유목생활을 하며 기르는 가축은 주로 양, 염소, 말, 소 등이고 닭이나 돼지는 잘 기르지 않는다고 한다. 몽골에서는 늦가을에 한 가구당 평균 소 1마리와 양 2, 3마리를 잡아 고기를 잘게 썰어 찬 곳에 저장해 둔다. 말하자면 고기로 김장을 담그는 셈이다. 부자는 가축수가 1천 마리에 이른다고 한다.

버드나무 장대를 방사형(放射形)으로 엮어놓은 천장에는 지름 1미터 정도의 둥근 구멍이 뚫려 있어 햇빛이 들어오고 통풍구 역할도 한다. 요즘엔 여기에 유리를 끼워 놓기도 하지만 그냥 구멍이 나 있어도 비가 들이치지 않는다. 이 구멍으로 하늘이 보이기 때문에 밖에 나가지 않고도 일기와 시간을 맞춘다. 천장 위에는 밑에서 줄을 당기면 여닫을 수 있는 뚜껑이 장치되어 있다.

내부에는 카펫 같은 것이 벽을 둘러싸서 보온을 겸한 장식을 한다. 바닥에 깔아놓은 카펫과 함께 특유한 것으로 유목민들에게 카펫문화가 발달한 이유를 알 수 있을 것 같았다. 또 겔은 이동에 편리해야 하기 때문에 무게가 보통 300킬로그램 정도이고 조립과 해체도 30분 내지 1

시간 이내에 가능하다.

하나의 겔에는 한 가족이 살며 자식이 분가를 하면 별도의 신혼겔을 부근에 세운다. 현재의 몽골인들은 계획적이며 집단적인 목축을 하고 있어 과거처럼 물과 풀을 찾아 늘 유랑하던 생활이 줄어들었지만 한 해에 두 번 정도는 겔을 옮긴다.

이런 광막한 초원에 전기가 있을 턱이 없다. 그렇다고 호롱이나 등잔, 촛불도 준비하고 있지 않았다. 왜냐하면 해뜨면 일어나고 해지면 잠자는 생활이니 조명기구가 따로 필요없다.

끝없이 펼쳐져 있는 광활한 푸른 초원과 그 위에서 한가롭게 풀을 뜯고 있는 가축들, 순박한 유목민들, 20세기 건축문화와는 동떨어진 유목민들의 거주공간 겔, 몽골의 서정적 풍경은 질식할 듯한 현대의 콘크리트 도시 문화와는 다른 세계다. 몽골에는 13세기와 20세기가 공존하고 있다. 대초원에는 13세기 칭기즈칸이 몽골제국을 건설할 때와 같은 구조의 전통가옥 겔이 유목민의 유일한 주거공간으로 존재하고 몽골의 수도 울란바토르 거리에는 20세기 첨단기술의 최신형 벤츠 승용차가 달리고 있으며 아파트가 즐비하다.

겔은 텐트, 중국에서는 이를 파오(包)라고 불러서 우리에게도 그렇게 알려져 있다. 울란바토르를 비롯한 몇몇 자치시에는 절반 정도가 아파트에서 생활하고 있지만 유목민들은 대부분 겔에서 먹고 자고 아이를 기르며 때로는 사랑방 역할도 한다. 공무원이나 교사 등 별도의 직업을 가지고 있는 경우에도 평소에는 도시의 아파트에서 생활하지만 여름휴가가 한 달 이상 가능하기 때문에 가축을 방목하며 겔에서 생활하는 경우도 많다고 한다.

1년 중에 거의 절반 이상이나 영하로 떨어지는 추위 속에서도 자기 식구끼리 생활할 수 있는 곳이 겔이다. 겔은 중앙에 난로가 놓여 있고 연통은 정중앙의 천장 밖으로 솟아나 있다. 난로 앞에 작은 탁자와 의자가 놓여 있다. 출입구 왼쪽에는 마유주(馬乳酒)통과 세면기가 있고 오른쪽에는 싱크대 역할을 하는 선반이 자리잡고 있다. 출입구에서 보면 정면으로 보이는 안쪽에 여러 개의 상자가 있는데 그 위에 라마교의 제구(祭具)나 불화, 불상 등이 놓여 있는 것이 보통이다. 전체 인구의 94퍼센트 정도가 티벳 불교인 라마교 신자이기 때문이다. 침대는 출입구 양쪽 벽면에 놓여 있다.

봄, 가을이 없는 몽골에서는 1년 중 6개월이 여름이고 나머지 6개월은 겨울이다. 여름은 무덥고 겨울에는 영하 50도까지 내려가는 혹한의 전형적인 대륙성 기후로서 4월에 눈이 녹으면서 시작되는 여름은 10월에 첫눈이 내리면서 끝난다. 여름에도 낮과 밤의 기온차가 심해 밤에는 한기가 느껴질 정도로 춥다.

대륙성 기후인 몽골은 여름에는 덥고 겨울은 몹시 춥다. 영하 4, 50도의 혹한을 견뎌야 하는 몽골인들은 겔내에서 난방용 연료로 동물의 똥을 이용한다. 8, 9월 사이에 초원에 널려 있는 바짝 마른 말, 양, 소의 똥을 주워다 추운 겨울에 태운다. 냄새도 전혀 없고 화력도 좋아 쇠까지 녹일 정도라니 신기하게 느껴진다.

옛날 제주에서도 우마의 똥을 말려 온돌을 때었으며 요즘도 마라도에서는 우마똥을 연료로 쓰고 있으니 그 전파과정을 추적해 볼 만하다.

목축업을 주로 하는 몽골인들은 아침과 점심엔 젖이나 유제품을 먹고 저녁에는 주로 고기를 먹는다. 보통 양고기 위주인데 소금으로 간을 맞추는 것 이외에는 어떠한 조미료도 사용하지 않는다.

몽골인들이 자랑하는 양바베큐는 흔히 알고 있는 통째로 굽는 것과는 방식이 다르다. 양의 속을 모두 드러낸 다음 오랜 시간 불에 달군 검은 돌멩이를 다시 몸통에 넣고 고기가 연해지고 훈증이 되도록 열심히 주무른 후에 열기가 새지 않는 압력밥솥의 원리를 가진 큰 통에 넣어 익히는 방식이다. 참으로 천하 일품의 별미였다.

야채는 거의 먹지 않는다. 그들의 말을 빌면 '야채는 소나 양이 먹고 우리는 소나 양을 먹으니 결국 다 섭취하는 셈'이란다.

여름에는 말젖이나 양젖, 또는 우유에 차를 탄 수태차에 요구르트 말린 치즈로 지내고 겨울에는 양고기나 말고기가 주식이다.

수태차는 사계절 음료수다. 수태차로 하루를 시작해 수태차로 하루를 끝내기도 한다. 몽골에서는 "식사하셨습니까?"란 인사말은 없다. 대신 "차 드셨습니까?"이다. 유목생활이니 차 없는 몽골은 그 존재 자체를 위협받는다. 차가 없으면 바로 죽으라는 소리로 안다. 채소류는 키울 줄도 모르고 먹을 줄도 모른다. 여기다 식사류라는 것이 육류나 유제품이 대중을 이루다 보니 비타민이 골고루 섞인 차가 없이는 각기병이나 괴혈병에 걸려 절로 세상과 하직하게 되어 있다. 아침밥이란 말이 없다. 곧 "차 드셨습니까?"가 "식사하셨습니까?" 하는 말이다.

양고기를 넣은 몽골식 만두도 맛볼 수 있었다. 우리나라 만두와 모양이며 맛이 비슷하였다.

한국에서 각 가정이 김장을 하는 것처럼 몽골에서도 소와 양을 한두 마리씩 잡아 바람에 말린 후 겨울 양식으로 준비한다. 몽골인들은 과일이나 야채를 즐기지 않지만 고기류는 무척 좋아한다.

과거에는 칭기즈칸이란 단어조차 몽골에선 쉽게 말할 수 없었다. 그러나 러시아의 페레스트로이카 물결이 몽골에 강하게 불어닥친 후 몽골인 자주의식은 크게 향상되었다.

'1천 년 인류 역사에서 가장 위대한 인물 칭기즈칸.'

미국의 워싱턴 포스트지는 지난 1995년 송년특집에서 1천 년의 세계사에서 가장 위대한 업적을 남긴 인물로 칭기즈칸을 선정했다. 세계는 이같이 칭기즈칸을 1천 년의 위대한 인물로 기억하고 있다. 그러나 그는 자신의 나라 몽골에서는 지난 70여 년 동안 영웅이 아니라 '침략자'로 평가절하됐었다. 사회주의 시절 몽골의 중학교 교과서는 '칭기즈칸'을 '다른 나라를 침범한 침략자'로 적고 있었다. 칭기즈칸에 대한 찬양도 공개적인 연구도 일체 금지됐었다. 공산주의의 이데올로기는 몽골에서도 역사적 사실의 왜곡을 강요했던 것이다.

그러나 칭기즈칸에 대한 역사 왜곡도 사회주의 몰락과 함께 끝났다. 몽골에 개혁의 바람이 불기 시작한 1989년부터 칭기즈칸은 다시 역사의 제자리로 돌아왔다. 몽고의 위대한 영웅으로 부활한 것이다.

몽골 최초로 〈칭기즈칸〉이라는 영화가 제작되기도 하고 국내 최고에는 칭기즈칸이라는 이름을 붙이길 좋아한다. 몽골의 최고급 호텔은 칭기즈칸 호텔이라고 이름을 붙였으며, 가장 유명한 보드카의 이름도 칭기즈칸이다. 몽골 특산품의 하나인 카펫을 비롯, 여러 가지 유명한 토속품의 이름에도 칭기즈칸을 사용하고 있다. 그러나 울란바토르 중심가인 울란바토르 호텔 앞에 레닌동상은 여전히 건재한데 몽골의 최대 영웅 칭기즈칸의 동상이 없다는 것은 '몽골의 과거청산'이 아직 완전히 끝나지 않았음을 시사하는 듯했다. 그러나 현지인은 레닌동상이 철거 안 된 까닭에 대하여 예술작품으로 취급하고 있다는 어색한 대답을 한다.

우리와 많은 공통점을 가진 몽골, 서낭당과 같은 무속신앙이나 관혼상제 등 문화적 측면에서도 흡사한 점이 많아 흥미를 끈다. 몽골은 사람들의 외모나 말, 애기를 등에 업는 풍습이 우리와 비슷하다. 몽골은 우리와 공통점이 많다. 우선 몽골인의 생김새는 우리와 매우 흡사하다. 체질, 언어, 문화, 역사적인 면에서도 유사한 점이 많다. 신생아 궁둥이에 나타나는 푸른색 반점(몽골반점)도 어떤 동질감을 느끼게 한다.

몽골의 전통악기인 야탁도 우리의 가야금과 매우 비슷하다. 한국의 가야금 현이 12줄인데, 몽골의 야탁은 13줄이라는 것 외에는 대동소이하다. 삼국사기에는 삼국시대 때 가야금이 있었고 우륵이 연주했다는 기록이 있다. 이런 사실로 미루어 볼 때 고려 때 이 악기가 몽골로 전해진 것이 아닌가 한다.

몽골족과 우리 배달겨레는 민족적, 문화적 유사성이 많다. 그들의 서낭당은 우리의 서낭당과 같고 '오보(Ovoo)'는 일종의 돌무더기로 몽골인들이 신성시하는 곳이다. 나지막한 초원 언덕에 주로 있는 오보는 우리나라 서낭당 옆에 있는 돌무더기와 흡사하다.

몽골인들은 오보 돌무더기 위에 먼저 돈, 담배 등을 올려놓는다. 그 다음 오른쪽 방향으로 세 바퀴 돌며 두 손으로 합장하며 소원을 빈다. 주위에 있는 돌을 주워다 오보 위에 올려놓기도 하는데 이는 한국에서도 흔히 볼 수 있는 모습이다. 서낭당이 정착성을 지닌 반면에 오보는 이동성을 지닌 것이 다르다.

몽골에 있는 '훔체로(돌장승)'를 보노라면 우리 제주도에 있는 돌하르방이 연상된다. 제주도 돌하르방이 큰 모자를 쓰고 부리부리한 눈에 비대한 몸을 보이는 것은 사실 그 당시 몽골인의 모습이다. 그들은 과거 원나라 때 고려를 속국으로 삼고 제주도를 목마장으로 택했다. 일본 원정 등으로 적지 않은 몽골 병사들이 제주도에 주둔하면서 돌하르방을 만들었다는 학설이 지배적이다.

제주도의 돌하르방이 몽골 스타일의 모자를 쓰고 있는 것도 특별한 사연이 있는 것 같고, 몽골의 박물관에서 우리의 민속을 발견하는 것도 대단히 흥미롭다.

보다 분명하고 본격적인 관계는 고려 때 몽골의 침략으로 이루어졌다. 무려 7차례나 침략했고 이후 80년 동안 고려의 정치에 간섭하였다.

이때에 몽골(원, 元) 황실과 고려 왕실간의 혈연 교류가 이루어지며 양국은 친족관계로 발전하였다.

우리 풍속에 스며 있는 몽골풍의 언어 몇 개를 예로 들면 여자들의 족두리, 신부가 연지 곤지 찍는 풍속, 장사치와 같이 어미에 치를 붙이는 습관, 귓부리를 뚫고 귀고리를 하는 풍속, 왕의 진지상을 수라상이라 부르는 것 등등이 그것이며 줄타기, 칼날 디디기 등의 환술적(幻術的)인 기예가 대개 몽골에서 전래되었다고 한다.

대만국립정치대학 哈勘琴倫 교수는 《원조여제주도(元朝與濟州島)》(몽골학 vol. 2. 1994)에서 아방(父親), 어멍(母親), 비바리(小姐), 사돈(親家), 냉바리(老小姐), 테우리(牧馬人), 다간(兩歲馬), 사릅(三歲馬) 등 제주도 방언의 어원을 몽골어에서 찾고 있다.

몽골인의 생김새는 우리나라 사람과 구별이 되지 않을 정도로 정말 꼭 닮았다. 고려 때 20여 만 명이란 고려 여인들이 강제로 잡혀 갔으며 몽골 여인을 고려왕의 왕비(王妃)로 삼아 피를 섞은 탓도 있을 것이다. 이뿐만 아니라 풍습도 비슷한 것이 많다.

아침 산책길에서 만난 멋진 여자의 모습을 보는 순간 너무도 반가웠다. 틀림없는 한국 여자였기 때문이다.

"안녕하십니까? 반갑습니다."

나는 웃으며 자신 있게 우리말로 인사했다. 그러나 그녀는 반응이 없었다. 나는 또 인사했다. 그러자 그녀는 이상하다는 눈초리로 보았다. 나는 아차 하며 말을 더듬었다.

"아 유 몽골리안?"

그제서야 그녀는 "예스" 하는 것이 아닌가.

"아임 쏘리, 아임 코리언…" 하고 멋쩍어하자 그녀는 싱긋 웃어주었다.

나는 눈을 의심하기보다 귀를 의심해야 했다. 보고 또 봐도 그녀는 내 고향 이웃에 사는 여성과 조금도 다르지 않았다. 몽골인은 그 정도로 한국인과 구별이 안 되었다. 그녀는 말했다.

"그건 우리 입장에서도 그래요. 한국인은 동족 같아요. 중국인이나 일본인은 아니어요" 하고 더듬더듬 영어로 말했다.

나는 그녀에게 세 가지 몽골어 발음으로 배워 외웠다.

'셍베노(만날 때 인사), 바이클라(고맙습니다), 바이야르테(헤어질 때 인사)' 이다.

8백 년 전 칭기즈칸이 말을 타고 달리던 넓은 초원과 고려에서 끌려온 여인들이 잠든 초원, 그리고 현재의 몽골과 앞으로 우리와의 관계는 어떻게 전개될 것인지를 생각하며 역사의 아이러니를 느끼기도 했다.

우리는 칭기즈칸의 손자 쿠빌라이 때 몽골의 침략을 받았고 그 뒤에도 오랫동안 몽골의 지배를 받았기에 칭기즈칸의 업적을 평가하는 데 인색할 수밖에 없는데 어떻든 칭기즈칸의 유럽정복으로 동서양의 벽이 무너져 세계가 하나 됐음을 생각할 적에 오늘날 우리 한국과 몽골은 1990년에 국교가 열리면서 빠르게 가까워지고 있음을 어떻게 보아야 할지?

우리는 몽골을 '힘은 강했으나 문화는 볼 것이 없었던 야만적 정복국가'로 인식하는 경향이 있는데 이번 여행에서 수준 높은 유목문화를 확인할 수 있었다.

울란바토르에서 남쪽으로 40킬로미터쯤 달려 다다른 곳은 하얀 눈이 덮인 광야, 여러 개의 비행장을 만들 수 있을 만큼의 넓은 초원이었다. 그런 곳에서 큰 석상과 선돌이 여러 개 늘어서 있었다. 이곳은 튀르크족이 모여 살던 곳이라고 한다.

한국인의 심성에는 태곳적 선사시대 사람부터 20세기 현대인까지

이 땅에 살아온 한국인들은 돌에는 정령이 있다고 믿었다. 옛날 부족장은 고인돌에 묻혔다. 방방곡곡에 선돌이 세워졌고 돌로 쌓여진 서낭당이 만들어지기도 했다. 특히 제주도 지방에는 선돌이 발전하여 사람형상을 한 하르방이나 석상이 매우 유행하였다. 몽골과 제주의 돌문화는 어떤 관계인지 궁금했다.

몽골에서는 한국 사람을 '솔롱고스' 라고 부른다. 이 말은 오색찬란한 무지개를 의미한다. 몽골에서는 솔롱고스라는 성을 가진 사람은 과거 고려인의 후예라고 볼 수 있다.

솔롱고스는 곧 아름다운 무지개 나라인 한국 사람이다. '조용한 아침의 나라' 가 몽골에 가면 '무지개 나라' 로 바뀌는 셈이다. 한국에 솔롱고스라는 이름이 붙여진 것은 13세기 무렵에 몽골인들이 고려에 들어온 이후부터라고 한다. 당시 칭기즈칸의 병사들이 우리 여인네와 어린이들의 색동저고리와 여인의 고운 심성과 산수가 무지개처럼 아름다운데 인상을 받아서 매료되어진 것으로 알려져 있다. 어쨌든 몽골은 한국을 '코리아' 나 '朝鮮' 이 아닌 독자적으로 붙인 이름을 사용하고 있는 유일한 나라다.

반면 한국은 몇 년 전까지 계속 몽골을 '몽고(蒙古)' 라고 부르고 적어왔다. 이는 청나라 사람들이 몽골을 어리석고 케케묵어 쓸모없다는 뜻으로 중국이 우리를 동쪽 오랑캐라고 하여 '동이(東夷)' 라고 했던 것처럼 중화(中華)사상에서 주위 민족을 낮추어 부른 이름을 여과없이 사용한 데서 온 것이다. 따라서 몽골이라 부름이 옳다. 몽골은 수교 직후 원래 이름으로 복원됐으나 아직도 많은 사람들은 몽골과 몽고를 혼용하고 있는 실정이다. 현지어로 '용감하다' 는 뜻의 몽골이라 함이 옳다.

몽골은 아시아에서는 교육이 진보된 나라의 하나로 문맹률이 제로에 가깝다. 8세부터 15세까지가 의무교육이며, 의무교육 수료자 가운데 85퍼센트가 상급과정인 전문학교, 또는 직업학교로 진학한다. 고등교육 기관은 8개교가 있으며 1942년 창립된 몽골국립대학이 유일한 종합대학이다. 공립대 20개교, 사립대 20개교가 있으며, 몽골국립대학은 몽골에서 최초로 한국학과가 설치된 학교로서 국제교류단, 한국학술진흥단 등으로부터 많은 지원을 받고 있다. 우리 대학과 자매결연중인 국립외국어대학에도 한국어과가 개설되었고 우리 대학에서 어학연수를 해마다 하고 있으며 교수, 학생의 교류가 활발하다. 몽골의 젊은이들은 영어, 일본어, 한국어 등 자본주의 국가의 언어를 배우는데 많은 노력을 하고 있다. 현재 몽골에서 한국학회가 설립되어 활동중이다. 대학생 중 여학생 비율이 6:4로 많고 여교수 비율이 30퍼센트이며, 대학 재정은 25퍼센트를 학생들의 학비로 조달하고 75퍼센트는 국가보조로 운영하고 있다. 교사의 사회적 지위는 전통적으로 예우를 받고 있는 편이다. 특이한 점은 고졸자들이 10년 전에는 사범대학이나 인민대학을 많이 지원했으나 최근에는 경제학, 법학, 외국어 대학을 선호하고 있다는 설명에 몽골에도 개방의 물결이 일고 있음을 알 수 있었다.

몽골의 공용어는 민족구성도에서 압도적으로 다수인 할하 몽골(Khalkha Nongol)어이다. 외국어로는 비교적 러시아어가 통할 수 있다. 중국어나 한자는 전혀 통하지 않는다. 전통적인 몽골문자를 사용했었지만 1941년 이를 폐지했고 지금은 러시아 글자인 키릴문자의 몇 자를 변형해서 공식적으로 사용하고 있는데 몇 년 전부터 몽골 전통문자의 복원사업을 실시하고 있다. 근대 이전의 몽골역사는 중국과 관련이 깊지만 오늘날의 몽골에는 오히려 이렇게 러시아의 영향을 받은 흔적이 많아 퍽 놀라운 느낌을 준다. 역사의 새로운 정립을 위해서도 노력하고 있다.

70년이란 긴 세월을 구소련의 그늘에서 보내서 그런지 아직도 몽골의 곳곳에는 러시아의 흔적이 남아 있다. 대부분의 사람이 러시아어를 잘 하고 대도시 사람들은 러시아 TV채널을 주로 시청한다. 하나뿐인 몽골방송이 밤 10시면 끝나고 내용도 빈약한 탓이다.

몽골은 지리적으로 우리나라와 근접해 있기 때문에 그동안 역사적으로 긴밀한 교류와 협력이 이루어져 왔으며, 앞으로도 교류와 협력의 확대가 불가피할 것으로 보인다. 또한 현대는 교통수단과 정보, 통신기술의 발달로 국가간의 이동시간이 단축되고 세계 속에서 발생한 주요 뉴스를 바로 당일 청취할 수 있는 지구촌시대가 도래한 반면, 자국의 경제적 이익을 극대화하기 위하여 주변 국가들과의 연합을 도모하는 블록화현상이 세계 도처에서 발생하고 있다. 이러한 시점에서 양국간 교육의 교류와 협력의 기초를 든든히 다지는 일은 매우 의의있는 일이라고 한다.

앞으로도 교육분야 교류와 협력은 정치, 경제, 사회 분야의 교류확대에 이바지하고 궁극적으로는 국가발전에 크게 기여할 것이다. 우리 대학과 국립외국어대학과의 교류도 이에 일조가 될 것으로 생각한다.

몽골의 국교는 라마교로 한창 때는 1천여 개의 사원이 있었다. 그러나 사회주의를 받아들이면서 모두 없어지고 극소수만 남아 있다. 울란바토르의 간단사(寺)가 대표적인 사원으로 남아 라마교 스님들의 종교의식을 치르고 있을 뿐 그나마 나머지 사원은 박물관 구실을 하고 있다.

몽골 사람의 장례에 대하여 물었다.

사람이 죽으면 평소에 입던 옷에 흰천을 감아 달구지 같은 것에 올려놓고 깊은 산속 초원을 달려가다가 뒤돌아보아서 보이지 않으면 그대로 귀가하거나 수장을 하여 육식동물에 의해서 시체가 없어지는 것을 기다린다. 지금은 관을 써서 매장하고 있는데, 콘크리트로 평평하게 하고 비석을 세워서 공동묘지를 만들기도 한다. 그들은 풀밭에서 나고 자라서 죽어서도 풀밭으로 돌아간다는 것이다. 이들의 생활은 철저하게 자연주의적이라고 말할 수 있다.

경제와 정치동향을 들어본다.

몽골은 전통적인 농목축업 국가로 비록 국가 수입 측면에서는 그 액수가 미약하나 몽골의 주요산업으로는 단연 목축업을 중심으로 한 농업분야를 들 수 있다. 비록 지난 1993년 한 해 혹한과 수재 및 전염병 등 악재가 겹쳐 약 140만 두에 달하는 가축이 죽어나가는 고비를 맞기도 하였으나 1994년 말 가축 사육 총수 2,680만 마리를 기록, 1950년 이래 최다의 수치를 기록하였다. 이처럼 몽골의 목축업이 전년도의 자연재해에도 불구하고 좋은 결과를 가져오게 된 배경에는 1994년도의 자연조건이 매우 좋았을 뿐 아니라 정부가 목축민들에 대한 생산 자주권 및 판매 지배권을 부여함과 동시에 적극적인 지원육성책을 실시함으로써 생산성이 향상되었기 때문이다.

반면 몽골의 공업분야는 1948년부터 1985년까지 사회주의 정부주도로 7차례에 걸쳐 경제개발을 추진했으나 국내 생산기반의 미약으로 현재까지 이렇다 할 실적을 올리지 못하고 있다. 게다가 구소련의 붕괴와 더불어 생산업체에 대한 지원이 중단되고 주요 공산품인 직물, 식품, 피혁 등의 국제 경쟁력이 바닥으로 떨어져 1994년 상반기 현재 국내기업들이 약 40퍼센트가 조업을 중단하는 사태를 빚어내기도 하였다.

몽골의 기업은 목축업을 기반으로 한 식품산업이 근간을 이루고 있음은 자연스러운 일이나 최근 들어 몽골 3대 공업중심지인 울란바토르, 에르데네트 및 바가누우르 등지에서는 풍부한 지하자원을 바탕으로 시멘트, 기계류, 목재, 금속, 가공업 등이 발달하고 있지만 자금과 시설 및 기술의 부족으로 매우 어려운 지경에 놓여 있다고 한다.

한편 1990년대로 접어들면서 시장경제로의 이행을 서둘렀던 몽골경제는 외환, 에너지 및 생활필수품의 부족과 공업기반의 와해 등으로 1993년까지 엄청난 혼란상을 보여준다. 그러나 1994년 들어 목축업을 중심으로 차츰 회복세를 타기 시작, 공업 생산액도 4년 만에 처음으로 증가 수치를 나타냈으며(1993년 대비 4퍼센트 증가), 인플레도 진정 기미를 띠기 시작한다. 이에 따라 몽골 정부는 집중적으로 농목업 및 농목업 가공기업에 대한 지원활동에 나섰으며, 더불어 중소기업 발전촉진을 위한 투자재원 확보를 위해 적극적인 외자 유치를 도모하고 있다.

하지만 몽골 경제는 최근 들어서까지 국가 기간산업의 미비와 원재료의 부족 등으로 공장 조업률이 매우 낮은 상태이며, 8만여 명에 달하는 실업문제와 과도한 외채문제 등으로 안정궤도에 오르기까지는 아직 수년은 더 소요될 것으로 보인다.

그러나 몽골은 세계 10대 자원 보유국 중 하나이며 게다가 1990년 시장경제로의 방향전환을 공식 선언한 이래 정부차원에서 외국기업의 투자를 적극 환영하고 있어 일본, 미국, 독일 등의 선진국에서는 이미 수십 개의 기업들이 진출, 활발한 기업활동을 펼치고 있다. 몽골 경제의 잠재력은 풍부한 자원과 높은 교육수준 등을 놓고 볼 때 대단히 큰 편이며, 특히 현재 추진중인 시장경제로의 이행이 마무리되는 2천 년대가 되면 러시아와 동구권에 이어 새롭게 부상할 유망시장이라고 보고 있다.

오늘날 몽골의 정치형태는 인민 민주주의를 근간으로 한 대통령 중심제를 취하고 있으며, 1992년 신헌법 채택 이래 사유재산과 토지소유를 인정하고 계획경제에서 시장경제로의 이행 등 마르크스주의와 결별을 분명히 한 가운데 민주적 개혁노선을 견지하고 있다. 현재의 국가원수는 P. 오치르바트. 그는 지난 1993년 6월 신헌법하에 실시된 몽골 최초의 직접선거에서 급진적 민주개혁 노선을 주창하였던 야당연합의 후부로 출마해 인민혁명당 후보를 제압하고 당선, 몽고공화국의 초대 대통령으로 취임하였다.

몽골의 의회는 단임제로 '인민대회의(Great Peoples Khutal)' 인데 인구 2,500명당 1명의 비율로 18세 이상의 유권자에 의해 선출되며 정원 76명에 임기는 5년이다. 주요 정당으로는 지난 1921년에 창당된 이래 지금까지 이 나라 정치권의 핵심적 정치지도력을 담보하고 있는 인민혁명당을 필두로 1992년 이후 형성된 몽골 민주연합 및 몽골 사회민주당 등이 포진하고 있다.

지난 1986년 5월, 이른바 페레스트로이카라 할 수 있는 '시네치엘(쇄신)'을 채택하여 지금까지 지속적으로 개혁사업을 추진해 오고 있는 몽골 정치권은 대내적으로 정치의 민주화와 시장경제에 입각한 경제발전을 도모하는 한편 대외적으로 그동안 친러 일변도의 외교노선에서 탈피, 서방 및 주변 아시아권 국가들과의 우호 증진을 위해 노력하고 있다.

이에 따라 몽골 정부는 1994년 인민대회의의 결정에 따라 부수상 에너비시를 위원장으로 한 '정부기관 개편위원회'를 발족하여 새 질서에 적합한 정부기구의 통폐합을 실시하였으며, 1995년 1월에는 수상 P. 자스라이가 직접 나서서 오는 2010년까지의 '국가경제 발전의 장단기 목표'를 발표한 바 있다.

몽골에도 다른 사회주의 국가들의 전환기와 마찬가지로 자본주의 악의 꽃이 먼저 피고 있다. 이를 반영이라도 하듯 몽골 의회는 공휴일인 여성의 날을 어린이날인 6월 1일로 통합하는 바람에 지난 1969년부터 3월 8일이면 직장을 쉬고 각종 행사에 참여하거나 휴식을 즐기던 많은 여성들의 불만을 사고 있다.

P. 오치르바트 대통령은 연초 의회 연설에서 "여성들이 여성의 날을 이용해 대부분 술을 마시기 때문에 자녀들에게 좋지 않은 영향을 미치게 된다"고 개탄하면서 공휴일 수를 줄여 술 마실 기회도 줄일 것을 촉구했으며, 대부분의 남성의원으로 구성된 의회는 이에 적극 호응, 현행 노동법을 개정해 여성의 날과 어린이날을 같은 날로 지정해 놓았다.

이에 대해 3명의 여성 의원 중 한 사람인 간디 의원은 "여성의 역할이 어찌 어머니뿐이겠는가. 우리는 평등을 요구하는 상징으로 이 날을 지켜 나가야만 한다. 그런데 우리는 이제 소수 중의 소수로 전락했다"며 분개했다. 그녀는 "이 나라에서 여성들은 남성과 같은 교육을 받았으면서도 스스로를 남자보다 열등한 존재로 생각하고 있다. 우리는 이같은 태도를 버리고 우리 자신에 대한 믿음을 갖고 지위를 위해 투쟁해야 한다"고 열변을 토했다.

몽골은 겨울철에만 해도 12월과 1월에 걸쳐 2주간의 연말연시 휴가가 있고 2월중 스승의 날, 2월말에 또 다시 2주의 구정휴가가 있어 많은 사람들이 술에서 아직 깨지도 않은 채 직장에 출근하는 일이 흔하다.

그러나 몽골 여성들은 경찰에 단속되는 취객의 대부분이 남성이라는 점을 지적하면서 술을 이유로 여성의 날을 박탈하는 것은 어처구니없는 일이라는 반응을 보이고 있다. 한편 공휴일을 즐기던 습관에 젖어 있던 많은 남성들은 3월 8일 여성의 날을 술로 축하했다.

처음 만나는 사람과 차와 술 3잔부터 시작하는 손님맞이도 특이하다. 한잔만 받고 거절하면 큰 실례가 된다. 손님은 주인이 권하는 술을 모두 마셔야 한다. 마실 줄 모른다고 통하지 않는다. 교류협정 조인식이 끝났을 때와 명예박사학위 수여식이 끝났을 때 공식행사에서는 큰 글라스 3잔이었으나 사석에서는 우리의 밥그릇만한 사발이다. 다 마셨다는 뜻으로 사발을 머리 위에 뒤집어쓰곤 했다. 웬만한 꾼이 아니면 3 잔으로 거의 취할 수밖에 없다.

명예박사학위를 수여하는 자리에서 몽골 전통의상 한 벌을 선물로 받았는데, 그 자리에서 그걸 입히고 학위증서와 학위메달을 달아주었다. 그 전통의상은 우리나라의 두루마기와 같은 겉옷 델(Del)과 모자격인 말라가이(Malagai), 델은 우리나라의 두루마기에 옷고름 대신 단추를 달아 놓은 것처럼 생겼다. 저녁에는 숙소에서 내자(內子)도 전통의상을 선물받았다. 자신들의 넋과 혼이 담긴 옷을 선물하는 것은 소중히 소장하여 기념하라는 의미로 받아두었다.

그리고 공군부대로 가는 도중 낡은 아파트 모양의 파기된 건물촌이 발견됐다. 이것은 구소련시대에 소련군이 주둔했다가 철군한 막사라는 설명이다. 일본군이 떠난 다음 폐허상태로 남아 있던 모슬포의 군기지의 막사를 연상케 했다.

지금 미국의 한 고고학자가 몽골 정부로부터 5년간 단독 탐사권을 따내 칭기즈칸의 무덤을 찾고 있다고 한다. 세계 고고학상 최대의 도박성을 띤 보물 추적인 셈이다.

그런데 마르코 폴로의 《동방견문록》 기록대로라면 전쟁 중 낙마하여 죽었다는 칭기즈칸의 무덤은 알타이에 있는 것으로 되어 있다. 발굴 작업에 대하여 일본은 찬성하고 중국은 반대하고 있다고 한다.

필자는 울란바토르에서 70킬로미터 정도 거리에 있는 칭기즈칸의 고향이라는 테렐지로 가서 몽골의 특징적인 자연을 한눈에 보고 즐기고 그들의 전통적인 생활을 경험함으로써 몽골에 대한 지울 수 없는 인상을 얻고 또 추억거리로 만들고 싶었으나 시일관계로 포기했다.

밤에는 조명등처럼 빛을 뿌리는 별을 보았다. 그렇게 선명할 수가 없었다. 그러나 곰곰이 더듬어보면 그것 역시 내 고향에서 보던 밤하늘이

었다. 몽골은 사람뿐 아니라 자연까지도 그렇게 고향감정을 자아내게
한다.

　이제 나는 몽골이 제2의 고향으로 되어가고 있는 것일까?

　끝으로 명예박사학위 수여식에서 축하 꽃다발을 안겨준 학생 대표
를 비롯한 학생들, 명예박사학위 수여를 심의, 통과시켜 주신 학술평
의위원회 교수님을 비롯한 교수들, 정부에 상신하고 승인해 주도록 노
력해 주신 학장과 부학장, 통역을 맡아 준 한국어과 교수, 체재 중 친절
하게 안내해 준 국제협조담당 교수, 그 외 모든 교수들에게 감사를 드
린다. 그리고 우리 일행을 초청하고 성찬을 베풀어 축하해 주신 공군부
대장에게도 감사드린다. 또 TV방송을 해 주신 현지 방송국과 기사를
써주신 현지 신문사, 한국대사관, 교민회에도 고마운 뜻을 전한다. 태
권도 사범으로 국위를 선양하고 있는 김경태 사범의 공도 특기하고자
한다.

자유의 여신상 앞에서 '자유'를 생각한다

윤명선

어느 해 여름방학이 되어 오랜만에 뉴욕을 방문하게 되었다. 무엇보다 자유의 여신상을 찾아가 그 앞에서 자유를 다시 한 번 생각하기로 하였다. 머물고 있는 스테이튼 아일랜드에서 자유의 여신상이 있는 '자유의 섬'으로 가기 위해 맨해튼으로 가는 페리를 탔다. 선창 밖으로 나가 사방을 둘러보니 옛 생각이 떠오른다. JSD 과정을 이수하고 학위논문을 준비할 때 매일 이 배를 타고 NYU를 오갔었다. 아침에 학교에 갈 때는 갓 떠오른 태양을 바라보면서 희망을 충전시키고, 저녁에 집으로 돌아갈 때에는 뉴저지 위로 떠오르는 붉은 노을을 쳐다보며 낭만을 누리던 곳, 추억의 뱃길이다.

갈매기들의 영접을 받으며 맨해튼 선착장에 도착하니 바다 건너편에 '자유의 여신상'(Statue of Liberty)이 여전히 그곳에 서 있다. 이 여

윤명선(尹明善) _ 서울 출생(1940년). 경희대학교 법과대학, 동 대학원 졸업, 미국 뉴욕대학교 로스쿨 졸업(법학박사). 경희대학교 법대교수, 법대학장, 국제법무대학원장, 헌법학회 회장, 인터넷법학회 회장, 사법 · 외무 · 행정 고시위원 등을 역임하고, 현재 경희대학교 명예교수로 활동.

인상은 허드슨 강 하구에 있는 '자유의 섬'에서 대서양을 향하여 웅장한 모습을 하고 서 있다. 여름 휴가철이라 관광객들이 이곳에 가기 위해 장사진을 치고 있다. 마치 인종박물관에라도 온 것처럼 세계 각국에서 온 인파의 얼굴색깔이 천태만상이다. 입장권을 사는 데만 무려 한 시간이 걸렸고, 한 시간 이상 줄을 서서 기다리다 페리에 탑승하고 허드슨 강을 건너갔다.

자유의 여신상은 미합중국 독립 100주년 기념으로 프랑스가 우호의 표시로써 기증한 것으로 그 원명은 'Liberty Enlightening the World'이다. 이 여신상은 전 세계를 향하여 횃불을 들고 자유의 중요성을 알리는 상징물이 되었으며, 그로 인해 세계적인 관광명소가 되어 있다. 그 규모를 보면, 높이가 지상으로부터 횃불까지 305feet(93m)로 높으며, 손의 길이는 16feet 5inches, 머리 크기는 17feet 3inches, 눈의 길이는 2feet 6inches, 코는 4feet 6inches이다. 가히 그것이 실제로 얼마나 웅장한가를 이들 수치는 말해 주고 있다. 방문객들은 그 내부로 올라가 바다를 관람할 수 있는데, 최상단에 있는 왕관까지 353개의 계단이 세워져 있으며, 그 옆으로 엘리베이터도 설치되어 있다.

자유의 여신상은 단지 그 외관만을 보고 감격해서는 안 되고, 그 구조를 살펴보면서 개별적으로 그 의미를 이해하는 것이 중요하다. 이 여신상은 전 세계를 향하여 자유의 횃불을 들고 서 있는데, 머리에는 월계관을 쓰고 있으며, 왼손에는 법전을 움켜쥐고, 오른손에는 횃불을 높이 쳐들고 있으며, 발은 부러진 사슬로 매여 있다. 그녀의 발에 끊어진 사슬을 얹어 놓고 있는 것은 독재의 사슬로부터 해방되었음을 상징하는 것이다. 왼손에는 법전을 들고 있게 한 것은 자유는 법에 의해 보장되지만, 또한 법의 테두리 안에서만 보호받을 수 있다는 것을 의미한다. 여신상에는 승리의 상징으로 월계관을 씌워 놓았으며, 횃불을 들고 전 세계를 향하여 자유를 외치고 있다. 자유는 가장 소중한 가치이며, 이를 전 세계에 알리고 보급하는 것이 이 여인상의 존재이유이다.

잔디밭에 누워 푸른 하늘을 배경으로 서 있는 자유의 여신상을 쳐다보니 '자유'란 무엇인가 그 의미를 되새겨보게 된다. 어느 시인은 "일탈한 자 별똥이 자유롭다"고 노래하고 있다. 그야말로 시적이고 비유적이며, 그런 표현을 하는 것은 시인의 자유이다. 그러나 자유란 이와 같은 '자연적 자유'를 의미하지 않는다. 지구가 궤도를 일탈하지 못하듯이, 달이 지구로부터 떨어져 나가지 못하듯이, 인간도 국가를 떠나서는 살 수 없고, 법을 어겨가면서 자유를 누릴 수는 없는 법, 일탈하는 것이 자유가 아니다. 개인은 사회공동체의 구성원으로서 그 안에서 자유를 누릴 수 있을 뿐이다. 하늘을 날고 있는 연을 보면서 사람들은 저처럼 자유롭지 못함을 부러워하기도 한다. 그러나 연의 자유는 연줄에 매달려 있을 때 누리는 것이며, 연줄이 끊어지면 지상으로 떨어지고 만다. 그것은 일탈이지 자유가 아니다.

자유란 자기 마음대로 행동하는 것(= 자연적 자유)이 아니다. 이러한 자유는 로빈슨 크루소가 누린 것처럼 무인도에서나 가능하지, 사회공동체 안에서는 인정될 수 없다.

"누구나 손을 휘두를 자유가 있다. 그러나 그것은 타인의 코가 시작하는 곳에서 끝나야 한다."

사회공동체의 기초는 공존과 공생의 원리에 있으며, 개인의 자유는 국가·사회발전과 조화를 이루도록 행사되어야 한다. 또한 개인의 자유는 타인의 자유와 권리를 침해해서는 안 되며, 한 사람의 자유에 대한 제한은 다른 사람의 자유를 보장하기 위한 조건이 된다. 이처럼 자유에는 일정한 한계가 있다(공동체내에서의 자유).

홉스는 자유란 '물리적 강제를 받지 않는 상태'라고 정의를 내렸는데, 이것이 자유의 개념의 출발점이 되었다. 폐녹은 '개인의 능력에 대한 간섭의 부재'라고 하였다. 자유는 인간에게 가장 소중한 가치이며, 인간이 인간답게 살기 위한 기본적 조건이다. 그래서 페트릭 헨리는 "자유가 아니면 죽음을 달라"고 외쳤다. 자유는 그 만큼 소중한 가치를 가지고 있다는 증거이다. 절대국가에서는 개인의 자유는 보장될 수 없다. 그래서 절대 권력에 항거하면서 피를 흘리며 투쟁을 하였고, 마침내 이를 쟁취하였다. 이처럼 국가의 최고권력인 주권이 국민에게로 넘어옴에 따라 비로소 자유는 보장되기에 이르렀다. 인류의 역사는 '자유를 얻기 위한 투쟁의 역사'였다고 할 수 있다.

영국은 1215년에 대헌장이 채택된 이래 의회의 군주와의 오랜 투쟁을 통해 점진적으로 인권을 보장하게 되었다. 프랑스는 1789년의 시민혁명을 통해 자유를 쟁취하였으며, 인권선언과 헌법에서 자유를 열거하고 있다. 또한 미국은 영국과의 독립전쟁에서 승리함으로써 자유를 획득하였으며, 연방헌법과 각 주의 헌법은 자유의 항목을 열거하고 있다. 우리 헌법은 제2장에서 개인적 자유를 상세하게 보장하면서 "국민의 자유와 권리는 국가안전보장·질서유지 또는 공공복리를 위하여 필요한 경우에 법률로써 제한 할 수 있다"(제37조 2항)고 규정함으로써 개인적 자유가 집단적 가치와 조화되는 범위 안에서만 보장될 수 있음을 분명하게 하고 있다.

우리나라는 1945년 8월 15일 일본 제국주의로부터 해방이 된 지 3년만인 1948년 7월 17일 헌법을 제정하여 개인의 자유와 권리를 보장하였으며(제헌헌법), 9차에 걸친 헌법 개정을 통해 자유의 영역을 확대해 왔다. 1987년 6·29선언으로 채택된 현행헌법은 인간의 존엄권과 행복추구권을 비롯하여 신체의 자유, 양심과 종교의 자유, 학문과 예술의 자유, 표현의 자유, 거주·이전의 자유, 사생활의 자유, 직업선택의 자유, 재산권 행사의 자유 등을 상세하게 규정하고 있다. 이들 자유는 국가의 간섭이나 통제로부터 자유를 추구하는 '소극적 자유'로서 이는 '국가로부터의 자유'(freedom from state)를 의미한다.

1980년대에 운동권 학생들과 많은 논쟁을 벌였는데, 그 중 하나를 소개하면, "택시를 탈 자유가 있다"고 하자. "그러나 택시비가 없다면 그 자유는 무슨 의미가 있는가?"라고 한다. 일견 맞는 논리이다. 아무리 자유로운 환경 속에서 산다고 하더라도 자유를 누릴 수 있는 최소한의 조건이 갖추어지지 않는다면 자유를 행사할 수 없다. 자본주의가 발전하면서 부익부·빈익빈 현상이 생겨나 빈자는 생존 그 자체에 위협을 느끼게 되며, 이러한 자유의 문제가 발생하게 된다. 그래서 최소한의 생존을 보장해 주는 사회보장제도를 안출하고, 나아가 인간다운 생활을 누릴 수 있는 생존권을 보장하게 되었다. 이들 권리는 자유의 조건이며, 평등한 자유를 보장하려는 것이다. 이러한 자유는 '적극적 자유'로서 국가가 이를 보장해 주어야 해결될 수 있으므로 이를 '국가에의 자유'(freedom toward state)라고 부른다.

자유와 평등은 민주주의가 보장하고 실현하여야 할 두 가지 가치요 이념이다. 개인적 자유가 민주주의 사회를 이루기 위한 출발점이지만 그것이 전부는 아니고, 사회적 평등이 실현되어야 민주사회는 건전하게 발전할 수 있다. 민주주의는 자유와 평등 중 어느 가치를 더 중요시하느냐에 따라 자유민주주의와 사회민주주의로 분화된다. 그러나 그 차이는 사회적 환경에 따라 다른 선택을 하는 것일 뿐, 두 가치 중 하나를 선택하는 것이 아니다. 새는 왼쪽과 오른쪽의 두 날개로 난다. 두 날개가 균형을 유지하면서 날아간다. 민주주의도 자유와 평등이란 두 가치를 조화롭게 보장하고 실현하여야 한다. 그 때 비로소 민주주의는 건전한 사회를 이룰 수 있는 것이다.

자유를 찾아 대한민국으로 넘어온 어느 탈북자는 인터뷰에서 "과연 자유란 생명을 걸고 넘어올 가치가 있는지" 물었더니, "그렇다"고 확신에 찬 목소리로 대답하였다고 한다. 지금 우리나라는 짧은 기간에 민주화의 토대를 쌓아왔고, 개인의 자유가 상당한 수준에서 보장되고 있다.

그런데 많은 사람들은 자유를 앞세워 '법과 질서'를 파괴하는 사람들이 있다. 대표적인 예가 집회의 자유를 내세워 불법적으로 집회를 하는 경우이다. 세상에 경찰이 데모대에 의해 폭력을 당하고, 경찰 차량들이 파손되며, 파출소가 파괴되는 나라가 어디 있는가? 그들은 자유를 잘못 이해하고 있거나, 자유를 잘못 행사하고 있는 것이다. 또한 천안함 괴담을 비롯해서 세월호 괴담에 이르기까지 SNS와 인터넷을 통해 허위정보를 유포하여 사회적 혼란을 일으키는 세력이 있다. 오늘날에는 이처럼 자유의 일탈 또는 과잉이 오히려 문제가 되고 있다. 자유도 지나치면 모자람만 못하다(過猶不及). 자유에도 '중용의 법칙'이 적용되어야 한다.

자유와 책임, 권리와 의무는 동전의 양면과 같다. 자유의 결과에 대하여는 책임이 따르며, 권리에는 의무가 수반된다. 그 조화 속에서 공동체는 유지될 수 있으며, 그 구성원인 개인들이 조화롭게 생존을 유지할 수 있는 것이다. 이처럼 구성원들 간의 공존과 질서를 유지하기 위해 자유는 법에 의한 제한을 받는다. 헌법이 보장하는 자유는 이와 같은 '합리적 자유'로서 타인의 자유를 존중하고 법과 질서와 조화되는 범위 안에서 자유는 누릴 수 있을 뿐이다. 자유의 여신상이 왼 손에 법전을 쥐고 있는 이유는 바로 이러한 자유의 본질을 밝히고 있다는 점을 인식하여야 한다.

우리 사회는 '빨리빨리'라는 속도전을 통해 세계 10대 경제대국에 속할 만큼 급성장을 하였으며, 민주주의, 특히 절차적 민주주의가 단기간에 토착화되고 있다. 그런데 자본주의가 발전하면서 돈이 최고의 가치인 양 금전만능주의가 팽배하고 있으며, 자기만이 사회의 주인인 양 극단적인 개인주의가 사회 전반을 지배하고 있다.

그 결과 중요한 아름다운 전통과 공동체의 가치를 상실해 가고 있다. 전통적인 가족제도가 붕괴되고 있으며, 겸양의 미덕이 사라지고 있다. 지나친 경쟁 속에서 행복감을 느끼지 못하고 불안한 생활을 하고 있다. 자살율과 교통사고율 등이 OECD 국가 중 제1위라는 악명을 가지고 있으며, 우리나라 국민들의 행복지수는 하위권에 머무르고 있다. 여기에는 학부모와 교육에 일차적 책임이 있다. 건전한 사회공동체 안에서만 행복한 생활을 누릴 수 있으므로 그 가치와 전통을 유지하는 것이 우리 사회의 중대한 과제이다.

이러한 자유의 원리는 사이버공간에서도 그대로 적용되어야 한다. 사이버공간은 단순한 가상공간이 아니라 현실세계의 연장선상에 있으며, 현실국가로부터 독립된 공간이 아니다. 초기에 일부 자유주의자들이 주장했던 것처럼 사이버공간이 해방공간은 아니다. 사이버공간에 있어서 자유의 보장은 최대한 인정되어야 하지만, 여기에도 일정한 한계가 있다. 사이버공간에서의 자유도 자연 상태에서 무제한으로 누릴 수 있는 '자연적 자유'가 아니며, 사회공동체의 연장선상에서 그 황금률인 '공존의 원리'가 적용되어야 한다. 따라서 사이버공간에 있어서의 자유도 공동체와 조화를 이루는 범위 내에서 인정될 수 있으며, 그 행사에는 일정한 한계가 있는 것이다.

현재 우리나라는 인터넷 최강국가를 자랑하고 있지만, 그에 정비례하여 사이버공간에서 많은 범죄들이 행하여지고 있는데, 이를 자유라고 착각하는 부류의 사람들이 있다. 가장 심각한 문제로 프라이버시의 침해, 명예훼손 등이 횡행하고 있다. 익명성 뒤에서 무책임한 발언을 통해 타인의 권리를 침해하고 있으며, 이를 견디지 못해 자살을 하는 경우까지 발생하고 있다.

무엇보다도 중요한 것은 법적 문제가 발생하지 않도록 네티즌들이 일차적으로는 자율규제를 통해 질서가 확립되는 것이 이상적이며, 이를 위해서는 '네티켓'(네티즌＋에티켓)이 확립되어야 한다. 그러나 이는 당위적 요청일 뿐 기대하기 힘들고, 인류의 역사를 돌이켜볼 때 엄격한 법적 규제 장치를 마련하여 여러 가지 부작용을 막을 수 있도록 국가는 적극적으로 대응하여야 한다. 학자들 중에는 인간의 이성을 중요시하여 완전한 존재로서의 인간은 스스로 통제를 통해 자유를 행사할 수 있는 '자율'을 강조하기도 한다. 그러나 이는 보통 사람들에게는 기대할 수 없는 도덕성의 문제로 권리라는 측면에서는 자유에 포함시킬 수 없는 것이다,

미국의 유명한 판사인 Hand는 "자유는 사람들의 마음속에 있다. 자유가 그 속에 죽어 있다면 헌법도 법률도 법원도 이를 구조할 수 없다. 자유가 그 속에 살아있는 한 헌법이나 법률이나 법원은 이를 구조할 필요가 없다"*고 하였다. 국민들의 자유의식 또는 헌법의식이 자유를 누리기 위한 전제조건이 된다는 것을 말해 주는 것이다.

Stevens는 '자유는 농장과 같다'**고 말하면서 자유를 지키기 위해서는 농장을 가꾸듯 노력하여야 한다고 강조하고 있다. "자유는 농장과 같은 것/ 곡식이 저절로 생산되지 않는 것처럼/ 자유도 항상 그대로 머물러 있지 않는 법// 농장에는 잡초와 곤충들이 살고 있듯이/ 자유에도 항상 적들이 도사리고 있으므로/ 부단한 주의와 어려운 투쟁을 요구한다/ 자유를 지키기 위해서는."

자유는 대가 없이 주어진 선물이 아니라 부단한 감시와 힘든 노력에

의해 쟁취하는 것이다.

　나는 지금 아무런 간섭이나 강제를 받지 않고, '국가로부터의 자유'를 누리고 있다. 국가로부터 연금을 받아 생활에 필요한 최소조건을 갖추고 있으니 '국가에의 자유'도 누리고 있다. 그런데 왜 자유롭다고 생각되지 않는가? 자승자박(自繩自縛)이라고 하던가? 밧줄도 없는데 스스로를 묶어놓고 있는 것이다. 그 이유는 아직도 무엇인가에 대한 집착과 욕망이 남아있기 때문이다. '욕망'만 내려놓으면 마음이 자유롭다. 결국 궁극적으로 자신으로부터 해방되어야 진정한 자유를 누릴 수 있게 된다. 이처럼 자유는 궁극적으로는 '심리적 문제'에 속한다. 자유는 결코 멀리 있는 것이 아니다. 자유를 누리는 것이 결코 어려운 것이 아니다. 이제야 이와 같이 간단한 사실, 아니 진리를 깨닫고 자유인이 되니 행복해진다.

　어느덧 해가 뉴저지 너머로 기울고 있다. 이제 자리를 일어나 배에 몸을 싣고 맨해튼으로 간다. 저녁식사를 하기 위해 Korea Town으로 갔다. 전보다 거리가 깨끗해지고 건물들도 새롭게 단장을 하고 있다. 한국식당으로 들어갔다. 개인적으로는 유서 깊은 곳이다. 박사과정을 끝내고 4시간에 걸친 JSD 논문심사와 구두시험을 마치고 난 후 홀로 저녁식사를 하면서 스트레스를 풀던 곳이다. 전과는 달리 외국손님들이 많다. 식사를 하면서 추억여행을 하였다. 그리고는 급행버스에 몸을 싣고 하루를, 아니 인생을 반추하면서 돌아갔다. 우리나라에서도 이제 시민의식이 높아져 합리적인 자유가 고착화되기를 기원하면서….

* Learned Hand, The Spirit of Liberty (Alfred A. Knopf, Inc., 1960), p. 190.
** John D. Stevens, Shaping the First Amendment (Sage Publications, 1982), p. 149.

사계절 단상

오서진

[봄]

눈 속에서 갓 일어난 햇살이 부산히 녹는 땅속으로 깊이 빠진다. 따스함이 촉토는 봄의 정취와 황토마루타는 먼지가 엉겨 붙는다. 엷은 초로엔 이슬이 꽃피우고 대지 위엔 향유가 흐른다. 부서진 얼음결에서 밀려나온 졸음은 꺼칠한 살갗 위에 편히 눕고 어제의 눈물. 어제의 매듭을 깨끗이 씻는다. 하늘을 관통하고 선 앙상한 미루나무 가지엔 꽃뱀이 수를 놓고 어진 봄나무 가지엔 이상에 잠겨 조는 새 한 마리가 조화를 이룬다. 저 뫼 넘고 뫼 넘어 관대해 가는 봄의 향기가 가거들랑 긴 겨울을 흔들던 바람이여 맞이하여라. 기억마저 사라진 뒤에 다시 너를 찾으리니….

오서진 _ 사회복지, 가족복지 전문가. 세종대 과학정책대학원 노인복지 및 보건의료 석사 졸업. 사회복지 및 가족, 노인, 청소년 관련 총 25개의 자격 취득. 사단법인 대한민국 가족지킴이 이사장, 월간 『가족』 발행인, 국제가족복지연구소 대표, 한국예술원 문화예술학부 복지학과 교수, 극동대학교 사회복지연구소 위탁 연구위원, 노동부 장기요양기관 직무교육 교수, 각 교육기관 가족복지 전문교수, 각 언론 칼럼니스트, 법무부 범죄예방위원, 사례관리 가족상담 전문가 등으로 활동. 저서로《건강가족 복지론》,《털고 삽시다》등 상재.

[여름]

푸르름의 싱싱한 정열이 타오른다. 옳거나 그르거나 이슬이 꽃피우고 달빛 사이로 스며드는 수풀 잎은 너울너울 빗방울에 춤을 춘다. 어디쯤에 왔나. 이 무덥고 먼 길…. 모래알이 반짝이는 바닷가에서 바다를 외치는 작은 미미함! 긴 해변이 부서지는 8월의 오렌지 빛 태양이 끝없는 파라솔 위에 작열한다. 파도만 머무는 모래밭 귀퉁이는 철썩이는 파도이랑을 넘어 바다로 가 버린다.

[가을]

밭뙈기, 논뙈기에서 여름내 땀 흘린 농부 가슴에 수확의 기쁨이 솟아오른다. 곧 터질 듯한 푸른 창공을 한 귀퉁이라도 뜯고 싶다. 까불거리는 잔열과 영롱한 왕열 속에 달이 만삭이 되어 빛을 뿜낸다.

고운 님이여! 풍성히 열매 맺힌 고운 님이여!

흩어진 낙엽만 긁어모으는 순수 소녀 마음 속에 나지막이 동요되는 계절이여! 붉은 태양이 삼킨 아름다운 오색 계절은 다시금 찬바람이 휘몰아치며 사라져 가 버렸다.

[겨울]

깊은 해저와 같은 고요함 속에서의 수량! 밝은 설경과 빈 허탈감 속에서 영상의 계절을 기다린다. 겨울날 따뜻한 볕을 그리는 청량한 물줄기가 하늘을 치솟는다.

하얀 눈꽃이 내린다. 하느님의 축제꽃!

평화의 의탁을 존재하면서 예수와의 융합을 위해 진리의 문을 열어놓는다. 고요한 마음의 울렁거리는 계절이여! 크리스마스 캐럴 속에 겨울의 문턱을 넘어선 창작의 4계절이 지났다.

일등석 승객과 일등 승객

오오근

갈수록 경제가 어려워지는 상황에서 부의 양극화는 심화되고 서민들의 삶은 더욱 팍팍해짐으로써 민심이 매우 메말라가고 있는 느낌이다. 계층간 갈등 폭발이라는 측면에서 요즈음 '갑질' 이라는 말이 사회 전반에 걸쳐 회자되고 있는데, 이 즈음에서 사회적 약자들을 비롯한 많은 사람들의 공분을 불러 일으키며 조현아 대한항공 부사장의 퇴진까지 몰고 온 이른바 '땅콩회항사건' 을 깊이 생각해 본다.

마침 일본의 전직 스튜어디스 '미즈키 아키코' 가 일본 및 외국 항공사를 통틀어 총 16년간 승무원으로 근무하면서 VIP 승객에게 퍼스트클래스(일등석) 객실 서비스를 제공한 경험을 살려 저술한 《퍼스트클래스 승객은 펜을 빌리지 않는다》(중앙북스)가 국내에서도 번역 출간되었기에 관심을 갖고 살펴보았다.

오오근 _ 숭실대학교 경영대학원 수료. 서울시 콘크리트공업협동조합 이사장, 한국콘크리트 공업협동조합 연합회 이사장, 사단법인 중소기업 진흥회 부회장 등을 역임하고, 현재 협성콘크리트산업(주) 대표이사, 토목코리아(주) 회장으로 재직.

일등석 전담 스튜어디스가 발견한 3%의 성공 습관의 대표적인 것이 바로 '펜을 빌리지 않는다' 는 것. 비행기 300석 중 9석, 전체 좌석 중 3%로 성공한 사람 중에도 극히 소수만 탄다는 국제선 퍼스트클래스. 이코노미석의 최소 5배 이상의 운임을 내는 이들 3%의 승객들에겐 작지만 성공을 만드는 비밀 습관이 있었다고 한다. 퍼스트클래스 승객들만의 행동과 성공 습관을 오랜 시간 동안 관찰해 펴낸 이 책은 일본에서 150만 부를 돌파하며 큰 반향을 불러일으켰고 우리나라에서도 독자들에게 상당한 관심을 촉발시키며 베스트셀러 반열에 들어섰다.

퍼스트클래스 승객에겐 담요 대신 거위털 이불이 제공되고 비행 중 입을 실내복도 준다. 앞서 조현아 부사장 사건에서 언급된 견과류를 서빙할 때는 먼저 봉지째 승객에게 보여주며 '드시겠습니까' 라고 정중히 의사를 물어야 한다. 먹고 싶다고 하면 그때 봉지를 뜯어 작은 '가니시 볼(Garnish Bowl)' 에 담아 샴페인 등 주문 음료와 함께 내는 게 '매뉴얼' 이라 한다.

세상 그 어떤 공간보다도 비행기야말로 지극히 '자본주의적 공간' 이라는 것인데 비행기만큼 확실하고 분명하게 돈값하는 공간도 없다고 한다. 인품이나 나이, 직업과 사회적 지위 고하, 외모와는 아무런 상관 없이 오로지 얼마나 많은 돈을 내고 탔느냐에 따라 완전히 다른 대접을 받는 것이다. 예전엔 1등석, 2등석, 3등석이라고 했는데 순위를 나타내는 표현의 거부감 때문인지 지금은 퍼스트, 비즈니스(또는 프레스티지), 이코노미(또는 트래블러) 클래스라는 외국어 용어를 쓰고 있다고 한다.

무엇보다 좌석에 따른 항공료가 엄청나게 차이 난다. 조현아 대한항공 전부사장이 탔던 서울~뉴욕간 노선의 경우 유류할증료를 포함해 왕복에 이코노미석이 208만 원, 비즈니스석이 714만 원, 퍼스트석은

1,312만 원이다.

이륙과 함께 스튜어디스가 치는 얇은 커튼 한 장으로 세계는 갈린다. 이코노미석 승객은 물론이고 비즈니스석 승객에게도 커튼 너머는 호기심의 대상이 된다. 뭘 먹고 마시는지, 드레스룸은 대체 어떻게 생겼는지, 화장실 손비누는 어느 브랜드 제품인지…. 심지어 스튜어디스는 얼마나 예쁜지도 호기심의 대상이다.

조 전부사장이 탔던 A380 기종의 경우 총 407석 중 퍼스트클래스는 12석으로 전체 좌석의 약 3%다. 퍼스트클래스는 서비스 못지않게 어떤 사람이 타는지도 관심사다.

앞서 언급한 미즈키 아키코의 저서 《퍼스트클래스 승객은 펜을 빌리지 않는다》를 통해 몇 가지를 소개하자면 이렇다.

첫째, 일등석 사람들은 펜을 빌리지 않는다. 입국서류 작성으로 분주한 시간, 다들 승무원에게 펜을 빌리느라 바쁘지만 퍼스트클래스 승객은 펜을 빌리는 일이 없었다. 무엇이든 기록하는 습관 때문에 품안에 반드시 자신만의 필기구를 지니고 다녔기 때문이다.

둘째, 일등석 사람들은 전기와 역사책을 읽는다. 유독 퍼스트클래스에서는 신문을 가져달라는 요청이 드물다. 퍼스트클래스 승객은 이미 자택에서, 늦어도 라운지에서 신문이 나오는 즉시 읽기 때문이다. 누가 먼저 정보를 쥐느냐가 비즈니스 정글에서 사업의 성패를 가르기 때문에 신문과 같은 정보지는 발간되는 즉시 찾아 읽는다. 항공기내에서 그들은 지독한 활자 중독자들이지만 통상의 베스트셀러가 아닌 잘 알려지지 않은 투박하고 묵직한 전기나 역사책을 읽는다.

셋째, 일등석 사람들은 자세가 다르다. 일단 자세가 바르고 시선의 각도가 높은 것이 특징이다. 자세가 좋은 사람은 범접하지 못할 당당한 분위기를 풍긴다. 행동거지가 당당한 사람은 정면을 바라보기 때문에 시선의 각도도 자연히 높아진다.

넷째, 일등석 사람들은 대화를 이어주는 '톱니바퀴' 기술의 전문가다. 퍼스트클래스의 승객은 정말 흥미진진하게 다른 사람의 이야기를 듣는다. "그래서 어떻게 됐지요.", "그럼, 어떻게 하는 게 좋을까요" 하면서 상대방의 말을 이끌어 낸다. 승무원이 "다시 한 번 말씀해 주시겠습니까" 하고 되묻는 경우가 없는 곳이 1등석이다. 그만큼 의사표시를 명료하게 전달할 줄 안다.

다섯째, 일등석 사람들은 승무원에게 고자세를 취하지 않는다. '바쁜 중에 미안하지만' 과 같이 항상 완충어구를 덧붙이며 말을 건다.

여섯째, 일등석 사람들은 주변 환경을 자기 편으로 만든다. 퍼스트클래스에 동승한 자신과 같은 처지에 있는 다른 승객에게 인사하는 것은 매우 효율적인 인맥 형성 방법이다.

일곱째, 그들은 아내를 극진히 모신다. 그 이유는 높은 지위에 올라도 개의치 않고 솔직한 생각과 감정을 표현하기 때문인 것 같다.

특히 흥미로운 대목은 성공한 사람들에게서 공통적으로 찾아볼 수 있는 것은 몸에 밴 작은 배려의 습관이었다. 탑승 후 겉옷을 벗어 승무원에게 줄 때 받아서 옷걸이에 걸기 쉽도록 방향을 바꾸어 건네준다고 한다. 승무원의 잘못을 지적할 때도 '할 말이 있다' 고 예고하며 이야기를 시작해 상대방이 마음의 준비를 하도록 하는 소통의 기술도 있다고 한다.

그 초특급 성공의 기저에는 소통의 성공이 있었다고 하며, 퍼스트클래스 승객들은 '말하기와 듣기' 의 달인이었다고 술회한다.

엔진 소리로 시끄러운 기내에서도 퍼스트클래스 승객은 명료한 목소리로 한 번에 알아듣게 말해 의사 전달에 혼선을 빚는 일이 없다. 발성 훈련을 통해 얻은 신뢰감 있는 목소리와 '예고하며 말하기' 등, 그들만의 화법으로 많은 사람들을 자기편으로 만들 수 있었다고 전한다.

이 책에서 저자는 경영자들이 배우는 발성훈련법과 말하기 기술을 상세히 소개하고 있다. 또 '듣기'에 있어서는 '톱니바퀴 기술'과 '따라 하기 기술', '완충어구 사용' 등을 통해 상대방과의 소통을 유연하게 이끎으로써 좋은 관계 구축과 함께 양질의 정보를 습득하였다고 전한다.

성공은 다른 사람들의 도움을 받아야 이루어진다. 타인과의 원활한 관계가 비즈니스에서 큰 힘이 되었다는 것이 성공한 사람들이 늘 입버릇처럼 강조하는 성공 요인이다.

항공사 오너의 딸이라고 해도 비행기에 탑승한 후에는 한 명의 승객일 뿐이다. 1등석은 돈만 많으면 누구나 탈 수 있지만, 격을 갖춘 1등 승객은 아무나 되는 게 아니다.

필부(匹夫)의 성공한 삶

이강우

의미 없는 삶을 사는 인생이 있을까마는 육십을 지나, 종심(從心)을 향하는 나는 자주 삶을 확인해 보고 되짚어본다. 나라를 위해 목숨을 바치는 애국충절 대장부(大丈夫)의 큰 삶도 있지만, 부부가 일구어낸 가족들과 정을 나누며 나라와 이웃에 누(累)를 끼침 없이 노년을 지내는 필부(匹夫)의 삶 또한 성공한 삶이 아닐까 한다. 소중한 아내가 있고 결혼하여 가정을 이루어 알콩달콩 사는 장성한 자식들과 화목하게 인생을 살아가는 기쁨도 보람이겠고, 하루에도 몇 번이고 보고 싶은 손주의 재롱 못지않게 자랑하고 싶은 고향이 있음은 빼놓을 수 없는 나의 크나큰 행복이며 기쁨이다. 이런 것들은 중로(中老)의 길로 들어선 필부(匹夫)에게 어느 한 가지도 없어서는 아니 될 행복한 삶과 성공한 삶의 조건들이라는 생각이 든다.

이강우(李康雨) _ 경기 안성 출생(1949년). 1971년부터 2008년까지 경기도 중등교육자로 근무. 시인 · 수필가. 한국문인협회 회원. 안성문인협회 회원. 한국농민문학회 회원. 제10회 한국문학예술상 본상 수상. 시집 《들이 좋아 피는 꽃》(2002), 《이방인의 도시》(2004), 《철새들의 춤》(2007) 등 상재. 녹조근정훈장(2009) 수훈.

노년의 기쁨인 자식을 보는 행복. 딸자식에 대한 애정의 노래이다. 나는 몇 해 전까지만 해도 병고에 시달렸는데 건강을 되찾았다. 어느새 어른이 되어 아비에게 보여준 자식의 사랑은 아비가 병을 이겨내는 데 큰 힘이 되었었다. 그러기에 부자의 연(緣)은 하늘에서 내렸다 하질 않는가?

명약(名藥)

어느새 짝을 찾아 날아가더니만
이따금 소식을 전해옴이 반가워
가끔은 갖추갖추 싸맨 보따리도 건네고
다투지나 않았는지
삶이 행복한지를 요모조모 살펴보는
친정엄마와 친정아버지의 가슴앓이

어느새 추위 한 번 더위 한 번 지나더니만
응애 소리 함께 득남 소식 반가워
덩실덩실 춤추고픈 마음도 잠시잠깐
행여 병나면 어쩌나 딸아인 건강하려나
하나에 하나 더 노심초사 걱정으로 바라보는
외손자 둔 친정엄마와 친정아빠의 피붙이 사랑

어느새 옹알이에 뒤집기에 총명하기까지
하부지 할머이 안 보이면 우는 모습이 신통하고

며칠 동안 못 보면 서운하고 우울하고
노인들이 손주에게 재롱 보이는 진풍경에
이따금 제 자식 떼어두고 문 나서는 딸자식
투병 중인 친정아비에게 명약을 선물한 속 깊은 효성

　그 얼마나 예쁘고 사랑스럽던가. 손자와 손녀(孫子孫女). 인생의 말년에 빼놓을 수 없는 성취감. 잔잔한 보람을 안겨주는 녀석들의 재롱과 웃음. 손주들 자랑거리가 없다면 결코 노년의 행복과 성공을 내세울 수 없는 삶도 성공한 삶이리라.

인(人) 꽃

손짓과 발짓으로 반가워하고
눈길 마주할 때 옹알이하다가는
우는 얼굴도 웃는 얼굴도 귀여운 꽃이다
신의 손길로 피어진 꽃잎 속 이슬은
아가의 눈 속에서 거울 되어 빛나고
아침 햇살 담은 여래불상의 미소처럼
아가의 웃음은 신비롭기만 하다

기억조차 아득한 옛 나를 찾을까 하여
아이의 옹알이를 따라도 해 보고
손짓 발짓 흉내를 내보았지만
까르르 웃는 웃음에 머쓱해진 하부지는

혹시나 비슷한 모양이라도 지을 수 있을까 하여
몇 번이나 웃음 흉내도 내보이건만
말끄러미 쳐다보는 눈빛에 쑥스럽기만 하다

검게 자리한 세월의 흔적
하부지의 얼굴 거죽이 낯설기만 한지
아가는 손톱으로 자꾸만 벗겨내려 한다
육십갑자 지나면서 속절없이 늙어진 노인은
솟구치는 서글픔을 뱉어내려다가
용암처럼 단단해진 차디찬 가슴만을 확인한 채
이미 잃어버린 흔적 찾기를 단념하고 너털웃음이다

  아내 앞에서 생을 마치는 것이 복(福)이라고들 한다. 무조건적인 사랑
을 베푸는 아내의 사랑. 나이 들어서 아파본 이들은 그 소중함을 안다.
아내와 함께 해로의 삶을 사는 기쁨과 행복은 완벽한 삶의 성공이며 완
성이다. 그 소중함을 생각해서라도 잘 받들어 주어야만 한다. 행복의
최상 조건인 아내의 사랑. 성공한 인생의 최고 조건인 부부의 사랑.

청태산에 흘린 두 눈물

지난 시절의 힘겨움과 서글펐던 일들이
바람 같은 이야기라며
이제 살아온 날들을 더듬어보니
함께 한 세월이 고마움이며 축복이었단다

하늘 가린 산길은 깊은 침묵이다

넘기 힘든 시련
두 번씩이나 넘을 수 있도록
정성을 쏟아 준 아내와 함께 하는 산행
흐르는 땀도 정겹고
몰아쉬는 숨소리도 반갑다

이제 앞으로의 삶은
저 보랏빛 지닌 꽃처럼
자연 닮은 삶을 찾겠다는 아내의 눈빛에서
지금이 있어 행복하다는 듯
동자꽃의 고귀한 자태를 본다

힘을 내어 오르자며 앞서가다
문득 뒤가 허전하여 오르던 길을 멈추었다
새소리 따라 흥얼거리며 꽃 이름도 묻고
맑은 물에 손도 씻던 그녀가
저만치 작은 나무 되어 서 있다

내려가 보니 울었는가 보다
힘이 부쳐 따라가기 힘겹다며
그만 내려가자 한다
얼마 남지 않은 정상
쉬엄쉬엄 오르자 하나

저만치 앞서가는 뒷모습에서
언젠가는 헤어지게 될
홀로 되는 두려움을 보았다 한다
괜한 걱정 만들어 한다 말하고는
꽃 한 송이 꺾어 건넨다.

 그리움이 간절해질 때면 찾는 내 고향. 크게 변하지 않은 옛 모습과
정겹게 반겨주는 벗이 있어 나는 행복하다. 지난 해 여름에도 고향땅에
서 간직한 추억의 시간. 서머리 안성천 다리 밑에서 친구가 마련해 준
천렵(川獵)을 어찌 잊을 수 있겠는가. 행복한 삶의 필수조건으로 자랑하
고 싶기에 적어둔 글이다.

내 고향 안성천에서

눈도 못 뜬 참새
어미 냄새의 기억이듯
고향의 향수는 늘 그대로이고
옛 이야기 그칠 줄 모르는
벌거둥이 시절의 추억들

풀섶 헤치고
쪽대에 몰아대던
물 첨벙 소리와 환호성
놀라 도망치던

송사리 미꾸리 메기들

가마솥만한 양은 솥단지에
구수한 옛 이야기 가득 담아내고
변함없이 흐르는 개울물은
반백의 내 모습이 낯설어선지
흘깃거리며 흐른다

마주한 벗
깊게 팬 주름 속에는
세월의 흔적들
긴 그림자 아쉽게 남기고
이야기 속으로 숨는다.

지금이야말로 국운을 걸고 새로운 정신문화 일으킬 때

이서행

엘리엇(T. S. Eliot)의 〈황무지〉에 나오는 '잔인한 4월'의 표현은 1960년 4월 19일 수많은 학생들의 희생으로 독재와 부정선거로 얼룩진 자유당정권을 무너뜨린 이후 우리 사회에 회자되기 시작했다.

그 후 33년 만에 출범한 문민정부는 1993년 정권 초기부터 3~4개월 간격으로 대구지하철사건, 남해에서 아시아나 추락사건, 아현동 가스 폭발사건, 성수대교붕괴사건, 삼풍백화점붕괴사건 등 대형사고가 하늘과 육지, 바다, 강에서 연이어 일어나 사고 공화국이라 지칭된 적이 있다.

지난 4월 16일 전남 진도에서 일어난 세월호에서 희생된 300명이 넘

이서행(李瑞行) _ 전북 고창 출생(1947년). 동국대학교 대학원 철학과 한국철학전공(석사). 단국대학교 대학원 행정철학전공(박사). 미국 트리니티대학원 종교철학(박사). 미국 델라웨어대학 교환교수. 트리니티그리스도대학, 동 대학원 졸업. 한국학중앙연구원 교수. 세계평화통일학회 회장. 한민족문화연구소 소장. 한국학중앙연구원 부원장. 한민족공동체문화연구원 원장. 저서 《한국, 한국인, 한국정신》(1989), 《새로운 북한학》(2002), 《민족정신문화와 시민윤리》(2003), 《남북 정치경제와 사회문화교류 전망》(2005), 《통일시대 남북공동체: 기본구상과 실천방안》(2008), 《고지도와 사진으로 본 백두산》(2011), 《한국윤리문화사》(2011), 《한반도 통일론과 통일윤리》(2012) 외 20여 권 상재.

는 고등학교 수학여행 대참사는 참담하다 못해 비통하여 슬픔이 쓰나미처럼 몰려와 눈물이 앞을 가릴 정도다. 언론에서 터져 나오는 살아 있는 자들의 무능과 무책임이 드러난 인명구호 과정을 보면 저절로 답답함 때문에 분노가 치민다.

이 사건은 자연재난이 아니라 우리 사회의 그동안 고질화된 물신주의 가치와 천민자본주의, 학연과 직장의 연고주의, 민관이 유착된 부정부패 고리, 무책임 등 인재로 인한 나라 전체의 모순과 부조리가 일시에 드러난 국가적 차원의 총체적인 부실이 아닐 수 없다. 박근혜 정부 들어 의욕을 갖고 유달리 국민안전을 내세워 행안부를 안행부로 고쳤지만 그 시스템이 제대로 작동되지 않아 최대의 참사로 커져 그 충격이 크다. 우리 사회에 일어난 제반 사고와 사건은 부정부패와 연계된 불법과 탈법, 규정무시 등 직업윤리의 부재로 인한 사람들의 잘못 즉 인사가 만사가 아닌 망사로서 모두 인재사건이다.

거의 20년 주기로 일어난 해난사고 가운데 가장 많은 사망자를 기록한 사건으로는 1970년에 일어난 부산-제주 정기여객선 남영호 침몰 사건이 꼽힌다. 당시 규정을 지키지 않은 정원 초과로 338명 탑승객 가운데 12명만 살아남고 326명이 숨졌다. 1993년 전북 부안군 위도 북서쪽 3킬로미터에서 위도-부안 격포항을 오가는 여객선 위도 페리호도 규정위반으로 침몰해 292명이 숨지는 비극이 일어났다. 이러한 비극을 결코 잊지 말고 대책을 지속적으로 강구해 나가야 하는데 반복된 안전사고는 정부와 국민 모두 망각하여 불감증에 빠진 결과이다.

안타까운 점은 세월호 참사사건을 계기로 우리 정부의 무능과 우리 사회의 치부가 세계 언론에 이목이 집중되었다는 사실이다. 특히 수백 명 승객들을 배에 두고 먼저 탈출한 세월호 선장은 마지막 순간까지 승객들의 안전을 책임져야 하는 선장의 자랑스런 전통을 저버렸다고 20

일자 뉴욕 타임스가 비판한 사실이다. 타이타닉 사건 이후인 1914년 채택된 국제해양조약은 선장이 배와 승객들의 안전을 책임질 것을 명기하고 있다. 승객들은 경보 발령 30분 안에 대피시켜야 한다.

그런데 세월호는 침몰되기까지 두 시간 반이 소요됐지만 생존자들은 승무원이 배 안에 있는 것이 더 안전하다는 방송 지시를 듣고 희생한 것에 대해 할 말을 잊고 분노가 치솟을 정도다.

해양대국인 영국의 '버큰헤드 정신' 문화가 아쉬운 때다. 1852년 2월 남아프리카공화국 케이프타운 근처 바다에서 영국 해군 수송선 버큰헤드호가 암초에 부딪혀 가라앉기 시작했다. 승객은 영국 소속 군인 472명과 가족 162명, 구명보트는 3대뿐으로 180명만 탈 수 있었다. 탑승자들이 서로 먼저 보트를 타겠다고 몰려들자 누군가 북을 울렸다. 버큰헤드 승조원인 해군과 승객인 육군 병사들이 갑판에 모였다.

1859년 작가 새뮤얼 스마일스가 책을 써 이 사연을 세상에 알려 이때부터 영국 사람들은 큰 재난을 당하면 누가 먼저랄 것 없이 "버큰헤드를 기억합시다"고 말하기 시작했다. 위기 때 약자를 먼저 배려하는 '버큰헤드 정신'이 영국 국민의 젠틀맨쉽 정신문화전통으로 자리 잡았다.

함장 세튼 대령이 외쳤다.

"그동안 우리를 위해 희생해 온 가족들을 우리가 지킬 때다. 어린이와 여자부터 탈출시켜라."

마지막 세 번째 보트에서 누군가 소리쳤다.

"아직 자리가 남아 있으니 군인들도 타세요."

한 장교가 나섰다.

"우리가 저 보트로 몰려가면 큰 혼란이 일어나고 배가 뒤집힐 수도 있다."

함장을 비롯한 군인 470여 명은 구명보트를 향해 거수경례를 하며 배와 함께 가라앉았다. 참으로 숭고하고 고귀한 '버큰헤드 정신'이 담긴 마지막 거수경례하는 장면의 컷이 잊혀지지 않는다.

우리 사회도 이제 버큰헤드 정신문화 같은 코리언쉽 정신문화를 창출하여 위기상황 하에서도 약자를 보호하고 배려하는 생활화로 자부심을 키우고 명예를 되찾는 일에 국가적인 차원에서 전력을 다해야 한다. 반만년 동안 유지되어 온 우리의 정신문화 원형인 홍익(弘益)인간 정신, 천지인삼재(天地人三才)의 조화, 삼태극(三太極)정신, 풍월도정신, 화랑도정신, 최치원의 현묘정신(玄妙精神), 화쟁(和諍)정신, 성리학의 이기지묘(理氣之妙)정신, 선비정신 등에서도 버큰헤드 정신 같은 사례는 수없이 찾을 수 있다. 단지 현대사회의 구조화된 물질중심의 온갖 부조리 문화가 우리의 찬란한 정신문화를 차단시켜 작동되지 않고 있다는 사실이다.

일례로 세월호 참사를 둘러싼 부정과 부패, 부조리사슬은 탑승객의 안전을 최우선시 해야 하는 선박과 해운사의 감독권을 갖고 있는 조합은 물론이거니와 해양수산관련 각종 기관과 단체에 해양수산부 전직 공직자들이 대거 포진한 '전관예우' 등 연고주의 문화와 얽혀져 일어난 해양비리사건의 실체이다. 이들 전직 공직자들은 바로 출신부처와 기관을 대상으로 업체와 업계의 이익을 대변하는 악의 사슬이기 때문에 현행 공직자윤리법을 개정해서라도 우리 사회 독버섯처럼 자행되어 온 공직자들의 재취업과 전관예우를 하루 속히 타파해야 한다.

사회 전체와 공직기강을 확립하기 위해서는 관련법 개정도 필요하지만 공직자들의 정신교육이 지속적으로 유지되어야 하는데 1990년대 이후 지방자치로 이관되어 거의 사라지고 없는 실정이다. 세월호 선원들의 안전 교육비가 몇천 원 정도라고 밝혀졌는데 공무원사회도 다를 바 없을 정도다.

우리 사회 정신문화를 다시 일으켜 문화융성 대국을 세우기 위해서는 문화와 문명의 어원에 대한 이해가 요구된다. 문화란 지식·신앙·예술·도덕·법률·관습 등 인간이 사회의 구성원으로서 획득한 능력 또는 습관의 총체이기 때문에 한 사회의 지적, 도덕적 발달 상태를 의미하여 한 마디로 삶의 양식이다.

한편 문명(civilization)이란 말은 시민(civil) 시민권(civitas)이란 말에서 유래하였는데 시민은 '교육받은' '질서 있는' 의미를 내포하고 있기 때문에 교육수준과 질서 있는 성숙사회가 문화와 문명의 척도이기도 하다.

대한민국은 60년대 이후 세계에서 최단기간에 산업화와 민주화의 성공을 기록하여 세계의 부러움을 살 정도로 국가발전을 이룩했다. 그러나 우리 사회는 황금만능주의, 결과주의, 한건 한탕주의 문화가 팽배하여 발전과정마다 필요한 준법의식, 책임의식, 직업윤리, 공동체의식 등은 방치되어 한 마디로 사고다발의 뇌관을 안고 사는 안전 불감증 국민이 되고 말았다. 안타깝게 생각하는 것은 동아시아에서 유구한 역사와 문화를 지켜온 동방예의지국으로 불리운 우리나라가 어떻게 하다가 이런 수치스럽고 부끄러운 나락으로까지 추락했는가 하는 점이다. 외국인들에게 우리 국민성 가운데 냄비정신이 지적되곤 한다. 쉽게 뜨거워지고 쉽게 식어 얼마 안 가면 또 잊혀진다는 우려에서다. 참으로 세월호 참사교훈이 세월 따라 여느 사건처럼 잊혀져 20년 후에 다시 일어날까 하는 우려가 지워지지 않는다.

한국·한국인·한국정신! 이번 세월호 참사를 계기로 안전제일문화국가를 확립하여 새로운 국가의 믿음과 신뢰의 사회로 다시 태어나야 한다는 국민의지의 결집이 절실하다. 반드시 정부는 물론 온 국민이 국운을 걸고 다시 나라를 세운다는 각오로 우리 사회에 팽배한 온갖 부정부패 및 부조리의 온상인 극단적인 이기주의 행태와 물질중심적인 가치문화를 척결 쇄신해 나가야 한다.

지금이야말로 우리의 전통적인 더불어 평화와 행복을 성취하는 '홍익인간'의 보편적 가치문화를 통해 새로운 인본주의 정신문화 르네상스를 창출해 나갈 때다. 사뮤엘 헌팅턴은 《문명의 충돌》에서 "새로운 시대의 분쟁이 지금까지 있어 왔던 정치적 이데올로기나 경제의 대립에서 오는 것이 아니라 문화적 요소에 기인하게 될 것"이라 예측했지만, 공생·공영·덕목이 내재되고 조화윤리와 평화문화·행복윤리로 대표되는 한국의 홍익인본주의 정신문화야말로 세계적인 문명충돌을 극복할 수 있는 보편적 가치문화로 발전시켜 나가야 한다.

후쿠야마는 그의 저서 《Trust》에서 신뢰는 사회적 자본이자 21세기의 '박애'로 발전시켜 나가야 한다고 주창하여, 평등(정치)과 자유(경제)의 가치는 박애(신뢰)라는 문화적 원리의 새로운 키워드로 재구축의 필요성을 역설한 바 있다. 한국의 전통적인 홍익인본주의는 인간이 모든 것의 주체요 질서적 조화를 통한 평화실현이 되어야 행복의 삶을 영위하게 된다. 이를 위해 한국은 후쿠야마와 달리 공생의 정치, 공영의 경제, 공의의 문화가 실현되어야 서구의 대립과 충돌문화, 상대적인 신뢰의 한계를 극복할 수 있고, 21세기 새로운 르네상스를 일으킬 수 있는 문화융성대국으로 발전할 수 있을 것이다. 문화융성 대국의 실현이야말로 이념갈등과 도덕불감증(moral hazard), 가치혼란문제로 우리 사회의 사회병리(Social·Pathology)는 깊어지고 있는데 이를 치유할 수 있는 지름길이 열리게 된다.

용서

이선영

사람이 혼자 살 수 없다는 말은 너무나도 지당한 말이다. 아니 혼자 살게 되어 있지를 않다. 사람 때문에 상처받고 사람 때문에 힘들고 지칠 때에는 깊은 산에 들어가서 혼자 있고 싶을 때도 여러 번 있지만 내가 좋아하는 사람, 내가 좋아하는 일들, 내가 무언가 주고 싶은 것들과 나를 좋아하는 사람, 나를 인정해 주는 사람, 내가 필요한 사람, 나를 알고 찾아와 주는 사람들이 있기 때문에 혼자서는 살 수 없다.

그런데 내가 태어날 때부터 만난 부모 형제 친척 친구 동료 선후배 등이 모두 다 위와 같지 않다는 데서 문제가 생긴다. 내가 싫어하고 닮고 싶지 않고 미워지고 그의 속을 알 수 없는 나를 무시한 나를 속인 사람들이 반 이상이다. 그들은 본래 그런 사람이었을 수도 있고 본래 그러지 않았는데 살다 보니 돈 때문에 권력 때문에 자존심 때문에 정 때

이선영(李善永) _ 천도교 선도사. 용문상담심리전문대학원 졸업. 가족문제상담전문가. 상담심리사. 웰빙–웰다잉 교육강사. 천도교 중앙총부 교화관장. 사단법인 민족종교협의회 감사.

문에 그렇게 변했을 수도 있다. 나 자신도 역시 그 굴레를 벗어나기 어렵다.

이렇게 너와 내가 그때그때 살기에 바빠서 또는 그땐 정말 몰라서 한 치 앞을 모르고 쫓기듯이 살아가는 것이 우리의 삶이 아닐까.

그러다보면 '내 눈에 흙이 들어가도 절대 용서 못 할' 존재가 (하나 또는 여럿) 생기게 된다.

그 존재는 나와 너무나도 가까운 곳에 있다. 믿는 도끼에 발등 찍힌다는 우리 속담은 아주 멋진 표현이다. 내 손에 맞고 내 손때가 묻은 손에 들기만 하면 내가 원하는 대로 나무를 다듬어 주는 그 도끼가 어느 날 잘못해서 떨어지면 바로 내 발등을 찍을 수밖에 없다. 발등이 너무 아파서 엉엉 울다가 병원에 가 보고 깁스하고 목발을 짚고 다니면서도 도끼를 놓친 나 자신에게 화가 나면서 발은 더 아프게 느껴진다.

도끼는 생각이 없는 물건이지만 사람은 다른 사람을 마음 먹고 속이기도 한다. 지키는 열 사람이 도둑 하나를 못 막아낸다는 고사도 있는데, 작정하고 속이는 '사람'은 당할 수 없는 법. 하물며 그 사람이 내가 믿어왔던 도끼임에랴. 절대 용서할 수 없는 존재가 되어버린다.

용서. 그런데 이 용서는 꼭 해야 한다는 것이다. 그것도 죽기 전에 꼭 해야 한다는 것이다. 왜? 무엇을 위해서? 누구 좋으라고… 하는 생각 때문에 용서하기는 잘 되지 않는다.

죽어도 용서하지 못하는 데는 여러 가지 이유가 있다. 그 중에 그 사람과 내가 '다르다'는 것을 인정하지 않기 때문이다. '나랑 뜻이 같다'고 믿어오다가 그 사람이 나를 속였다는 것을 알아차렸을 때에 '그와 내가 이제까지 달랐다'는 것을 빨리 깨달으면 되는데 그게 어디 그리 쉬운가? 그를 이제까지 잘못 본 내 자신을—실수로 도끼를 떨어뜨린 나를 탓하는 것이 가장 쉬운 길이다. 즉, 지금까지 그에 대한 착각을 한

나를 돌아보는 것이다. 더 나아가 '그가 그럴 수밖에 없었겠군, 오죽하면 그랬을까' 라고 생각하며 상대의 입장과 관점을 정확하게 파악할 필요가 있다.

또, 세상은 공평해야 한다고 믿기 때문이다. 내가 이렇게 당한 만큼 상대도 그만큼 고통을 받아야 한다는 믿음 때문이다. 그러나 세상에 내가 생각하는 만큼 꼭 그렇게 반드시 공평한 적이 얼마나 있었던가. 이 세상이 정의롭고 완전하기만 한가? 가깝게는 세상일이 공평하지 않아 보일 때가 많다. 그러나 멀리 오랜 시간을 돌아보면 세상이 그리 공평하지 않은 것도 아니며 정의롭지 않지도 않다는 것을 통찰할 필요가 있다.

또는 내가 그를 용서하면 곧 그의 부당한 행위를 인정하는 것이기 때문에—그것만은 내가 용납할 수 없는 일이기 때문에 절대 용서할 수 없다— 용서해서는 안 된다는 생각 때문에 상대에게 분노를 갖게 되고 복수심이 생긴다. 그러나 누구에겐가 복수심을 갖게 되면 먼저 내가 상한다. 내가 상대의 삶을 살아주는 꼴이 된다. 몸은 내 몸인데 상대에게 내 마음을 두고 질질 끌려가는 것이다. 조금 비약하면 독은 내가 마시고 그가 죽기를 바라는 꼴이 된다는 것이다. 도대체 나는 어디에 있는 것인가.

우리가 과거에 일어난 일을 바꾸는 것, 다른 사람을 변화시키는 것, 삶을 공평하게 만드는 것은 불가능하다. 그러나 생각은 바꿀 수 있다. 상대를 바꾸려는 생각이 아닌 나의 억울함과 쓰라림을 받아들이고 거기서 새로운 의미를 찾을 수 있다. 그래서 우리는 용서할 줄 알아야 한다. 용서는 '기술' 이다. 용서는 상대를 위해서 상대를 인정하기 위해서 하는 것이라기보다는 무엇보다도 나 자신을 위해서 익혀야 할 기술이다.

기술을 익히기도 전에 성급하게 용서하는 것은 조심해야 한다. "나는 착한 사람이니까 또는 내가 너보다 잘났으니까 잊고 넘어가 준다"든지, "용서해야 돼. 당신이 무조건 먼저 용서하라"는 등 제3자에 의해 강요된 용서도 피해야 한다. 또는 "내가 벌 받아서 그래 내 탓이야" 하며 자신도 인정하기 어려운 일로 스스로에게 과대한 부담을 주는 용서, 앞으로 있을 상대와의 이해관계 때문에 거짓으로 용서하고 넘어가는 것은 더욱 위험하다. 잊어버리지는 못하더라도 진정한 용서를 하고 넘기는 것은 나만의 최고의 기술이며 능력이다. 누구보다도 나를 위한 것이며 내가 타인을 용서함으로써 내가 나 자신의 괴로움을 없애고 나 자신을 격려할 수 있는 내면의 힘을 갖게 하기 때문이다.

내가 용서했다고 해서 꼭 그와 화해를 해야 하는 것은 아니다. 그가 알게끔 하지 않아도 된다. 용서는 오로지 나 혼자만의 힘으로 하는 것이며 화해는 어떤 계기와 때가 필요한 일이다. 그 때가 오지 않으면 어쩔 수 없고 꼭 오지 않아도 좋다. 화해를 하고 말고는 다른 사람들의 눈에 보이는 사건일 뿐 그를 용서한 나는 이미 나의 삶의 주인공이 된 것이다.

내 눈에 흙이 들어가기 전에 보다 많은 사람을 용서하다 보면 내가 좋아하는 사람, 내가 좋아하는 일들, 내가 무언가 주고 싶은 것들과 나를 좋아하는 사람, 나를 인정해 주는 사람, 내가 필요한 사람, 나를 알고 찾아와 주는 사람들이 점점 많아져서 나의 삶이 윤기 나고 풍요롭게 되지 않을까.

120주년 동학혁명 기념식 10월 11일로 확정하다

임 형 진

지난 5월 15일 오전 11시 서울 천도교 수운회관에서 천도교 중앙총부와 동학농민혁명기념재단 그리고 전국동학농민혁명유족회 등 3개 단체는 동학혁명 120주년을 맞이하여 금년도 기념식을 함께 할 것을 합의하고 MOU를 체결하였다. 그동안 동학혁명의 기념식이 전국에서 각기 지역에 맞는 날을 택하여 산발적으로 열렸으나 금년 120주년을 맞이하여 공동의 날을 정하고 함께 하기로 합의한 것이다. 양해각서에는 금년도 기념일은 10월 11일, 장소는 서울 시청에서 하기로 합의했다.

임형진(林炯眞) _ 경기도 광주 출생(1960년). 경기대학교 행정학과 졸업. 성균관대학교 대학원(정치외교학과) 졸업. 경희대학교 대학원 졸업. 정치학박사. 경기대학교 교수(사회과학부), 경인일보 객원논설위원, 민족통일학회 총무이사, (사)백야 김좌진장군기념사업회 청산리역사대장정 단장, (사)동학민족통일회 사무총장, 수원시 정책자문위원, (재)수원화성운영재단 자문위원(정조학교 준비위원장) 등을 역임하고, 현재 한민족학회 부회장, 동학학회 연구이사, (사)동학민족통일회 공동의장, 민주화운동 명예회복 및 보상심의위원회 관련자분과 심의위원, 법무부 법문화진흥센터 한국사법교육원 교수, 고려대학교 정치학 겸임교수, 경희대 후마니타스칼리지 기숙지도 교수 등으로 활동. 저서 《동학의 정치사상》(2002), 《민족통일운동의 역사와 사상》(2005), 《동학·천도교의 민족통일운동》(2005) 《겨레얼과 민족사》(2011) 외 다수.

10월 11일은 동학의 2대 교주인 해월 최시형이 전국의 동학조직에 총기포령을 내린 9월 18일의 양력일이 10월 11일이기에 따른 것이다. 이 날은 1894년 초기 호남지역에 국한되었던 동학혁명이 경기도를 비롯한 경상도, 충청도, 강원도 그리고 황해도까지 확대되어 전국적으로 확대된 날이다. 비로소 전국에서 동시에 같은 구호와 목적을 가지고 혁명적 성격으로 일어난 날인 것이다. 그리고 기념식 장소를 서울 시청으로 한 이유는 당시의 동학군이 반드시 달성해 보고팠던 한양 입성의 꿈을 후손들이 뒤를 이어 달성한다는 의미로 정해졌다고 한다. 이밖에도 3개 단체는 120주년 기념 문화제와 동학농민혁명의 밤, 국제학술대회 등을 10월에 개최하고 또한 북한의 참여를 유도하기 위한 공동의 노력을 기울이기로 합의했다.

체결식에 앞서 박남수 천도교 교령은 인사말을 통해 120년 전 사발통문에 서명하는 심정으로 서명하고 이 서명이 전국의 지자체까지 확대되어 명실공이 120년 전에 뭉쳤던 그 마음 그대로 전국적인 행사로 만들자고 했다. 박 교령의 말처럼 향후의 과제는 그동안 전국 각 지역 단위에 산재되어 추진되고 있는 동학혁명기념식이 통합되는 일이 남은 것이다.

동학농민혁명기념재단은 「동학농민혁명 참여자 등의 명예회복에 관한 특별법」에 근거하여 2010년 2월 24일 설립된 단체로 그동안 국내의 동학혁명관련 사업을 총괄하는 국가기관이며 전국의 26개 기념사업회를 대표한다. 유족회는 동학혁명에 직접 참여한 자들의 후손들로 구성되어 있는데 현재 약 15,000여 명의 후손이 등록되어 있다. 천도교는 동학혁명에 참여했던 북접의 최고 지도자이자 동학의 3대 교주가 되는 의암 손병희에 의하여 1905년에 명칭이 변경된 동학의 후예이다.

동학혁명 국가기념일 제정

동학혁명이 발생한 지 110여 년만인 2004년 2월 9일 "동학농민혁명 참여자 등의 명예회복에 관한 특별법"(이하 특별법)이 제정되고 비로소 동학혁명의 참여자들에 대한 국가적 차원의 신원이 이루어질 수 있게 되었다. 특별법 제정을 위해 그동안 관련 유족들은 물론 지자체의 노력과 천도교 교단 등 동학혁명 관련 단체들의 노고가 결실을 맺은 것이다. 특별법을 통하여 비로소 동학농민혁명 참여자와 그 유족들에게 과거의 한을 풀어주는 동시에 우리 국민들에게는 동학농민혁명에 관한 새로운 이정표를 제시해 줄 수 있는 계기가 마련되었다.

특별법 제정을 만시지탄의 심정으로 축하해야 하지만 넘어야 할 산이 너무 많았다. 우선은 혁명과정에 각 지역에서의 참여가 보다 명확히 규명되어야 한다. 특히 해월 최시형이 청산(옥천)에서 행한 총기포령은 동학혁명이 호남에 국한한 혁명이 아닌 전국적 차원으로 확대되는 결정적 명령이었음에도 지금껏 제대로 된 연구가 없었다. 또한 혁명과정에서의 남북접의 갈등과 같은 문제의 진위도 가려야 하고 나아가 동학도들의 참여와 희생자들의 면면을 최대한 밝혀 나가야 한다. 적어도 30만 명 이상에 달하는 동학농민군의 희생자들은 전사, 행방불명 등으로 고향에서 지워졌거나 쫓겨나야 했다. 살아남은 자들도 오랜 기간을 모진 박해와 압박 속에서 스스로 동학농민혁명에 참여했음을 밝히지 못한 채 세상을 살아야 했다. 스스로 입을 다물었기 때문에 후손들은 선조들의 자랑스러운 업적을 알지 못한 채 보내야 했다.

그러나 당장의 문제는 국가기념일 제정에 관한 건이다. 관련 특별법이 통과된 만큼 국가기념일의 제정은 당연한 것이며 국가기념일을 통해 후손들이 그날을 기리고 고혼들의 넋을 달래주며 혁명의 정신이 계승될 수 있게 해야 하기 때문이다. 이제 이 분들을 위무하고 선양할 임무는 전국적 차원의 국가기념일 제정으로 그 절정을 이루어야 할 시점에 있는 것이다.

각기 다른 동학혁명기념식

동학혁명의 최초 기념일은 일제하인 1926년 4월 7일 천도교 청년당에 의해 거행된 바 있었다. 당시 어떤 형식으로 기념식이 거행되었는지는 확인되지는 않지만 일제하라는 억압 속에서 이루어졌다는 의미가 있다. 기념식이 거행된 4월 7일은 동학군 최대의 승전이었던 황토현 전투가 벌어진 날이다.(이하의 일자는 모두 음력일임)

해방 후 최초의 동학혁명 기념식도 천도교 청우당(청년당의 후신) 주최로 열렸다. 1947년 2월 9일이었다. 이날 천도교 측의 우파인 최동오와 사회주의 계열의 허헌, 여운형, 인정식 등이 참석해 축사를 했다. 그러니까 전국민적 화합 속에서 이루어진 행사였다. 그런데 2월 9일은 동학혁명과는 무관한 날짜이다.

이후 천도교단은 4.19 혁명 이후인 1961년부터 3월 21일을 잡아 작년까지 동학혁명기념식을 거행하여 왔다. 당시 천도교단은 동학혁명을 '우리 민족사와 동양 역사상 가장 빛나는 민중혁명의 효시이며 민주주의 발전의 시발점'으로 평가하며 사계의 권위자들과 논의 끝에 3월 21일로 확정했는데 이 날은 해월 최시형의 탄신일이자 백산대회일로 설정해 기념일을 정한 것이었다. 그러나 백산대회의 일자가 3월 26일에서 29일까지로 밝혀지는 등 혼재되어 있는 전국의 기념식을 하나로 모아야 한다는 당위성에 따라 금년도 기념식을 10월 11일로 변경한 것이다.

지역적 차원의 최초 행사는 1946년 10월 20일 강원도 홍천에서 있었다. 홍천군 서석면 풍암리에서 천도교 청우당 홍천지부 주최로 거행된 위령제로 이는 동학혁명 당시 서석전투에서 희생된 2천여 명의 동학군을 추모하기 위한 위령제였다. 본격적인 지역 기념식은 전북 정읍에서 시작되었다. 암울한 군사정부 시절인 1968년 제 1회 동학농민혁명기념제를 개최한 정읍시의 황토현 축제는 금년으로 47회를 맞이하고 있을 정도의 성대한 축제로 자리 잡고 있다. 그리고 지방자치제가 시작된 이후부터는 각 지역별로 동학혁명과 관련된 날을 정해서 기념식을 거행해 오고 있다. 충남 보은은 보은취회가 열렸던 4월 19일로, 전북 고창은 무장기포일인 4월 25일로, 전남 장성은 황룡천 전투일인 5월 27로, 충남 공주는 우금치 전투일인 11월 9일 등으로 각기 기념식을 거행하고 있다.

기념일 제정의 갈등과 해소책

지금까지 동학혁명에 관한 기념일 제정이 안 된 가장 큰 이유는 관련된 지자체간의 갈등 때문이었다. 특히 지금까지 47회에 걸쳐서 기념식을 전개해 온 정읍시(4월 7일 황토현전승일)와 후발 주자이지만 학계의 연구 성과를 바탕으로 공세적으로 나오는 고창군(3월 20일 무장기포일)의 대립이 대표적이다. 이밖에도 부안은 3월 26일의 백산대회일을, 전주는 전주성 입성일인 4월 27일을, 공주는 우금치 전투일인 11월 9일 등 각기 다른 주장을 하고 있다.

여기에 학계 역시 보는 시각에 따라 최초 봉기일(고부봉기)을 주장하는 학자에서부터 포고문 반포일(무장기포), 대오 형성일(백산대회), 최대 승전일(황토현 전투), 폐정개혁 등 민주적 기치실현(전주성 입성), 재기포일(삼례기포), 패전일(우금치 패전) 등 각기 다른 일자에 가치를 부여하고 있는 실정이라 통일된 기준을 정할 수 없는 것도 또 다른 원인이다.

그러나 금년 동학혁명 120주년을 맞이하여 더 이상의 갈등은 없어야 한다는 데에 많은 관련자들이 인식을 함께 하고 있으며 그것이 지난 주 MOU 체결로 결과한 것이다. 특히 금년 행사일을 10월 11일로 잡은 것은 향후 국가기념일 제정에 많은 시사점을 주고 있다.

해월의 총기포령을 계기로 비로소 동학혁명이 전국화되었다는 사실은 분명하다. 이제 동학혁명이 호남지방에 국한된 행사가 아니라 전국에서 동시에 전개된 19세기의 마지막을 장식한 거대한 민중이 주인된 최초의 사건으로 기억되어야 한다. 지자체들 간의 갈등이 전국적인 여망을 벗어날 수 없으며, 관련 단체들간의 이해관계가 110여 년 전 선조들의 고귀한 희생을 넘어설 수는 없다. 금년의 통합된 정신을 바탕으로 지자체 간의 경쟁이 있었다면 보다 대승적 차원에서 화합해 동학농민혁명이 전국적인 축제로 승화되어야 한다.

체결식에서 동학농민혁명기념재단의 김대곤 이사장은 금년은 그동안 민란으로 격하되었던 동학혁명이 비로소 혁명으로 평가되고 첫 번째 맞이하는 갑자년의 갑오기념식이니만큼 보다 뜻 깊게 해야 할 필요가 있다며 관련 지자체와 단체들의 참여를 요구했다. 김석태 유족회 회장 역시 금년을 동학혁명의 원년으로 삼아 전 국민이 단합하는 계기가 되기를 바란다고 했다. 이제 문제는 금년의 합의정신이 계속되어 관련 지자체를 비롯한 기념사업회 등이 대동단결하여 조속한 시일 내에 국가기념일 문제가 확정되어야 한다는 점이다.

후회스럽지 않은 과거

정상식

평소 잘 알고 지내던 어느 거사님의 집에 초대를 받아 갔던 적이 있었습니다. 비록 넉넉한 살림살이는 아니었지만 1남 2녀를 거느린 다복한 집안이었지요. 그 때가 한여름이어서 마루 응접실에 앉아 땀을 식히다가 문득 건넛방 그 집 아들의 방에 무심코 눈길이 갔습니다. 책상 앞에 '후회스럽지 않은 과거를 만들자!' 라는 표어가 붙어 있었습니다.

흔히 이러한 경우에 '현재를 값있게' 라는 식의 직설법을 표현하기 쉬운데 간접법을 사용하여서인지 그 표어가 얼른 눈에 들어왔습니다. 이따금 그 거사님을 따라 내 서재를 찾아오기도 했던 그 아들은 이제 고교 3학년에 올랐는데 맑은 눈동자를 가지고 있어 한눈에 봐도 영리한 얼굴이었습니다.

정상식(鄭相植) _ 경남 창녕 출생(1933년). (社)大乘佛敎 三論求道會 敎理硏究院長, 호는 斅癰. 중고등학교 설립, 중·고 교장 21년 근무. 경성대학교 교수, 총신대학교 교수 등 역임. 현재 (사)대승불교 삼론구도회 교리연구원 원장. 저서《기독교가 한국재래종교에 미친 영향》,《최고인간》,《인생의 길을 열다》외 다수.

책상 앞의 표어를 보면서 나는 〈못 구멍과 소년의 눈물〉이라는 동화를 떠올렸습니다. 이러한 내용입니다.

어느 집에 아주 영리하고 귀엽지만 심히 부모의 속을 썩이던 막내둥이 개구쟁이가 있었어요. 남달리 영특하고 귀엽게 생겼으나 워낙 응석받이로 자라서 그야말로 안하무인격으로 말썽을 부렸어요. 더욱이 위로 형들이 많은 것을 기회로 매일 또래친구들과 싸우는 것은 물론 저보다 큰 녀석에게 행패까지 부리곤 했어요.

어느 날 그 개구쟁이는 저보다 너덧 살이나 나이가 많은 소년에게 덤벼들었다가 혼쭐이 났어요. 대문 밖에서 '앙~~!' 하고 여섯 살 난 동생이 우는 소리를 듣고 형들이 밖으로 달려 나가려 하자 그 개구쟁이의 아버지가 이렇게 만류했습니다.

"내버려 두어라. 자꾸 역성을 들어주니 아주 버릇이 없어졌구나. 저 녀석을 사람을 만들려면 그냥 놔두는 게 좋겠다."

이때 밖에서는 동네가 떠나가라고 더 크게 우는 개구쟁이의 울음소리가 들렸어요. 한 20여 분 동안 목이 터져라 울었어요. 그런데 어찌 된 일인지 개구쟁이의 울음소리가 그치고 친구들과 도란도란 이야기를 나누며 노는 소리가 들렸어요.

이윽고 저녁이 되어 개구쟁이에게 저녁 먹으라고 불러왔더니 꾀죄죄한 모습으로 마루에 오르면서 방안의 형에게 말했어요.

"형, 내가 우는 소리 못 들었어?"

형이 시치미를 뚝 떼고 "아니!"라고 대답했어요.

그랬더니 그 개구쟁이 꼬마는 야속하다는 듯 다시 울음보를 터뜨렸어요.

그날 저녁을 먹으면서 아버지가 막내 개구쟁이에게 근엄하게 말했어요.

"앞으로 네가 개구지게 말썽을 부릴 때마다 그 표시로 기둥에 못을 하나씩 박겠다. 알겠느냐?"

막내는 시큰둥하게 고개를 끄덕였어요.

그러나 그때뿐이었어요. 개구쟁이 막내는 계속 말썽을 피웠습니다. 그럴 때마다 아버지는 기둥에 못을 박았답니다. 개구쟁이는 계속 말썽을 부리면서 자랐어요. 그 결과 그 집의 어느 기둥은 마치 삼국지에 나오는 여포의 쇠방망이 꼴이 되었어요.

그 막내 개구쟁이가 어느덧 초등학교 6학년이 되었어요. 이제 조금 철이 들었던지 그때부터 차츰 말썽을 부리지 않았어요. 그래서 아버지가 어느 날 기특하게 생각하며 이렇게 말했어요.

"이제 네가 착한 일을 할 때마다 기둥에 박힌 못을 하나씩 뽑아주겠다."

그렇게 해서 이제는 기둥에 박혔던 못을 하나씩 뽑기 시작했습니다. 그 개구쟁이가 초등학교를 졸업하고 중학생이 될 무렵 기둥에 박혔던 마지막 못이 뽑히게 되었답니다. 그래서 개구쟁이 아버지가 마지막 못을 뽑으면서 이렇게 말했답니다.

"이제 이것이 마지막 못이다."

그러면서 아들을 칭찬했지요. 그런데 막내아들은 눈물을 뚝뚝 흘리더라는 것입니다. 기뻐할 줄 알았던 막내아들이 눈물을 흘리는 모습을 바라보면서 아버지가 물었어요.

"왜 우는 거냐?"

그러자 그 막내아들은 다음과 같이 대답하더라는 것입니다.

"마지막 못은 뽑혔지만 과거에 내가 잘못했던 죄의 표시인 못 구멍은 그래도 남아있지 않아요?"

퍽 오래 전에 읽은 동화였지만 철학적인 이야기여서 그런지 생생하게 내용이 그려졌습니다.

흔히 범죄자들은 범죄를 저지르면서 심한 양심의 갈등을 느낄 때에 '나중에 잘 되면 그때 열 배로 갚으면 되겠지!' 하고 자신을 위로한다는 글을 읽은 적이 있습니다. 과연 자신이 지은 죄의 대가를 열 배로 갚는다고 지난날 자신이 저지른 죄가 없어질까요? 나는 그렇게 생각하지 않습니다. 선행은 선행대로의 복을 받는 것이요, 죄는 죄대로 그냥 남는 것이라고 생각합니다.

죄와 복을 이야기하니 마침 또 다른 이야기 하나가 생각납니다. 제가 아주 오래 전인 10대 후반에 읽은 소년소설인데, 빅토르 위고(Victor · M Hugo)의 〈훈장과 사형수〉가 그것입니다. 내용은 프랑스 혁명을 배경으로 한 어느 장교의 이야기였습니다.

그러니까 주인공인 장교가 상급자로부터 중대한 임무를 명령받고 그 임무를 수행하러 가는 길이었습니다. 불길에 싸여 죽게 된 어린 소녀를 발견한 장교는 자신의 생명을 걸고 소녀를 구하느라 그만 임무를 수행하지 못하게 되었습니다. 결국 자신의 임무를 수행하지 못한 그 장교는 총살을 당하게 되었는데, 상급자는 그 장교에게 소녀를 살려낸 공으로 가슴에 훈장을 달아주고 그 장교를 총살한다는 내용이었습니다.

그렇습니다. 가슴에 훈장을 달고 죽어간 그 장교처럼 선행은 훈장으로 보상되는 것이고, 죄업은 반드시 응징을 받기 마련이라고 나는 생각합니다. 모래알처럼 메마른 현대사회에서 숨어서 선행을 하는 훌륭한 인물이 있는가 하면 사회적 지위와 부(富)를 배경으로 갖가지 죄악을 짓는 사람들이 우리나라에는 너무도 많습니다.

그들 대부분이 자신의 죄악에 대하여 뉘우치고 용서를 빌기는커녕 다른 사람들은 나보다 더 큰 죄를 지었는데 내가 무슨 죄를 지었다는 말인가, 하고 자신의 죄업을 합리화하고 위로를 받을 것으로 생각합니다. 남이 저지른 죄악은 죄악으로 보이고 자신의 죄는 죄로 생각지 않는 어리석음에서 빚어지는 잘못된 생각인 것입니다. 모든 사람이 거의가 그러한 생각을 지니고 있다고 나는 생각합니다.

한 번은 이런 적이 있었어요. 어느 날 나의 서재에 보살님이 한 분 찾아왔습니다. 그 보살님이 이러는 겁니다.

"공부도 잘 하고 착하던 우리 아들이 친구를 잘못 사귀어 공부하지 않고 말썽만 부리니, 교수님! 이를 어찌하면 좋겠습니까?"

그렇게 묻기에 나는 그 보살님의 기분이 상하지 않도록 이렇게 이야기해 준 적이 있습니다.

"그것 참 안 되었습니다. 원래가 착한 아이였다면 머잖아 다시 착해지겠지요. 그런데 그 못된 아드님의 친구도 역시 못된 친구를 만나기 전에는 착한 아이였을 것이고, 그 친구도 역시 마찬가지였을 것입니다. 그렇다면 누구를 만나서 착한 아이들이 그렇게 되었을까요? 동양의 어느 성현의 말씀에 그 친구를 보면 그 사람의 인품을 알 수 있다고 하였습니다."

그러자 그 보살님은 자신의 아들은 착한 아이였다고 했습니다.

나는 그것을 부모가 자기 아들은 착하고 나쁜 아이들과 어울리지 않는데 나쁜 친구를 만나 말썽을 부린다고 믿고 있을 뿐이라고 생각합니다. 자신의 아들은 착하며 나쁜 아이들과는 어울리지 않는다는 생각은 마치 '다른 사람은 나보다 더 큰 죄를 짓는데' 라는 식으로 자신을 위로하고 싶은 심정과 하등 다를 것이 없습니다. 한 가지, 그 보살님의 마음에 죄란 나쁜 것이라고 인식하고 있다는 것이 다행이었습니다.

그러면 과연 죄란 무엇일까요? 죄악에 대하여 부처님께서 설법하신 예를 더듬어보면 다음과 같은 말씀이 있습니다.

"중생은 열 가지 일로써 선(善)을 이루기도 한다."

그 열 가지란 몸의 3가지, 말의 4가지, 생각의 3가지를 말합니다.

먼저 몸의 3가지는 산 목숨을 죽이는 일, 남의 물건을 훔치는 일, 음란한 짓을 하는 행위입니다.

그리고 말의 4가지는 이간질과 악담과 거짓말과 당치않게 꾸며대는 말입니다.

마지막으로 생각의 3가지는 흔히 사람의 마음을 괴롭히는 독(毒)으로서 탐욕과 성냄과 어리석음을 말합니다.

이 열 가지 일은 성인의 가르침에 어긋나는 것입니다. 그러므로 열 가지 악한 일이라 합니다. 이와 같은 악한 일을 하지 않는 것이 곧 열 가지 착한 일인 것입니다.

사람이 많은 허물이 있으면서도 뉘우치지 않고 그대로 지나버리면 냇물이 바다로 들어가 점점 깊고 넓게 되듯이 죄가 더욱 무겁게 쌓일 것입니다.

무거운 죄는 "악한 사람이 어진 사람을 향하여 침을 뱉는 것과 같다"는 부처님의 말씀처럼 현대의 우리는 '이와 같이 악한 일을 하지 않으면 10가지 착한 일' 이라는 부처님의 큰 가르침에서 무엇이 악행이고 무엇이 선행인지 선악 과보를 확실히 알 수 있습니다.

지금 우리 주변에는 필설로 다 할 수 없는 많은 악행이 벌어지고 있습니다. 죄악이 다반사 벌어지고 있는 이러한 시대는 굳이 선한 일, 남에게서 칭찬 받을 일을 찾아서 행하지 않더라도 악에 물들지 않으면 그것만으로도 충분히 선행이 될 수 있다는 말이 있을 정도입니다. 참으로 가슴 아픈 일이긴 해도 진리임에는 틀림이 없습니다.

우리는 여기서 이런 이야기를 알아야 하겠습니다. 어느 스님이 노선사에게 극락과 지옥이 무엇이냐고 물었습니다. 노선사는 대답 대신 그 스님의 목을 조여 숨을 쉬지 못하게 했습니다. 꽥꽥거리던 그 스님은 간신히 살려달라고 말했습니다. 그러자 선사가 목을 조였던 손을 놓아주었습니다. 숨을 쉬게 된 그 스님은 살았다는 듯이 기뻐하였습니다.

여기서 노선사의 가르침은 이런 것이었습니다. 스님이 목을 조여 꽥꽥거리던 상태는 지옥이요, 목을 죄였던 손이 풀리자 "아 이젠 살았구나!" 하는 경지가 극락이라는 것이지요. 이 고사에서 극락과 지옥이란 손바닥과 손등의 관계임을 알 수 있으며, 죄악과 선(善)도 역시 손바닥과 손등과의 관계에 지나지 않는다고 생각합니다.

그렇다면 어느 거사님의 고교 3년생 아들 공부방에 붙여져 있던 '후회스럽지 않은 과거를 만들자!' 라는 좌우명은 어떤 의미일까요? 그것은 바로 이성을 갖춘 성인이 되었을 때 양심의 가책이 될 만한 악행이나 부끄러운 일을 범하지 말자는 뜻이 담겨 있는 것입니다. 장차 이 나라의 동량이 될 어린 학생의 좌우명이 참 기특하고 대견하기만 합니다.

우리 불자들도 하루에 한 가지의 선행을 하기보다 하루 한 가지라도 악행을 범하지 말아야 하겠습니다. 이 말은 형식적으로 수행하면서도 수선을 피운다든가, 아니면 불교의 진리를 자신이 대단히 잘 아는 양 덧없는 말장난을 하면서 아까운 시간을 낭비하는 악행을 저지르지 않는 것이 차라리 좋은 과보(果報)를 받을 것이라는 말과 같은 말이기도 합니다.

그렇다고 해서 악행을 범하지 않는 소극적인 선행보다는 악행을 범하지 않으면서 선행을 하는 적극적인 선행이 훨씬 더 수승한 공덕을 쌓는다는 사실은 새삼 말할 필요가 없을 것입니다.

에세이 목민심서

주동담

1.

**廉者寡恩(염자과은) 人則病之(인칙병지) 躬自厚而薄責於人(궁자후이
박책어인) 斯可矣(사가의). 干囑不行焉(간촉불행언) 可謂廉矣(가위염의).**

이 말은 다산 정약용이 지은 《목민심서》에 나오는 말로 "청렴한 사
람은 은혜가 적은데 사람들은 이를 병이라고 한다. 책임은 자기가 많이
지고 다른 사람에게는 덜 지우는 것이 좋다. 청탁받는 일을 행하지 않
으면 청렴하다 할 수 있다"는 의미이다.

이속과 노비들은 배운 게 없어 무식하며 욕심만 있고 천리를 모른다.

주동담(朱東淡) _ 40여 년간 언론인으로 종사하며, 시정일보사 대표, 시
정신문 발행인 겸 회장, 시정방송 사장 등으로 재직. 서울시 시정자문위
원, (사)민족통일촉진회 대변인 등을 거쳐, 현재 (사)전문신문협회 이사,
(사)한국언론사협회 회장, (사)민족통일시민포럼 대표, (사)국제기독교
언어문화연구원 이사, (사)대한민국건국회 감사, 대한민국 국가유공자,
고려대 교우회 이사, 연세대 공학대학원 총동문회 부회장, ㈜코웰엔 대
표이사 회장 등으로 활동.

나도 아직 배움에 힘써야 하거늘 어찌 남을 책하리오. 나 자신은 예로써 다듬고 다른 사람은 여론으로써 책하는 것이 원망을 사지 않는 길이다. 법에 정하여진 이상으로 백성을 벌주는 것은 법이 엄금하는 바이며 그릇되게 이어 내려오는 폐습 중 늘 고정적으로 거둬들이는 항록(恒祿)은 많이 줄여 주어도 좋을 것이다.

〈상산록〉에는 "매양 보면 속된 관리들은 가난한 친구나 친척을 만나면 자기의 봉급중 남은 것을 베풀어 도와주려 하지 않고, 그 사람으로 하여금 스스로 일거리를 구해 오게 해 그 청탁을 들어 주니 이는 백성들의 재물을 약탈하여 그의 친척을 구하는 것이다. 그 친척은 돌아갈 때 호주머니가 두둑하여 칭송을 할지는 모르나 그렇게 해서는 안 된다"고 쓰여 있다.

작금에 들어 경찰청 특수수사과는 한국전력 자회사인 한전 KDN이 자사에 불리한 소프트웨어산업진흥법 개정을 막기 위해 직원 568명을 동원, 전모 새정치민주연합 의원 등 여야 의원 4명에게 각 995만~1,816만원을 후원한 혐의를 포착, 김 모 전 사장 등 3명을 정치자금법 위반 혐의로 입건한 사건에 대해 우리는 경악을 금할 수 없다.

얼마 전 신계륜·김재윤·신학용 의원은 근로자직업능력개발법 개정 과정에 서울종합예술실용학교 측으로부터, 또 신 의원은 유아교육법 개정과 관련해 한국유치원총연합회 측으로부터 수뢰한 혐의로 각각 1심 재판 진행 중이다. 대한치과의사협회와 대한물리치료사협회의 입법 로비 의혹 또한 검찰 수사선상에 올라 있다.

지난 2010년 10월 여야 의원 6명이 정치자금법 위반 사건으로 '오랜 관행의 신종 범죄'로 회자되던 청목회사건 이후 동종 사건이 근절은커녕 되레 확대 재생산되고 있는 양상이다.

입법 비리는 의회민주주의의 근간을 흔드는 매우 죄질이 나쁜 범죄다. 국민의 권한을 위임받은 국회의원이라면 진정으로 국민을 위한 정치를 해야 한다. 로비를 받아 정치를 한다면 이는 국회의원의 자격이 없으며, 로비스트 역할을 하려면 국회의원 배지를 떼는 것이 옳다. 로비를 한 사람들이 돌아갈 때 목적달성으로 칭송을 할지는 모르나 전 국민은 통탄해 하고 있다는 사실을 직시했으면 싶다.

2.

故(고) 自古以來(자고이래) 凡智深之士(범지심지사) 無不以廉爲訓(무불이렴위훈) 以貪爲戒(이탐위계).

이 말도《목민심서》에 나오는 말로서 "그러므로 자고 이래로 무릇 지혜가 깊은 선비치고 청렴을 교훈으로 삼고 탐욕을 경계로 삼지 않은 사람이 없었다"는 의미이다.

〈율기잠〉(律己箴)에 의하면 "선비의 청렴은 여자의 순결과 같아서 진정 한 터럭의 오점도 평생의 흠이 되나니 아무도 보는 이 없다 하지 말라. 하늘이 알고 신이 알고 내가 알고 네가 알지 않느냐. 너 자신을 아끼지 않고 마음의 신명을 어찌 속일 수 있느냐. 황금 5,6태나 후추 8백 곡도 살아서 영화로움이 되지 못하고 천년 후에 욕을 남길 뿐이다. 저 아름다운 군자는 한 마리 학이요 하나의 거문고이니 바라보매 그 늠연(凜然)한 모습이 고금에 청풍이라"고 했다.

명나라 말기의 소설가 풍몽룡(馮夢龍)은 "천하의 끝없는 불상사는 모두가 수중의 돈을 버리지 않으려는 데서 생기고 천하의 끝없는 좋은 일은 모두가 손에 넣은 돈을 버리는 데서 온다"고 했다.

정선(鄭瑄)은 "얻기를 탐하는 자는 만족함이 없으니 모두가 사치를 좋아하는 일념에서 비롯된다. 검소하고 담담하여 만족을 알면 세상의 재물을 얻어 무엇에 쓰겠는가. 청풍명월은 돈으로 사는 것이 아니고 대나무 울타리와 띳집에도 돈을 쓸 일이 없으며 책을 읽고 도를 논함에도 돈 드는 것이 아니며 몸을 청결히 하고 백성을 사랑하는 데에도 돈이 필요치 않으며 인간을 구제하고 만물을 이롭게 하는 데에도 돈이 필요한 것이 아니다. 이처럼 늘 자신을 성찰하면 세속의 맛에서 초탈하게 될 것인즉 탐하는 마음이 또 어디서 생길 것인가"라고 말했다.

작금에 들어 감사원이 그동안 이뤄져 온 우리 육·해·공군의 각종 무기체계 연구개발과 관련한 방산비리에 대해 전면적인 감사에 착수했다고 한다.

K-11 복합소총의 공중 폭발탄이 총기 내부에서 터지는 사고가 자주 발생하는가 하면 특전사가 보급한 방탄복도 북한군의 AK-74 소총에 뚫리는 등 결함이 연달아 지적됐다. 1600억 원을 들여 해난 구조용으로 건조한 통영함이 2년 전에 완공되고도 세월호 참사 구조작업에 투입되지 못하는 등 심각한 문제점을 드러낸 바 있다. 이러한 모든 의혹들에 대해 감사원은 철저히 감사해 무기체계 연구개발을 둘러싼 각종 의혹들을 명확히 밝혀야 할 것이다.

아울러 방위사업청을 중심으로 복마전처럼 얽혀 있는 뒷거래 유착 관행의 뿌리를 철저하게 캐냄으로써 원점에서부터 새로 시작할 수 있는 쇄신 분위기를 만들어야 할 것이다. 바라건대 방산·군납 비리는 명백한 이적행위로 국민의 세금을 이적행위에 쓰도록 내버려둬서는 안 되며 철저히 감사해 문제점이 발견되면 지위고하를 막론하고 일벌백계해야 할 것이다.

3.

廉者(염자) 牧之本務(목지본무) 萬善之源(만선지원) 諸德之根(제덕지근) 不廉而能牧者(불렴이능목자) 未之有也(미지유야).

이 말 역시《목민심서》에 나오는 말로서 "청렴이라고 하는 것은 목민관의 본무요, 모든 선의 근원이고, 모든 덕의 근본이니 청렴하지 않고서 목민관이 될 수 있는 사람은 아직 없었다"는 의미이다.

〈상산록〉에 의하면 청렴에는 세 등급이 있는데 나라에서 주는 봉급 외에는 아무것도 먹지 않고 설령 먹고 남음이 있어도 집으로 가져가지 않으며 벼슬에서 물러나 돌아가는 날에는 한 필의 말만을 타고 숙연히 가는 것이니 이것이 소위 옛날의 염리(廉吏)이며, 이것이 바로 최상 등급이다. 그 다음은 봉급 외에 명분이 바른 것은 먹되 바르지 않은 것은 먹지 않으며 먹고 남은 것을 집으로 보내는 것인데 이것이 소위 중고(中古)시대의 염리였다.

가장 아래로는 무릇 이미 규정이 서 있는 것은 비록 그 명분이 바르지 않더라도 먹되 아직 그 규정이 서 있지 않은 것은 자기가 먼저 죄의 전례를 만들지 않으며 향(鄕)이나 임(任)의 자리를 돈 받고 팔지 않으며, 재해를 입은 수확량에 대해 감면해 주는 세금을 중간에서 착복하지 않는 것, 이것이 당시 소위 청백리(淸白吏)이다.

공자께서 말씀하시기를 "인(仁)한 사람은 인으로써 편안하니 슬기로운 사람은 인을 이롭게 쓴다"고 했다.

작금에 들어 현직 판사가 명동 사채왕 최 모 씨에게서 수억 원을 받은 의혹을 수사해 온 검찰이 제보 내용에 모두 신빙성이 있다는 결론을 내렸다는데 대해 우리는 경악을 금치 못한다.

수원지법 A판사는 현재 공갈과 협박, 마약, 탈세 등 20여 가지 혐의로 구속 기소돼 재판을 받고 있는 최 모 씨를 친척의 소개로 알게 돼 지난 2008~2009년 총 6억여 원을 받아 전세자금 등으로 썼고 최 씨가 연루된 사건의 수사기록 검토 등 도움을 줬다는 내용이다. A판사는 "최 씨를 알고 지내긴 했으나 금품을 받은 적은 없다"며 "전세자금은 지인에게 빌렸다가 갚았다"고 혐의를 전면 부인해 왔다.

그러나 검찰은 해당 판사의 금융계좌 추적과 주변인 조사 등을 통해 의혹을 뒷받침할 만한 구체적 증거와 정황을 확보했다는 것이다. 검찰은 조만간 이 판사를 소환해 조사한 뒤 사법처리하기로 방침을 굳힌 것으로 알려졌다.

현직 판사가 '떡값' 수준을 넘는 거액을, 그것도 숱한 범죄에 연루된 사채업자한테서 받은 의혹이 제기된 것은 전례가 없다. 검찰은 불필요한 의혹 확산을 막기 위해서라도 수사를 서둘러 혐의를 낱낱이 밝혀 만약 사실이라면 일벌백계해야 할 것이다. 공직자에게 청렴은 근본이며 선의 근원이라는 사실을 다시 한 번 생각하면서 웬지 쓸쓸함을 지울 수가 없다.

우리 아파트의 사계절

형 기 주

내가 사는 아파트는 40여 년 전에 입주한 낡은 곳으로서 요즈음 새로 짓는 호사스러운 아파트에 비하면 불편하기 이를 데 없다. 그래도 40여 년이나 정이 들어서인지 이곳을 떠나지 않고 있다. 아니 떠나지 못하고 있다는 말이 솔직하다. 이리저리 옮겨 다니다 보면 세금이다 무어다 돈만 축나고 결국에는 이것보다 낮은 급의 아파트로 가게 될 뿐 아니라 80이 넘은 나이에 이사하기란 여간 큰 일이 아니기 때문이다.

그리고 낡은 아파트라고는 하지만 요즈음 신축·분양하는 아파트에 비하면 뼈대는 튼실하고 육중할 뿐 아니라 동(棟)과 동(棟) 사이의 간격이 넓어서 확 트인 맛이 있어서 좋다. 뿐만 아니라 새로 짓는 아파트는

형기주(邢基柱) _ 전북 남원 출생(1933년). 전주사범학교 졸업. 서울대학교 지리학과 졸업, 동 서울대학원 졸업(경제지리학 석사). 프랑스 파리 I 대 대학원 수료(문학박사). 공주사범대학, 동국대학교 사범대 교수. 프랑스 파리 I 대 교환교수. 동국대학교 사범대학장. 대한지리학회 회장 및 국제지리학연맹 한국위원장, 한국경제지리학회 회장 등을 역임하고 현재는 동국대학교 명예교수. 저서로는 《공업입지의 동향》《한국공업입지의 전개과정》외 다수. 대한민국학술상 수상.

중첩된 몇 개의 출입문을 비밀번호 없이는 통과할 수 없으니 건망증이 잦은 노인네들은 드나들기가 여간 고역이 아닐 것이다.

동과 동 사이의 넓은 공간에 심은 각종 수목이 40여 년을 자라다 보니 이제는 아주 훌륭한 녹색 수목원으로 변하여 있어서 이것만 바라보아도 따로이 공원을 찾을 필요가 없다. 특히 각종 초목이 사계절의 운행에 맞추어 싹트고, 꽃피어 떨어지고, 녹음이 우거지고, 열매 맺고, 단풍들고, 낙엽지고, 흰 눈에 덮이고 하는 과정을 아파트 베란다에 앉아서 틈틈이 관상하면 마치 또 하나의 작은 우주를 대하고 있는 느낌이다.

봄이 오면

겨울 동안 얼었던 땅이 녹으면, 앙상하게 헐벗은 나무 사이로 수줍은 얼굴을 제일 먼저 내어미는 것이 산수유꽃이다. 잎이 돋기도 전에 연노랑 꽃망울이 우리 아파트의 봄을 제일 먼저 알려 준다. 금년에는 2월 하순부터 3월 내내 따뜻한 봄 날씨와 꽃샘추위가 몇 번씩 번갈아 오더니만 산수유꽃이 피기도 전에 성미가 급한 개나리꽃 몇 점이 얼굴을 내어밀다가 호된 칼바람에 시들고 만다.

4월 초에 이르러서야 봄날씨가 완연하더니 꽃샘추위에 억눌렸던 꽃들이 한꺼번에 피고 있다. 산수유를 비롯해서 관상용 매화, 백목련, 개나리, 벚꽃까지 남녀 혼성 합창단의 경연을 방불케 한다. 굳이 꽃마다 합창단의 책임 음역(音域)을 나누어 본다면 소프라노에 매화나 산수유꽃, 앨토에 개나리꽃, 테너에는 생김새가 준수한 벚꽃이 제격이다. 그리고 바리톤이나 베이스는 낮고 굵은 목소리여야 제격인데 이는 점잖고 듬직한 백목련이 감당하면 어떨까.

산수유꽃은 부끄러움을 잘 타는 어린 소녀 같다. 약간 연하고 투명한 노란색의 작은 꽃이라 2월 산행에서는 가까이 있어도 못보고 지나치는 일이 자주 있다. 산수유와 함께 매화 역시 정결의 여성상으로서 소프라노에 잘 어울릴 것 같다. 개나리는 본래 생명력이 강하여 도처에서 흔히 볼 수 있으나 집단으로 군생하면서 일제히 그 진노란색 꽃을 피울 때는 주변이 훈훈하고 넉넉하여 마치 부드럽고 나지막한 앨토의 목소리로 적합하다.

테너를 맡은 벚꽃은 매화처럼 단아하고 청결해서 좋고, 어느 오페라의 주인공처럼 항시 열정적이라 사랑을 위해서는 생사가 무서울 것이 없다. 그래서 벚꽃은 꽃이 필 때도 화려하거니와 꽃잎이 흩어질 때도 아름답다. 목련꽃이 바리톤이나 베이스의 나지막한 남성음역을 맡아야 할 이유는 무엇보다도 꽃송이가 굵고, 처음에 피어날 때는 스님의 나지막한 예불소리와 함께 합장(合掌)하신 손을 닮았기 때문이다. 남성음역에 해당하는 벚꽃과 목련꽃은 죽도록 노래를 부르다가 일찍이 져버리니 그 짧은 수명이 아쉽기만 하다.

계절이 제대로 운행된다면 꽃피는 순서는 맨 먼저 산수유, 그 다음이 매화, 그리고 개나리 순이고, 4월 10~20경이면 벚꽃이 흐드러진다. 이 무렵에는 백목련의 꽃잎은 활짝 벌어져서 낙화를 예고한다.

우리 아파트의 동간(棟間) 공간에는 40년 전의 건설 당시부터 은행나무, 벚나무, 측백나무, 단풍나무, 모과나무, 라일락나무 등이 심어져 있어서 지금은 엄청나게 우거졌고, 여기저기 빈 땅에는 집집마다 실내에서 기르기 버거운 화초가 밖으로 내어 쫓기어 야생으로 돌아온 것도 많다. 이중에서 생명력이 비교적 강한 것은 낙엽관목에 속하는 철쭉이다. 철쭉은 꽃이 만개할 때 매우 화사해서 좋으나 흩어지는 낙엽 때문에 실내에서는 주부들의 손이 많이 간다. 해서 이 꽃은 실내에서 기르다가 흔히 밖으로 쫓기는 신세가 된다.

4월 10일 경이면 연분홍색의 연한 꽃잎이 바람에 흐늘거리다가 며칠 못 견디고 이내 지는 것이 참진달래라면, 이보다 나중에 피어 약간 건강하게 오래 견디면서 살다가 지는 것이 개진달래인데, 참진달래보다는 역시 야생스럽다. 철쭉은 개진달래와 거의 비슷한 시기, 그러니깐 4월 중·하순쯤에 무리를 이루어 피고 그 종류도 연산홍, 자산홍, 백철쭉 등 다양하다. 아무리 흐드러지게 피어도 철쭉은 산에서 보는 진달래만큼 정이 가지 않는다. 그것은 진달래꽃을 따먹으며 산에서 뛰어놀던 어린 시절이 연상되기 때문이고, 반면에 공원에서 보는 자산홍, 연산홍 등은 어쩐지 자연스럽지 못하고 인공적인 육종(育種)에 의해서 만들어졌다는 편견이 앞서기 때문이다.

시인 엘리엇(Eliot)의 〈황무지〉에서는 "죽은 황무지에서 라일락을 키워내는 것이 4월"이라 했던가. 우리 아파트에서는 라일락꽃이 가장 탐스러울 때가 5월이고, 이 꽃은 과시 5월의 여왕이다. 보라색이나 흰색 보석을 뿌려 놓은 것 같은 이 꽃은 그 은은하고 고상한 품격도 품격이려니와 향기 또한 짙어서 아파트의 온 천지가 라일락 향기로 가득하다. 이때 쯤 되면 5월의 화창한 날씨에 마음 설레는 아가씨들의 차림새가 가볍고 화사하다.

6층 베란다에 앉아 이런 풍경을 바라보는 80 노구의 마음 속도 설레기는 마찬가지이련만 어쩐지 서글프다. 당나라의 시인 유정지(劉廷芝)가 늙음을 한탄했던 노래구절이 바로 이런 것일까.

洛陽城東桃李花	낙양성동의 복숭아꽃 오얏꽃
飛來飛去落誰家	꽃잎은 날리어 뉘집에 떨어지는가
洛陽女兒惜顔色	낙양의 아가씨들 고운 얼굴 아끼는데
行逢洛花長歎息	길가다 낙화를 보면 긴 한숨짓는구나

今年洛花顔色改   금년에 꽃이 지면 고운 모습 기울고
明年開花復誰在   명년에 꽃이 피면 뉘라서 남아 있을지
… (중략) …

라일락꽃이 질 무렵, 5월이 기울 때가 되면 아파트 담장 밑에 심어놓은 흑장미가 뜨거운 햇살을 받아 검붉은 피를 토하듯이 피어오른다. 이것이 우리 아파트의 마지막 꽃잔치로서 이제부터는 녹음의 계절에 들어간다. 지금까지 간간이 뿌렸던 봄비는 가볍게 맞으며 걷는 흥취도 있었으나, 6·7월에 들면 무거운 장맛비 쏟아지는 소리를 들어야 한다.

여름, 가을, 그리고 겨울에

시골에 살던 어린 시절에는 함석 처마에 떨어지는 빗소리가 묘한 외로움을 안겨주면서 공연히 빗속에 파묻히고 싶은 충동을 자아내게 했다. 그때마다 나는 종이우산을 들고 마당에 쭈그리고 앉아서 빗물 길을 요리 틀고 저리 틀고 하며 놀았던 생각이 난다. 아파트에서는 이러한 시골의 빗소리를 듣기 어렵다. 해서, 베란다 앞의 철난간에 작은 함석판을 비스듬히 매어놓고 마치 시골집 처마에 스치는 빗소리를 즐기듯이 어린 시절의 기분에 젖어 보는 것도 별미다. 벚나무나 은행나무 등 굵직한 나무들은 이미 녹음이 짙어지고 땅바닥은 잡초가 무성하니 여름날은 길기도 하다.

여름방학이 되면 아파트에 사는 꼬마들이 잠자리채를 들고 매미와 잠자리를 잡으려고 아파트의 숲과 풀밭을 이리 뛰고 저리 뛰며 즐기는 모습을 볼 수 있고, 어느새 매미소리는 소음에 가까울 정도로 요란스럽다.

우리 집 베란다에는 십수년간 자라난 카나리아, 야자 한 그루, 관음

죽 두 그루, 그리고 행운목 한 그루가 있어서 밖에서 보면 거실이 보이지 않을 정도의 녹색공간으로 채워져 있다. 꽃을 기르는 재미는 없으나 덕분에 시원한 산소를 원 없이 마신다는 기분 속에 살 수 있어서 좋다.

그런데 매미가 들끓는 한여름에는 여기가 숲속인 줄 아는지 매미가 찾아와 베란다 유리창에 붙어서 신나게 울어댄다. 간혹, 여름날에 낮잠을 설치는 이유도 여기에 있으니 결국, 집주인이 가짜 숲을 만들어 산소 마신다고 만족하는 것이나 매미가 진짜 숲인 줄 알고 즐기는 것이나 피장파장이다. 이렇게 해서 매미소리가 사라질 무렵에는 우리 아파트에서 여름날도 서서히 물러난다.

우리 아파트가 가을 풍경에 젖으려면 맨 먼저 은행잎이 노랗게 물들어야 한다. 아파트 주변의 가로수가 온통 은행나무요, 아파트 정원에도 군데군데 한 아름짜리 은행나무가 맵시 좋게 자라고 있으니 아파트의 가을은 맨 먼저 노란색으로 물이 들면서 시작하고, 가을 내내 노란색이 판을 친다. 여기에 점점이 끼어서 구색을 맞추어 주는 것이 관상용으로 심었던 몇 그루의 빨강색 단풍나무와 느티나무이다. 느티나무는 이제 그 몸통이 겨우 어른 장딴지 굵기만큼 자라 있는데 몇 백 년 살아남아 마을의 역사를 간직하는 고목에 비하면 아직 어린아이나 다를 바 없다.

그러나 느티나무는 신진대사가 좋아서 그런지 단풍도 빨강과 노랑색으로 곱게 물들어 있다. 은행나무는 녹색 잎이 노랑색으로 물드는 것이라 어떤 나무는 아직도 녹색, 또 어떤 나무는 녹색과 노랑색, 그리고 또 어떤 다른 나무는 온통 노랑색으로 가을이 깊어가는 노정(路程)을 잘 가리킨다. 옛글에 "추풍낙엽은 진정 슬픔을 참기 어렵고(秋風落葉堪悲) 노랑 국화 남은 꽃송이는 뉘를 기다리는고(黃菊殘花欲待誰)" 하였으니 우리 아파트의 정원도 낙엽이 지면서 점점 쓸쓸한 모습으로 바뀌고 있다.

아파트에서 우러러보는 가을 하늘은 넓은 벌판에서 우러러 보는 것이나 마찬가지로 맑고 드높지만 누렇게 익어가는 벌판의 결실과의 조화를 볼 수가 없어서 맛이 덜하다. 게다가 벌레 우는 소리며, 늦가을의 기러기 소리를 들을 수 없어 섭섭하다. 대도시의 콘크리트 건물에서 여기까지 챙기는 것은 턱없는 욕심이라고나 할까.

요즈음에는 겨울이 되어도 서울에서는 좀처럼 함박눈이 내리는 정취를 맛볼 수 없다. 어쩌다 눈이 내려도 시내의 기온이 주변의 교외에 비하면 약간 높은 위에 차량통행을 돕기 위해서 염화칼슘을 뿌린 탓인지 차도(車道)건 인도(人道)건 간에 지저분하다. 그런데 어쩌다 우리 아파트의 정원에 눈이 쌓이면 6층 베란다에서 바라보는 그것만으로도 한 폭의 그림이다. 낮은 곳이나 높은 곳이나 간에 온통 흰 꽃가루를 뿌려놓은 듯 눈이 부시고, 이따금 애완용 개를 풀어 놓았는지 이놈이 이리 뛰고 저리 뛰며 좋아 죽는다.

나는 나이 30 이후 오늘까지 일요일이면 여간해서 산행(山行)을 거르지 않거니와 특히, 진달래꽃 만발할 때와 함박눈이 내리는 때는 지방에 출장을 갔다가도 서둘러 돌아온다. 도봉산 주능선에 있는 우이암에서 무수골로 내려오면서 봄철에는 진달래꽃, 겨울철에는 눈꽃 속을 거닐고 싶어서이다. 무수골 동쪽의 작은 능선 길을 내려오면서 펑펑 쏟아지는 함박눈을 맞으면 노구(老軀)는 아랑곳없이 공연이 이리 뛰고 저리 뛰면서 언덕에 쌓인 눈 위에 큰대 자로 벌러덩 누워 눈도장을 찍다가, 하늘을 우러러 큰 입을 벌리고 떨어지는 눈송이를 받아먹다가, 큰 소리를 지르며 한 줌 눈을 뭉쳐서 멀리 던져 보다가 한다. 마치 눈 내리는 날에 우리 아파트 정원에서 어느 집 애완견이 날뛰던 모습과 다를 것이 없다. 정녕, 저런 짐승들도 사람과 같은 '마음'이 있는 것일까.

서울 하늘에 눈 내리는 날이 거의 없으니 우리 아파트의 정원은 오랜 겨울 동안을 스산하고 앙상한 모습으로 봄을 기다려야 한다. 만족함을 알면 신선의 경지(知足者仙境)라 했던가. 경치를 감상하며 행복감에 젖는 것은 마음에 달려 있다. 아무리 보잘것없는 작은 공간이래도 그 속에는 사시사철이 돌아가고, 하찮은 생물이라도 제 나름대로 살아가는 질서가 있으며, 살아있는 것은 무엇이나 간에 아름다움을 지닌다. 내가 거의 40여 년을 이 좁은 공간에서 별 탈 없이 살아온 것도 아파트 베란다를 통해서 바라본 작은 세계가 신기하고 아름다운 세계로 내 마음에 자리했기 때문이다.

제3회 글로벌문화포럼

한국의 정통성과 정체성 확립을 위한 제언

▌때 : **2014**년 **2**월 **21**일 오후5시~8시 ▌곳 : 한국프레스센터 19층 매화홀

참석자

- ◉ 사　　회 **김재엽**(도서출판 한누리미디어 대표)
- ◉ 기조인사 **김재완**(글로벌문화포럼 공론동인회 회장)
- ◉ 주제발표 **권영해**(전 국방부장관, 사단법인 대한민국건국회 회장)
- ◉ 지정토론 **윤명선**(법학박사, 경희대학교 명예교수)
  　　　　　변진흥(철학박사, 한국종교인평화회의 사무총장)
- ◉ 종합토론 및 질의응답

　　　　　최계환(방송인, 영애드컴 고문)　　　　　**전규태**(문학박사, 국제펜클럽 한국본부 고문)
　　　　　배우리(한국땅이름학회 회장)　　　　　**우원상**(한겨레얼살리기운동본부 감사)
　　　　　박성수(국제평화대학원대학교 총장)　　　**이서행**(한국학중앙연구원 명예교수)
　　　　　주동담(시정신문 회장, 한국언론사협회 회장)　**이강우**(한국문인협회 권익옹호위원)
　　　　　무상법현(전 태고종 총무원장, 열린선원 원장)　**신용선**(한국제안공모정보협회 회장)
　　　　　구능회(솔리데오장로합창단 부단장)　　　**김경남**(한국불교문인협회 감사)
　　　　　이선영(사단법인 민족종교협의회 감사)　　**오서진**(사단법인 대한민국가족지킴이 이사장)
　　　　　최향숙(민주평화통일자문회의 자문위원)　　**김영보**(한국자유기고가협회 이사)
　　　　　김혜연(천부경나라 대표)　　　　　　　**김대하**(사단법인 한국고미술협회 회장)
　　　　　홍사광(동서코리아 대표이사 회장)

- ◉ 사　　진 **이주영**(시정신문 기자)

제3회 글로벌문화포럼 겸 공론동인 수필집 5집
[행복의 여울목에서] 출판기념회 개최

지난(2014년) 2월 21일 오후 5시부터 3시간에 걸쳐 서울시청 옆 한국 프레스센터 19층 매화홀에서는 공론동인회 제3회 글로벌문화포럼 및 공론동인수필집 제5집《행복의 여울목에서》출판기념회가 최계환, 전규태 등 원년 회원을 비롯한 25명의 동인이 참석한 가운데 매우 뜻 깊게 개최되었다.

이날 김재완 공론동인회 회장은 기조인사에서 전년도에 글로벌평화포럼을 '새 시대 새 정부에 바란다' 라는 주제로 거행했던 바 각처에서 대단한 호평을 받았음을 상기시키고, 문화에 역점을 두는 관점에서 포럼 명칭을 글로벌문화포럼으로 변경시킨 배경을 설명하면서 회원 모두가 열정을 갖고 향후 한국의 문화 부문에서 대표적인 포럼으로 성

글로벌문화포럼 공론동인회 수필집 ❺

행복의 여울목에서

장시킬 것도 주문하였다.

　이어서 문민정부 시절 국방부장관과 안기부장을 지내고 현재는 대한민국건국회 회장으로 활동하고 있는 권영해 동인께서 '한국의 정통성과 정체성 확립을 위한 제언'이라는 발제로 20여 분간 강연을 하였다. 뒤이어 윤명선 동인과 변진홍 동인의 지정토론이 이어지고, 전 동인들이 인사를 겸한 종합토론의 시간을 가짐으로써 2시간 동안 열띠게 진행된 포럼은 막을 내렸다.

　잠시 기념촬영을 한 뒤 만찬을 겸한 2부 행사로 공론동인 수필집 5집 《행복의 여울목에서》출판기념회가 진행되었는데 매우 유익한 자리였음에 모두들 만족하는 분위기였다.

　이에 본지에서는 이날의 의미 있는 행사를 되새기고 기록으로 소중하게 남기고자 김재완 회장의 기조인사와 권영해 동인의 발제강연문, 윤명선 동인과 변진홍 동인의 지정토론문을 전재한다.

국가사회의 발전을 위해
유익한 행사로 진전되길
기대하며…

김 재 완

　오늘 이 자리에 우리나라 각계요로에서 선봉적으로 활동하고 계시는 지성적인 동인들이 다정하게 함께 모여 뜻 깊은 '글로벌문화포럼'을 갖게 되니, 실로 감개무량한 마음 그지없습니다.

　아울러《행복의 여울목에서》라는 동인지를 상재하여 사회적인 관심 속에 오늘 출판기념회를 갖게 된 것 또한 매우 기쁘게 생각합니다.

　특히 공사다망하심에도 불구하고 이 자리에 참석하신 우리 사회지도자 동인 여러분께 깊은 감사의 뜻을 전해 드립니다.

　다 아시는 바와 같이 오늘의 '제3회 글로벌문화포럼'에서는 〈한국의 정통성과 정체성의 확립을 위한 제언〉이라는 주제로 담론을 나누게 될 것입니다.

　하나의 국가가 형성되는 데는 모름지기 국토(영토)와 국민(민중)과 국권(통치권)이 있어야 합니다. 즉 오늘날에 있어서는 이와 같은 3대 요소를 잘 갖추어서 국태민안을 위해 잘 다스리고 지구촌 인류사회의 평화와 행복을 누리도록 앞장서야 할 때라고 생각합니다. 이것만이 세계 모든 국제사회의 과제이기도 합니다.

여기에는 그 나라의 우수한 전통문화의 계승·발전과 정통성의 확립, 그리고 국리민복을 위한 안전보장 등이 우선적으로 필요하다고 봅니다.

우리나라 헌법 제9조에도 "국가는 전통문화의 계승·발전과 민족문화의 창달에 노력하여야 한다"라고 명시되어 있습니다. 또한 제5조에 "① 대한민국은 국제평화의 유지에 노력하고 침략적 전쟁을 부인한다"라고 되어 있습니다.

그런데 우리나라의 현실은 어떻습니까?

물론 민주주의의 성장과 경제적 발전은 어느 정도 이루어졌다고 할 수 있겠지만 아직도 다원적(多元的)·다문화적(多文化的) 사회의 이해가 성숙되지 못하고 있으며, 가치관의 혼돈, 윤리·도덕의 타락, 보·혁 간의 갈등, 좌·우파의 양극화, 물질만능주의와 개인 이기주의 팽배, 인명경시사상·남북갈등·남남갈등 등이 만연되고 있고, 정치·경제·문화·사회 전반에 걸쳐 매우 많은 문제점을 안고 있습니다.

바로 이러한 문제점의 타개책을 발현시키기 위해 우리 공론동인회에서는 '글로벌문화포럼'을 갖게 된 것입니다.

오늘의 주제담론 발표는 권영해 동인님께서 맡아 주셨습니다.

여러분께서 다 아시는 바와 같이 권영해 장군님은 육군사관학교를 졸업하시고 서울대 행정대학원을 수료, 장성으로서의 군사령관, 정부각료로서의 국방부장관, 국가안전기획부장 등을 역임하셨으며, 현재 사단법인 대한민국건국회 회장직을 맡고 계십니다.

그리고 지정담론으로는 윤명선 동인님과 변진홍 동인님 등 두 분이 맡기로 하셨습니다.

윤명선 박사님은 경희대학교 대학원을 마치시고 미국 뉴욕대학 로스쿨에서 법학박사 학위를 받으셨으며 경희대 법대학장, 한국헌법학회 회장, 국가행정고시·사법고시 위원 등을 역임하시고 현재는 경희대 명예교수이십니다.

그리고 변진홍 박사님은 가톨릭대학교, 서울대 대학원을 거쳐 한양대 대학원에서 철학박사 학위를 받으시고, 현재 가톨릭대학교 교수와 김수환 추기경연구소 부소장, 한국종교인평화회의 사무총장직을 맡고 계시며, 그밖에 세계종교평화를 위해 다각적으로 활동중이십니다.

아무쪼록 오늘 우리의 이 시간이 값지고 보람차며, 국가사회의 발전을 위해 매우 유익한 행사로 진전되기를 기대합니다.

이에 참가하신 동인 여러분들도 종합토론의 자리에서 기탄없는 제안과 고견 등을 개진해 주시기 바라면서 이만 기조발제(基調發題)를 위한 개회인사로 갈음합니다. 감사합니다.

2014년 2월 21일

한국의 정통성과
정체성 확립을 위한 제언

권 영 해

　반갑습니다. 작년(2013년) 7월에 대한민국건국회 회장으로 취임한 권영해입니다. 오늘 공론동인회에서 주최하는 글로벌문화포럼의 주제가 마침 '한국의 정통성과 정체성 확립을 위한 제언' 이라는 점에서 그 누구보다도 제가 할 말이 많은 자리가 아닌가 싶습니다.

　사실 요 몇 년 사이에 대한민국건국회 내부적으로 불미스러운 사태가 발생하여 건국회가 추구하는 대한민국의 정체성과 정통성이 위협받고 있는 상황에서 회원 모두가 일치단결하고 심기일전하여 선열의 고귀한 순국으로 세운 이 나라의 중흥을 위하여 앞장서야 된다고 다짐했습니다. 시들어가는 나무가 새로운 나무들과의 접목을 통해 보다 더 튼튼하게 뿌리를 내리고 자라가는 것처럼 저의 회장 취임을 계기로 대한민국건국회도 건국이념의 뿌리를 공고히 하고 더욱 크게 성장해 가야 한다고 밝혔으며, 회원들 모두가 적극적으로 앞장서서 건국의 참뜻을 알리는 데 주저함이 있어서는 안 된다고 역설한 바 있습니다.

　이 지구상에서 국가의 크기나 국력과 상관없이 어느 나라든 나름대로의 국경일을 제정하여 기념하고 있고, 그중에서 가장 의미 있고 화려하게 기념하는 국경일이 건국기념일, 바로 건국절이라고 생각합니다. 그런데 우리가 살고 있는 대한민국에서는 어찌 된 일인지 그러한 건국의 날이나 건국절이란 말조차 없습니다.

2011년 2월 8일, KBS에서 심층 취재하여 분석한 내용입니다.

길 가는 고등학생에게 무작위로 '대한민국의 초대 대통령은 누구인가?' 와 '대한민국이 탄생한 날짜는 언제인가?' 하고 질문을 하였는데 이 두 가지를 모두 맞춘 학생이 불과 20%였다는 한심스런 결과입니다. 그런데 이들 학생들에게 미국의 초대 대통령이 누구냐고 물으니 90%가 조지 워싱턴이라고 정답을 말하였다는 것입니다. 대한민국의 고등학교 국사교육이 무언가 크게 잘못되었다는 반증이 아니겠습니까?

우리 나이 든 세대가 필수과목으로 역사교육을 받던 시대와는 전혀 다른 양상인데, 대한민국의 고등학교에서 무슨 이유 때문인지 국사 교과목이 컴퓨터 과목과 마찬가지로 15년간 선택과목으로 되어 있었습니다. 사실 컴퓨터에 미쳐 돌아가는 것이 요즈음 젊은이들의 정신세계인데 어느 누가 재미없기로 소문난 역사과목을 선택하겠습니까?

어쩌면 대한민국의 초대 대통령이 누구인지 모르는 것은 당연한 귀결이 아닐 수 없습니다. 그동안 학생들에게 국가의 혼이 없는 교육을 시켜 온 결과로 안타깝기 그지없는 사안인데 그나마 국사교육을 필수 교과목으로 강화한다는 교육부의 발표가 있어 만시지탄이나마 다행이라는 생각입니다.

우리나라는 현재 삼일절, 제헌절, 광복절, 개천절 등 4개의 국경일을 기념하고 있습니다. 그러나 국가의 생일이라 일컫는 건국절은 제정을 하지도 아니 하였고, 그 날을 기념하는 행사도 없습니다. 따라서 대한민국은 생일이 없는 나라요, 건국절이 없는 국가인 것입니다. 우리나라의 선대 역사가들이 왜 다른 국경일은 다 챙기면서 국가의 탄생일은 왜 모른 체하였는지 도저히 이해가 되지 않는 바입니다.

요컨대 1958년 8월 15일에는 당시 이승만 정부가 정부 수립이라는 이름으로 건국 10주년을 경축한 바 있습니다. 또한 1998년 8월 15일, 김대중 정부는 건국 50주년을 경축하면서 1948년 8월 15일에 대한민국이 건국되었다는 역사적인 사실을 인정하면서도 대한민국의 정통성을 부정하는 제2건국위원회를 결성하는 모순된 모습도 보였습니다. 그리고 건국 60주년이 되는 2008년에 출범한 이명박 정부는 건국 60주년 기념식과 경축식을 정부 차원에서 대대적으로 준비했습니다. 그러나 정부가 경축식을 거행하던 8월 15일 그 시간에 민주당 의원 77명이 효창동에서 김구 선생을 참배하는 해프닝을 벌였습니다. 이런 상황이 연출되자 당시 이명박 대통령은 광복절이라는 기념행사로서가 아닌 '건국 60주년 기념식'이라는 경축사에서 대한민국을 건국한 대통령이 이승만이라는 사실을 언급하지도 못했습니다. 건국이념이나 건국대통령에 대해 언급하지 않았다는 사실은 참으로 안타까운 일이 아닐 수 없습니다. 물론 김구 선생의 상해임시정부를 무시하자는 얘기는 아닙니다.

제가 아는 바로는 지난 2008년은 우리 대한민국이 건국한 지 60주년을 맞는 해라, 정부를 비롯한 모든 애국보수단체가 총결집하여 '대한민국건국60주년기념사업'을 하기로 결정하고, 국무총리실 주관으로 위원회를 조직하여 범국민적 행사로 추진할 무렵, 우리 대한민국건국회와 21개 보수애국단체가 주관하는 '건국60주년기념범국민대축제'를 기획할 추진본부를 조직하였습니다.

그 당시 추진위원장 강영훈 전총리는 추진본부장에 당시 대한민국건국회 노재욱 부회장을 추대하여 범국민대축제를 준비하던 중 광복회를 비롯한 야당세력과 재야좌파단체들의 저항에 봉착하여 부득이 8

월 15일 행사 준비는 중단되었습니다. 10월 3일 개천절에 '건국60주년 범국민대축제'는 연기되어 당초 계획보다 규모가 축소된 채 전쟁기념관 광장에서 거행되었는데 1만여 명의 대중이 운집한 가운데 그런대로 명분에 맞는 행사로서 성공리에 마쳤다는 평가입니다. 그러나 역시 국민 모두가 지지하는 그런 경축행사가 아닌 종북세력이 주동이 되어 부정하는 반쪽 행사였기에 아쉽고, 건국절과는 상당 부분 거리가 먼 행사였기에 더욱 아쉽다는 생각입니다.

2014년 현재 대한민국은 경제적으로는 전 세계가 주목할 정도로, 특히 세계적인 경제 불황에도 불구하고 선전하고 있다는 평가입니다. 그러나 자살률 1위 등 국민행복지수라는 측면에서 비교해 보면 경제협력개발기구(OECD) 국가 중 최하위권으로서 경제력을 못 따라가고 있는 실정입니다. 사회적 갈등도 심각한 수준에 이르러 제대로 된 국민통합을 이루지 못하고 있는 형편입니다.

국민통합 실패의 가장 큰 원인은 대한민국의 정통성을 제대로 수립하지 못함으로써 국가 정체성에 혼란이 야기되었기 때문이라는 생각입니다. 이 땅에 상당히 많이 존재한다고 느껴지는 반국가세력은 대한민국을 부정하고 헌법까지 무시하는 등 이념갈등을 부채질하고 있습니다. 특히 이승만 건국대통령을 배척하는 것이 대한민국을 부정하는 가장 손쉬운 방법임을 간파한 그들의 농단은 도를 넘어서고 있습니다. 이러한 사회적 갈등구조를 해결하기 위해 좋은 방법으로는 8월 15일을 광복절과 더불어 건국절로 병기하면서 국가가 공식적으로 경축하는 것이라고 생각합니다.

1919년에 설립된 대한민국임시정부, 1945년의 해방, 그리고 1948년 대한민국 건국으로 이어지는 일련의 과정이 결코 이질적인 것이 아니라 하나의 통합된 과정이었음을 인식하고 광복회를 비롯한 유관단체가 우리 대한민국건국회와 하나 된 마음으로 8월 15일을 광복절과 건국절로 통합 경축하는 것이 국민대통합의 첫걸음이라는 생각입니다.

일각에선 1919년 9월 16일은 국내외에 있던 임시정부가 상하이의 임시정부로 통합되면서 주권을 재탈환한 날이니 이 날을 건국절로 해야 한다고도 합니다. 그러나 임시정부는 우리나라의 영토를 확정하고 국민을 확보한 가운데 국제적 승인에 바탕을 둔 독립국가를 대표한 것은 아니었고 실효적 지배를 통해 국가를 운영한 적도 없었다는 점에서 민주주의 국가로서의 실제 출발 기점은 1948년 8월 15일이며, 이 날이 미군정으로부터 우리의 주권을 되찾은 날로서 진정한 광복의 날이라는 점에서 저로서는 이날을 대한민국 건국절로 기념해야 된다는 생각입니다.

2007년 9월 한나라당 정갑윤 의원이 광복절을 건국절로 개칭하는 내용을 담은 국경일에 관한 법률 개정안을 국회에 제출했었습니다. 그리고 이듬해 8월 15일 앞서 언급한 대로 야당 의원들은 이명박 정부가 추진하는 건국절 기념행사에 불참하고 효창동 김구 선생 묘소를 참배하는 해프닝을 벌였습니다. 또한 2008년 8월 7일에는 임시정부기념사업회 등 55개 단체와 야당의원 74명이 대한민국 건국60년기념사업위원회와 이 위원회가 준비하고 있는 건국60주년 기념행사에 대해 헌법소원심판을 청구하고 효력정지 가처분 신청을 하였습니다. 이 신청이 받아들여져 건국60주년 기념행사는 10월 3일 개천절에 규모를 상당 부분 축소하여 반쪽 행사로 치러졌습니다. 그리고 2008년 9월 12일 한나라당 정갑윤 의원은 '국경일에 관한 법률 개정안'을 철회하였습니다.

결국 우리나라는 4대 국경일이 있지만 정작 지켜야 할 건국기념일인 건국절은 아직까지 제정된 바 없습니다. 분명 대한민국이 탄생한 날짜는 1948년 8월 15일인데, 그 8월 15일이 광복절과 겹치는 날이므로 광복의 뜻을 더 강하게 기념하다 보니 건국일을 기념한다는 생각은 뒷전으로 밀려나 빛을 보지 못한 것이 아닌가 싶습니다.

북한은 1948년 9월 9일에 김일성이 조선민주주의인민공화국으로 건국을 선언하였는데 이들은 이 날을 아주 요란하게 기념합니다. 이 사실만으로도 대한민국이 지금까지 건국을 기념하지 못하고 있다 함은 부끄러운 일이 아닐 수 없습니다. 또한 국가의 정통성을 흐리게 하는 요소이기에 전교조나 친북 분자들에게 악용을 당하는 요소가 되고 있습니다. 전교조 어느 선생이 북한의 9월 9일 건국절을 마치 남한에게도 해당하는 건국절인 양 거짓 교육을 시키고 있다는 소문도 있습니다. 한국에는 건국절이 없으니 그렇게 잘못된 교육으로 어린 학생들을 호도해도 씨가 먹힐 상황인 것입니다.

마침 작년(2013년) 초부터 우리 대한민국의 재향군인회에서 우리나라도 건국절을 제정하여야 한다고 그 필연성을 강조하면서 전국적으로 서명운동을 전개하고 있습니다. 기독교계 단체에서도 천만 서명운동을 펼치고 있습니다. 제가 회장으로 있는 대한민국건국회 입장에서는 대단히 고무적인 일입니다.

어쨌든 '국민대통합'과 '국민행복시대' 창출이라는 시대적 상황에 부응하기 위해서라도 우리는 광복절의 기쁨을 조금 뒤로 제쳐 놓고, 대한민국의 건국절로 통합 제정하여 이를 보다 확실하고 정통성 있게 기념해야 된다고 생각합니다. 그렇게 해서 올바르게 대한민국의 정체성을 확립하고 국가적 정통성을 지키는 나라가 되고 국민이 되어야 한다는 생각입니다. 다소 제 의견과 배치되는 단체에서 종사하는 분들도 이자리에 많은 것으로 알고 있는데 앞으로 국민 화합적인 차원에서 타협하고 조율해 나가는 단초라고 생각하시고 이해해 주시기를 부탁드리면서 이만 줄입니다. 경청해 주셔서 고맙습니다.

'한국의 정통성과 정체성의 확립을 위한 제언'에 붙여

윤명선 (경희대 명예교수)

지금 우리나라는 국가의 정통성과 정체성 문제를 둘러싸고 사회적 혼란을 겪고 있다. 그 근원은 남북분단이라는 특수한 환경에서 파생된 이념의 갈등에서 유래한다. 대한민국은 한반도에서 유일한 합법정부로서 헌법이 규정하고 있고, UN에 의해 국제적 승인을 받았음에도 불구하고 아직도 대한민국의 정통성을 문제 삼는 세력이 있다. 이 세력이 민주화가 이루어지기 전에는 제도권 밖에서 머물러 있었는데, 이제는 제도권에 진입하여 이 문제를 둘러싸고 항상 대립하고 있다. 현재 무엇보다 중요한 국가적 과제가 바로 이 문제로서 그 확립방안을 마련하는 것이 중요하다.

'정통성'(正統性)이란 협의로는 법통(法統)의 의미로 사용되어 권력의 (합법적) 승계방법을 말한다. 절대왕정 하에서는 국왕은 '세습'에 의해 결정되었지만, 국민주권국가에서는 국민들의 '선거'에 의해 선출된다. 이러한 방식에 의해 지도자가 선출될 때 그 권력(= 정권)의 정통성은 인정되며, 비로소 그 권력에 (국가적) 권위가 부여되고, (국민의)

자발적 복종은 담보되는 것이다. 우리 헌법은 이를 명문으로 선언하고 있으며, 이를 보장하기 위한 제도적 장치도 마련하고 있다. 따라서 엄격한 법집행을 하면 이 문제는 해결될 수 있다.

대한민국은 1948년 5월 10일 총선거를 통해 국민의 대표기관인 국회를 구성하였고, 같은 해 7월 17일 헌법이 공포되었으며, 8월 15일 대한민국의 정부수립이 선포되었다. 헌법전문에서 "유구한 역사와 전통에 빛나는 우리 대한민국은 3.1운동으로 건립된 대한민국임시정부의 법통"을 계승하고 있음을 선언함으로써 대한민국의 (역사적) 정통성을 인정하였다. 나아가 제헌헌법은 한반도에서는 대한민국이 '유일한 합법정부'임을 선포하였으며, 1948년 12월 UN은 대한민국이 한반도에서 '유일한 합법정부'임을 승인함으로써 그 정당성을 만천하에 선포하였다.

이러한 역사적·당위적 정통성을 부정하면서 남북한의 정통성을 비교하는 입장이 있다. 북한은 조선에서 정통성을 찾고, 김일성은 빨치산운동을 하였는데 반해, 남한은 대한제국에 그 뿌리를 두고 있으며, 이승만은 미국에서 독립운동을 하였으므로 북한이 더 정통성이 있다는 억지주장을 하는 사람들이 있다. 심지어는 국가의 정통성은 북한에 있다고 주장함으로써 국가보안법 위반으로 처벌된 사람도 있다. 그러나 이처럼 정통성을 비교하는 것은 근본적으로 잘못된 발상이고, 그 당위성은 국가의 최고법인 헌법에서 찾아야 한다.

국가권력의 행사는 '정당성'(正當性)을 가져야 하는데, 이 용어는 다양하게 사용되고 있다. 여기에는 선거를 통해 대표를 선출하는 '절차적 정당성'과 민주적 가치인 자유와 평등 및 인권을 보장하는 '실체적 정당성'을 포함한다. 민주국가에 있어서 절차적 정당성은 정통성 내지 협의의 정당성과 혼용되고 있다. 우리 헌법상 정당성의 근거조항은

'민주적 기본질서' (제8조 4항)로서 이는 국민주권 원리를 비롯하여 기본권의 보장, 다수자의 지배와 소수자의 보호, 복수정당제, 권력분립주의와 법치주의, 평화주의 등으로 구성되어 있다.

대한민국의 '정체성' (正體性)이란 국가의 본질적 특성을 말한다. 우리 헌법상 대한민국의 정체성은 국가의 기본적 성격으로 규정하고 있는 국가형태인 '민주공화국' (제1조 1항)과 기본체제인 '민주적 기본질서' (제8조 4항) 및 '자유민주적 기본질서' (헌법 전문, 제4조)에서 찾아야 한다. 정체성이란 정당성과 그 내용에 있어서 중첩된다. 이러한 민주적 기본질서를 보장하는 제도적 장치가 '법치주의' 로서 법에 의한 통치와 권력행사의 제약이라는 두 가지 성격을 동시에 가지고 있다.

민주주의는 정치적 의사나 이해관계의 다양성을 인정하는 '상대주의적 세계관' 을 기초로 하고 있지만, 민주주의 그 자체를 부정하거나 파괴하는 세력(=적)에 대하여는 관용의 한계를 인정한다. 이와 같이 민주주의의 적으로부터 민주주의를 수호 또는 방어하기 위해 안출된 개념이 '방어적 민주주의' (防禦的 民主主義)이다. 이 개념은 나치정권 하에서 바이마르공화국이 민주주의의 형식논리에 의해 붕괴된 경험에서 안출되었으며, 제2차 세계대전 후 독일연방기본법에 의해 제도화되었고, 연방헌법재판소가 이를 수차례 확인하였다. 그 대표적인 제도적 장치가 '반민주적 정당의 해산제도' 이다.

우리 헌법도 제8조 4항에서 이를 답습하여 민주적 기본질서에 위반하는 정당을 헌법재판소의 심판에 의해 해산하도록 하고 있다. 그리고 민주적 기본질서를 보장하기 위해 법률차원에서 이에 위반되는 행위를 처벌하도록 구체화한 것이 '국가보안법' 이다. 국가보안법의 폐지를 주장하는 자체가 대한민국의 정통성을 부정하려는 행위로서 사회적 갈등을 유발하고 있다. 통일문제와 관련해서도 견해 차이를 보이고 있다. 우리 헌법은 헌법전문과 제4조에서 통일의 기본원칙을 선언하고 있는데, 통일은 '자유민주적 기본질서'에 기초하여 '평화적 방법'으로 추진되어야 한다.

작년 한해만 놓고 보더라도 여러 분야에서 이데올로기의 대결현상이 심각하게 표출되었는데, 어떻게 여기까지 왔는지 개탄스럽다. 이석기 의원 사건(통진당의 해산심판문제)을 둘러싸고 정치권이 대결을 하였고, 국사 교과서의 내용 문제를 둘러싸고 사학계가 시끄러웠다. IT영역에서 보안수준은 엉망이고, 익명성 뒤에 숨어 갖가지 유언비어를 남발하고 있다. 중요한 시위의 배경에는 특정한 집단이 있고, 그들이 불법폭력시위를 주도하고 있다. 국가의 정통성을 부정하는 이러한 행태는 근본적으로 차단하여야 한다.

국가의 정통성과 정체성을 확립하기 위해서는 엄격한 법집행이 이루어져야 한다. 무엇보다 1차적 책임은 정치권에 있다. 자유의 이름으로 법과 질서를 파괴하는 행태는 엄단하여야 한다. 그러기 위해서는 무엇보다 공권력, 특히 경찰권이 강해져야 한다. 나아가 법원은 법을 엄격하게 적용해야 하고, 헌법재판소는 최종적인 헌법해석을 통해 민주적 기본질서를 확립하여야 한다. 민주주의도 법치주의의 틀 속에서 기능하여야 하는데, 국회가 솔선수범을 보여야 한다. 최종적으로는 주권자인 국민이 깨어있는 '헌법의식'을 가지고, 국가권력을 통제하고 선거를 통해 그 책임을 물어야 한다.

1980년대 이후 우리 사회에서 유행하는 말이 있다. 헌법 위에 '국민정서법'이 있고, 그 위에 '떼법'이 있다고 회자되고 있다. 군사정부 하에서 폭력적 권력행사에 대항하기 위한 방편으로 이러한 현상이 나온 면을 무시할 수는 없다. 그러나 이제는 민주적 정권이 합법적으로 권력행사를 하고 있으므로 모든 문제는 법에 의해 해결되어야 한다. 민주주의도 법치주의의 틀 속에서 기능하여야 하므로 법치주의 확립이 시급한 과제이다. 국가의 정통성과 정체성은 헌법에서 규정하고 있고, 그 보장방안도 제도화되어 있으므로 법치주의만 확립되면 이들 문제는 해결될 수 있다. 박근혜 정부는 대선 때 내건 법치주의 확립이란 공약을 이행함으로써 선진국 진입을 위한 터전을 마련하기 바란다.

한국의 정통성과
정체성 확립에 대하여

변 진 홍
(한국종교인평화회의 사무총장)

　　2014년 오늘의 한국은 디지털시대인 21세기를 지배하는 디지털기술 세계 1위를 자랑한다. 천연자원 없는 땅에서 GDP(국내 총생산 규모) 세계 10위를 자랑하는 경제 강국이기도 하다.

　　그럼에도 불구하고 오늘의 한국사회는 안녕하지 못하다. 국가적 정통성과 민족정체성 확립에 대한 불안감도 지우지 못하고 있다. 대통령이 나서서 '아시아 패러독스' 극복을 외치는 현실도 녹록치 않아 보인다. 아시아 패러독스란 아시아 국가 사이의 경제적 상호의존이 증대됨에도 정치 · 안보협력은 오히려 정체되는 현상을 말한다. 박 대통령이 지적했듯이 "엄청난 잠재력에도 불구하고 동북아의 정치안보적 현실은 역내 통합을 뒷받침하기보다는 걸림돌이 되고" 있으며 북한의 핵개발로 인한 긴장과 일본 아베 정권의 역주행으로 인해 빚어지는 극도의 불신과 영토 문제를 둘러싼 갈등과 충돌 위험은 점점 더 한국의 정통성과 정체성을 위기국면으로 몰아갈 위험이 크다.

　　그러나 우리 민족은 위기에 강하다. 이미 20세기의 수많은 고난을 헤처 왔고, 민족분단 상황에서 민주화와 산업화를 이룩했다. 그 내면의 힘은 반만년의 역사를 지켜온 불굴의 민족혼(魂)과 그 누구도 뒤따라올 수 없는 창의력과 슬기로움이었다.

오늘 우리가 한국의 정통성과 정체성 확립을 다시 묻게 되는 이유는 무엇인가? 그것은 '2014년 한국사회의 길'을 다시 묻고, 2020과 2030 민족사회의 앞날을 열어나가는 민족혼과 지혜를 찾아나가고자 함일 것이다.

그 길은 진정한 사회통합에 있다. 우리 사회의 진정한 평화와 함께 이를 토대로 분단을 극복하는 평화통일까지 이끌어 내는 진정한 사회 통합을 말한다. 보수와 진보가 서로 다름을 강조하지 않고 소통의 노력을 통해 남남갈등을 해소하는 민족혼의 부활을 이끌어 내는 것을 말한다. 대화와 타협을 통해 반만년의 역사를 지켜온 불굴의 민족혼을 이 시대에 다시 살려내는 것을 말한다.

2010년대의 끝자락에 있는 2019년은 3.1운동 100주년이다. 한국의 정통성과 정체성 확립을 묻는 질문은 우리가 '3.1운동 100주년'을 어떻게 준비하고 맞이해야 할 것인가 라는 데서부터 출발해야 한다. 나라를 잃어버린 망국의 역사 속에서 목숨을 내놓고 무저항 민족자결주의의 깃발을 높이 세웠던 민족정기의 부활을 되살리는 데서 시작되어야 한다. 좌도 우도 따지지 않고, 종교도 따지지 않고, 자신의 안위마저 내팽긴 채 오로지 민족의 독립과 민족사회의 미래만을 생각했던 고결한 시대정신을 오늘에 되살리는 데서부터 시작되어야 할 것이다.

空論同人會 經過

1963년 3월 1일

우리나라의 사회질서가 문란하고, 윤리·도덕이 실종된 가운데 민심이 각박한 현 실에서 오로지 사회정화운동이 필요하다고 본 진학문(경제계), 이항녕·서돈각·전규태·김재완(학계), 최신해·김사달(의학계), 천경자(미술계), 오소백(언론계), 오상순·한하운(문인계), 최계환(방송계), 조남두(교육계) 제씨 등은 서울시내 종로2가에 있는「한미다방」2층에 모여 담론을 나누는 가운데 다소나마 국가·사회의 공익에 기여함을 목적으로「社會論評·隨筆同人會·구성을 시도하고 각 분야의 지성인들을 더 많이 모을 것에 공감·합의하다.

1963년 3월 2일

서울시내「한미다방」2층에서 학계의 박일경·양병택·서중석·이규복·김재완 제씨 등과 의학계의 김사달·최신해 제씨, 그리고 법조계의 채훈천·강순원 제씨등이 함께 모여 다만 순수한 생활철학의 수필과 사회논평만을 쓰기로 하는 동인회를 구성키로 합의하고, 우선 김재완 씨와 김사달 씨에게 이의 참가대상·범위를 확대하고, 각계 인사들을 영입 및 기획·선정할 것을 위임하다.

1963년 3월 15일

김사달 씨를 비롯한 서중석·이규복·김재완·오소백 제씨 등이 일일이 개별적으로 만나 동인회 구성에 만족한 합의를 추가로 이룬 명단을 보면, 학계의 조영식 · 안호상 · 최옥자 · 유진오 · 고병국 · 한태연 · 황산덕 · 조동필 · 김옥길 · 고황경 · 한태수 등 제씨와 문인계의 김팔봉 · 구상 · 선우휘 등 제씨, 그리고 예술계의 손재형 · 김백봉 · 김지열 제씨이다. 이들은 동인회 구성에 만족한 합의를 보았으며, 필요에 따라 언제라도 〈생활인의 수필〉을 집필하여 제출하기로 각각 약속 · 서명하다.

1963년 4월 19일
또한 서울시내 종로1가 「양지다방」 3층에서 김사달 · 최계환 · 서중석 · 이규복 · 오소백 · 전규태 · 김재완 제씨 등이 모여 '동인회 구성에 있어서 각계 인사들의 호응력이 매우 우수함을 재확인' 하고 전문분야가 다른 사회 각계 인사들을 더욱 망라하기로 재 다짐하다.

1963년 5월 16일
김사달 · 오소백 · 김재완 · 최계환 · 전규태 씨 등이 개별적 전화통화 및 직접 만남을 통하여 의학계의 김형익 · 최형종 · 윤호영 등 제씨와 학계의 황산덕 · 강주진 · 이선근 · 변시민 · 최동희 · 안병욱 등 제씨, 그리고 경제계의 이양구 · 김안재 · 주석균 · 최병협 · 원종목 등 제씨, 종교계의 강원용 · 청담 · 김경 등 제씨, 출판계의 이준범 씨, 법조계의 서주연 · 권순영 제씨, 언론계의 김봉기 · 이규태 · 공종인 제씨, 방송계의 장기범 씨, 또는 일본 여인으로서 한국에 최초로 귀화(歸化)한 명석축자(明石祝子, 아카시 도키코)씨 등이 추가로 동인회 구성에 관하여 합의를 보고 계획에 따라 〈생활인의 수필〉을 써 보내기로 서명 · 약속하다

1963년 6월 25일

서울 명동「서라벌다방」에서 오상순 · 조남두 · 김사달 · 마욱 · 김재완 제씨 등이 만나 동인회에 관한 확대구상에 합의를 보고 구체적 방안을 다시 검토하다.

1963년 7월 17일

최계환 · 전규태 · 조남두 · 마욱 · 김재완 씨 등이 서울 명동「금문다방」에서 함께 만나 발기인 총회가 있을 때까지 동인회 창립의 실무면에 대하여 협의 · 진행하기로 다짐하다.

1963년 7월 29일

김재완 · 김사달 · 오소백 · 조남두 · 마욱 제씨 등은 서로 협의 · 분담된「同人憲章」·「共同宣言」·「發起文」및「會規」·「會務經過」등의 초안을 작성 완료하다.

1963년 8월 15일

발기인 서명날인에 착수하다.

1963년 10월 10일

발기인 서명날인을 우선 종결하다.

☆ 1963년 10월 12일

(1) 이날(토요일) 오후 3시에 서울시내 충무로에 있는「태극당 특실」에서 최초로『제1회 공론동인회 발기인총회』를 갖다.

(2) 이번『제1회 공론동인회 총회』에서는 ㈎ 상호 인사교환, ㈏ 경과

보고, (대) 동인헌장 · 공동선언 · 동인회 규약 통과, (라) 임원선출, (마) 동인회 사업계획 등이 의결 통과되다. 이번 총회비용의 일부를 김형익 동인 · 진학문 동인 · 김재완 동인께서 협찬하다.

(3) 임원을 다음과 같이 선출하다.

대표간사 ; 진학문 (초대) = (동아일보 창간 당시 논설반 기자 · 한국경제인협회 상근부회장 · 재건국민운동중앙회 운영위원장)

실무간사 ; 김재완 · 조남두 · 마욱

편집위원 ; 김사달 · 서중석 · 천경자 · 박 암 (실무간사 포함)

감   사 ; 한하운 · 이규복

1963년 10월 25일

오후 5시에는 서울 명동2가 〈무하문화사〉 4층에 있는 임시 「동인사랑방」에서 제1차 실무간사회의 및 제1차 편집위원 회의를 갖고 「동인회」 운영과 「동인지」 발간을 위한 편집계획을 세우다.

이번 「제1수필집」 표지의 제자(題字)는 김사달 동인(의학박사 · 수도의과대학 교수)이 쓰고, 표지의 그림은 천경자 동인(홍익대학교 미술학과 교수 · 국전심사위원)이 맡아주기로 합의보다.

◇   ◇   ◇

1964년 3월 15일

이날 오후 5시, 제2차 실무간사회의 및 제2차 편집위원회를 「동인사랑」에서 개최하고 그 동안 동인들이 집필한 수필원고를 1차로 취합하는 한편, 6월말까지 2차 마감하여 「제1수필집」을 편집 · 발간키로 결의하다.

☆ 1964년 10월 3일

(1)『제2회 공론동인회 총회』를 서울 명동2가 〈무하문화사〉 4층에 있는 「동인사랑방」에서 하오 6시에 개최하다. 이번 총회의 비용 일부를 한하운 동인께서 협찬하다.

(2) 이날 총회에서는 ㈎ 지난 1개년간의 업무검토와 ㈏ 동인회 정지작업을 논의하고 ㈐ 새 동호인의 입회를 승인하는 한편 ㈑ 「동인지」발간 및 「동인회」사업추진을 위한 임원진을 일부 개선하다.

(3) 이번 개선된 임원은 다음과 같다.

대표간사 ; 박암(제2대) = (외무부 차관 · 한국외국어대 교수 · 한국도의실천연맹 대표)

실무간사 ; 김재완 · 한하운 · 김사달

편집위원 ; 전규태 · 오소백 · 천경자 · 김경(실무간사 포함)

감   사 ; 최신해 · 이양구

1964년 10월 24일

제3차 편집위원회를 「동인사랑방」에서 갖고 동인지인 제1수필집의 편집계획을 세우다.

1964년 11월 3일

제4차 편집위원회를 「동인사랑방」에서 갖고 제1수필집의 편집을 완료하다.

1964년 12월 17일

「공론동인지」인 제1수필집『이방인』의 조판, 인쇄를 착수하다.

1964년 12월 24일
서울 명동 「동인사랑방」에서 1964년도 송년회를 갖다.

1965년 1월 7일
드디어 제1수필집 『이방인(異邦人)』이 출간되다.

1965년 1월 25일
새빛사(대표 한하운)의 간청으로 월간 『새빛』지 2월호부터 우리 공론동인의 새 수필을 매호마다 2편씩 「천자수필」란에 연재키로 약정하다.

1965년 2월 2일
제1수필집 『이방인』출판기념 자축회의를 이날 오후 5시에 서울 명동에 있는 「동인사랑방」에서 갖다.

1965년 4월 5일
명동 「동인사랑방」에서 제3차 실무간사회를 열고 동인회 운영에 관하여 전면적으로 재검토하다.

1965년 6월 6일
제5차 편집위원회를 열고 동인지인 제2수필집의 편집계획에 대하여 논의하다.

☆ 1965년 7월 7일

(1) 『제3회 공론동인회 총회』를 서울 명동에 있는 「사보이호텔 특실」에서 개최하고 ㈎ 새로운 동호인의 입회승인, ㈏ 제2수필집의 발간계획, ㈐ 새로운 임원선출, ㈑ 한국문화상 제도에 관한 논의, ㈒ 장학금제도에 관한 대책 등을 논의하다. 이번 동인회 총회의 일부비용을 강주진 동인과 최신해 동인께서 협찬하다.

(2) 새 임원은 다음과 같다.

대표간사 ; 최신해(제3대) = (의학박사 · 청량리뇌병원장 · 서울의대 교수 · 수필가)

실무간사 ; 김재완 · 전규태 · 최계환

편집위원 ; 한하운 · 김사달 · 손재형 · 권순영(실무간사 포함)

감　　사 ; 강주진 · 서중석

1965년 8월 9일

서울시내 태평로 「동양다실」에서 제4차 실무간사회를 갖고 동인회 운영에 관한 문제를 숙의하다.

1965년 9월 10일

서울 명동 「동인사랑방」에서 제6차 편집위원회를 열고 「제2수필집」의 편집체제에 관하여 의논하다.

이번 「제2수필집」의 표지제자는 소전(素筌) 손재형(孫在馨) 동인(서예가 · 전국예술인단체총연합회 회장)의 휘호를 게재키로 하고, 표지의 그림은 김사달(金思達) 동인(의학박사 · 수도의대 교수)이 맡아 주기로 합의보다.

☆ 1965년 10월 9일 오후 5시

(1)『제4회 공론동인회 임시총회』를 서울시내 충무로에 있는 「태극당 특실」에서 열고 ㈎ 새로운 동호인의 입회 승인과 ㈏ 새임원을 선출. ㈐ 동인지 출판에 관하여 의논하다. 이번 임시 총회의 모든 비용을 천경자 동인께서 협찬하다.

(2) 새 임원은 다음과 같다.

대표간사 ; 김팔봉(제4대) = (본명 김기진 ; 작가 · 경향신문사 주필 · 재건국민운동중앙회 제2대 회장)

실무간사 ; 김재완 · 최계환 · 전규태

편집위원 ; 오소백 · 김사달 · 한하운 · 조남두(실무간사 포함)

감　　사 ; 강주진 · 서중석

1965년 11월 12일

제7차 편집위원회를 「동인사랑방」에서 갖고 제2수필집의 추가원고를 마감하기로 결의하다.

1965년 12월 10일

제8차 긴급 편집위원회를 「동인사랑방」에서 열고 「공론」 제2수필집의 추가편집을 완료하다.

1965년 12월 17일

동인지 「공론」 제2수필집의 조판이 시작되다.

1965년 12월 30일 오후 5시

1965년도 송년회를 서울 충무로에 있는 「카네기홀」에서 갖다.

◇　　◇　　◇

1966년 1월 1일

병오 신년을 맞이하여 동인가족의 행복을 축원하는 상호간의 인사 교환이 서면, 또는 개별적 만남으로 이행하다.

1966년 1월 10일

제5차 실무간사회를 「동인사랑방」에서 갖고 새로이 입회를 희망해 오는 동호인들에 관한 입회문제를 예비토의하다.

1966년 2월 26일

제9차 편집위원회를 「동인사랑방」에서 갖고 「공론」제2수필집의 교정을 OK하다.

1966년 3월 30일

드디어 제2수필집인 『공론』이 출간되다.

1966년 4월 6일

제6차 실무간사회를 명동 「동인사랑방」에서 갖고 동인회의 발전적 운영에 관하여 논의하다.

1966년 4월 19일

국내외의 각급도서관 및 일간 신문사·각급 기관장, 그리고 국회의원 등에 일일이 동인지를 기증·발송하다.

1966년 5월 15일

제10차 편집위원회를 「동인사랑방」에서 갖고 동인지의 「공론」제3수
필집에 대한 편집계획을 세우다.

이번 「제3수필집」의 표지제자는 종전대로 손재형 동인(서예가 · 전
국예술인단체총연합회 회장)의 휘호를 계속 유지 · 게재키로 하고, 표
지의 그림은 김사달 동인(의학박사 · 수도의과대학 교수)이 맡기로 하
다.

1966년 6월 25일

제7차 실무간사회를 「동인사랑방」에서 갖고 동인회의 가일층 발전
을 위한 새로운 정지작업을 하기로 합의보다.

☆ 1966년 7월 2일

『제5회 공론동인회 총회』 및 『제2수필집 출판 자축회』를 동양그룹
(재계) 이양구 회장의 배려로 오후 6시 반부터 11시 반까지 서울시내
종로구 청운동에 있는 「청운각」에서 성대히 개최하다. 이날 논의된 사
항은 다음과 같다.

(1) 동인회 규약 제10조의 1의 ㄱ항을 개정하고 동인지를 춘추 년2회
간행키로 하다.

(2) 동인회 규약 제11조의 1의 ㄱ항을 개정하고 회비를 춘추 년2회
분납키로 하다.

(3) 문화상 제도기금 및 장학제도 기금의 규정을 별도 제정키로 하
다.

(4) 새 임원을 다음과 같이 선정하다.

대표간사 ; 김형익(제5대) = (의학박사 · 김형익외과병원 원장 · 서울

특별시의사협회 회장 · 수필가)

　실무간사 ; 한하운 · 김재완 · 전규태

　편집위원 ; 천경자 · 오소백 · 강주진 · 김안재(실무간사 포함)

　감　　사 ; 이양구 · 손재형

　(5) 동인회의 도서실을 설치하고 동인들의 저역서(著譯書) 및 기타 도서를 각 1부 이상씩 기증하기로 하다.

1966년 7월 30일

　함경북도지사로 계신 최병협 동인이 숙환으로 별세하다.

1966년 8월 1일

　오전10시 시내 세종로 5가 천주교회에서 있은 고 최병협 동인의 영결식에 김재완 총무간사 외 여러분이 참석하다.

1966년 9월 3일

　오후 2시 30분 서울시내 다동 「호수그릴」특실에서 「韓國知性人의 姿勢」라는 주제로 〈제1회 공론동인 포럼〉을 가지다.

　이 포럼의 참석자는 김형익(의학박사 · 후생일보 사장), 주석균(한국농업문제연구소장), 최형종(서울대 · 농과대학 교수), 한태수(한양대 법정대학장), 박암(수필가 · 전 외무부 차관), 변시민(인구문제연구소장 · 한양대 교수), 서중석(경희대 교수), 이준범(시인 · 신흥출판사 사장) 동인 제씨이며, 이날 사회는 김재완 동인(극동문제연구원 이사 겸 사무처장 · 경희대 강사)이 맡았다.

　이번 동인회 포럼의 제비용을 서중석 동인께서 부담하다.

1966년 9월 20일
「공론」제3수필집 원고를 제1차 마감하다.

1966년 10월 5일
제8차 실무간사회를 「동인사랑방」에서 갖고 동인회 운영문제를 전면적으로 재검토하다.

1966년 10월 20일
「공론」제3수필집의 추가원고를 최종 마감하다.

1966년 11월 27일
제11차 편집위원회를 「동인사랑방」에서 열고,「제3수필집」의 편집을 완료하다.

1966년 12월 17일
「공론」제3수필집의 조판을 시작하다.

1966년 12월 24일
1966년의 송년회를 「동인사랑방」에서 간소히 갖다.

1967년 1월 15일
드디어 공론동인지『空論』제3수필집이 출간되다.

1967년 1월 20일

국내외의 각급 도서관 및 일간신문·각급 기관장과 국회의원에게
『空論』동인지를 발송·기증하다.

1967년 2월 15일

오후 5시 30분. 동인회「제3수필집『空論』출판기념회」를 서울시내
다동에 있는「호수그릴 특실」에서 성대히 개최하다.

이번 출판기념회의 제비용을 김사달 동인께서 협찬하다.

1967년 3월 20일

오후 5시. 제9차 실무간사회를「동인사랑방」에서 갖고, 동인회 신입
회원의 제한문제와 제반 운영에 관해 논의하다.

1967년 5월 10일

오후 6시. 제12차 편집위원회를 서울 명동에 있는「사슴싸롱 특실」
에서 갖고 공론동인지「제4수필집」의 원고 집필과 지난호에 게재하지
못한 원고처리 문제를 논의하다.

1967년 9월 25일

오후 6시 30분. 제10차 실무간사회의와 제13차 편집위원회의 합동회
의를 서울시 태평로 해남빌딩 내에 있는「궁전그릴 특실」에서 개최하
고 공론동인지「제4수필집」의 조속한 발간과 동인회 발전방안에 관해
협의하다.

1967년 10월 12일

오후 6시. 서울시내 명동에 있는 「동인사랑방」에서 제11차 실무간사 회의와 제 14차 편집위원회를 합동으로 긴급히 개최하고 〈국내 일부 동인에 대한 문필활동의 여건제한과 내외의 정책적 사정〉 등으로 인해 당분간 「동인회 제4수필집」 발간을 보류하기로 합의보다.

◇   ◇   ◇

2012년 1월 26일

오후 5시 30분엔 지난 1967년에 공론동인의 수필집이 발간 보류된 지 45년이 경과된 바 있으나 그동안 『공론동인회』를 부활하자는 의견 이 분분한 가운데 서울시내 세종로에 있는 「봄싸롱」에서 최계환 · 전 규태 · 김재완 · 김백봉 · 윤명선 · 홍사광 · 박성수 · 김정대 · 김대 하 · 양종 · 법현 · 이선영 · 변진흥 · 김재엽 · 우원상 · 김영보 제씨 등 이 모여 임시 「부활추진위원회」를 구성하고 다음 모임 때까지 뜻을 함 께할 수 있는 공론동인의 적임자를 추천하기로 하다.

☆ 2012년 2월 3일

오후 5시 『공론동인회』부활추진위원들에 의해 자천타천(自薦他薦)으 로 추천된 각계 각 분야의 동호인들은 「동인회」의 〈창립취지〉와 〈공동 선언〉 · 〈동인헌장〉 · 〈동인회 규약〉 〈동인회 경과〉 등을 전폭적으로 찬동하고 이해하는 한편 그 동인(추천자 포함) 30여 명이 서울시내 세 종로에 있는 「세종홀」에 모여 여러가지 숙의 끝에 『공론동인회』의 새 출발을 다짐하고 부활적인 「제6회 공론동인회 총회」를 가지다.

이날 『공론동인회』 회원들은 지금으로부터 49년 전인 1963년 10월

12일 우리나라 각 분야에서 활동한 각계각층 지도자급의 전문인과 지성을 갖춘 인격자들이 혼연일체가 되어 오로지 사회소통과 사회정화를 기할 뿐 아니라 이해와 사랑과 평화 등을 지표로 하여 순수하게 〈생활인의 수필과 사회논평의 칼럼〉을 쓰는 한국 최초의 친화·소통의 모임이라는 점을 충분히 이해하고 향후에도 더욱 보람 있고 사회적인 귀감(龜鑑)이 될 것을 약속하게 되었다.

이날 새로이 출발하는 공론동인회의 임원을 다음과 같이 선임하다.

회장 : 김재완(제6대) = (전 경희대·연세대·대진대 통일대학원 강사 및 교수, 한국민족종교협의회 사무총장, 겨레얼살리기 국민운동본부 이사 겸 평화통일위원장, 한국종교지도자협의회 운영위원 및 감사, 한국자유기고가협회 초대회장, 한국종교연합 공동회장, 세계종교평화포럼 회장. 글로벌문화포럼 회장.)

부회장 : 최계환·전규태·김재엽

고문 : (미정)

편집위원 : 김대하·윤명선·양종·한만수·최향숙·변진흥·무상법현·신용선·박성수·이서행·주동담

운영위원 : 윤명선·김대하·무상법현·김무원·김용환·이강우·신용선·주동담·송낙환·김영보·김혜연·도천수

감사 : 김백봉·우원상

2012년 5월 19일

공론동인회의 同人誌(『知性의 香氣』 상권 및 하권·약 850쪽)의 기획·편집·제작이 착수되다. 제반기획 및 제작은 도서출판 한누리미디어에 위촉하다.

2012년 12월 8일

오후 1시부터 5시까지 서울 서교동 소재 도서출판 한누리미디어 편집실에서 김재완 회장을 비롯한 편집위원들이 모여 공론동인회 수필 전집(1,2,3집 합본) 『지성의 향기』(상권)과 수필집 4집 『지성의 향기』(하권)의 출간을 위한 최종 편집회 의를 마치다.

2012년 12월 26일

모든 편집과 교정을 마친 공론동인회 수필집이 1 · 2 · 3권 합본으로 된 『지성의 향기』(상권)과 신작 수필집 제4집인 『지성의 향기』(하권)이 고급 양장본으로 인쇄 · 발간되다.

◇   ◇   ◇

2013년 2월 15일

본 공론동인회는 오후 6시부터 8시 30분까지 서울 한국프레스센터 19층 국화실에서 「제7회 공론동인회 총회」를 겸한 「제2회 공론동인 글로벌문화포럼」 및 수필집 『지성의 향기』(상 · 하권) 출판기념회를 개최하다.

이날 포럼의 기조발제는 김재완 회장께서, 그리고 포럼주제는 〈새 시대 새 정부에 바란다〉로 하여 홍사광 동인(경제학 박사)께서 발표하였다. 지정토론은 이서행 동인(한국학중앙연구원 부원장)과 구능회 동인(솔리데오장로합창단 부단장)이 담당했으며, 또한 종합토론에서는 동인 전원이 참가하여 윤번제로 발언함으로써 서로 관심을 갖고 보람찬 시간을 나누었다.

포럼이 끝난 다음엔 이어서 동인지 『지성의 향기』(상 · 하권)에 대한 출판기념회를 의미 깊게 가진 바 있다.

2013년 3월 22일

본 공론동인회는 오후 6시 30분 시내 서교호텔 1층에서 운영위원회를 갖다. 이날 회의에서는 ① 신간『지성의 향기』(상 · 하권, 1,2,3,4집)을 전국 도서관과 각 서점에 추가로 배포할 계획을 결의했으며, ② 여러 동인에게 두루두루 배정 판매할 수 있는 계획을 논의하다.

2013년 10월 15일

본 공론동인회는 오후 6시 30분, 서울시내 홍대인근에 있는 음식점「강강술래」2층에서 편집위원회를 갖고 공론동인 수필집(제5권)의 원고 검토와 발간계획에 관하여 논의하다.

이번에 발간할 〈글로벌문화포럼 · 공론동인 수필집⑤〉의 책명은 기획 · 수록되는 글 내용에 따라 『행복의 여울목에서』라고 결정하고 조속한 시일 내에 출간토록 협의하다.

2013년 12월 10일

본 공론동인회는 동인들의 끊임없는 관심과 협조에 따라 〈글로벌문화포럼 · 공론동인 수필집(제5권)〉인 신간 『행복의 여울목에서』(392쪽)를 드디어 출간하다.

◇   ◇   ◇

2014년 1월 4일

본 공론동인회는 낮 12시에 서교호텔 1층에서 신년하례를 겸한 오찬회를 갖다.

☆ 2014년 2월 21일

본 공론동인회와 글로벌문화포럼에서는 오후 5시부터 8시까지 시내 프레스센터 19층(매화홀)에서 「제8회 공론동인회 총회」를 겸한 「제3회 글로벌문화포럼」 및 공론동인 제5수필집 『행복의 여울목에서』 출판기념회를 갖다.

이날 제1부 및 제2부 행사에서는 김재완 회장의 기조발제가 있었으며, 포럼주제는 〈한국의 정통성과 정체성의 확립〉이라 하여 권영해 장군(전 국방부장관 · 국가안전기획부장 · 대한민국건국회장)께서 발표하였고, 지정토론에는 윤명선 박사(전 경희대 법학대학장 · 한국헌법학회장 · 국가 행정고시위원 · 사법고시위원)와 변진흥 박사(가톨릭대 교수 · 김수환추기경연구소 부소장 · 한국종교인평화회의 사무총장)께서 참여하였으며, 종합토론에는 모든 동인들이 다양하게 참여하며 저마다의 의견을 개진하였다.

포럼이 끝난 다음에는 제3부 행사로서 『행복의 여울목에서』라는 동인수필집(제5권) 출판기념회가 화기애애한 분위기 속에서 성대히 진행되었다.

2014년 4월 29일

본 공론동인회는 오후 6시 30분. 시내 서교동에 있는 카페 「톰앤톰스」에서 「운영위원회」를 개최하고 회원관리 및 운영자금계획에 관하여 논의하다.

2014년 9월 15일

본 공론동인회는 오후 6시 30분. 시내 서교동에 있는 음식점 「강강술래」 2층에서 「편집위원회」를 개최하고 〈글로벌문화포럼 · 공론동인수필집〉(제6권)의 책명 및 편집제작에 관하여 논의하였다.

2014년 11월 12일

본 공론동인회는 오후 6시 30분, 서울시내 홍대인근에 있는 음식점 「강강술래」 2층에서 편집위원회를 갖고 글로벌문화포럼 공론동인수필집(제6권)의 원고 최종검토와 함께 발간일정에 관한 편집회의를 하다.

이번에 발간할 〈글로벌문화포럼 · 공론동인 수필집〉 제6집은 「문화융성과 사회통합」이라는 국가시책에 부응하여 테마특집으로 마련하고 제호는 『밝은 사회로 함께 가는 길』로 결정하여 조속한 시일 내에 출간토록 협의하다.

空論同人會 規程

제1장 총 칙

제1조 본회는 '공론동인회' 라 칭한다.

제2조 본회는 사회 각계의 전문성과 지성을 가진 인사들이 함께 모여 생활 철학을 바탕으로 건전한 사회논평과 수필 문화의 형성을 도모하고 각박한 이 사회의 밝은 등불이 되며 상생과 평화의 선 도자로서 인류사회에 크게 기여하는 것을 목적으로 한다.

제3조 본회 동인은 규정 제2조의 목적을 찬동하는 사람으로서 동인 2 인 이상의 추천을 받아야 하며 소정의 수속 절차에 따라 입회 승 인된 인사로서 구성한다.

제4조 본회의 사무실은 서울특별시에 본부를 두며 필요에 따라 각 지 역에 연락처를 둘 수 있다.

제2장 임 원

제5조 본회는 다음과 같은 임원을 둔다.
   1. 회   장   1명
   2. 부 회 장   3명

3. 고　　문　　약간명

4. 편집위원　　약간명

5. 운영위원　　약간명

6. 감　　사　　2명

제6조 본회 임원의 선출 및 임무는 다음과 같다.

1. 회장은 동인 총회에서 호선하며 본회를 대표하고 모든 위원회의 의장이 된다.

2. 부회장은 동인 총회에서 선임하며 〈총무·조직·연락〉 및 〈재정·출판〉·〈편집·홍보〉 등의 업무를 분담 관리하고 회장을 보필한다.

3. 고문은 회장이 추대하고 회장단의 자문에 응하며, 회무 발전에 기여한다.

4. 편집위원은 회장단의 결의에 의하여 동인 중 적임자에게 위촉하며 출판·편집·홍보에 관한 업무를 협의·결의한다.

5. 운영위원은 회장의 추천에 따라 위촉하며 본회 운영의 건전한 발전을 위해 협의·결정하고 물심양면으로 협조·기여한다.

6. 감사는 동인 총회에서 호선하며, 회무·회계·재정업무를 감사할 뿐 아니라 감사결과를 총회에 보고한다.

제7조 본회 임원의 임기는 다음과 같다.

1. 회　　장　　3년

2. 부 회 장　　3년

3. 고　　문　　3년

4. 편집위원   3년

5. 운영위원   3년

6. 감   사   3년

단, 총회의 결의에 따라 연임할 수 있다.

제8조 본회 임원에 결원이 생긴 때에는 회장단의 결의에 따라 보궐하고 차기 총회에서 승인을 받아야 하며 임기는 전임원의 잔여 임기로 한다.

제3장 집 회

제9조

1. 본회의 집회는 정기총회, 임시총회, 회장단회의, 편집위원회, 운영위원회로 구분하며, 정기총회는 매년 2월 중순으로 하고, 임시총회와 회장단회의, 편집위원회, 운영위원회는 필요에 따라 회장이 수시로 소집할 수 있다.

2. 본회의 모든 회의는 각급 집회에 따라 재적정원의 과반수 이상 참가로 성립되며, 참가 인원의 과반수 이상 찬성으로 가결한다.

제4장 사 업

제10조 본회는 다음과 같은 사업을 수행한다.

1. 출판

   * 동인지－봄(4월), 가을(10월)로 연 2회 간행

* 수필집—동인지 및 기타 신문 · 잡지 · 기관지에의 게재분을 자료로 하여 개인별 수필집 및 논평 칼럼집을 간행한다.
* 번역—교양을 위한 참고도서의 번역출판을 한다.

2. 정규 포럼(글로벌문화포럼) 및 연구회 운영
* 3월 · 9월에 각1회씩 교양문화포럼과 사회발전을 위한 특별 연구발표회를 실시한다. 단, 국내 행사 및 해외행사로 구분 기획할 수 있다.
* 수시로 국내외의 간담회를 개최한다.

3. 한국문화상
* 한국의 '글로벌문화상' 을 위한 기금을 적립한다.
* 한국의 글로벌문화상 제도에 대한 규정은 별도로 정한다.

4. 장학제도
* 장학금을 위한 기금을 적립한다.
* 장학금제도에 대한 규정은 별도로 정한다.

5. 도서실
* 도서실을 설비하여 동인의 교양 및 연구활동에 도움을 준다.
* 동인들의 저서를 비치하여 둔다.
* 필요한 국내외의 도서 및 출판물을 구입하여 참고 · 열람하게 한다.

6. 기타 국가 · 사회의 공익을 위한 사업

제5장 재 정

제11조 본회의 수입과 지출은 다음과 같이 한다.
1. 수입

* 회비 — 년 200,000원으로 잠정 정하며, 단 결의에 따라 증감
　　　할 수 있다.
　　* 입회비 — 50,000원
　　* 찬조금 및 보조금
　　* 출판물에 의한 수입
　2. 지출
　　* 연락·집회 회의비
　　* 사무적 비용 및 인건비
　　* 출판 비용
　　* 홍보 비용
　　* 기타, 공익을 위한 사업비

제12조　본회의 회장단은 매년 재정·회계의 결산에 관하여 감사의 감
　　　　사를 거쳐 정기 총회에 보고하여야 하며, 총회의 승인을 받아야
　　　　한다.

제6장 부 칙

제13조　본회 규정을 위반하거나 회원의 권리와 의무를 불이행하고 본
　　　　회의 명예를 훼손하는 자는 감사의 내용심사 보고와 총회의 결
　　　　의에 의하여 제명한다.

제14조　본회 규정은 동인의 총의로 개정할 수 있다.

제15조　본회 규정에서 총의의 결의라 함은 재적동인의 과반수 출석에

과반 찬성을 의미한다.

제16조 본회 규정에 규정되지 아니한 사항은 일반 관례에 의한다.

제17조 본회 규정은 서기 1963년 10월 12일부터 효력을 발생하며,
2012년 2월 3일 본회의 부활추진위원의 결의에 따라 일부 수정
한다. 다만 본회 부활추진위원회의 명칭은 2012년 2월 18일 이
후부터 『空論同人會』로 환원된다.

제18조 본회 규정은 2013년 2월 15일, 동인의 총의에 따라 일부 수정
한다.
본회의 명칭을 『글로벌문화포럼 공론동인회』로 한다.

글로벌 문화포럼 공론동인 수필집 ❻

밝은 사회로 함께 가는 길

지은이 / 공론동인회
발행인 / 김재엽
펴낸곳 / **한누리미디어**
디자인 / 지선숙

•

121-840, 서울시 마포구 잔다리로 35, 202호(서교동, 서운빌딩)
전화 / (02)379-4514, 379-4519
Fax / (02)379-4516
E-mail/hannury2003@hanmail.net

•

신고번호 / 제300-2006-61호
등록일 / 1993. 11. 4

•

초판발행일 / 2014년 12월 20일

•

ⓒ 2014 공론동인회 Printed in KOREA

값 20,000원

※잘못된 책은 바꿔드립니다.

•

ISBN 978-89-7969-497-0 03810